SERIE
LORES MALDITOS 4

SYDNEY JANE BAILY

cat whisker press

Boston

cat whisker press, Boston, MA
1º Edición Impresa en Español
Copyright © 2022 Sydney Jane Baily
Traductora: Helena Ramos

ISBN: 978-1-957421-09-4

Título original: Lord Darkness
©2019 Sydney Jane Baily

Gracias por comprar esta novela

Dedicatoria

Para Pandora y Jasper
¡Me hacéis la madre más feliz!

Agradecimientos

Un gran agradecimiento a mi madre, Beryl Baily, que siempre me apoya y me envía con cariño paquetes de chocolate y galletas para tomar el té.

Prólogo

1850, Londres

Nada más que la negrura tan oscura como la brea. ¿Cómo iba a saber un hombre si era de día o de noche? ¿Cómo iba a importarle a un hombre si estaba vivo? Sin su vista, cada hora corría hacia la siguiente sin nada que le dijera si era hora de despertar o de dormir.

Tal vez era la hora de morir.

Capítulo 1

Lord Christopher Westing observó el abarrotado salón de baile de baldosas blancas y negras desde el balcón del piso superior de Marlborough House, buscando a sus amigos. Como no había ningún miembro de la realeza en ese momento, siempre había alguien vinculado a la reina que organizaba un baile en la espaciosa residencia de ladrillo situada en el Mall, al norte de St. James Park.

Y el marqués de Westing, heredero de un ducado, soltero y guapo, estaba en casi todos.

En el flamante salón barroco de la planta inferior, bajo las pinturas murales del victorioso duque de Marlborough aceptando la rendición de los ejércitos franceses, Christopher vio a los lores Burnley y Whitely, ambos ya bebiendo champán y también explorando la sala en busca de sus próximas conquistas. No de ejércitos franceses, por supuesto, sino de mujeres inglesas.

Champán y bellas damas: debería de estar en el cielo.

Se dio la vuelta, abandonó el balcón y se dirigió a la escalera con más pinturas murales que representaban la estrepitosa derrota francesa a manos de Marlborough. Tras bajar el último peldaño, Christopher se adentró en el salón de baile y al instante se vio acosado por una verdadera brigada de jovencitas.

No era tan ingrato como para decir que esto era un asunto fastidioso, pues no había un hombre en el salón de baile que no disfrutara de tener semejante ramillete de bellezas arrojadas a sus pies.

Al menos, nunca sería un canalla tan grosero como para decirlo en voz alta. Sin embargo, en su fuero interno, estaba cansado de ser «ese buen partido de Westing», como oía murmurar a madres e hijas allá donde iba, como si fuera una gran lubina rayada.

No era simplemente un marido potencial para cualquier señorita que buscara un caballero con título y una gran fortuna. Era un hombre con sus propias ideas respecto a quién quería como esposa, y hasta ahora no la había encontrado.

Había bailado con muchas damas dulces y encantadoras en el transcurso de tres temporadas, había besado al menos a la mitad de ellas, y no había desarrollado una tendencia por ninguna. Estaba empezando a preocuparse por sí mismo.

Hace unos años, debió enamorarse de Margaret Blackwood, que acabó casándose con lord Cambrey, después de montar un glorioso espectáculo en su compromiso público en el baile de Sutherland's Stafford House. Y lo hicieron ante la reina Victoria y la mitad de los pares del reino. Por desgracia, a Christopher le gustaba Margaret solo como amiga, a pesar de su ingenio y belleza.

Él quería chispa.

O tal vez debería haber desarrollado un apego por *lady* Adelia Smythe, una chica encantadora, pero parecía que no podía hacer el esfuerzo de atravesar su tranquila manera de ser. De nuevo, había bailado con ella y era inteligente, pero no sentía ninguna chispa.

Chispa, chispa, chispa… él la quería, pero quizá no existía. Al menos, no para él. Tal vez seguiría siendo soltero para siempre y tendría que contentarse con la compañía de los amigos y con las rameras que se reunían discretamente en una de las muchas glorietas de Venus de Londres para el alivio físico.

Le tendieron muñecas con carnés de baile y, obedientemente, anotó su nombre en la mayoría de ellos. Nunca podía llevar la cuenta, así que, con suerte, las damas vendrían a buscarlo cuando fuera su turno.

Cuando cogió el último carné, una mano firme le agarró la muñeca.

—Eso no es posible, querido hermano —le dijo su hermana, Amanda—. Todo el mundo sabe que somos una familia unida, pero bailar juntos va más allá de lo normal.

Él miró la ligera sonrisa de su rostro, rodeado de suaves tirabuzones castaños, y con una de sus cejas perfectamente delineadas levantada en señal de diversión. Se encogió de hombros.

—Admito que no estaba prestando atención. Al final me habría dado cuenta de que eras tú, probablemente durante los primeros pasos del vals.

Ambos se rieron, y entonces su atención fue captada en

otra parte.

—Te veré más tarde, cuando sea la hora de irse. —Ella guiñó uno de sus encantadores ojos azules, el mismo azul claro de Westing, que compartían con su padre.

—No esquives a mamá toda la noche, o me hará ir a por usted —le recordó a su hermana.

Amanda ya estaba desapareciendo entre la multitud con un gesto de la mano hacia atrás.

Y entonces Christopher se abrió paso entre el resto de las debutantes y las damas más veteranas para llegar hasta sus compañeros y disfrutar de una copa. Preferiría un brandy, pero, como era habitual en estos asuntos, el champán o la limonada eran sus únicas opciones, así que cogió un vaso del primero por el camino.

Lady Jane Chatley también cogió una copa de la misma bandeja y le dedicó una cortés inclinación de cabeza, que él devolvió, antes de tomar un trago y marcharse.

Era una de las pocas mujeres que conocía que no era realmente una amiga, ni una posibilidad romántica. Era cierto que era lo bastante guapa como para despertar su interés con sus profundos ojos azules y su cabello castaño claro, peinado a la moda. Sin embargo, también era distante, al menos con él, siempre ocupada en tareas que hacían que el resto se sintiera inútil, y a veces se consideraba demasiado perfecta.

—Una mirona —la declaró su hermana después de un evento, lo que aparentemente significaba que *lady* Jane miraba por encima del hombro a los demás.

Sabía que el marido de Margaret, lord Cambrey, mantenía una relación amistosa con Jane, ya que sus familias habían organizado juntas un acto benéfico dos años antes. De hecho, Christopher había consolado a una llorosa Margaret y la había llevado a casa después de un partido de cricket cuando parecía que el conde de Cambrey prefería a Jane. Sin embargo, todo se resolvió por sí solo.

Además, ¿quién podría preferir a Jane antes que a Margaret, que tenía una sonrisa deslumbrante, rizos voluptuosos y algo sensual en su mirada?

Se detuvo un segundo y analizó sus sentimientos. ¿Estaba enamorado de Margaret, la condesa de Cambrey, la esposa de otro hombre? Bebió un sorbo de champán y no sintió ni una pizca de celos. ¡Qué alivio!

—Ahí estás, viejo amigo —dijo Burnley, dándole la bienvenida a Westing al pequeño grupo de solteros—. Supongo que su nombre está ya en una docena de tarjetas.

—Al menos en esa cantidad —bromeó—. Creo que había algunas caras nuevas.

—Seguro que sí —dijo Whitely—. Veo una doncella muy bonita con tirabuzones rubios.

—Dime, ¿cuál? Hay muchas. —comentó Christopher—. Aquí hay tirabuzones de sobra, estoy seguro. Piensa en cuántos había en la cabeza de una pobre sirvienta o de una trabajadora de una fábrica, vendidos para adornar los mechones más finos de la hija de un vizconde.

—Bastante cínico —dijo Burnley, a pesar de tener una expresión divertida—. De todos modos, si la sirvienta o la trabajadora de la fábrica no pudieron venir en persona, al menos su pelo sí. —Sonrió ante su propia broma.

—Más vale ser cínico que antipático —le amonestó Christopher—. Y en nombre de las desafortunadas chicas que no pueden asistir, digo que su afirmación fue descaradamente antipática.

—Siempre está ese momento incómodo, también —se lamentó Whitely—, generalmente a la mañana siguiente, cuando descubres que los mechones extra se han desatado y yacen como serpientes en la almohada.

Los tres hombres se estremecieron.

—Sin embargo —dijo Christopher—, no es habitual que sea por la mañana, George. Me sorprendería que pasaras una noche entera con alguna de esas señoritas que buscan marido. Seguramente, ninguna de ellas arriesgaría su reputación al amanecer.

—Es cierto —coincidió Whitely—. En cualquier caso, esos mechones de pelo se encuentran con la misma facilidad en una glorieta, en un armario bajo la escalera o incluso en un carruaje.

Todos asintieron, y entonces el primer baile y la gran marcha dio comienzo. Cada soltero se encontró reclamado por la joven correcta.

«Ya está», pensó Christopher.

Pasó la siguiente hora y luego otra. En algún momento, dejaron de servir champán, por lo que supo que ya habían pasado dos tercios de la velada. Se suponía que todo el mundo debía dejar de beber en ese momento para que ningún miembro de la alta sociedad se tambaleara por las calles de Marlborough Road o Pall Mall.

Por su parte, había entablado una conversación cortés y había fingido interés casi todo lo que podía soportar durante una noche, tanto con los hombres como con las mujeres presentes. Este era su entrenamiento para el parlamento, se recordó a sí mismo, donde uno debe escuchar y ser percibido como diplomático y justo.

Además, tenía que sentar la cabeza en algún momento en un futuro próximo, y su mejor oportunidad de encontrar una esposa adecuada era, por desgracia, en uno de estos eventos. Pero ciertamente, no sería la última dama que acababa de soltar de sus brazos al abandonar la pista de baile. Era demasiado joven y apenas podía encadenar dos frases de forma coherente sin perder el paso. Y ella pensaba que la cámara de los Lores era el lugar donde convivían muchos de los nobles de Londres, como los caballeros de la mítica mesa redonda del rey Arturo.

Había intentado no reírse y no lo había conseguido.

Era el momento de tomar aire fresco, mientras muchos de los asistentes se ponían frenéticos para exprimir el último trozo de diversión de la velada o, si habían tenido ofertas, para unirse al mejor partido al que pudieran aspirar para asegurarse un matrimonio largo y feliz. A veces, todo sucedía así de rápido en el lapso de un solo baile.

Se dirigió a través de la abarrotada sala hacia la entrada sur y el extenso césped, sabiendo que tendría que lidiar con parejas románticas, que le mirarían con recelo si estuviera solo.

Además, era muy posible que su nombre estuviera en la tarjeta de alguna dama, y que él supiera, nunca había dejado a ninguna sin pareja de baile, aunque no podía estar seguro. Esta noche podría ser la primera vez, ya que Christopher había tenido suficiente. La dama que no había entendido cómo funciona el gobierno de su nación le había agriado.

Pasando entre las esperanzadas debutantes y sus aún más esperanzadas madres, oyó susurrar su nombre y estuvo seguro de que podía sentir cómo se deleitaban con el hijo de un duque. Entonces atravesó las altas puertas dobles y salió al aire libre. O, al menos, todo lo fresco que podía ser en Londres, con el exceso humo de carbón. Esta noche tuvieron suerte. Había una brisa que desplazaba la niebla hacia el Támesis, y probablemente no necesitarían guías con antorchas para que los caballos de su carruaje pudieran llegar a casa.

En Marlborough House no había una verdadera veranda, ni una robusta barandilla de piedra en la que apoyarse para contemplar un bonito jardín; solo unos escalones que conducían a una pequeña zona de baldosas antes de la gran extensión de hierba. A pesar de que la terraza era pequeña, bastante sencilla e incluso, según algunos, fea, las parejas se habían reunido allí, como era de esperar, para tener un poco de intimidad. Estaban de espaldas a los recién llegados.

De todos modos, Christopher no estaba interesado en avergonzar a ninguno de ellos ni en arruinar reputaciones cotilleando sobre a quién había visto.

¿Y ahora qué? Se paseó de un lado a otro, tratando de mantener la mirada en las baldosas que tenía delante. Aun así, reconoció la alta figura de Burnley junto a una maceta, apoyado en las sombras del edificio con el brazo rodeando a una joven que mostraba esos tirabuzones rubios de los que habían hablado. Además, oyó la risa profunda de su amigo.

Poniendo los ojos en blanco y esperando, por el bien de Owen, que la madre de la dama no saliera a buscarlos, Christopher casi había llegado al final de la terraza cuando divisó una solitaria figura femenina que miraba hacia el césped. Permanecía en el borde de las baldosas, con la inteligente precaución de no pisar la hierba, ya que el aire húmedo de la noche sin duda arruinaría sus zapatillas de baile de piel de cabritilla al instante.

Una mujer sola significaba una cosa: una trampa. Lo último que quería Christopher era que una debutante en su primer baile gritara «¡seductor!» para convertirse en su marquesa.

No, gracias. Pivotando sobre su talón, había dado un solo paso en la dirección opuesta cuando escuchó: «Lord Westing».

Una voz familiar, pero que no podía reconocer. Suspiró y se detuvo.

«No seas idiota», se recordó a sí mismo. Sin embargo, era un caballero, así que se giró.

—Dejo libre la zona por si quiere tenerla para usted —dijo la dama.

La luna llena, que estaba jugando al escondite detrás de las nubes, salió por casualidad, y las sombras se alejaron de la mujer lo suficiente como para que él viera de quién se trataba.

«*Lady* Jane».

—Lo siento, no la reconocí al principio, o nunca habría sido tan descortés como para darme la vuelta sin saludar.

Ella asintió.

—Muy bien. ¿Qué le trae por aquí?

—El tedio —dijo él con franqueza, viendo cómo ella asentía con la cabeza—. ¿Y a usted?

—Algo parecido, supongo. Sé que es el colmo de la insensatez estar aquí sola, y estoy segura de que tengo una madre frenética dentro preguntando a todo el mundo si me han visto.

Como si no le importara una higa su madre, se quedó quieta, y él decidió quedarse con ella, sabiendo en sus entrañas que no era de las que engañan. Al fin y al cabo, Jane Chatley podría haber enganchado a un hombre en las últimas tres temporadas si hubiera querido. Había oído rumores más de una vez sobre alguna chispa esperanzada en ganarse su afecto, pero ella siempre los había defraudado amablemente. O eso decían los cotilleos.

—Ya he asistido a bastantes de estas, ya no me importa. —Su tono era suave como un susurro, y él frunció el ceño.

—*Lady* Jane, ¿está usted en apuros?

Ella se rio entonces. De manera bastante frágil para una mujer joven, pensó él.

—Sí, lord Westing, creo que sí. No me importa si vuelvo a asistir a otro baile. O a una cena. O a un desayuno de solteros, a una expedición en barco o a un picnic.

Igual que sus sentimientos, exactamente.

—¿Entonces por qué lo haces?

—Oh, obviamente por el champán —respondió ella, y él se dio cuenta de que tenía una copa en la mano en ese mismo momento. Debía de haber sobornado a un camarero porque todos los demás estaban engullendo limonada o incluso habían cambiado a la última oferta de la noche, el agua.

Entonces Jane volvió a reírse.

—En realidad, me encanta una copa de champán frío, salvo que si tomo más de una, parece afectarme más que a cualquier otra persona que conozca. Por lo tanto, incluso ese pequeño placer suele estar restringido.

«¿Siempre?».

—¿Y cuántas ha tomado?

—He perdido la cuenta —admitió—. Pero me siento desubicada, así que probablemente tres. Este no está frío, por desgracia, y ha pasado tanto tiempo desde la copa anterior que no me ha mareado de felicidad. Todo lo contrario.

Volvió a guardar silencio por un momento, y luego se volvió hacia él, la luz captó sus ojos, y él pensó que podrían estar brillando. ¿Con lágrimas?

—¿Por qué? —preguntó ella—. ¿Venir a estos eventos impresionantemente horribles, quiero decir?

Él reflexionó.

—Vengo a ver a los amigos, supongo.

Ella se encogió de hombros.

—No tengo amigos aquí. Tengo competidoras.

Él ladeó la cabeza.

—¿Competidores?

—O eso me dice mi madre. Nosotras, todas las mujeres, estamos compitiendo por los hombres solteros, ¿no es así?

—Sin embargo, seguramente algunas de las damas son amistosas.

—No conmigo. Como hija de un conde, siempre se me ha considerado un partido deseable, así que a ninguna de las chicas sin título o incluso a las hijas de los vizcondes de rango inferior les interesa hacerse amigas mías. Piensan que aunque un hombre las prefiera por su mayor belleza, recurrirá a mí como la opción preferible.

—No tenía ni idea de que fuera algo tan calculado.

Ella lo miró fijamente, parpadeando despacio.

Christopher sonrió.

—Muy bien. Sí sabía que era extremadamente calculador, ya que estoy al otro lado de esas damas e hijas de vizcondes sin título, y de sus madres. Pero creí que estaban todos juntos.

—Oh, no, no. —Jane Chatley sacudió la cabeza—. Gana la mayor dote o el mejor título. O pierde, como yo lo veo, porque para ello ha tenido que estar sola de pie en estos miserables eventos. La respuesta breve a su pregunta es que vengo porque me lo ordenan. Mi madre confía en que un día un hombre me hará una propuesta. Y yo creo que acabaré en la estantería. Solo puedo esperar que ella se dé por vencida en el próximo año o dos para que pueda retirarme con un mínimo de dignidad, en lugar de ser la mujer más vieja que aún baila durante una Temporada. Pronto podré ser mi propia carabina.

Ella resopló y apuró su champán caliente. Como un caballero, él tomó la copa vacía de ella. La mano enguantada de Jane estuvo brevemente en contacto con la suya. A falta de una opción mejor, él dejó la copa en la terraza de baldosas a unos metros de ella. Cuando se dio la vuelta, Jane entrelazó los dedos a sus espaldas, haciendo girar los pulgares y mirando a la oscuridad.

«Muy peculiar».

—Debo de estar pasando por alto lo obvio —dijo Christopher, volviendo a su lado—. Es encantadora, y sé por sus logros con su trabajo de caridad, que es inteligente. Su habla es esmerada. Y es, como dice, la hija de un conde. ¿Por qué cree que va a permanecer soltera? De hecho, ¿por qué un hombre no la ha cortejado ya?

Ella seguía sin mirarle. En su lugar, se encogió de hombros de nuevo. Él esperó. Tal vez ella no iba a responder.

Al fin, contestó con voz tensa.

—Me han perseguido algunos hombres.

—Ajá. —Se sintió bastante triunfante. Ella había tratado de hacer parecer que era un alhelí, cuando él sabía de hecho que era considerada una... ¡Oh! ¡Una mirona!

—No me interesaban —continuó ella—. Estaba demasiado claro que me elegían por lo que soy, no por mí misma. Mi madre dice que soy una romántica empedernida. Y confieso que a veces me siento desesperada. Sin embargo, unas cuantas veces estuvo a punto de presionarme lo suficiente para salirse con la suya.

Con toda probabilidad, su hermana se equivocaba con respecto a Jane Chatley: no miraba por encima del hombro a sus pretendientes, sino que miraba dentro de su propio corazón y esperaba algo más. Ella quería al menos un mínimo de sentimiento afín.

Él sentía precisamente lo mismo.

—Somos más parecidos que distintos, creo —reflexionó Christopher—. A ninguno de los dos nos gustan estos eventos sociales, ni pensamos que sean una buena manera de encontrar a alguien con quien pasar el resto de nuestras vidas.

Jane negó con la cabeza.

—Lord Westing, no nos parecemos en nada. Usted tiene libertad. Puede elegir un cónyuge o elegir esperar otra década. Puede venir aquí sin riesgo para su reputación. Puede negarse a bailar y ser considerado misterioso y melancólico, mientras que si yo no bailo con todos los hombres que me lo piden, me llaman orgullosa y quisquillosa... y cosas peores a mis espaldas.

Christopher experimentó un sabor a culpa en su lengua por haber hablado de ella con los otros hombres y con

Amanda.

Ella se enfrentó a él.

—Usted también tiene todo el poder. A menos que pida la mano de una dama que le rechace, y eso es muy poco probable, ¿no cree? —Luego se cruzó de brazos—. Además, se equivoca. Este es exactamente el tipo de lugar en el que uno encuentra a la persona con la que pasará el resto de su vida... y lo más probable es que sea infeliz.

—No siempre es así —dijo él—. Sé de algunos que han encontrado parejas de enamorados durante una Temporada.

—Unos cuantos, supongo. —Jane hizo una pausa y pareció estudiar su rostro—. Sin embargo, yo no lo haré. —Inclinó la barbilla—. ¿Y qué hay de usted? Después de todos los bailes a los que hemos asistido, ¿realmente cree que alguna joven va a aparecer en la baldosa o en el parqué, usted la mirará fijamente —se acercó un paso—, y ella le devolverá la mirada —le miró a los ojos—, y luego usted sentirá algo, algo real, por fin?

¿Qué demonios estaba haciendo?

Estaban a solo unos centímetros de distancia, y él podía sentir algo, un calor que irradiaba de ella. Así de cerca, podía ver el ligero color rosado de sus mejillas en una tez pálida y de color crema. Un rostro encantador, sin duda. Siempre lo había pensado, aunque de una manera imparcial y distante.

Ahora podía ver cómo su labio superior se levantaba y se hundía de forma agradable y cómo su labio inferior estaba lleno, en la forma en que un hombre querría pasar el pulgar por encima y luego besar con fuerza. Y sus ojos no eran simplemente azules. Eran realmente azules como el lapislázuli, incluso a la luz de la luna.

¿Quién podría preferir a Jane antes que a Maggie? ¿Por qué se había hecho una pregunta tan ridícula? Eran tan diferentes como la tiza y el queso, y con Jane sentía...

¡Chispa!

Con la boca repentinamente seca, Christopher tragó saliva. Y ella debió de ver algo en su expresión, porque descruzó los brazos, dejándolos caer a los lados. Ladeando la cabeza, hundió sus dientes blancos y rectos en ese labio inferior tan agradablemente regordete que tenía y frunció el ceño.

—*Lady* Jane —dijo él, aunque no sabía exactamente lo que quería decir. En cualquier caso, no se le dio la oportunidad de averiguarlo.

—¡Ahí estás! —Era la madre de Jane, *lady* Emily Chatley.

Su peor pesadilla había ocurrido. ¡Había sido sorprendido a solas con una señorita por su prepotente madre!

Capítulo 2

Totalmente cautivado por Jane, Christopher se había olvidado de la existencia de *lady* Emily Chatley, junto con todos los demás habitantes de Londres, durante unos minutos centelleantes.

Por suerte, Jane no dio un salto atrás como si fuera culpable. De todos modos, no habría servido de nada, ya que su madre debía de haberlos observado desde lo alto de la escalinata y también mientras descendía y caminaba hacia ellos.

En cualquier caso, la condesa pudo comprobar por sí misma que se habían limitado a mirarse. Sabía que no habían hecho nada inapropiado. Excepto estar a solas.

Por supuesto, eso no había impedido a muchas madres decididas a arrancar una propuesta de matrimonio a un soltero tartamudo y sorprendido.

—Jane, ¿qué diablos estás haciendo aquí? Las parejas de baile han preguntado por ti. Sin embargo, aquí estás con... Lord Westing. —Y la condesa le dedicó a Christopher su más amplia sonrisa, como si acabara de darse cuenta de su presencia.

—Buenas noches, *lady* Chatley —dijo él, ofreciéndole una cortés reverencia.

—Buenas noches, milord. —Su tono se volvió densamente dulce como la miel mientras le devolvía el saludo.

¿Cómo podía haber salido todo el aire de esta zona del exterior, y tan rápidamente?

No podía ser. Sin embargo, esta mujer sobreprotectora y prepotente podría al fin ser su perdición. Porque si ella decía algo sobre comprometido sobre sus acciones y las de Jane, Christopher defendería a la joven e incluso pediría su mano si fuera necesario.

¡Si fuera necesario! Era, ante todo, un caballero.

—Mamá —dijo Jane, pero calló cuando su madre se volvió hacia ella.

—Te encuentro aquí sola con un hombre —declaró *lady* Chatley, cambiando su tono a uno de indignación—. Sabes lo que esto significa, ¿no?

Si no fuera un asunto tan serio, Christopher habría puesto los ojos en blanco ante el puro regocijo en la voz de la mujer.

Y entonces el rescate vino de una fuente improbable: la tranquila y reservada Jane.

—No seas absurda, mamá. No estuvimos solos ni un momento. Hay otras parejas aquí —señaló, como si esos cinco metros de distancia entre ellos y otras parejas fueran insignificantes, como si la compañía estuviera justo al lado de su codo—. Es más, tengo veintiún años, edad suficiente para estar donde quiera.

—Pero, Jane, solo piensa...

—Solo piensa en cómo tu amiga, la duquesa de Westing,

apreciaría la forma en que su hijo me mantuvo a salvo aquí. —Ella se alejó un paso de Christopher.

Luego, se giró hacia él.

—Le deseo buenas noches, señor.

Él estaba demasiado sorprendido como para hablar, pero ella le ofreció una sonrisa de triunfo y arqueó una encantadora ceja, y él reaccionó.

—Buenas noches, *lady* Jane, y a usted también, *lady* Chatley —añadió.

Jane se alejó, segura de que su madre la seguiría. Parecía que no iba a acobardarse ni dejarse empujar a un matrimonio, ni siquiera con él, un marqués.

¡Bravo! ¿Pero tanto odiaría ella estar casada con él?

Su madre le dirigió una larga mirada, con los labios fruncidos por la desaprobación, como si esperara que él diera un paso al frente y se ofreciera por su hija, aunque no hubiera hecho nada malo.

Con un fuerte resoplido y una inclinación de la barbilla aún mayor que la de Jane, *lady* Emily Chatley se marchó.

La terraza parecía bastante vacía sin Jane. Christopher la siguió con la mirada, contento de tener la oportunidad de tener su primera charla larga, y se preguntó por qué nunca se había fijado realmente en ella, salvo de la manera más superficial, solo para asentir con cortesía al pasar por su lado, o para bailar con ella una o dos veces.

Era extraño. ¿La veía diferente o es que ella había cambiado?

Decidiendo volver a entrar, no fuera que alguna otra joven y su madre se acercasen con consecuencias menos deseables, Christopher decidió buscar de nuevo a Jane y ver si quedaba algún hueco en su carné de baile.

◆

—Me niego a hablar de lord Westing —dijo Jane, sintiendo como si su columna vertebral nunca hubiera sido más fuerte. No le daría a su madre ni siquiera una pista de que le gustaba Christopher. Su atracción hacia él, una suave preferencia por el hombre por encima de todos los demás, había sido su pequeño secreto durante años, y le gustaba que nadie más en la tierra lo supiera. Su madre le haría la vida insoportable de conocer su secreto, pues empezaría a echárselo en cara a Jane en cada ocasión.

En cambio, al no confiar en nadie, Jane podía estar cerca de él cuando le apetecía, podía observarlo, incluso hablarle, sin que nadie se riera detrás de su abanico o susurrara detrás de su guante. Y hasta esa noche, le había garantizado la falta de presión de su madre.

En Marlborough House, Jane se había permitido el placer de acercarse a Christopher y tomar una copa de la misma bandeja precisamente cuando él lo hacía. Él se había visto obligado a mirarla y a reconocer su presencia. Y ella había aprovechado el momento para establecer contacto visual, dejando que el placer de verlo impregnara su ser como siempre lo hacía. Luego se había alejado.

Nunca soñó que él saldría cuando ella estaba mirando las estrellas y deseando estar lejos, nunca imaginó que compartirían un momento, no extremadamente romántico, pero sí íntimo. Y entonces, cuando la cosa se ponía aún más interesante, su madre había aparecido y lo había arruinado todo.

Subieron al carruaje del padre de Jane, un hombre que ella veía con poca frecuencia. Eso solía molestarla, hacía mucho tiempo, cuando era una niña, pero ya no. Le molestaba más por su madre, ya que todo el mundo sabía que el conde de Chatley era un seductor. Era su amor por las mujeres —muchas mujeres— lo que lo mantenía fuera de casa, a veces durante semanas, en Francia, España y, a veces, en algún lugar de Londres, con una amante.

Amor era probablemente la palabra equivocada para ello.

Cada vez más, cuando estaba en casa, él disfrutaba de una gran cantidad de ginebra a todas horas. O tal vez siempre lo había hecho, y Jane no se había dado cuenta hasta que creció y comprendió lo que era realmente el agradable aroma que siempre emanaba de su padre.

En cualquier caso, era un conde, y además rico, por lo que podía hacer lo que quisiera, y la alta sociedad hacía la vista gorda.

En cuanto a su madre, la condesa actuaba como si su marido no existiera. Vivía para Jane, su única hija que había sobrevivido a la infancia. Y dedicó toda su energía primero a educarla, y desde hacía unos años, a conseguir que se casara bien.

—Pero, Jane querida, él es un marqués, heredero de un ducado. Estuviste a solas con él. Podrías haber dicho que había pasado cualquier cosa, y él habría sido tuyo si tuviera un mínimo de decencia, y he oído que lord Westing la tiene a raudales.

Al principio, Jane no dijo nada mientras se dirigían a

casa. Después de la escena en la terraza, se había dirigido directamente al guardarropa y había recogido su abrigo y sus zapatos de calle, sin tener en cuenta los nombres que aún tenía en su carné de baile.

En el espacioso carruaje, dejó que su madre parloteara, preguntándose si era demasiado tarde para presentar todavía una reclamación contra él por comportamiento inapropiado.

—¿Con qué fin? —preguntó al fin Jane.

Su madre la miró fijamente como si fuera una simplona.

—¡Para que puedas casarte con él, por supuesto! ¿Por qué si no íbamos a ir a estos eventos?

Jane estuvo a punto de jurar de exasperación. La sola idea de obligar a lord Westing a casarse con ella… ¡qué humillante! Y sobre todo a él, a quien Jane más admiraba de entre todas las personas. Hablaba con inteligencia y reflexión, siempre que ella lo escuchaba. Hacía reír a la gente que le rodeaba de forma amable, no con comentarios rencorosos. Por supuesto, era ridículamente guapo, ¡y esos preciosos ojos azules!

Suspiró. Esta noche había tenido el placer de mirarlos durante el mayor periodo de tiempo de su vida.

—Ni una palabra más sobre este asunto, mamá. No dejaré que ensucies mi breve encuentro con lord Westing. Además, su madre es amiga tuya.

La dama se cruzó de brazos, con aspecto hosco, y Jane sintió un momento de simpatía. Su madre solo se preocupaba por su futuro.

—Ciertamente espero que te diviertas un poco, porque una de nosotras debería hacerlo por todo el gasto que tú y papá hacéis en cada Temporada. Y ya sabes que detesto todos y cada uno de los bailes.

—Me gustaba bailar cuando era joven —dijo *lady* Chatley antes de dar un profundo resoplido.

—Conseguiste a tu marido durante tu segunda Temporada —señaló Jane—, y así podías elegir bailar o no hacerlo. Elegiste bailar y tuviste una pareja estable.

Al menos, su padre, según todos los indicios, había sido estable al principio. Solo después de la boda y el nacimiento de su heredero empezó a cambiar. A Jane le sorprendía un poco que no hubiera insistido en tener otro hijo después de que el único que tenía muriera un mes después de su esperado nacimiento. Sin embargo, Charles Chatley había abandonado a su familia, según todos los indicios, para dedicarse a los placeres que pudiera encontrar casi tan pronto como Jane salió del vientre materno, llena de salud y belleza.

¿Cómo no iba a querer su madre llevar al conde de Chatley de una soga?

—Podrías haber tenido al conde de Cambrey el año pasado —continuó esta—. ¿O fue el año anterior?

—Mamá, John Angsley y yo nunca sentimos nada el uno por el otro. Eso estaba solo en tu cabeza.

—¡Bah! ¡Sentimientos! —refunfuñó su madre—. Los dos hacíais una espléndida pareja.

—Nunca lo hicimos. John siempre tuvo sus ojos puestos en Margaret Blackwood y su corazón era de ella por completo.

—Blackwood —se burló *lady* Emily—. La hija de un barón.

Jane puso los ojos en blanco. La generación de su madre solo veía los rangos de los pares y no las personas detrás de los títulos. Pero ella podría ser feliz si se enamorara perdidamente de un banquero, un sastre o incluso un lacayo. Sin embargo, como nunca pasaba tiempo con nadie que no fuera la flor y nata de la sociedad londinense, eso era muy poco probable.

Además, Jane sabía que eso significaría un ostracismo extremo, incluso el destierro de todo lo que había conocido. Por no hablar de lo castrante que sería para un hombre de la clase baja casarse con una mujer del más alto nivel de la aristocracia.

—¿Y si nunca me caso? —reflexionó.

—¡Jane!

—¿Por qué es tan terrible, mamá? Parece que te tomas como un fracaso personal si decido vivir la vida de una Media Azul[1] o tal vez abrir un orfanato o un hogar para niñas descarriadas. ¿O qué pasa si decido no hacer absolutamente nada, excepto disfrutar de mi vida?

Su madre abrió la boca, luego la cerró. Luego, al fin, cuando pudo hablar, preguntó:

—¿Cómo podrías disfrutar de la vida si no estuvieras casada?

Jane supuso que viviría en compañía de otras solteronas o contrataría a un acompañante para poder ir libremente al teatro, a los conciertos y a montar a caballo. Sonaba bastante maravilloso.

—¿Cuántas alegrías te ha proporcionado tu

---

[1] Una mujer educada, intelectual, originalmente miembro de la Sociedad de las Medias azules (Blue Stockings Society) del siglo XVIII, dirigida por la anfitriona y crítica Elizabeth Montagu (1720–1800).

matrimonio? —le preguntó a su madre en respuesta.

La condesa era demasiado consciente de su propio desastre matrimonial como para dejar que esa puñalada la tocara.

—Te tengo a ti —dijo su madre—, así disfruto mucho de mi vida.

—¿Viviéndola a través de tus esperanzas en mí? Entonces debería pensar que no querrías que me casara en absoluto. ¿Qué harías tú si yo me casara?

—¿Si te casaras? ¿Qué te pasa, Jane? ¡Sí que lo harás!, y entonces tendrás unos hijos preciosos. Con suerte, una gran prole.

—Y entonces me encontraré sentada en estos mismos horribles eventos sociales viendo a mis hijos bailar y tratar de enganchar a su propio marido o esposa. Eso suena como un infierno perpetuo.

—¡Jane!

—Mamá, ¿qué harás tú si… perdón, cuando me case?

Lady Emily Chatley puso una mirada soñadora en su rostro, para nada lo que Jane había esperado.

Umm. Jane no pudo comprender lo que significaba esa mirada. Luego llegaron a casa, en Hanover Square. En cuanto el mayordomo abrió la puerta principal, Jane supo que su padre había regresado, pues el aroma de su pipa llenaba el aire.

No sabía por qué esto le causaba ansiedad, pero se le encogió el estómago. Quería amar a su padre, aunque ciertamente no le gustaba. Sabía que un piso más arriba, probablemente con las piernas y las botas puestas en el sofá del salón, su padre estaría tumbado sujetando un gran vaso de ginebra en una mano y su pipa en la otra, con una sonrisa en su rostro, antes apuesto y ahora rubicundo, mientras cualquier pensamiento privado se le pasaba por la cabeza.

Mirando hacia atrás, Jane vio que su madre tenía una expresión inescrutable, antes de que una mirada de aceptación ocupara su lugar.

Y entonces, cuando subían las escaleras, escucharon la estruendosa voz del conde de Chatley al anunciarle que ellas ya estaban en casa.

—¿Dónde están mis encantadoras damas?

❖

Christopher no podía quitarse de la cabeza a Jane Chatley. La había visto de forma diferente la noche anterior y se preguntaba por qué nunca se le había ocurrido que era algo más que una joven inteligente y una cara bonita. Tenía personalidad de sobra.

Y, por supuesto, tenía una figura bien formada. La mayoría de las chicas de los bailes la tenían. No era hasta después de la boda que empezaban a aflojar sus corsés y a comer algo más que aire. Sin embargo, había visto a la madre de Jane, la cual seguía teniendo un cutis transparente y una silueta esbelta, no era una especie de oso como lo eran muchas de las madres.

Una pena lo de su marido. Incluso las personas de la edad de Christopher, que solían cotillear sobre los demás, conocían los excesos del despilfarrador marido de la condesa, Charles Chatley.

Dado que *lady* Chatley era atractiva, se preguntaba qué

había llevado al conde a extraviarse como un gato callejero.

Sin duda, ver a su padre comportarse así había influido en la opinión de Jane sobre los hombres. Hablando claro, ella no toleraba casarse solo por un título, sino que deseaba esperar lo mejor. Eso estaba claro que no había funcionado con su madre.

Christopher creía que él y Jane eran bastante afines, a pesar de las protestas de ella. Es cierto que los hombres en esos eventos infernales de la Temporada tenían el poder, al menos al principio. Sin embargo, si un hombre se enamoraba de una mujer, de repente, ella podía llevarlo de una cuerda. Lo había visto suceder, pero no con sus amigos Burnley y Whitely. Al menos no todavía.

Sonrió. Eso sería probable con Burnley, que parecía enamorarse cada semana, aunque siempre resultaba ser un mero capricho temporal. En cuanto alguna criatura divinamente femenina se sonaba la nariz demasiado fuerte, él terminaba con ella en el acto.

Al día siguiente, al oír los golpes, Christopher bajó las escaleras y siguió el ruido hasta la planta inferior y las cocinas. Parecía un campo de batalla. En el centro, su padre estaba de pie, orgulloso, observando a los obreros que lo rodeaban.

—¿Qué diablos estás haciendo? —le preguntó Christopher.

—El futuro, hijo mío.

Christopher miró a su alrededor.

—¿El futuro es una cocina destrozada?

—El futuro es una cocina impoluta, sin carbón sucio.

—Ya veo. ¿Qué va a usar el cocinero? Sabes que la leña escasea desde el siglo XVI, padre. —Christopher sonrió, preguntándose si su madre ya había visto esto. El pelo perfectamente peinado de la duquesa de Westing se pondría sin duda de punta.

—¿Madera? —repitió su padre, y luego se rio—. Oh, es una broma, ya veo. Ja, ja. Nada de leña, hijo mío, ¡gas!

—¿Como el de las farolas? —preguntó Christopher.

—Exactamente. Ya conoces a mi amigo Soyer.

—El chef de tu club, sí.

—Un hombre inteligente. Ha rehecho su propia cocina con una cocina de gas, dice que es rápida y limpia. Notable. Fui a verlo yo mismo. Incluso la encendió. Fabuloso.

Christopher echó un vistazo más de cerca a las líneas de goma que estaban en su lugar, tiradas en zanjas, donde habían arrancado el suelo.

—¿Y mamá sabe de esto?

—Bueno —dudó el duque—. Ella sabe que estoy remodelando un poco.

Christopher volvió a sonreír.

—Como cuando decidiste añadir un pequeño cuarto de baño en el piso de arriba, además de dos con tuberías de agua caliente y armarios de agua separados, o cuando gastaste un poco de dinero en renovar las callejuelas de detrás de la casa o...

—Entiendo lo que quiere decir. Pero una cocinera feliz es una casa feliz.

—Creo que ese dicho se aplica a una esposa feliz, padre.

Su Gracia se encogió de hombros y volvió a mirar a su alrededor.

—Será maravilloso.

—Pero nadie lo verá —señaló Christopher.

Su padre frunció el ceño.

—Por supuesto que lo verán. Al igual que con los cuartos de baño, llevaré a todos los invitados a hacer una visita guiada.

Christopher negó con la cabeza.

—¿Y cómo vamos a comer mientras tanto?

—Ah, bueno, voy a ir al Reform Club.

—¿Donde Soyer es el chef? Tal vez sugirió esta remodelación para conseguir tu patrocinio en el club. Tal vez cobran un extra para la gente que ha destruido sus propias cocinas, perfectamente útiles. —Pero Christopher estaba hambriento—. Supongo que iré contigo. ¿Y el resto de la familia?

—Irán a casa de tu tía. Todas las mañanas y noches hasta que esto termine. De hecho, creo que su madre dijo algo sobre llevar a tu hermana y quedarse allí hasta... *umm*, ahora que lo pienso, sus palabras no fueron muy amistosas, y ya se ha ido.

Para entonces, Christopher no pudo contener su alegría y se rio a carcajadas.

—Puede que hayas ganado una cocina de gas y perdido una duquesa.

—No seas absurdo —dijo su padre, pero no parecía muy seguro de sí mismo—. De todos modos, vamos. ¿Estás listo, hijo mío?

—Siempre, padre.

<hr>

En poco tiempo, Christopher se encontró cenando en el

Reform Club, la sede política del Partido Liberal, y una obra maestra de la arquitectura de estilo palazzo italiano. Aunque hubiera parecido un feo tugurio, Christopher habría ido al club porque los platos del chef Soyer eran sublimes. Si la nueva cocina de gas en su casa familiar hacía que su propio cocinero elaborara platos tan exquisitos como los del brillante chef francés, la molestia de la instalación merecería la pena.

Mientras su padre socializaba con los demás, la mayoría miembros del parlamento, Christopher se sentó a comer. Cuando se dio cuenta de que su padre había tomado asiento con *sir* William Molesworth, uno de los estimados fundadores del club, supo que cenaría solo.

Eso le dio la oportunidad de escuchar muchas conversaciones a la vez, ya que se interesaba tanto por los whigs[2] como por los radicales que frecuentaban el lugar. Además, también tenía tiempo para pensar, y en lo que pensaba era en Jane Chatley. Por alguna inexplicable razón, no podía quitársela de la cabeza. Tampoco quería hacerlo.

¿Por qué no seguir ese sentimiento y ver a dónde lo llevaba? De hecho, ¿por qué no perseguir a la dama?

---

[2] Antiguo nombre del Partido Liberal británico.

Capítulo 3

A Jane le sorprendió que, por primera vez en mucho tiempo, tenía ganas de asistir a un baile. Además, era uno sin carnés, como lo disponían ahora algunas anfitrionas. Para muchos jóvenes, tanto mujeres como hombres, era aterrador: un caos total. A Jane, sin embargo, le gustaba.

Significaba que se podía bailar o, mejor aún, no bailar sin que nadie acusara a las damas o caballeros solteros de no cumplir con su deber. Y mientras no fuera evidente, uno podía incluso bailar con la misma pareja más de dos veces. Esa nunca había sido su esperanza. Hasta esta noche.

Mientras estaba de pie junto a una maceta con helechos, con un nuevo vestido de rico satén púrpura que la hacía sentir hermosa, se encontró mirando la entrada principal del salón de baile. Su madre siempre insistía en llegar temprano a esos eventos infernales para poder reclamar una buena mesa en el borde de la pista de baile, donde pudiera ver todas las idas y venidas. Eso nunca había molestado a Jane. Una media hora más observando a la gente o charlando con los caballeros que se interesaban por las obras de caridad, o que al menos fingían hacerlo, no era tan terrible.

Sin embargo, por primera vez, Jane sintió la desagradable sensación de nervios en el estómago. Se encontró observando y esperando, y sintiendo decepción cada vez que un caballero que no era Christopher Westing entraba en la sala.

Antes, siempre había mantenido su pequeño enamoramiento de él reprimido, enterrado bajo la practicidad de la vida. Su pensamiento había sido lógico: si hubieran estado destinados a un gran amor, seguramente ya habría ocurrido. En cambio, durante los últimos dos años, había visto al marqués interesarse ocasionalmente por una u otra dama. Una vez, apareció en un baile una criatura exótica, una debutante escocesa, y, durante unas semanas, él pareció estar ligeramente interesado en ella. Y antes de eso, la encantadora señorita Blackwood le hizo compañía hasta que se convirtió en *lady* Cambrey. Lord Westing nunca se había mostrado descorazonado por ninguna de ellas.

Sin embargo, a Jane no le gustaba esta sensación tan desconcertante. Nunca antes había buscado a Christopher ni había imaginado bailar o hablar con él. Había sido fácil mantener un sentimiento cálido sin dejar que eso la molestara o interfiriera en su tranquilo estado de ánimo.

Excepto el día de su exitoso banquete y partido de cricket a beneficio de los huérfanos, dos años atrás. Recordó lo que sintió al ver a Christopher Westing con Margaret Blackwood aquel día, sabiendo al mismo tiempo que su madre quería que Jane formase parte del futuro del conde de Cambrey.

Jane y lord Cambrey, como anfitriones del evento,

habían comido con el príncipe consorte, pero ella habría preferido cenar en la mesa de Christopher. Recordaba haber pensado que él y Margaret parecían estar divirtiéndose mucho.

Había bebido demasiado champán y se había deshecho en lágrimas delante de lord Cambrey. Christopher ni siquiera había notado su existencia.

Y luego, milagrosamente la semana pasada, algo había surgido entre ella y el marqués mientras se miraban en Marlborough House. Estaba segura de no haberlo imaginado. Al mismo tiempo, reconoció que le escocería si resultaba que todo estaba en su cabeza.

Al fin lo vio entrar. Tenía un aspecto fabuloso, pero siempre lo tenía. El marqués tenía un ayuda de cámara que, sin duda, era la envidia de todos los caballeros. Su corbata estaba impecablemente atada, su chaleco recto y planchado, su chaqueta se ajustaba a sus anchos hombros como una segunda piel, y sus pantalones... ella intentó no pensar en nada por debajo de su cintura. Al fin y al cabo era una dama, pero no pudo evitar fijarse en cómo la tela se amoldaba a sus largos y musculosos muslos.

Jane se oyó a sí misma suspirar y miró a su alrededor para asegurarse de que nadie observaba la dirección de su mirada. Qué terrible es ser sorprendida mirando a un hombre. Patético.

Cuando volvió a mirarlo, se dio cuenta de dos cosas. En primer lugar, las jóvenes acudían a él como pájaros a las migas de pan. Y en segundo lugar, que él se movía entre ellas como la proa de un barco atravesando el océano.

Entonces, para su deleite, él miró hacia ella y sonrió.

Además, cambió su trayectoria y se dirigió hacia su grupo de amigos.

¿Estaba cruzando la sala para hablar con ella?

Jane estuvo a punto de mirar a sus espaldas para asegurarse de que no había un destino más deseable en algún lugar cercano. Y de repente, él estaba allí, a poca distancia.

—Buenas noches, *lady* Jane. —Christopher tomó su mano y se inclinó sobre ella antes de soltarla—. ¿Puedo decir que está deslumbrante esta noche?

Ella sintió el calor en sus mejillas. ¡Qué extraño! No era dada a sonrojarse, y nunca lo había sido, ya que no era tímida ni apocada. La mayoría de la gente la veía como ella quería, segura y capaz. Estaba en el mundo, en lugar de permanecer en el dominio femenino de un salón, y no tenía reparos en reunirse con el director de un orfanato o en alquilar una carpa o en discutir un contrato con músicos para un evento.

Entonces, ¿por qué, en ese momento, se sintió cohibida y con la lengua trabada?

Dio un sorbo a su champán y dejó que esta se le soltara.

—Puede decirlo, lord Westing, siempre que sea sincero.

Su sonrisa transformó su apuesto rostro en el de un dios griego.

—Tengo ojos en la cara —le recordó—, y le aseguro mi sinceridad. ¿Quiere bailar conmigo?

Su invitación la llenó de placer de pies a cabeza. Pero ella miró más allá de él, hacia la pista de baile vacía, y sintió el impulso de reírse.

—Sería extraño, en efecto, ya que los músicos no han empezado a tocar y nadie más está bailando.

Por primera vez, pareció inseguro de sí mismo. Miró

por encima del hombro, luego volvió a mirarla y sonrió.

—Creo que tiene razón. Aunque no me importa estar a la vanguardia de las nuevas ideas o incluso destacar en una multitud, no sorprendería a la alta sociedad llevándola a una pista de baile vacía.

Ella le devolvió la sonrisa.

—Ya tiene una copa de champán —dijo Christopher ladeando la cabeza—, así que dígame cómo puedo servirla.

—Supongo que podemos hablar —dijo ella, y luego casi puso los ojos en blanco por su incómoda falta de bromas seductoras.

Sin embargo, en lugar de parecer desanimado, lord Westing parecía realmente complacido.

—Sí, podemos. ¿Qué le interesa?

—Sería más fácil enumerar lo que no me interesa —dijo ella con sinceridad.

—Ya sé que tiene debilidad por los huérfanos.

—Bueno, ¿y quién no? —preguntó ella, y luego pensó en las muchas historias que había escuchado de gente de su clase que prefería girar la cabeza y mirar hacia otro lado cuando se encontraba con niños en las cunetas o mendigando. Lamentablemente, muchos no iban al East End en absoluto, prefiriendo no ver la pobreza y, por tanto, fingir así que no existía—. También me interesa el bienestar general, es decir, la calidad del aire en Londres, y en particular la salud de las clases trabajadoras. La ley de salud pública de hace unos años fue un comienzo prometedor, aunque no tenía suficientes dientes, ya sabe a qué me refiero. Lo mismo ocurre con el Consejo Central de Salud. Y no me haga hablar de la crisis del agua potable.

—Al contrario, me encantaría escuchar su opinión sobre el agua potable —dijo él—. El cólera sigue siendo uno de nuestros contagios más desagradables.

Por lo tanto, a la luz de las lámparas de cristal y cerca de los miembros más ricos de la sociedad, con sus joyas y vestidos de seda, pasaron una hora discutiendo sobre el bienestar público y lo que se podía hacer para aliviar la situación de quienes habitaban los barrios bajos de Londres.

Tras discutir los méritos del actual primer ministro, admirando a lord John Russell, a la vez que deseaban que fuera menos teórico y más activista, «como usted, *lady* Jane», le había dicho Christopher, decidieron entonces que era hora de bailar.

—¡Una polca! —exclamó Jane—. ¡Qué divertido! —Se sorprendió al darse cuenta de que lo decía en serio, y se sorprendió aún más por las chispeantes sensaciones que la recorrieron cuando Christopher la tomó en sus brazos.

Un baile estimulante, que ella siempre había manejado con aplomo, concentrándose en ejecutar los pasos a la perfección. Aquella noche, no se preocupó demasiado por sus pies y sintió toda la alegría que implicaba el baile mientras giraban por la pista con las demás parejas.

Cuando la música de la polca se apagó, casi de inmediato, comenzó un vals. Sin soltarla ni un instante, lord Westing la condujo al baile. Y luego al siguiente.

Jane no recordaba una velada en la que hubiera disfrutado más. Nunca. Y cuando Christopher la llevó por fin a la mesa de su madre y le ofreció ir a buscar refrescos, supo que estaba sonriendo como una tonta.

—Me alegro de verte tan feliz —dijo *lady* Chatley.

—Lo estoy —confesó ella, esperando que su madre no fuera a estropearlo diciendo algo inapropiado sobre empujar a lord Westing al matrimonio.

—Creo que es una idea magistral bailar con lord Westing. Has llamado la atención de muchos otros jóvenes al hacerlo. Te están mirando con nuevos ojos.

Su sonrisa se apagó. La rancia Jane había adquirido una apariencia fresca al bailar con uno de los solteros más codiciados de Londres. ¡Qué artificioso sonaba eso! Tres bailes seguidos, si alguien llevaba la cuenta. Y conociendo a la alta sociedad, todo el mundo llevaba la cuenta.

Después de su última conversación en la terraza, esperaba que lord Westing no lo hubiera hecho con el propósito de arrancarle los dedos de la estantería a la que había intentado subirse esta temporada.

Esperaba que simplemente le gustara. Aun así, él estaba en la mesa de refrescos, charlando con lord Burnley, mientras este gesticulaba. Ambos se volvieron en su dirección. Por suerte, ella pudo girarse justo antes de que la vieran observándolos.

Cuando Christopher regresó con su champán, se inclinó hacia ella durante unos breves instantes y le susurró al oído:

—No beba más que esta copa, o tendré que reprenderla.

—No lo haré —prometió ella, pensando que era dulce que él se preocupara por ella. Entonces se dio cuenta de que él no había bebido.

—¿Quiere sentarse con nosotros? —lo invitó, sabiendo ya, por su postura, que estaba a punto de marcharse.

—Por desgracia, no puedo. Tengo otras obligaciones. Cuando las cumpla, espero verla más tarde.

Ella dejó de escuchar al oír «otras obligaciones». ¿Le habría advertido lord Burnley que se alejara de ella?

—Tal vez —murmuró Jane, esperando sonar misteriosa y no totalmente decepcionada.

Christopher se inclinó ante ella y luego ante su madre y se marchó a toda prisa. Demasiado rápido.

Durante toda la noche, hasta ese momento, Jane se había sentido la mujer más afortunada, más bonita y más interesante del baile. Ahora, se sentía simplemente tonta. Además, le dolía, como supuso que ocurriría, darse cuenta de que había sido una mera pareja de baile más, y que había imaginado una conexión más profunda.

En cualquier caso, él se había alejado con tanta rapidez que no le dejó ninguna duda de que ella no era la mujer con la que deseaba pasar el resto de la velada.

Jane pronto se dio cuenta de que la observación de su madre era correcta. Apenas lord Westing se alejó de ella, un flujo constante de otros hombres apareció en su mesa invitándola a bailar.

Desde luego, no era por el vestido púrpura, por muy atractivo que fuera. Era el nuevo brillo de haber sido favorecida por un marqués durante una larga conversación seguida de tres bailes, lo que la marcaba como una compañera deseable.

Miró más allá del primer hombre de la fila y vio a Christopher conduciendo a otra dama a la pista, junto con su hermana, *lady* Amanda Westing, que estaba en brazos de otro joven lord, nuevo esta temporada. Un pintoresco cuarteto de amigos.

Que así sea. En un relámpago de comprensión, Jane

pensó que podría apiadarse de los diligentes esfuerzos de su madre y dejar de ser una carga para sus padres. Si se dejaba cortejar por algún hombre apto, podría dejar atrás toda esta época de su vida. Podría comprometerse y decidir no volver a asistir a un baile.

Y no había mejor momento para empezar a cribar la baraja que bailando esta noche con todos los que se lo pidieran.

⁕

Christopher se preguntó de dónde sacaba *lady* Jane Chatley la energía. No se había apartado de la pista de baile desde que él la había dejado para cumplir con su deber familiar de acompañante de su hermana. Había prometido a sus padres que no era necesario que vinieran al baile de los Linwald, un evento que ambos encontraban tedioso, y a cambio, él vigilaría a Amanda. No había hecho un buen trabajo al principio de la noche, estando tan fascinado por Jane.

Al final, su mejor amigo, lord Burnley, lo había obligado a bailar con una de las amigas de su hermana mientras Amanda elegía a sus parejas.

La comparación de la charla con Jane, que era inteligente y estaba bien informada, y la de las otras damas con las que le hacía compañía esa noche, era un abismo de ignorancia insípida. Y mientras bailaba con una señorita rubia de pelo rizado, que no paraba de preguntar por las propiedades de su familia en el campo, vio a Jane del brazo de lord Fowler. Christopher se mantuvo al margen de los siguientes bailes, sin perder de vista a Amanda, mientras observaba a Jane con lord Welkes, Burton, e incluso Whitely, y algunos otros que conocía por su cara, pero no por su nombre.

Le parecía que ella solía pasar más tiempo fuera de la pista que en ella, de lo contrario, habría notado en los bailes anteriores la elegancia de sus pasos, la forma graciosa en que sostenía la cabeza y la belleza de su figura.

¿Siempre había llevado vestidos que mostraban tanto su escote?

En ese instante, lord Reggie Linwald, el hijo de los anfitriones, miraba descaradamente el vestido de Jane desde la ventaja de su gran altura y, sin duda, podía ver la parte superior de su pecho.

Una oleada de irritación lo atravesó. Al menos, Christopher supuso que solo era irritación lo que sentía, pero podrían ser celos. En cualquier caso, le molestó.

¿Qué motivo tenía para estar irritado o celoso? Había asistido a innumerables bailes y las acciones de Jane Chatley nunca habían significado nada para él.

A decir verdad, nunca le había dedicado un segundo pensamiento, pero ahora, ella llenaba su mente. Todo porque la había encontrado sola y le había echado una segunda mirada. Y luego una tercera.

Extraordinario, si lo consideraba. Si no hubiera pasado unos preciosos minutos con ella en la terraza de Marlborough House, no se habría dado cuenta esta noche de con quién estaba bailando ella o incluso de qué estaba bailando.

Era difícil creer que hubiera podido ignorar su presencia, ya que no podía apartar la mirada de ella. Cautivadora, hermosa, pareciendo tan cómoda en la pista de baile del parqué como en el banquete. ¡Qué mujer tan atractiva!

Christopher se levantó cuando la música terminó, y Jane

abandonó la pista del brazo de otro elegante caballero.

—¿A dónde vas, querido hermano? —preguntó Amanda—. Estábamos a punto de volver a bailar. Seguro que no eres tan viejo como para rendirte.

La chica que estaba con su hermana se rio. Apenas hizo una pausa.

—Compórtense, niñas, o las enviaré a casa como las mocosas malcriadas que son.

En un momento, estaba al lado de Jane, y el hecho de no haber carnés de baile esa noche, tenía libertad para cambiar de pareja a su antojo. O para dejar de bailar.

—*Lady* Jane, ¿está lista para un descanso y para retomar nuestra conversación?

Por primera vez, ella se mostró recelosa, o eso fue lo que a él le pareció. ¿La habría ofendido de alguna manera?

Jane miró a su alrededor, quizás buscando una excusa. Christopher decidió darle algunas opciones en caso de que realmente no quisiera hablar con él.

—Es decir, a no ser que vaya a bailar con otro caballero o se disponga a marcharse.

Jane le frunció el ceño.

—¿Por qué debería irme antes de que se acabe el baile? No soy una completa aburrida, ya sabe.

Él sabía que se había quedado con la boca abierta, ya que eso era lo más alejado de su mente. Después de esta noche de conocerla, encontró su compañía preferible a la de cualquier otra dama allí presente. Tenía todas las cualidades de una amiga, con la maravillosa posibilidad de una asociación amorosa, como el encantador brillo de la cera de abeja bien frotada en su escritorio favorito.

Él sonrió y luego soltó una risita.

Jane abrió sus ojos azules de par en par.

—¿Qué es tan gracioso? —preguntó con fuerza—. Dígame, lord Westing.

—Pensé… —dijo Christopher, y luego se rio—. Tuve una idea tonta —añadió, pero no pudo continuar por la risa. La idea de Jane como un escritorio, con un pulido reluciente, y de él sentado ante ella... poniendo sus manos encima… Se puso serio al instante—. No le habría gustado lo que estaba pensando —dijo, mirándola fijamente a los ojos, que ahora se habían estrechado para observarlo como si fuera un lunático—. Era bastante irreverente.

—Dígame —insistió ella—. A nadie le gusta que se rían de uno.

—No me rio de nadie —prometió él.

—No se estaba riendo conmigo, ya que todavía no conozco la broma.

—¿Damos un paseo? —preguntó Christopher con brusquedad.

Ella enarcó una ceja, pensativa. Luego miró a su alrededor. Ya habían terminado en el borde de la pista de baile, en el lado opuesto a las mesas de los acompañantes.

—¿Dónde? —preguntó al fin.

Él le ofreció su brazo y ella lo aceptó. De alguna manera, él sabía que ella estaría dispuesta a jugar, y que no era del tipo de las que se retraen, como tampoco era del tipo de las descaradas. Jane estaba justo en el medio, dispuesta a la aventura, pero sin sobrepasar los límites de la buena sociedad.

Y en ese momento, ella mantenía la cabeza baja e intentaba ser discreta mientras él la conducía fuera del gran salón.

Desde allí, se adentraron en el corazón de la mansión Mayfair. Al final de un largo pasillo, se encontraba el tipo de alcoba sombría que las parejas utilizaban para darse rápidos y apasionados besos y, ocasionalmente, los caballeros más atrevidos como Burnley utilizaban para una verdadera prueba de levantamiento de faldas.

Christopher miró el diván de terciopelo, consideró a la dama con la que estaba, y se apartó de su sórdida implicación. En su lugar, puso la mano en el primer pestillo que encontró y empujó la puerta.

Estaba repleta de camareros, platos y cristalería. La atrajo detrás de él y cerró la puerta. La única luz provenía de una ventana que dejaba pasar la claridad de la luna y de la calle. Rápidamente, encendió una lámpara sobre la encimera, junto a un montón de servilletas. La situación seguía pareciendo sórdida y algo ridícula.

¿Qué demonios estaba haciendo?

—Lo siento —dijo, volviéndose hacia Jane, pero ella lo miraba seria, con ojos luminosos y los labios separados y, de repente, Christopher no lo sentía en absoluto.

Capítulo 4

-Nunca he hecho nada que no deba hacer —confesó Jane, mirando a su alrededor los estantes de tazas de té y platos.

En ese momento, con Christopher Westing diabólicamente guapo a su lado, estaba encantada de estar con él en la sala de la servidumbre.

Él ladeó la cabeza y la observó.

—Entonces ya es hora, ¿no cree?

A ella le entraron ganas de reírse, y ella nunca se reía en absoluto.

Christopher solo tenía que dar dos pasos para estar justo delante de ella, y los dio, acercándose, pero sin tocarla. En cambio, la miró a la cara, obligándola a levantar la vista.

—Estoy sorprendido y honrado —dijo—. Solo pensar en todos esos eventos sociales, y está diciendo que nunca... —se interrumpió.

Para que no pensara que era una mojigata sosa, una tonta sin vida, confesó:

—He dejado que algunos caballeros me besen. Solo por

curiosidad.

Él le sonrió ligeramente.

—Y la otra noche —dijo Christopher—, en lugar de estar en el interior bailando respetablemente con su pareja designada, estaba usted de un modo perverso en la veranda de Marlborough House.

—Sola —le recordó ella, y luego se sintió avergonzada. Eso no hablaba en favor de su encanto o atractivo, si podía estar sola, sin compañía, y no ser molestada por ningún hombre.

—Sola o no, fue bastante atrevido por su parte —señaló él.

—Pero no hasta este punto. —Jane negó con la cabeza—. Nunca algo como escabullirse de un baile y entrar en una habitación privada con un caballero.

—Somos amigos —dijo Christopher.

¿Lo eran? ¿Esto es lo que hacían los amigos?

—¿Lo somos?

—Espero que sí, y también algo más, quizás. —Christopher se acercó aún más, hasta que ella pudo sentir sus piernas contra el satén de su vestido—. Si no es en una habitación como esta, ¿dónde tuvieron esos caballeros el placer de besarla?

Ella hizo una pausa, apenas capaz de formar un pensamiento.

—En los labios —murmuró, haciendo una pequeña broma.

Sin embargo, con un aspecto más serio que divertido, él le miró la boca, estudiando detenidamente sus labios. Entonces, Jane vio que sus ojos parecieron oscurecerse, y se dio cuenta de que sus pupilas se habían agrandado, prácticamente llenando el azul de su iris.

Qué interesante.

De pronto, las manos del marqués de Westing estaban en su cintura y, con fuerza, pero despacio, la atrajo contra su cálido cuerpo hasta que sus muslos quedaron apretados y sus pechos comenzaron a aplastarse contra él.

—Dígame —le preguntó ella, asombrada por su propia voz jadeante—. ¿Qué le divirtió tanto antes?

Él frunció ligeramente el ceño, y luego, al recordar algo, volvió a sonreír.

—Solo estaba pensando en lo extraordinaria que es. Algo sobre el brillo y el lustre y sobre poner mis manos sobre usted —dijo, con un tono ronco.

Su corazón se aceleró y Jane no pudo hacer otra cosa que mirarle fijamente, en silencio, esperando, deseando. No era su primer beso, pero era el primero que le importaba.

Cuando él se inclinó hacia ella, Jane cerró los ojos hasta que sintió su boca sobre la suya. Firme pero suave, y luego francamente abrasadora, su beso le quemó los labios, y al instante su calor llegó a su corazón.

Lo había anhelado, negándose a reconocerlo, incluso ante sí misma.

Y las cálidas sensaciones no se detuvieron en su corazón. Su cuerpo sentía un cosquilleo y un calor punzante, ciertamente como nada que hubiera experimentado antes.

Cuando Christopher levantó la cabeza, su expresión era de... asombro, y su espíritu se elevó. Él también lo había sentido. Lo llevaba escrito en su apuesto rostro.

Sin mediar palabra, él se abalanzó de nuevo para darle

otro beso, inclinando la cabeza hasta que sus labios encajaron a la perfección, y luego se burló de los suyos con la lengua hasta que ella abrió la boca para descubrir lo que venía a continuación.

Lo que siguió fue igualmente sorprendente y excitante. La lengua de él se deslizó entre los labios separados de ella, y no era desagradable tener la lengua de otra persona en la boca. Era muy agradable. De hecho, era excitante.

Atrevidamente, ella tocó la suya, y él hizo lo mismo, lo que le provocó pequeños escalofríos, que al fin se concentraron en el lugar que ahora latía entre sus muslos.

¡Qué maravilla!

Jane se dio cuenta de que sus manos habían subido por los hombros de él y estaban detrás de su cuello, y sus dedos enguantados estaban tocando su espeso pelo, que se enroscaba en su nuca.

Estaba tocando el pelo de un hombre. A través de sus guantes de seda, podía sentir su suavidad.

Y entonces él se apartó de nuevo, y ella estuvo a punto de protestar. En cambio, dejó que sus manos se alejaran de él. Sin embargo, a Jane no se le ocurrió nada que decir.

Una lenta sonrisa se extendió por su rostro haciéndolo, si cabe, aún más atractivo.

—Los otros besos —comenzó él—, ¿dónde dice que tuvieron lugar?

Ella parpadeó, simplemente mirando sus encantadores ojos. Podría contemplarlos durante toda una vida. Además, no podía recordar la cara o el nombre de un solo hombre al que hubiera dejado que le diera un beso insípido en la boca.

—¿Qué otros besos? —preguntó Jane al fin, y ambos

rieron.

—Deberíamos volver al salón de baile.

—Deberíamos —aceptó ella, sin querer salir de la habitación del servicio—. ¿Le gustaría volver a bailar, o tiene otras obligaciones?

El rostro de Christopher adoptó una expresión de dolor.

—Se supone que estoy cuidando a mi hermana menor.

—¡Oh, Dios! —dijo ella, y su lado práctico se impuso—. No podría vivir conmigo misma si ella sufriera algún daño o su reputación fuera mancillada por culpa de... —se interrumpió.

—Porque estaba ocupada manchando la suya propia —añadió Christopher.

Compartieron una sonrisa tonta.

—Además, su madre estará sin duda frenética —le recordó él—. Puede que incluso esté al otro lado de esa puerta.

Ambos la miraron.

—Ya que puede que estemos a punto de enfrentarnos a la ruina y la condenación, ¿puedo besarla de nuevo?

Ella asintió.

Él tuvo cuidado de no despeinarla mientras tomaba su cara entre las manos y volvía a fundir sus bocas. No duró tanto como el primer beso, probablemente porque estaba distraído pensando en su hermana y su madre.

Sin embargo, cuando se separó, le tiró con suavidad del labio inferior con los dientes. Fue chocante y maravilloso, y envió un chisporroteo a sus partes femeninas. Antes de que pudiera detenerse, gimió con suavidad por todas las sensaciones que la recorrían.

En respuesta, Christopher deslizó sus manos por su espalda y la acercó de nuevo, estrechándola contra su cuerpo durante un largo momento. Luego la soltó.

—Necesitaba abrazarla así —explicó—. Es tan cálida y suave...

Ella sonrió. Esta había resultado ser la noche más agradable de su vida.

❧

—Escaparte de esa manera estuvo muy mal de tu parte, Jane —la amonestó su madre cuando reapareció sola en el salón de baile unos minutos después. Christopher había dado la vuelta para llegar por una entrada diferente. Jane miró más allá de su madre, con la cara roja después de haberla buscado por todas partes, y vio a *lady* Amanda perfectamente a salvo, hablando con un grupo de otras debutantes.

Jane suspiró y se relajó, sabiendo que su propia indiscreción placentera no había perjudicado a nadie más. Excepto a su madre.

—He ido al baño de señoras y me he arreglado el pelo —añadió, esperando que así lo pareciera. Si no era el caso, podía buscar una excusa—. He bailado con tantos caballeros agradables esta noche, que había perdido algunas horquillas. ¿Se ve bien ahora?

—Has bailado mucho —aceptó la condesa, colocando un mechón errante detrás de la oreja de Jane—. Me alegro de que hayas encontrado una compañía aceptable, para variar.

—Bastante aceptable, sí —dijo Jane, al ver que

Christopher entraba por la puerta principal, lo que significaba que debía haber salido. Claramente, la estaba buscando. Cuando sus ojos se encontraron, incluso desde el otro lado del salón, ella lo vio guiñar el ojo. Luego, él asintió y se dirigió a la mesa de su hermana.

—Buenos días, padre. —Jane oyó la ridícula tonalidad de su voz y se sirvió el té y el desayuno del aparador.

Resultaba bastante extraño ver a lord Chatley levantado temprano y sentado a la mesa, con los periódicos extendidos a su alrededor. Más extraño aún era sentir una burbuja de felicidad por la actividad de la noche anterior. Por supuesto, ella nunca había sido besada por Christopher Westing y, por lo tanto, nunca había tenido necesidad de reflexionar.

Su padre bajó el periódico que estaba leyendo cuando ella se sentó.

—Tienes buen aspecto, Jane.

Normalmente no hacía comentarios sobre su aspecto. Nunca.

—¿Ah, sí? —preguntó ella, inclinándose para ver qué periódicos tenía él, y alargando la mano para coger el *Times*.

Cuando sus dedos lo rozaron, él lo apartó de su alcance, y su mirada voló hacia la de él.

—No es muy femenino por tu parte querer leer el sucio periódico en lugar de atender a tu padre. Deberías practicar tus habilidades de conversación para que podamos casarte.

Tanto le sorprendió a Jane lo que él dijo, que no pudo hacer otra cosa que mirarlo fijamente.

—Pronto perderás la flor de tu juventud, querida hija —añadió su padre—, y entonces ¿dónde estarás?

La flor, en efecto. Debería mirarse en el espejo las venas rojas de sus mejillas. Además, ella podía oler el perfume de enebro de su borrachera de la noche anterior, suponiendo que no hubiera tomado ginebra antes del desayuno.

—Mi estado civil y mi apariencia nunca te han preocupado antes —señaló ella.

—Por supuesto que sí. Desde el momento en que perdimos a James y tuvimos una niña, supe que nuestras vidas iban a ser muy diferentes de lo que esperaba. En lugar de haber construido un condado, tendré que dejar que se lo lleve el diablo y mi sobrino.

Jane miró a su padre por encima de su taza de té.

—Estoy segura de que el primo Bernard apreciará que le dejes algo. —¿Y qué había de su propia madre?, pensó Jane. Si su padre falleciese antes que ella, estaría bien que le dejara algo para vivir. Y a Jane también.

—¡Bah! Será un conde, obtendrá la finca, que puede quedarse con mi bendición. Por desgracia, también tendrá esta casa si la quiere.

Jane miró hacia el lugar donde se sentaba habitualmente su madre. ¿Dónde iba a vivir en su madurez?

—De hecho, he estado pensando en esto cada vez más. —Su padre interrumpió las cavilaciones de Jane—. Creo que deberíamos descubrir si Bernard tiene algún interés en casarse contigo.

Ella se atragantó, tosió y lanzó el té por el mantel.

—¡Jane! —la reprendió su padre.

—Perdóname. Simplemente no estaba preparada para

ese anuncio. Además, lo rechazo por completo.

En ese momento, su madre entró en el comedor, se erizó visiblemente al ver al conde y luego tomó su asiento, que resultó ser el más alejado de él.

—¿Qué es lo que rechazas, Jane querida?

—La idea de mi padre de que me case con el primo Bernard. No tenemos nada en común, y él nunca ha mostrado el más mínimo interés por mí.

—Tu primo podría estar interesado —dijo su madre, sonando pensativa, y Jane temió que casarse con Bernard se convirtiera en la nueva batalla diaria—. Sin embargo —añadió—, rechazo la idea con tanta fuerza como Jane.

La condesa miró fijamente a su marido.

—¿Por qué? —preguntó este, con un tono neutro.

—Bernard parece aburrido, muy por debajo de nuestra hija en inteligencia. Eso hará que esté resentido con ella. Además, cuando era más joven y visitábamos a tu hermano, fui testigo de cómo Bernard se ensañaba, en más de una ocasión, con un caballo y con sus perros. No quiero que tenga dominio sobre nuestra Jane.

—Eso es absurdo. Los chicos siempre serán chicos y jugarán con rudeza.

—Fue despecho, no rudeza. Era mezquino, y le faltaban unos años para ser un niño. —Su madre se sirvió el té.

Discutieron un poco más mientras Jane comía tranquilamente. A ella no le importaba mucho el resultado, ya que no se casaría con Bernard Lowther, al margen de cuál de sus padres se impusiera, aunque apreciaba mucho el apoyo de su madre.

Lady Emily Chatley siempre había sido indulgente

cuando se trataba de su única hija, y Jane había asumido que su padre no tenía ningún interés en un sentido u otro. Que de repente tuviera no solo un interés, sino una posición entusiasta, era inquietante. En última instancia, si daba su consentimiento a una propuesta de matrimonio de Bernard, ni la opinión de Jane ni la de su madre en el asunto se considerarían relevantes o incluso importantes.

Si le decían que tenía que casarse con Bernard y a partir de entonces entregar su cuerpo, su mente, su dote y su vida en sus manos, se resistiría. Ya era un salto al vacío temible convertirse en la propiedad de un hombre al que se admiraba y perder toda la protección de la ley, básicamente toda su existencia como persona independiente. Hacerlo con alguien que no le interesaba, un hombre que podía ser cruel o tonto, era francamente aterrador, sobre todo porque Jane podía estar segura de que su primo se casaría con ella solo para que nada del dinero de los Chatley saliera de la finca a través de su considerable dote.

Su alternativa, tal y como ella lo veía, en esta soleada mañana, mientras terminaba sus huevos y su salchicha, era simplemente huir. Jane tomaría la generosa asignación que había ahorrado y se iría a donde quisiera. Quizás al continente, quizás simplemente al campo.

O tal vez recibiría una oferta de alguien más poderoso y rico que su primo, y por lo tanto un partido más deseable a los ojos de su padre.

Así pues, les dejó debatir, y terminó una segunda taza de té antes de excusarse. Estaba ocupada dando los últimos toques a una carta dirigida a Angela Burdett-Coutts, en la que le preguntaba si podía contar con el esfuerzo filantrópico de esa gran dama, junto con el señor Charles Dickens, en Urania Cottage. A pesar de que su hogar para damas caídas estaba en Shepherd's Bush, Jane esperaba que tal vez hubiera algo que ella pudiera hacer.

Por otra parte, la señora Burdett-Coutts también participaba activamente en la Real Sociedad para la Prevención de la Crueldad contra los Animales. Si Jane no podía ayudar a las mujeres que se dedicaban a la prostitución, tal vez podría ayudar a concienciar sobre la crueldad hacia los animales, sobre todo en las ciudades.

Solo esperaba que la señora Burdett-Coutts no la rechazara de plano. Ya fuera para ayudar a los huérfanos, a las mujeres o a los animales, Jane consideraba que cualquier cosa era mejor que quedarse sentada sin hacer nada más que reflexionar sobre su propia situación egocéntrica. Incluso su madre tenía un club de jardinería al que acudía obedientemente, aunque solo fuera para tomar jerez y discutir las mejores maneras de contratar a un jardinero capaz.

Apartando todos los pensamientos sobre Bernard Lowther de su cabeza, Jane volvió a su escritorio en la biblioteca. La única otra distracción, por supuesto, era Christopher Westing y sus gloriosos besos, y cuándo podría volver a verlo.

～

Dos noches después, por primera vez en... bueno, en toda su vida... Christopher acudió a una cena y a su posterior baile con la esperanza expresa de ver a cierta dama. Supuso que podría haber enviado una misiva preguntando a Jane si estaría allí, pero tenía el presentimiento de que acudiría. Al fin y al cabo, se trataba de una fiesta para solteros de alto nivel. Sin duda, se esperaba que ambos asistieran.

Mejor aún, no estaría *lady* Emily Chatley, ya que en esta fiesta no habría madres o tutores vigilantes, sino acompañantes profesionales, sin que hubiera un tufillo a escándalo.

Si Jane no se presentaba, tenía la opción de reunirse con Burnley en el club White's, donde jugarían a las cartas y comerían una buena cena. No se preguntaba ni se daba por sentado su inclinación política, aunque todo el mundo sabía que su padre era miembro del Reform Club y que el de White era más conservador.

En cualquier caso, Christopher había supuesto correctamente. Esa noche, Jane acudió a la casa de la esquina de Mulberry. Cuando entró, la buscó de inmediato, divisando su elegante figura al otro lado de la sala, vestida de raso verde.

Se detuvo a observarla hablar con otros, probablemente sobre algún asunto de interés para la sociedad en general, y estaba ansioso por tener la oportunidad de tener otra larga conversación con ella, y luego invitarla a bailar. Sobre todo, necesitaba determinar si realmente había sentido algo único durante sus anteriores encuentros, algo que hacía que su pulso se acelerara al verla.

Dios, eso esperaba.

Antes de acercarse a ella, se dirigió a sus anfitriones, ambos conocidos de su familia. *Lady* Mulberry estuvo encantada de cumplir los deseos del joven lord y, como por arte de magia, le aseguraron que sería pareja de Jane para la comida, que se celebraría antes del baile.

A veces era muy útil ser marqués.

Mientras avanzaba hacia ella, escuchó a Jane mencionar la difícil situación de los caballos sobrecargados de trabajo, mientras era apenas escuchada por otra joven y un hombre. No parecía molestarle en absoluto ser la tercera en un grupo. Le gustaba esa confianza en ella, junto con su voz clara y directa, que no fingía una respiración tonta y aniñada.

Él prefería la genuina falta de aire que había creado al besarla sin sentido.

Cuando estuvo junto a ella, le dijo:

—Francamente, *lady* Jane, me sorprende que esté aquí.

Capítulo 5

El silencio se apoderó del pequeño grupo, pero Jane se volvió hacia Christopher, con gesto imperturbable.

—Francamente, a veces me sorprendo a mí misma —confesó.

Como si ya compartieran una broma privada, se rieron juntos, y los otros dos se alejaron.

Bien. Él ya estaba fascinado por la forma de sus perfectos labios rosados y quería tenerla para él solo.

—En la terraza de nuestro primer encuentro, dijo que estaría encantada de no volver a asistir a un evento social, pero luego, en nuestro segundo encuentro, bailó con todos los caballeros dispuestos, incluido yo. ¿Y ahora la encuentro en otro evento social, quizá obligada por su formidable madre?

Jane se encogió ligeramente de hombros, sin decirle nada, como era su derecho. Christopher esperaba que ella hubiera salido de nuevo por él, deseando pasar más tiempo a su lado.

—Pensándolo bien —se burló Christopher—, creo que

sé que está en lo cierto. Ha venido esta noche porque es un evento sin la presencia de su madre.

Ella se sonrojó.

—Ajá, tengo razón —cacareó él.

—Tal vez. —Sus ojos azules brillaron—. ¿Y qué hay de usted? ¿Está aquí para reunirse con sus amigos o para acompañar a su hermana?

—Ninguna de las dos cosas. —Como la sensación de que ella le gustaba no había disminuido ni un ápice, decidió ser sincero desde el principio—. He venido a verla a usted.

Su boca formó una *o* perfecta por un momento, y luego se recuperó.

—¿Con qué fin, lord Westing? —dijo Jane.

¿Qué quería decir al preguntarle eso? ¿Quería que él le dijera de inmediato que le gustaba?

—¿Perdón?

—Lo siento. Fue una imperdonable grosería por mi parte —declaró ella, llevándose la mano a la garganta, atrayendo la atención de él hacia su elegante cuello y sus hombros, donde descansaban unos suaves mechones de pelo castaño pálido.

—Solo espero que con «verme», señor mío, no se refiera a otra cosa que no sea cenar y bailar. No me gustaría incluirle en esa categoría de hombres que se acercan a una mujer con fines nefastos.

Él había dicho que le gustaba su franqueza, y al parecer, ella se la iba a dar. Él podía devolvérsela.

—Disfruté de la charla con usted la otra noche, así como del baile, y por ello, esperaba repetir ambos placeres, con el adicional de cenar con usted, ya que sería la primera vez. De hecho, cuando bailamos la otra noche, creo que no lo habíamos hecho en toda la Temporada.

Ella lo miró un largo rato, frunciendo el ceño entre sus encantadores ojos. Él no podía discernir sus pensamientos, pero creía que le estaba tomando la medida. Esperaba que ella lo encontrara a la altura.

—Tiene razón —dijo al fin—. La última vez que bailamos fue la temporada anterior, a finales de mayo. Estaba harta de que lord Pomley me pisara los pies y fui a buscar un vaso de limonada. Usted estaba en la mesa de los refrescos, hablando con sus amigos. Me preguntó cómo estaba, y luego, por pura cortesía, supongo, si mi próximo baile estaba libre. Era una cuadrilla.

Ella lo había dejado sin palabras.

¿Por qué no había sentido esa chispa en ese momento? Qué cantidad de oportunidades desperdiciadas. Parecía que nunca le había prestado toda su atención.

—Supongo que recuerda precisamente lo que llevaba puesto y la música que sonaba —bromeó él.

La expresión seria de Jane desapareció y ella se rio, pareciendo totalmente encantada por haberlo impresionado.

—Sé que su chaleco era de un azul intenso porque resultaba ser de un tono similar al del vestido que yo llevaba, solo que más oscuro. Además, esa noche bailamos seis partes en lugar de cinco porque la anfitriona eligió la cuadrilla vienesa, y así, la Trénis se añadió antes de la Pastourelle. Desde luego, fue un baile divertido, ya que algunas parejas no estaban familiarizadas con la figura extra.

Christopher sacudió la cabeza.

—Tiene una memoria extraordinaria.

Ella ladeó la barbilla, lo que a él le pareció un movimiento encantador.

—Algunas cosas me impresionan, supongo.

Y entonces fueron llamados a la comida.

—Debo encontrar a lord Welkes. Creo que es mi compañero de cena esta noche —dijo Jane.

—No, no lo creo. —Él le tendió el brazo para que la acompañara al comedor.

Un momento después, vieron a lord Welkes con expresión de disgusto cuando su anfitriona, *lady* Mulberry, le presentaba a otra joven.

—¿Por qué creo que no es casualidad que usted y yo estemos sentados juntos? —preguntó Jane, sin parecer contrariada mientras Christopher le acercaba la silla.

—Ya le he dicho que he venido a verla y a cenar con usted. Ciertamente no tenía la intención de limitarme a mirarla desde el otro lado de la mesa.

<hr>

Jane casi vibraba de placer. Él la había buscado. A ella.

Lord Christopher Westing había acordado sentarse con ella en la cena, lo que significaba que también sería su pareja en la mayoría de los bailes. Es más, estaba segura de que su madre no tenía nada que ver con ello. A lord Westing simplemente le gustaba.

¡Qué glorioso! Se sintió mareada. Era el único hombre que le importaba y, por fin, él le prestaba atención. Y ella no había cambiado nada de sí misma. Ni él parecía haber cambiado con respecto al hombre que ella conocía desde hacía unos años.

A su modo de ver, la única alteración era que por fin se había fijado en ella, justo cuando ella ni siquiera intentaba hacerse notar.

En cuanto se sentaron, se sirvió el vino, al que seguiría el primer plato, previsiblemente, mejillones. Ya había asistido a bastantes de estas cenas y, casi podía saber, por la mirada de los camareros, de qué iba a consistir cada uno de los cinco platos.

Esta noche la comida sabía mejor. Incluso la sopa de tortuga falsa no era tan repugnante como solía encontrarla. Sin embargo, si no volvía a comerla, sería demasiado pronto. Entre cada plato o tazón, ella y Christopher conversaron.

Para cuando los platos de pescado y aves se habían retirado y disfrutaban de las tartas de crema de huevo y las bayas bañadas en chocolate, ella sintió que se estaban convirtiendo en amigos con rapidez, del mismo modo que lo había hecho con lord Cambrey mientras organizaban su banquete.

La diferencia en ese caso era que ella no había sentido el menor romanticismo hacia el conde de Cambrey. Sin embargo, el hombre sentado a su lado provocaba todo tipo de sensaciones en su mente y en su cuerpo.

—¿Y quiere ocupar el puesto de su padre en el parlamento? —preguntó Jane, después de que él dijera que su destino era sentarse en la cámara de los Lores.

—Extraña pregunta —dijo él—, como preguntarle al primogénito de la reina si quiere ser rey.

Ella sonrió, pero él no parecía estar presumiendo, sino solo constatando un hecho hereditario en su posición como miembro de su gobierno.

—No es lo mismo, ¿verdad? —preguntó ella, esperando no ofenderle, pero sabiendo que a veces los hijos no tienen la misma vocación que sus padres.

—Creo que es mi deber tanto como el de cualquier militar con su país. Con ese fin, fui a Eton y al Trinity College, voy a clubes políticos y leo los periódicos, y asisto al parlamento semanalmente para escuchar los procedimientos.

—No solo para escuchar —dijo ella—. Soy consciente de que ha hablado a favor de la reforma y ha escrito algunos artículos muy reflexivos para los periódicos sobre la mejor manera de ayudar a los pobres.

—Gracias. —Parecía satisfecho e incluso ligeramente avergonzado—. Creo que ambos somos personas de acción. Me interesan las obras de caridad y me impresionó mucho lo que usted logró para los huérfanos con sus esfuerzos de recaudación de fondos en el Lord's Cricket Ground.

Ella sintió que sus mejillas se calentaban ante sus palabras.

—Hice lo que pude y estaría encantada de hacer más. Parece imposible vivir en Londres y no ver el sufrimiento en la misma puerta de nuestros más acaudalados convecinos. Desde luego, no hace falta ir a Irlanda para ver que la gente muere de hambre.

Christopher dejó su copa de vino.

—Espero que no parezca simplista o poco sincero hablar de los pobres mientras comemos. Sin embargo, dentro de muchos comedores y salones se hacen los verdaderos tratos, generalmente en las casas Whig, si se me permite decirlo, para ayudar a los menos afortunados.

—Lo entiendo. Sin el apoyo de los donantes más ricos

que disfrutaron del partido de cricket y del banquete, no tendríamos ahora dos nuevos orfanatos.

Fue recompensada con una hermosa sonrisa de Christopher, que hizo que los dedos de sus pies se enroscaran dentro de sus zapatillas de raso. Mirando fijamente su boca mientras hablaba, a Jane le costó concentrarse por completo en lo que él decía.

De repente, a pesar de su interés por las obras de caridad, ella solo podía pensar en sus besos.

—Apoyo de todo corazón a nuestro diminuto primer ministro —convino él, refiriéndose a la estatura del hombre—, y a lo que ha hecho por la clase trabajadora. Lord Russell demuestra a todos que el intelecto y la capacidad de hacer las cosas no dependen de la fuerza bruta, sino solo de una voluntad fuerte y una mente flexible. Dicho esto, creo que su Ley de Fábrica no fue lo bastante lejos.

—Estoy de acuerdo —afirmó Jane de inmediato, lo que provocó otra sonrisa de él.

Christopher asintió con la cabeza.

—Además, mi interés político nos da a mi padre y a mí algo de lo que hablar y, a veces, discutir.

—¿Se lleva bien con el duque?

—Otra pregunta extraña —dijo Christopher.

Jane dio un sorbo de vino lentamente —la única copa que tomaría para no perder el sentido común—, y pensó en lo poco que respetaba a su propio padre.

—No diría eso si conociera al conde de Chatley —señaló ella.

Entonces, por la expresión extrañamente incómoda de Christopher, pudo saber que sí lo conocía.

—Ah —dijo Jane.

Él se encogió de hombros.

—Lo siento. No quiero ser impertinente. No conozco a su padre personalmente, solo he oído hablar de él. Es bastante famoso.

—Infame, querrá decir.

—Así es —aceptó.

—Mientras que su padre es considerado quizás un poco excéntrico, pero muy estable y confiable —dijo Jane—. Un buen hombre. —Se había reunido con el duque de Westing en alguna ocasión, aunque intercambiando poco más que una reverencia por parte de ella y un asentimiento cortés por parte de él.

—Sí, mi padre es todo eso y más. Aun así, le da algún que otro dolor de cabeza a mi madre.

Jane consideró a sus propios padres.

—Mejor que ignorarla por completo.

—Ciertamente, ninguna mujer debería ser ignorada o tratada mal, sobre todo por el hombre que ha hecho el voto de estar a su lado durante toda su vida.

¡Dios mío! Qué concepto tan maravilloso. Christopher era aún más previsor de lo que ella creía. Si tan solo la ley inglesa —y el mismo parlamento que él amaba— lo vieran de la misma manera…

—En cualquier caso, pronto será imposible ignorar a mi madre —continuó él—, ya que está organizando una muestra de su arte.

—No tenía ni idea de que Su Gracia fuera artista —comentó Jane.

Él asintió con entusiasmo.

—No es muy conocida fuera de su propio círculo de amigos. Soy parcial, naturalmente, pero creo que sus acuarelas son sublimes. Es miembro de la Nueva Sociedad de Pintores en Acuarela, y como dije, pronto tendrá su primera exposición.

—¡Qué maravilla! —exclamó Jane, y lo dijo en serio.

No mucho después, estaban bailando una cuadrilla, como resultó. Y entonces, como si un marqués pudiera arreglar mágicamente cosas que otros no pueden -y como tal vez hiciera—, se encontró a solas con Christopher en la biblioteca del segundo piso de la Mulberry, al final del pasillo del gran salón.

De pie en el centro de la gruesa alfombra dentro de la oscura habitación con estantes del suelo al techo, Jane se cruzó de brazos y esperó mientras Christopher encendía una lámpara.

—Nunca he hecho nada que no deba hacer —dijo ella.

Cuando él se volvió, fijando su mirada en la de ella y recordando, obviamente, que ella había dicho lo mismo en la sala del servicio, se echó a reír.

—Entonces ya es hora, ¿no cree? —Él repitió sus palabras de aquella noche, antes de pasarle el pulgar por los labios—. Creo que lo que quería decir es que nunca ha hecho nada que no deba hacer con nadie, excepto conmigo.

Jane asintió, y él la tomó en sus brazos. Mientras su cuerpo comenzaba a temblar de anticipación, ella se sintió bastante seria.

—Sí —aceptó ella, mirándolo—. Precisamente. —No con nadie más que con él.

Dejando caer su boca sobre la de ella, Christopher

reclamó sus labios sin demora, como si hubiera estado esperando toda la noche. Ciertamente lo había hecho. Todo lo que había pasado hasta ese momento había sido una molestia que le había impedido experimentar esa excitante euforia.

Al instante, el suave zumbido de su cuerpo se convirtió en un rugido de llamas, cuando su boca hizo arder sus sentidos.

Entre sus caderas, ella se derritió y no se inmutó cuando las manos de Christopher comenzaron a recorrer su cuerpo. La única irritación fueron sus guantes. Jane deseó haberlos puesto en su regazo durante la cena y haberlos dejado caer al suelo cuando se puso de pie. Así podría tocarlo de verdad.

Sin embargo, Christopher no tenía guantes y ella casi podía sentir el calor de sus manos a través de su vestido de raso y su corsé de seda, rozando su espalda y atrayéndola contra él.

Su beso se hizo más profundo; los labios de ella se separaron para admitir su lengua. Ella la chupó con suavidad, oyéndolo gemir en su boca. Entonces, su mano derecha le rozó la cintura y antes de subir hacia ella...

Jane jadeó cuando él se acercó a su pecho, a pesar de que apenas podía sentir la palma de la mano contra la parte inferior de su corsé. Sin embargo, cuando su pulgar se deslizó sobre la sensible piel de su curva superior expuesta, su pezón se tensó. Era una sensación embriagadora. Además, parecía estar directamente relacionada con el vértice de entre sus muslos.

Por primera vez, en lugar de pensar en su ropa como algo femenino y atractivo, se sintió enfundada en una armadura medieval. Sorprendiéndose a sí misma, Jane deseó que sus capas se desprendieran para poder sentir mejor los dedos de él sobre su piel.

Si pudiera estar ante él sin ropa y dejar que la tocara… Se humedeció ante la idea. Seguramente, se quemaría.

Ignorando su creciente frustración, se concentró en otro excitante beso. Él debió de experimentar la misma sensación de anhelo, porque su boca se alejó de la de ella para recorrer su mandíbula y descender por su cuello expuesto, y sus dientes acabaron mordiendo su garganta y su clavícula.

Agarrándolo de la chaqueta para estabilizarse, Jane se inclinó hacia atrás mientras sus labios perversos seguían un camino por su piel desnuda, hasta que él sopló su cálido aliento en el valle entre sus pechos. Sus dos pezones estaban ahora firmemente en su punto más alto, y fue un placer cuando él volvió a tocar su piel con la punta de su lengua.

En silencio, con la respiración agitada y los cuerpos acalorados, continuaron como pudieron. Él consiguió deslizar los dedos por la parte delantera de su vestido y, cuando tocó su pezón por primera vez, ella jadeó y se mordió el labio. El dolor entre sus piernas se intensificó insoportablemente.

Su otra mano se curvó bajo su trasero para apretar una de sus suaves mejillas y tirar de ella contra la dura hinchazón que Jane podía sentir en la parte delantera de sus pantalones.

¡Qué bien! Ella deseaba que él pudiera aliviar las palpitaciones de su cuerpo, sabiendo que podía hacerlo, aunque obviamente no aquí, no ahora.

Por un momento, él la abrazó, con sus dedos todavía bajo su vestido, acariciando con suavidad su pecho. Cuando Jane se atrevió a mirarle a la cara, tenía los ojos cerrados y la mandíbula apretada.

Luego, sus ojos se abrieron de golpe y se concentraron en el rostro de ella.

—Esto es una locura —dijo él, sobresaltándola y retirando la mano de su vestido—. Juro que nunca quise tomarme esas libertades cuando la traje aquí. Solo quería volver a besarla.

—Béseme otra vez —repitió ella como una orden.

—Con mucho gusto —dijo él. Tomando su cara entre las manos, bajó sus labios hasta los de ella y le devoró la boca con una lengua firme y saqueadora.

Cuando se apartó, él le tiró del labio inferior con los dientes, como había hecho una vez, y su zona más íntima se estremeció de agradecimiento.

Y entonces, Christopher se retiró.

—Será mejor que volvamos al baile. Incluso la influencia de un marqués solo puede conseguir un breve momento de intimidad.

Las mejillas de Jane se calentaron ante sus palabras. ¿Qué debían de pensar sus anfitriones de ella?

¡Oh, Dios! Se llevó las manos a la cara, agradecida por la luz tenue, porque ciertamente, debía de estar roja como una baya.

—Por favor, no se preocupe —dijo Christopher—. Le he dicho a *lady* Mulberry que usted es muy especial para mí.

Ella se congeló. ¿Especial?

—Además —añadió él—, nuestras madres son conocidas y a veces toman el té juntas.

—¿Y eso qué significa? —preguntó Jane, apresurándose hacia la puerta, sintiendo la urgente necesidad de correr por el pasillo hacia el pequeño salón de baile donde todos pudieran verla. Sola.

Esta transgresión del decoro era mucho peor que la del baile anterior. Todos sabrían que ella y Christopher habían huido juntos de la fiesta.

¿En qué estaba pensando? No había pensado en absoluto. Estaba demasiado aturdida por las sensaciones de deseo hacia este hombre tan guapo.

—Quizá nuestros padres han estado tanto en casa del otro, que nos han criado como hermanos.

—¡Eso es ridículo! —dijo ella.

—Jane. —El sonido de su nombre en su boca hizo que un estremecimiento la recorriera, y se detuvo en la puerta—. En realidad, no debe preocuparse —dijo él—. Solo hemos estado fuera unos minutos, y lord y *lady* Mulberry estaban a punto de hacer que los sirvientes llevaran una torre de cristal llena de champán, algo que ella dijo haber visto en el continente. Los ojos y la atención de todo el mundo habrán estado fijos en ese espectáculo.

Ella soltó un suspiro de alivio.

Entonces la mano de Christopher le tocó la barbilla.

—¿Puedo preguntarle algo?

Su estómago se revolvió, y no tenía nada que ver con la horrible sopa de tortuga.

—Por supuesto.

—Me gustaría mucho visitarla en su casa. ¿Estaría dispuesta a permitírmelo?

La felicidad se extendió de nuevo por ella como melaza caliente. ¿Esto estaba sucediendo de verdad?

—Sí —dijo Jane—. Estaré encantada de recibirle.

Capítulo 6

Con su madre y su hermana menor viviendo en la casa de su tía, y su padre cenando en el Reform Club, Christopher tenía la casa para él solo. Sin embargo, no se preparaba ninguna comida, y quién sabía qué hacía el cocinero con su tiempo.

¿Se daría cuenta alguien si bajaba a examinar los preparativos? Esperaba que una vez más, más pronto que tarde, salieran de la cocina de Westing pasteles de carne y bizcochos, carne asada y pudines.

Oyó mucho ruido en la parte inferior de la escalera, así que dejó que su curiosidad le llevara al lugar de las reformas.

Pasando por las habitaciones del mayordomo y del ama de llaves, la lavandería, el almacén y el armario de la criada, y un dormitorio para dos sirvientes masculinos, terminó en la parte trasera de la casa, más allá del ascensor para subir la comida. Allí, la sala de destilación y cerveza, el fregadero, la despensa, el cuarto de limpieza y la cocina solían estar preparados y funcionando perfectamente. Christopher silbó al ver el estado de desorden. Su madre se pondría lívida. El suelo de la cocina seguía destrozado y faltaban dos de las encimeras, tanto la superior como la de los estantes. Las cacerolas de cobre y los moldes de gelatina que colgaban de una pared estaban cubiertos de polvo. Incluso las campanas situadas junto a la despensa, una para cada una de las habitaciones de arriba, estaban cubiertas de suciedad.

Por el desorden reinante parecía como si aún faltaran semanas para que estuviera terminado.

—Buenos días, lord Westing. ¿Ha venido a evaluar nuestro trabajo?

Era el señor Elms, el constructor, que había estado mirando por encima de la parte trasera del reluciente aparato nuevo que había causado todo este caos. De pie, el hombre hizo una breve inclinación de cabeza.

—Buenos días, señor Elms. No estoy evaluando tanto como buscando una galleta, espero que haya alguna en la despensa, si es que todavía está en pie.

El hombre se rio.

—No tengo conocimiento del paradero de las galletas, señor.

—Y todo el personal de la cocina ha desaparecido —señaló Christopher, con solo un albañil haciendo algo en la pared exterior junto a los fogones y otro hombre midiendo un agujero en el suelo.

—Creo que su padre los envió a algún lugar para que no nos estorbaran. —Sonrió—. Para que podamos trabajar más rápido.

—¿Y ustedes?

El hombre volvió a reírse con ganas, parecía un tipo generalmente alegre.

—Uno no puede trabajar demasiado rápido con el gas, señor. Sin embargo, estoy dispuesto a probar la cocina.

—Pero el... —comenzó Christopher, mirando el agujero abierto y el desorden general.

—Quiero asegurarme de que funciona correctamente antes de volver a montarlo todo, señor. O tendríamos que romper todo otra vez.

—Ya veo. Bueno, le dejaré con ello. —Christopher volvió por donde había venido, mientras el hombre sacaba una caja de cerillas.

—¿No desea ver las hermosas llamas azules? —inquirió el señor Elms.

Mirando hacia atrás, Christopher negó con la cabeza.

—Aunque tengo curiosidad por muchas cosas en este mundo, ver cómo se enciende una cocina no es una de ellas.

Solo había dado unos pasos por el pasillo, sin pasar aún por la puerta de la sala de estar de las criadas, cuando Christopher oyó y sintió la explosión al mismo tiempo. El estallido le hizo volar junto con los escombros a su espalda hasta acabar en el suelo. Entonces, oyó un gemido en lo alto.

Cuando solo tuvo tiempo de echarse las manos a la cabeza, el techo se derrumbó junto con, según temía, los cuatro pisos de arriba. Y entonces no supo nada más.

Jane se sentía etérea y ligera, como si pudiera flotar, tal vez como una mariposa que revolotea entre las flores de primavera. Una alegría pura y genuina.

Durante al menos tres años, se había fijado en lord

Christopher Westing y lo había encontrado deseable, lo consideraba excesivamente guapo, y lo creía fuera de su alcance por completo, pues él nunca le había mostrado ni un ápice de atención.

Y entonces, todo cambió. En una sola noche, pasó de ser la Jane solitaria, la Jane melancólica, incluso la Jane resignada, a la Jane feliz y esperanzada.

Es más, muy pronto, Christopher estaría en su puerta. Su prepotente, aunque bienintencionada amada madre y su mercenario y egocéntrico padre se enterarían de que un hombre ajeno a su familia la consideraba valiosa. Jane iba a tener la vida que antes ni siquiera se había atrevido a soñar, sin que su madre necesitara engañar a algún joven, y sin recurrir al dinero de su padre.

No le había contado a su madre ningún detalle de su espectacular velada en casa de los Mulberry, ni de la larga conversación durante la cena que la hizo sentir como si hablara con un viejo amigo y un alma gemela, ni del baile, que le permitió estar abrazada a Christopher durante horas, sintiéndose a la vez cómoda y totalmente al borde de la excitación. Y, desde luego, no había mencionado nada de lo que había venido después.

No tenía ni idea de cuánto tiempo habían permanecido en la biblioteca, aislados, explorando la boca del otro mientras sus manos recorrían sus cuerpos, pero por primera vez en su vida, había provocado la atención ajena.

Había visto algunas miradas cuando habían vuelto a la fiesta, a pesar de la ingeniosa torre de copas llenas de champán.

Su ausencia había sido notada, e incluso había causado

algunos susurros.

¡Qué emocionante! Habría sido totalmente aterrador si no hubiera sido Christopher con quien se había quedado a solas y quien prácticamente le había hecho una declaración.

Christopher, que la había llamado por su nombre de pila de una forma deliciosa.

Él le había dicho que tenía la intención de llamarla. Así que, su reputación podría estar ligeramente empañada y, aunque su madre lo desconociera, podría llegarle la noticia en cualquier momento a través de algún invitado a la cena o incluso a través de la propia *lady* Mulberry. Para entonces, esperaba que Christopher ya fuera considerado su pretendiente exclusivo.

Porque realmente no le importaba si otros hombres la consideraban ahora mancillada. No le importaba si otro hombre volvía a hablarle.

—Jane, estás silbando —dijo su madre, sobresaltándola.

—¿De veras? —Había estado mirando la calle, esperando que apareciera uno de los carruajes de Westing.

—Sabes que me parece una grosería para una jovencita.

—No me di cuenta, mamá.

—Parecías contenta —señaló su madre.

Jane casi se rio.

—Pero también como una artista de teatro —añadió su madre, estremecida de pronto—. ¿Por qué estás aquí, mirando por la ventana? —Su tono era tan agrio como infeliz y, al instante, Jane sintió pena por ella.

Solo podía imaginar lo terrible que sería si su madre hubiera sentido por el conde de Chatley lo mismo que Jane sentía por Christopher Westing, y entonces él...

—¿Hacemos algo juntas, mamá? ¿Tal vez ir de compras? Podríamos pasear por Bond Street si quieres.

Su madre frunció el ceño.

—¿Necesitas algo? ¿Has perdido otro par de guantes?

—No. Simplemente pensé que podríamos hacer algo aparte de asistir a un baile.

Lady Emily Chatley entrecerró los ojos ante su hija, que nunca había sugerido nada parecido.

Al fin, asintió.

—Sí, me gustaría. Hay un salón de té al que podríamos ir.

Jane sonrió.

—Me encantaría.

—¿Y no vas a silbar más?

—No cuando puedas oírme. Te lo prometo.

—Muy bien. —La expresión enfurruñada de su madre desapareció—. Iré a ponerme algo adecuado.

Aunque Jane había esperado que Christopher apareciese allí esa mañana, o que al menos lo hiciera su tarjeta de visita, ya era más de mediodía, por lo que Jane decidió que no era necesario esperarlo dentro de casa. Era un hombre de palabra, lo sentía en sus entrañas.

Vendría. Pronto.

⁕

Christopher abrió los ojos. Nada. ¿Qué demonios? ¿En qué habitación estaba, que no entraba ni una rendija de luz?

Bostezó y se estiró, sabiendo que estaba en una cama suave y cómoda. Sin embargo, el colchón no era el suyo, ni la almohada. Estaba seguro.

Tanteando a un lado en busca de una lámpara, sus dedos tocaron una mesa y luego una lámpara desconocida. ¿Habían ido a su casa de campo en Surrey?

Era extraño. Estaba seguro de haber estado por última vez en Londres.

Prestando mucha atención a lo que oía, esperando escuchar los sonidos nocturnos del campo, escuchó en cambio ruedas de carruajes y cascos de caballos sobre los adoquines.

Umm. Sin duda sonaba como Londres.

Un escalofrío de inquietud le recorrió la espalda. Algo no iba bien, además de que le dolía la cabeza y no recordaba haber bebido demasiado la noche anterior. De hecho, no podía recordar la noche anterior en absoluto.

Si estaba en su residencia campestre, eso explicaría la absoluta oscuridad. Sin embargo, debería oír ruedas y pezuñas sobre la grava, o nada, salvo algún búho ocasional, si era plena noche.

Además, el aire tenía el inconfundible aroma de Londres: humo de carbón. La luna debía de estar detrás de gruesas nubes, pero ¿por qué no había lámparas de gas que iluminaran la calle exterior? Normalmente estaban encendidas hasta el amanecer.

Al sentarse, después de seguir explorando, encontró una caja de cerillas en la base de la lámpara. ¡Qué maravilla! La encendería y resolvería el misterio.

Encendió el fósforo, como había hecho cientos de veces. Nada.

Un grito le subió a la garganta, pero lo sofocó. Quizás estaba soñando.

Sacudió la mano con un rápido movimiento de muñeca para apagar la cerilla, si es que se había encendido. Luego, al tacto, prendió otra y la mantuvo firme.

¿Lo había hecho?

Movió la otra mano hacia ella y se quemó.

Tenía una cerilla justo delante de la cara, pero no la veía. No podía entender por qué.

Volvió a sacudirla para comprobar que ya no ardía. Luego parpadeó, tocándose la cara con las manos para asegurarse de que, efectivamente, seguía teniendo ojos y estaban abiertos. Luego se rio un poco de sus propias fantasías, aunque le doliera un poco la cabeza al hacerlo.

Debía de ser un sueño, porque nada tenía sentido. Y entonces escuchó un sonido terrible.

Tardó unos largos instantes en darse cuenta de que lo estaba haciendo: se había rendido ante el pavor de la inexplicable negrura total y había empezado a gritar.

Gritó hasta que oyó pasos, hasta que la puerta se abrió de golpe sobre sus goznes, y vio... ¡nada!

—¿Quién está ahí? —Su voz sonaba desgarrada por el terror.

—¿Qué quieres decir? Chris, soy yo.

—¿Madre? —¡Gracias a Dios!—. Está oscuro como la brea aquí. ¿Por qué está tan oscuro?

Ella jadeó. Luego le habló en tono tembloroso.

—Son las doce y media del mediodía, mi amor.

Y por lo tanto, plena luz del día. Él tragó saliva.

—¿Dónde estoy?

—Yo también estoy aquí, muchacho —dijo su padre.

—¿Dónde estamos? —preguntó Christopher de nuevo,

esperando que ese retazo de conocimiento hiciera que todo aquello se aclarara como el cristal, tanto en su cerebro como ante sus ojos.

—Estamos en casa de la tía Tabitha —respondió su madre, con voz vacilante y temblorosa.

Recordó en ese momento cómo su madre y Amanda habían ido a alojarse con la hermana de su padre y su marido a causa de las reformas de la cocina.

Algo de la cocina era importante, pero no sabía qué, exactamente.

—¿Estamos en casa de lord y *lady* Forester? —preguntó.

—Sí —dijo su madre.

—No puedo ver nada —admitió él, sintiendo como si fuera un fallo personal. Simplemente no debía estar esforzándose lo suficiente porque nunca había tenido que esforzarse para ver—. Hay luz aquí, dices, ¿correcto?

—Sí —dijo su padre desde el lado de la cama, y Christopher pudo oír a su madre llorar con suavidad.

—¿Por qué no puedo ver? —preguntó.

—No lo sé. —El duque dudó, pero Christopher sabía que iba a decir más—. No sabíamos que no podías ver hasta este momento. La explosión te dejó inconsciente, los escombros te golpearon la cabeza, pero...

—¿Qué explosión?

Su madre lloraba ahora de forma más audible, y él se sentía responsable, incluso culpable, por ello.

—Llama al médico de inmediato. —Oyó que su padre ordenaba a alguien, probablemente su mayordomo, y luego unos pasos se alejaron a toda prisa.

Christopher empezó a levantarse, tratando de mover las

piernas fuera de la cama, y de inmediato se enredó en las sábanas, arrastrándolas con él.

—Quédate acostado —dijo su madre, y entonces sintió las manos de su padre sobre él.

Christopher dejó que el duque le ayudara a volver a la cama y le quitara la caja de cerillas que aún tenía en las manos. Luego sintió que su padre se sentaba en el borde del colchón.

—Lo siento —dijo su padre—. Todo esto es culpa mía.

La afirmación le dejó atónito. Hasta donde él sabía, su amable, indulgente y cariñoso padre nunca había hecho nada que le perjudicara.

—Hubo una fuga de gas, según el inspector. Cuando se encendió la cocina, esta explotó.

—¡Dios mío! —Christopher tenía el recuerdo de haber bajado allí, de haber hablado con….—. ¿Y el señor Elms?

—Muerto —le dijo su padre—. Y dos obreros también. Por suerte, todo el personal había sido desalojado.

—Lo recuerdo —dijo Christopher, evocando una conversación con el constructor—. Para que la obra avanzara con más rapidez.

—Exactamente. ¿Qué diablos estabas haciendo ahí abajo?

¿Había un atisbo de irritación en la voz del duque?

—No lo sé. Bajé a echar un vistazo. —Si se hubiera quedado arriba de las escaleras, donde debía estar, no estaría en esta cama y, al parecer, ciego.

Se tocó la cara.

—¿Estoy desfigurado? ¿Me he quemado?

—No —insistió su madre—. Salvo algunos moratones y un corte en la frente, parecías ileso. Salvo que no te despertabas.

—Tengo bastante sed y hambre —confesó, ahora que podía pensar en algo más que en no ver. Parecía que iba a tener mucho tiempo para considerar ese sombrío hecho. Simplemente no podía concentrarse en ello en ese momento.

—¿Qué quieres? —preguntó su madre—. Todo lo que quieras, lo tendrás. La cocinera de aquí es muy buena. ¿Té o café, o quizás algo más fuerte? Aunque es temprano, a nadie le importará si quiere vino. O incluso brandy o...

—Helen. —Su padre la cortó con suavidad—. Déjale hablar.

¿Qué quería él, además de lo obvio? Le vino a la mente Jane. ¿Dónde estaba ella en ese momento? ¿Sabría lo de la explosión?

Difícilmente podía pedir a sus padres que enviaran un mensaje a una mujer que nunca les había mencionado, aunque era cierto que la conocían a ella y a su familia. Su madre y la de Jane tomaban el té juntas de vez en cuando.

—Me gustaría tomar té —comenzó—. Y también agua. Y creo que empezaré con el desayuno. Huevos, tostadas, salchichas, tocino, algunas gachas. Lo que se pueda traer de inmediato será lo mejor, ya que me siento mal, creo que por el hambre. Y agua, antes que nada, por favor.

Con esas palabras, escuchó más pisadas y se dio cuenta de que debía de haber una o dos criadas en la habitación. Tendría que empezar a preguntar a sus padres quién había allí.

A ese pensamiento le siguió rápidamente otro: ¿Era esta ceguera permanente?

En menos de cinco minutos, tenía agua y tostadas en la

mano, con su madre ayudándole. Ninguno de ellos habló mientras él masticaba los cuadraditos de mantequilla y se bebía todo el vaso.

Luego le trajeron el resto de la comida. Su padre puso una almohada en el regazo de su hijo y luego una bandeja sobre ella.

De inmediato, Christopher alargó la mano y tiró algo. Por suerte, resultó ser una taza de té vacía, con la tetera a salvo en la mesa auxiliar.

—Tómalo con calma —dijo su padre—. Será mejor que nos dejes ayudar.

—Solo dame el cuenco de gachas en una mano y la cuchara en la otra. No voy a ser alimentado como un bebé, y eso es definitivo.

Sin embargo, al principio le resultó más difícil de lo que había previsto. Las gachas le resbalaban por ambas mejillas. Su madre le limpió la cara dos veces, y entonces lo consiguió.

Pero tenía que concentrarse, así que hablar estaba descartado. Sin embargo, el silencio era ensordecedor. Sabía que le estaban mirando fijamente, y no le gustaba nada la idea.

—Cuéntame qué pasó después de la explosión. ¿Y cómo está la casa? Por favor, sigue hablando y yo comeré.

Escuchó a su padre relatar cómo dos días antes, el sótano de su casa en Grosvenor Square había sido destruido y cómo el techo de arriba se había derrumbado, llevándose por delante su salón de estar, la zona de servicio y parte de la biblioteca. Christopher había tenido suerte. La explosión lo había empujado hacia la parte delantera de la planta inferior, entre los dormitorios del mayordomo y del ama de llaves. Además, el pequeño incendio que se había iniciado se había apagado rápidamente, porque la tubería de gas se había cortado, y en lugar de alimentar el fuego, el gas comenzó a disiparse en la calle.

Tras la explosión inicial, los transeúntes habían rescatado casi enseguida a Christopher y, como su padre tenía un seguro, el incendio había sido contenido con rapidez por el Cuerpo de Bomberos de Londres. Su casa se había salvado, pero en ese momento se consideraba inhabitable.

Su padre parecía pensar que era una oportunidad para modernizarse más, mientras que la duquesa de Westing solo podía mirar al pasado, declarando que el gas era una tontería cada poco tiempo.

Christopher tendía a estar de acuerdo con ella.

Entonces, un golpe en la puerta anunció un nuevo visitante, que resultó ser el estimado médico de la familia

Capítulo 7

Tres días después, Jane empezaba a sentirse un poco mal. Había perdido toda la alegría y era incapaz de concentrarse en la más simple de las tareas. En una palabra, estaba inquieta. Era una emoción que la distraía y que no había experimentado nunca.

¿Podría haber malinterpretado la situación por completo?

¿Era Christopher Westing un canalla?

Ambas ideas parecían ridículas. Entonces, ¿dónde estaba?

Durante su despedida en el Mulberry's a la una de la madrugada, él prácticamente le había prometido que la vería al día siguiente.

Habían pasado casi cuatro días. Se avecinaba un baile, y ella esperaba no tener que asistir a otro, al menos como mujer soltera.

Sin que Christopher viniera a hablar con su padre y con su madre sobre la posibilidad de cortejarla, sin alguna señal tangible de interés, no podía convencer a su madre de no asistir al próximo baile. Era molesto, y aterrador. Después de todo, se había puesto en una posición terriblemente comprometida con el marqués, y la noticia podía hacerse pública.

Solo podía esperar que él acudiese al evento y que ella fuera lo bastante valiente como para preguntarle sus verdaderas intenciones. Toda su felicidad futura dependía ahora de las siguientes palabras de su boca. Su maravillosa boca cálida y firme.

¿Dónde estaba?

Entonces, como si respondiera a sus plegarias, su mayordomo, el señor Barnes, entró en el salón para decirle que tenía una visita.

Poniéndose en pie de un salto, Jane estuvo a punto de tropezar por la excitación, ya que se le aceleró el pulso. Sin esperar a que el hombre se la alcanzara, se reunió con este en el centro de la sala y tomó la tarjeta de visita de la bandeja de plata.

A Jane se le borró la sonrisa. Lord Richard Fowler. ¿Quién demonios era lord Fowler?

Con la esperanza de que tuviera algo que ver con Christopher, le dijo al señor Barnes que le hiciera pasar y, por supuesto, que avisase a una de las criadas, ya que su madre no estaba en casa.

Cuando vio al hombre, lo reconoció como un compañero del baile de los Linwald. No había habido carnés y, por tanto, no hubo nombres. Puede que él se lo dijera cuando la condujo al parqué, pero ella había estado tan concentrada en Christopher que no había captado los nombres de las demás parejas de baile.

En cualquier caso, ella y lord Fowler nunca habían

mantenido una conversación. Alto, pelo rubio arenoso, ojos verdes, bien vestido. ¿Qué podría estar haciendo en su casa?

Dejando que se inclinara antes de hacer una reverencia, Jane se sintió aliviada al ver que la puerta se abría de nuevo y que una de las criadas se apresuraba a entrar, tomando rápidamente asiento en el extremo de la sala, en una silla junto a la maceta con un helecho.

En ese momento, Jane se sentó en el sofá y le indicó al caballero que tomara asiento enfrente, con la seguridad de una mesa baja entre ellos.

—¿A qué debo este placer, señor?

—Es una visita de cortesía, señora. Iré al grano. Pronto voy a tomar una esposa.

Jane asintió.

—Mi más sincera enhorabuena. ¿Quiere un poco de té?

—No, gracias. No le robaré mucho tiempo. Solo deseo hablar de mi futuro matrimonio.

—¿Conozco a su prometida?

Él sonrió.

—Lo siento, me malinterpreta. Todavía estoy en la etapa de búsqueda. Lo que quería decir es que deseo tomar una esposa pronto. Estoy en la edad en que siento que es el momento. Mis padres lo desean. Mi hermana espera dar la bienvenida a alguien en nuestra familia. Y, por supuesto, es el momento de producir un heredero.

—Ya entiendo. —¿Lo hacía? ¿Sobre qué estaban divagando? ¿Conocía él a Christopher? ¿Podría ella preguntarle sin parecer demasiado atrevida?

Antes de que pudiera decidir cómo introducir a lord Westing en su conversación, el vizconde continuó.

—Me pregunto si me permitiría incluirla como alguien que podría estar interesada en convertirse en mi esposa.

Jane estuvo a punto de decir que sí, por supuesto, antes de que su cerebro se diera cuenta de sus palabras. ¿Convertirse en su esposa?

—Lo siento, lord Fowler, si parezco lenta, pero no esperaba una oferta de este tipo por su parte, sobre todo porque no nos conocemos en absoluto. ¿Está pidiendo mi mano?

Él sacudió la cabeza.

—No, tal vez… Todavía no, por supuesto. Simplemente deseo saber si está dispuesta a ser cortejada, si desearía convertirse en una esposa, mi esposa, antes de perder el tiempo.

Jane puso los ojos en blanco y le dio lo que esperaba que fuera un consejo que él tomase en serio.

—Nunca, jamás, le diga a una mujer que puede ser una pérdida de tiempo.

Él se sonrojó.

—Por supuesto, mi más sincera disculpa. Déjeme empezar de nuevo. Le pregunto si está interesada para poder incluirla.

—¿Incluirme dónde? —Esta extraña conversación se estaba volviendo interesante.

—En mi lista de posibles esposas.

Jane no pudo evitar reírse. No había manera de ocultarlo tras su mano enguantada como una tos, así que simplemente se rio mientras las cejas del hombre se disparaban hacia arriba.

—No estoy seguro de entender qué le divierte —dijo el

vizconde—, pero espero sinceramente no haberla ofendido.

¡Pobre hombre! Nunca conseguiría una esposa con una forma tan terrible de hablar a las mujeres. ¡Incluida en una lista! Jane volvió a reírse.

—¿Puedo preguntar cuántas otras están incluidas en su lista?

Él frunció el ceño.

—En realidad, ninguna.

—¿Soy la primera a la que le ofrece este... honor?

Sus mejillas se sonrojaron ligeramente.

—Pues no. He sido rechazado por otras dos.

—¿Está diciendo que no hay nadie en su lista?

La cara de lord Fowler se puso más roja.

—Así es. Mi papel está en blanco.

Jane se sentó más recta, inclinándose hacia delante.

—¡Dios mío! ¿Hay un papel de verdad? Pensé que hablaba metafóricamente. Déjeme verlo de inmediato.

—Bueno, yo...

—Venga, enséñemelo, o no creeré que existe.

El hombre buscó en el bolsillo de su abrigo y sacó una hoja doblada. La abrió y se la mostró, pero no se la entregó. En efecto, estaba completamente en blanco, excepto por un garabato en la parte superior: «Esposas potenciales».

¡Oh, Dios!

—Si entiendo su situación, quiere una esposa, a pesar de que su corazón no está comprometido con ninguna mujer en particular, y por eso va de puerta en puerta, por así decirlo. ¿Es cierto?

—*Lady* Chatley, si su respuesta es no, entonces me retiraré de su presencia. Como he dicho, no deseo perder el tiempo, ni el suyo ni el mío.

Ella debería simplemente dejarle marchar. Después de todo, ¿qué le importaba a ella que el hombre permaneciera soltero toda su vida?

Sin embargo, la familia Fowler tenía una bonita casa en Mayfair, y ella creía que él no tenía hermanos. Al menos los Chatleys tenían a Bernard para heredar el título de su padre, aunque absolutamente sin ella a su lado.

Qué lástima que este hombre continuara allí sentado de forma tan tonta cuando era bien parecido, posiblemente inteligente, y sin duda sería un marido decente para cualquier dama.

Umm. Por desgracia, Jane no tenía amigas. Todavía no había recibido noticias de Angela Burdett-Coutts sobre la posibilidad de ayudarla en Urania Cottage, pero todas esas mujeres serían inadecuadas para un vizconde. Por otra parte, a Jane no le faltaban invitaciones a las mejores fiestas. Además, desde el triunfo de su evento benéfico en el orfanato, le habían pedido ayuda para más de una causa. Organizar y hacer las cosas era algo natural para ella.

¿Por qué no asumir a lord Fowler como otra de sus causas?

—Creo que está perdiendo el tiempo al hacer esto como lo está haciendo, señor. A las mujeres no les gusta un enfoque pragmático cuando se trata de asuntos del corazón y, en particular, de algo tan importante y sentimental como la búsqueda de un cónyuge.

Él se levantó con cara de derrota.

—Por favor, siéntese de nuevo —imploró Jane—. Creo que puedo ayudarle.

—¿Le gustaría estar en mi lista después de todo? —El rostro del caballero se iluminó de esperanza.

Ella suspiró.

—No creo que deba considerar ni por un momento más que alguna vez logrará tener una lista llena de nombres o incluso ninguno, para el caso. Creo que debería considerarse afortunado si encuentra una mujer que le convenga y que desee casarse con usted, y viceversa. ¿Qué esperaba conseguir con tener muchas opciones? ¿Y si llega a querer a más de una? Peor aún, ¿qué pasaría si más de una se interesara por usted y tuviera que herir a la dama al elegir a su rival?

Él se sentó una vez más en el sofá

—Tiene razón. Pensé en anotar los nombres de algunas damas dispuestas y luego sopesar su idoneidad. Parece una tarea tan ardua gastar tiempo en la búsqueda de una compañera adecuada solo para que esa persona sea arrebatada justo cuando uno está a punto de ofrecerse por ella, o que, después de considerar a alguien perfectamente deseable, descubrir que no está en absoluto interesada.

Jane tenía la sensación de que él ya había experimentado ambas situaciones. Por lo tanto, había recurrido a una manera más lógica, pero totalmente inapropiada de encontrar una esposa: preguntar primero y discernir los sentimientos después. No, eso no serviría en absoluto.

—Aunque no soy una casamentera, conozco a mucha gente. Quizá pueda ayudarle a encontrar al menos una opción adecuada.

Él frunció el ceño.

—¿Por qué iba a ayudarme?

Ella consideró su propia situación. Después de haber

esperado durante años a que el único hombre que hacía que su corazón se acelerara le prestara por fin atención, conocía ese sentimiento de desesperanza. Más aún ahora que él había desaparecido.

De hecho, si dejaba que su mente se centrase en Christopher, perdería por completo su carácter alegre. Lord Fowler le daba un propósito y alguien en quien pensar. Además, como ella comprendía lo importante que era encontrar a esa persona en una multitud, le ayudaría gustosamente a buscarla.

Estaba entusiasmada ante la perspectiva de su nueva misión, considerándola mucho mejor que andar deprimida por la casa sin rumbo.

—Le ayudaré porque puedo hacerlo. ¿Y por qué no? ¿Por qué no debería tener ayuda en esta importante tarea?

Él sonrió tímidamente

—¿Está segura de que no le interesa ser mi esposa? Parece precisamente el tipo de persona que me ayudaría a dirigir mi finca.

—No lo estoy, pero si acepta mi amistad, encajaremos muy bien. Voy a ir al baile en Barclay House. ¿Estará allí?

Él asintió con la cabeza.

—Entonces le veré allí, y comenzaremos la búsqueda de su esposa. Por favor, hasta entonces, no más listas.

Ella le tendió la mano y él le entregó el papel ofensivo.

━━━◆━━━

—Está siendo horrible —dijo Amanda—, y solo estoy tratando de ayudar.

—Pues deja de intentarlo. De hecho, déjame en paz. —La hermana de Christopher venía cada pocas horas a sentarse con él, y se aburrían mutuamente. El único otro visitante fijo en los últimos días era Burnley, quien llegaría más tarde.

—No puedo. —Ella agitó el periódico en su regazo con frustración.

—¿Por qué? —preguntó él.

—Porque mamá y papá me han ordenado que te haga compañía.

—Eso es terrible —murmuró él—. Lamento tu situación. Qué difícil debe ser para ti tener que entrar en esta habitación sin ninguna dificultad, pudiendo ver perfectamente a dónde vas, y luego sentarte en una silla que puedes encontrar fácilmente por ti misma, y luego leer palabras que puedes ver en una página. Y luego, cuando estés completamente harta de este tormento, qué horror que te levantes y salgas a la luz para hacer lo que te dé la gana con tu día.

—Chris, yo...

—No, de verdad —continuó—. Casi me da pena que tengas esa carga. Es mucho más fácil sentarse aquí todo el día en la oscuridad. De verdad, lo es.

—Chris, por favor.

—Vete. No puedo soportar tu lectura de todos modos. El cerebro me sale literalmente por las orejas ante las tonterías, los cotilleos y los editoriales de moda.

—Lo siento. —Amanda sonaba al borde de las lágrimas.

¡Bien!

—Fuera —insistió—. ¡Fuera!

La oyó levantarse y abrir la puerta.

—¿Vuelvo en un rato?

—No. —Entonces se imaginó que ella no volvería nunca y lo largo que sería el día de mañana—. Hoy no.

—Muy bien. Tal vez deberías dormir una siesta. —Y se fue.

Christopher buscó algo para arrojar a la puerta, o al menos en dirección a ella, y solo encontró una almohada.

Dormir la siesta. Era un hombre de veintiséis años con energía para quemar. Quería correr, jugar al tenis, montar a caballo, salir a pasear, no echarse una maldita siesta.

¿Qué podía hacer él solo? Apartando las sábanas, en calzoncillos y camisa, tanteó el cabecero de la cama. Su ayuda de cámara había colocado allí su bata, según recordaba. Sus manos tocaron la suave y gruesa tela, y se aferró a ella.

De pie, lentamente, todavía apoyado en la cama, Christopher se metió con dificultad en la prenda de algodón solo para darse cuenta de que el cinturón estaba en el interior y lo tenía puesto al revés. Para remediarlo, lo que le llevó muchos minutos, ya que parecía tener siempre problemas con las mangas, al fin empezó a barrer el suelo con los dedos de los pies, buscando sus zapatillas.

Desistiendo, decidió caminar descalzo. En cualquier caso, supuso que la mayor parte de la casa de lord y *lady* Forester estaba alfombrada. Avanzando, arrastrando los pies hacia la puerta, no encontró nada hasta que su dedo gordo del pie golpeó la pata de la silla que su hermana había dejado libre.

—¡Malditos sean todos! —Eso sí que dolía.

Extendiendo la mano, se guio alrededor de la silla, consiguiendo apartar los periódicos por accidente, haciéndolos crujir bajo sus pies. En unos pocos pasos más, su mano tocó la pared, y se abrió camino a lo largo de ella hasta llegar a la puerta y el pestillo.

El corazón le latía con fuerza cuando la abrió, y volvió a maldecir cuando se golpeó con el borde del dedo pequeño del pie. Probablemente estaba sangrando. El dolor palpitante no hizo más que alimentar su ira. Le hizo seguir adelante, sabiendo que estaba siendo imprudente, cuando podría haberse arrastrado de nuevo a la cama. Literalmente, arrastrarse.

Fuera de su habitación, todo estaba tranquilo. Recordaba con vaguedad la casa de sus tíos, pero rara vez había estado en el tercer piso con las habitaciones de invitados. Imaginó que era similar a cualquier otra casa adosada en el barrio de moda de Mayfair, alrededor de Berkley Square. Un largo pasillo con puertas a la derecha, que estaba frente a la escalera principal que subía por la izquierda, y recordaba una ventana en el extremo posterior con vistas al jardín.

Por lo tanto, dependiendo de la habitación que le hubiera tocado, podría haber puertas a la izquierda y a la derecha de él y una barandilla de la escalera justo enfrente. Avanzó despacio, con las manos extendidas, hasta chocar con la barandilla. Si hubiera ido más rápido, podría haberse precipitado sobre ella y acabar con el cuello roto. Guardaría esa opción para cuando no pudiera soportar más la maldita oscuridad y el aburrimiento.

Manteniendo la mano izquierda en la barandilla, caminó por la escalera hasta llegar al extremo curvo de madera pulida. Podía girar a la izquierda y bajar las escaleras, descalzo y en bata. ¿Y si había visitas?

Pensándolo mejor, Christopher soltó la barandilla y

siguió caminando por el pasillo, hacia la parte trasera de la casa. No estaba seguro de cuánto espacio había a ambos lados de él, ni de si pasaba por delante de las puertas.

¿Qué esperaba conseguir? No tenía ningún destino, pero era agradable estar de pie y en movimiento de nuevo.

¿Por qué se sentía tan débil después de tanto tiempo en la cama? No podía entender la razón, pero ya se sentía cansado. Aun así, continuó, creyendo que sería bueno para sus piernas seguir caminando.

Al fin, después de lo que le pareció demasiado tiempo para un pasillo, como si hubiera atravesado cien casas, sus manos extendidas tocaron los cristales de la ventana, marcando la parte trasera de la casa.

¿Y ahora qué? Apretó la cara contra la ventana y miró hacia afuera. Abriendo y cerrando los ojos. Después de un momento, se dio cuenta de que podía sentir el calor en su rostro. Así que era un día soleado. Orientándose hacia la dirección más cálida, volvió a abrir los ojos: una negrura interminable, más oscura que cuando podía ver y simplemente cerrarlos.

También todo parecía muy tranquilo, notó. De hecho, no había oído nada procedente de ninguna de las habitaciones, pero supuso que si era pleno día, como había dicho Amanda, todo el mundo estaría abajo o fuera. Puede que hubiera alguna criada, pero aparte de eso, probablemente estaba solo.

Suponiendo que sería bueno para su salud caminar de un lado a otro del pasillo, tal vez unas cuantas veces, Christopher se dio la vuelta. Decidió moverse hacia su izquierda y tantear el camino, tal vez contando las puertas hasta...

¡Maldición! ¿Cómo iba a saber cuándo llegaría a su dormitorio?

Entonces recordó que había dejado la puerta entreabierta. El alivio lo invadió y se burló de su pánico momentáneo. No era como si fuera a vagar hasta la India si se alejaba demasiado. Al final, encontraría su habitación.

Esta vez dejó que sus manos se deslizaran por la pared, palpando la unión de las tiras de papel pintado. Le daba más confianza que arrastrar los pies en medio del pasillo. Cuando llegó a la primera puerta y siguió adelante, empezó a pensar que esto de moverse a ciegas era bastante fácil. Entonces, con brusquedad, chocó con algo que le golpeó desde las espinillas hasta la cintura, arrancándole un grito.

Alargando la mano, Christopher se dio cuenta de que había chocado con un mueble. Al explorar más a fondo, descubrió que había un jarrón sobre su superficie, por suerte todavía intacto.

Lo rodeó con cuidado y luego volvió a tocar la pared, solo para tropezar con un taburete, no más alto que su tobillo, unos pocos pasos después. Al sacar las manos instintivamente, no hubo nada que impidiera su caída. Cayó al suelo con el taburete aún entre los pies.

Tumbado, un poco asustado y avergonzado, apoyó la mejilla en la alfombra, maldiciendo en voz baja. Luego golpeó el suelo con rabia, imaginando que si una criada se le echaba encima, parecería un niño con una rabieta.

Por desgracia, oyó unos pasos que subían por la escalera principal.

—¡Chris! —exclamó su madre, y la oyó correr hacia él.

—Estoy bien —dijo él levantando la cabeza—. Solo

estoy descansando. —Y con eso, se impulsó hasta ponerse de rodillas.

—¿Descansando? —Parecía asustada—. ¿Llamo a Abner? —Su ayuda de cámara tenía muy poco que hacer estos días, ya que Christopher casi nunca se vestía.

—No. —Alcanzando la pared, la usó para guiarse hasta ponerse de pie—. Me pregunto si puedes decirme cuántas cosas hay en mi camino hasta mi habitación.

—Por supuesto. —Entonces sintió su mano en el hombro—. Me impresiona que hayas llegado hasta aquí.

—Yo también, francamente. Pero volver está resultando más difícil.

—Hay tres puertas más hasta la tuya, pero hay un cofre alto y un soporte de mármol con una planta sobre él entre dos de las puertas.

—Estaría mejor en medio del pasillo, excepto que entonces no podría contar las puertas.

—Y podrías darte una vuelta por la escalera si te desvías hacia la derecha —señaló la duquesa—. De todos modos, por ahora, toma mi mano.

Lo hizo y comenzaron a caminar.

—¿Quieres bajar las escaleras? —preguntó ella.

—¿En bata? Definitivamente no.

—Abner puede vestirte —le recordó ella.

—¿Con qué fin? ¿Qué razón hay para que me vista y baje? Quiero decir, ¿qué voy a hacer cuando esté abajo?

Ella dudó.

—Puedes sentarte en el salón y así podré charlar contigo, y cuando otros entren y salgan, podrán hablar contigo también.

Le dolía el estómago por la inutilidad de aquello. ¿Ese era su futuro? ¿Tener a la gente hablando con él cuando salían o entraban en la casa?

—Creo que me voy a echar una siesta —le dijo a su madre al llegar a su habitación.

—Aquí estamos —dijo ella innecesariamente.

—Perfecto —aseguró él, golpeando de nuevo la silla—. ¡Maldita sea!

—Lo siento —dijo su madre, aunque no era su culpa.

—No, yo siento haber jurado así. Si pudieras decirle a la gente que mantenga los muebles fuera de mi camino, eso sería útil. Amanda debería haber puesto eso contra la pared cuando se fue.

—Es cierto. Probablemente no sabía que ibas a salir de la habitación.

Porque solo era el ciego Chris que podía sentarse en su habitación durante horas esperando que alguien viniera a hablarle o a leerle. Si este era realmente su futuro, no quería formar parte de él.

—He venido a preguntarte si quieres algo —le dijo su madre.

—Que me devuelvan la vista —murmuró.

Al oír a su madre suspirar, añadió:

—No, no quiero nada.

Sentado en la cama, se sintió como si hubiera vuelto a un santuario... o a una prisión.

—Está bien —afirmó ella—. Volveré pronto. Traeré algo para leerte. Y le pediré a lord Forester que haga mover los muebles del pasillo para que puedas caminar sin obstáculos. Recuerda, cuatro puertas entre tu habitación y la ventana.

—Lo recordaré. —En ese momento, no tenía ningún deseo de volver a salir de la habitación. Entonces pensó en Jane.

—¿He recibido alguna misiva o tarjeta de visita?

—Ninguna nueva. Aunque la mayoría se ha enterado del accidente o lo ha leído en los periódicos, muchos no saben todavía dónde encontrarnos. Es un fastidio. Y pasarán semanas antes de que podamos regresar a casa. Volveré pronto.

La escuchó marcharse. ¿Debía asumir que Jane no lo sabía, o podía ser que lo supiera y se mantuviera alejada?

Se dio cuenta de que no importaba en ninguno de los dos casos. Ella difícilmente podría subir a su habitación para visitarlo, ni podía imaginarse a él mismo saludándola en ese estado.

Decidió dedicar un tiempo a hacer lo que hacía todos los días, rezar. Pedía constantemente al Todopoderoso que le devolviera la vista.

Tal vez pronto la recuperaría y entonces volvería a recibir a Jane en su vida. Hasta entonces, tenía que dejar de lado todo lo que era importante para él, incluidos Jane y el parlamento.

Capítulo 8

Jane se puso en marcha en cuanto sus pies resbaladizos tocaron la entrada de mármol de Barclay House, un lugar encantador para un baile. Flores, músicos, velas, una multitud de personas de la sociedad londinense, las más ricas y las más bellas... lo vio todo y lo ignoró, totalmente concentrada en encontrar a un hombre.

—Jane, ¿podrías ir más despacio? —le preguntó su madre cuando Jane salió corriendo del guardarropa a lo largo del salón de baile, hacia el comedor, donde ya estaba preparado el buffet de comida, y luego hacia la terraza. No estaba allí. No había nadie. Hacía frío y llovía.

Al fin, atendiendo a los ruegos de su madre, Jane dejó que esta les buscara una mesa.

—Lord Fowler se sentará con nosotras esta noche —le dijo a la condesa, tratando de no sonar tan melancólica como se sentía.

La boca de su madre se abrió, aunque sus ojos empezaron a abrirse de par en par.

—¡No, mamá, no te comportes de repente como una

lunática, por favor! Le estoy ayudando en una tarea. Eso es todo. —Había jurado guardar el secreto y no rompería su confianza por nada del mundo, por lo que no diría nada más—. No tengo el menor interés romántico en él.

Su madre asintió.

—¿Quién ha hablado de romanticismo? ¿Necesita una esposa, y estás dispuesta a convertirte en dicha esposa?

—Sí, lo está, y no, yo no lo estoy. Y, por favor, no lo avergüences a él ni a mí. Además, al margen de tu agria noción del romance, mamá, un fuerte sentimiento romántico es lo único que me inducirá a decir que sí al hombre que pida mi mano.

Si le hablaba a su madre de la infernal lista de lord Fowler, esta se horrorizaría o exigiría a Jane que pusiera su nombre al principio de la misma.

Lady Chatley frunció el ceño y luego hizo un gesto a uno de los camareros para que les proporcionaran unas copas de champán, y luego cogió otra.

—Eres imposible, Jane.

Su abatida madre se bebió toda la copa de un tirón y luego buscó la segunda.

—¡Mamá! —Jane se apiadó de ella. Debería darle algo de esperanza—. ¿Recuerdas a lord Westing?

Su madre nunca miraba los periódicos de cotilleo por culpa de su marido mujeriego. Era demasiado doloroso leer sobre las juergas del conde de Chatley en la prensa. Sin embargo, Jane sabía muy bien que su madre se las arreglaba para estar al tanto de las noticias de todos los solteros, incluyendo si alguno había salido recientemente del mercado matrimonial.

—Por supuesto que lo recuerdo. Es terrible lo de...

Se interrumpió cuando lord Fowler apareció ante ellas.

—Queridas damas —dijo él, y se inclinó primero sobre la mano de su madre—. Buenas noches, *lady* Chatley. —Luego se volvió hacia Jane e hizo lo mismo. Después lanzó una mirada recelosa hacia su madre—. ¿Todavía está dispuesta a ayudarme?

—Lo estoy —dijo Jane—. Es más, he creado una lista propia. —No pudo decir nada más hasta que se quedaron solos.

—Mamá, quizás deberías ir a charlar con *lady* Carmichael, ya que lord Fowler y yo vamos a hacer la ronda.

Su madre negó con la cabeza.

—Normalmente, no se desea hablar con nadie en estos eventos.

Jane ofreció a su madre una sonrisa ingenua.

—Es cierto. Pero con lord Fowler, estoy más que feliz de hacerlo.

Su madre sacudió la cabeza.

—Eres una chica muy extraña. Estaré allí mismo. —Señaló una silla vacía junto a la estimada *lady* Carmichael—. Y no saldrás a la veranda, ni sola ni con un hombre.

—Sí, mamá.

—A menos que sea un conde o un marqués —añadió su madre—. Sin ánimo de faltarle el respeto, milord —dijo a lord Fowler, que no era más que un vizconde.

—No lo hace, *milady*.

La madre de Jane frunció los labios y la miró con severidad.

—¿Está claro?

—Sí, mamá. —Jane se levantó y besó la mejilla de su madre, y luego dejó que lord Fowler la guiara.

Todavía con la esperanza de descubrir a Christopher, que quizá se había retrasado, Jane sabía que circular entre la multitud era la mejor manera de hacerlo.

—Le presentaré a algunas damas que me parecen adecuadas —dijo Jane a lord Fowler en cuanto estuvieron fuera del alcance de su madre—. Y podrá decirme después si alguna es de su agrado. Por supuesto, me ayudaría que me dijera qué forma de presentarse le complace.

En cuestión de minutos, Jane había entablado una conversación con lord Fowler y dos hijas de vizcondes perfectamente aceptables. Y mientras se alejaban, dijo que prefería a la mujer de pelo castaño.

Ella sonrió para sí. Eso redujo la selección al menos un poco. A pesar de lo que había dicho, si una joven rubia y apropiada se pronunciaba dispuesta a convertirse en *lady* Fowler, Jane estaba segura de que se podría persuadir a lord Fowler para que ampliara su preferencia.

De hecho, esto no parecía una tarea tan difícil y resultaba bastante agradable. Hablaron con otra dama, a la que no parecía molestarle lo más mínimo que Jane participara en la conversación tras darse cuenta de que estaba allí solo para facilitar una presentación y hacer que fuera aceptable que ellos hablaran, al no poder hacerlo solos.

Continuaron su búsqueda durante una hora, y lord Fowler conoció a seis o siete jóvenes, las cuales le gustaron mucho todas ellas. Jane puso los ojos en blanco. Quizá realmente no le importaba con quién iba a pasar su vida.

Tal vez tenía que recordarle sus deberes maritales más

específicos.

—Cuando piensa en besar a alguna de estas mujeres, ¿le interesan todas por igual?

Él se encogió de hombros.

—Estoy seguro de que el beso sería similar en cualquier caso. Todas tienen dos labios, ¿no?

—Y una lengua —murmuró ella, pensando en sus besos con Christopher.

—¿Una lengua? —Lord Fowler sonó sorprendido, y entonces, en ese instante, Jane se dio cuenta. Él nunca había tenido intimidad con una mujer, ni siquiera un beso.

Deteniéndose justo donde estaban en el borde de la pista de baile, lo observó. Probablemente era dos años mayor que ella, o incluso más. Pensar que ella creía que había vivido una vida protegida, incluso para una mujer... Pero él era un hombre. Supuso que todos encontraban mujeres a las que besar y con las que hacer muchas más cosas.

Tal vez tenía que animarle a empezar a besar a algunas de ellas.

Esto sería más fácil si fuera como lord Burnley, el amigo de Christopher, que tenía fama de ser todo un hombre en la ciudad, así como de dejar una serie de corazones rotos. Debió de haber besado a algunas de esas mujeres para que sus corazones se enredaran.

—¿Frecuenta a lord Burnley? —preguntó ella.

—No. Fuimos juntos a la escuela, y lo veo en estos eventos, pero no cenamos juntos, si a eso se refiere. No es mi amigo.

Lord Fowler dijo la palabra «amigo» como si la probara, como si tener un amigo íntimo fuera un concepto extraño, que nunca había experimentado antes, más bien como un beso.

¡Dios mío! Había conocido a alguien incluso menos sociable que ella.

Entonces su mirada pasó por delante de ella, hacia alguien justo por encima de su hombro.

—Tiene buen aspecto —dijo el vizconde.

La cabeza de Jane se giró para ver a *lady* Matilda Brethens, bonita de ver, pero no de conocer. Todo lo contrario de agradable. Se comería a lord Fowler para cenar y se limpiaría los dientes con sus huesos. Además, Matilda era una prima cien veces menor que la reina, pero hablaba de Victoria como si fueran hermanas. *Lady* Brethrens esperaba todo un mundo y, por tanto, parecía perpetuamente decepcionada.

Ni siquiera le había gustado la comida del banquete benéfico de Jane y lord Cambrey, que por otra parte fue del agrado de todos.

—Oh, no se lo aconsejo, lord Fowler. Se convertiría en su Xanthippe.

Cuando él frunció el ceño, ella añadió:

—Una esposa regañona.

—No —dijo él, con aspecto alarmado—. No me gustaría en absoluto una esposa así.

En cualquier caso, Jane estaba segura de que él tenía que intentar besar a algunas de las mujeres que ya le habían presentado. Ciertamente, eso le ayudaría a entender cómo se relaciona la gente de manera distinta.

—Tal vez podría reclutar a lord Burnley para que le ayude.

—¿Con qué propósito?

¿Cómo podría explicárselo?

—Tal vez para disfrutar de un club de caballeros u otras diversiones a las que se dedican los jóvenes.

Él seguía frunciendo el ceño.

—Creo que lord Burnley dedica buena parte de su tiempo a pensar en el sexo débil, así como a pasar tiempo con este, y probablemente también a discutir.

La frente de lord Fowler se alisó.

—Oh, ya veo lo que quiere decir. Creo que tiene razón en que él tiene una profunda y amplia experiencia en tales asuntos, aunque creo que no está más cerca de conseguir una esposa que yo. En verdad, ¿quién puede decir si sus maneras son superiores?

Jane suspiró. Al menos lord Burnley no se casaría simplemente con cualquier mujer que estuviera de acuerdo, que era lo que ahora temía que haría lord Fowler, a su pesar. Estaba segura de que tener un amigo varón le ayudaría a conseguir una esposa. Es más, si encontraban a lord Burnley, quizás también encontrarían a Christopher.

—En cualquier caso, ¿lo buscamos? —ofreció—. Tal vez podría comparar sus pensamientos sobre el asunto.

—Oh, Burnley no está aquí. No creo que haya ido a ningún evento social desde la explosión.

—¿La explosión? —preguntó ella, con la mitad de su cerebro ponderando los méritos de presentar a lord Fowler a una viuda experimentada.

—Pues sí, Burnley no está haciendo vida social en este momento. Es comprensible, ya que él y lord Westing son los mejores amigos.

Ella saltó al oír el nombre de Christopher. ¿Owen

Burnley no estaba socializando debido a su amistad con Christopher?

—Le ruego que me disculpe, milord. No sé de qué está hablando.

—¿No lo ha oído?

—¿Oír qué? —Los latidos del corazón de Jane empezaron a acelerarse ante el tono de voz de lord Fowler, bajo y funesto.

—Una explosión de gas dejó la casa del duque de Westing totalmente inhabitable. Por desgracia, la marquesa estaba en medio de ella.

Todo el aire abandonó sus pulmones. De hecho, toda la habitación parecía completamente inmóvil y silenciosa. Estaba concentrada por completo en el rostro de lord Fowler y su expresión seria.

—¿Cómo...? —Jane se tragó el miedo y volvió a intentarlo—. ¿Cómo está? ¿Se ha herido el marqués?

—Sufrió un feo golpe cuando la mitad de la vivienda se derrumbó sobre él.

Jane necesitó sentarse mientras toda la sangre salía de su cabeza. Recordando cómo había estado pensando de forma poco amable en Christopher y su abrupta desaparición, quiso llorar allí mismo.

—*Lady* Jane, se ha puesto usted muy pálida.

Agarrando su brazo, sin importarle si era inapropiado, ella dijo:

—Por favor, lléveme a la mesa de mi madre.

—De inmediato —accedió él mientras la guiaba hacia sus sillas—. Veo que esta noticia le ha impactado, y me disculpo. Sucedió hace casi una semana y salió en los periódicos.

Supuse que todo el mundo se había enterado. Permítame asegurarle que Westing no sufrió ninguna fractura ni desfiguración.

Ella asimiló esta nueva información, dejando que una oleada de alivio se apoderara de ella.

—Ha dicho un golpe feo. ¿En la cabeza?

—Creo que sí —confirmó lord Fowler.

—¿Pero no resultó herido? —insistió ella cuando llegaron a la mesa, donde su madre ya había regresado y se le había unido otra amiga. Juntas, las señoras mayores charlaban y apenas se fijaban en sus hijas, a las que se suponía que estaban acompañando.

Sin embargo, al acercarse Jane, se callaron. Su madre, al ver su semblante, comenzó a levantarse, con la mano en la garganta.

Sin embargo, Jane miró fijamente a lord Fowler, esperando que respondiera a su pregunta.

—En realidad, lamento decirlo —comenzó él, y esas palabras hicieron que el zumbido en sus oídos se hiciera más fuerte y que pareciera que él hablaba en voz muy baja desde muy lejos.

Jane se hundió en la única silla vacía, sabiendo que si no hubiera estado allí, se habría caído al suelo. Entonces, después de oír a su madre exclamar por su palidez, por fin, las palabras de lord Fowler llegaron a su cerebro.

—Lord Westing quedó absolutamente ciego.

❖

Christopher supo que era Burnley por el sonido de su

llamada, más un golpe fuerte que uno sordo como el del personal, o una rápida palmada antes de empujar la puerta como el de su hermana. Y sus padres no llamaban a la puerta en absoluto, limitándose a decir su nombre antes de entrar en el dormitorio. Supuso que se lo permitiría un poco más de tiempo y luego les diría que dejaran de hacerlo.

—Hola, viejo amigo —dijo Burnley al entrar.

Christopher asintió para darle la bienvenida.

—¿Qué, no tienes ganas de hablar hoy? —Burnley tomó asiento en la silla cercana, arrastrándola por la alfombra.

Christopher se encogió de hombros, y luego pensó por un segundo.

—Si te encoges de hombros, no lo sabré.

—Es cierto —dijo Burnley—. Pero no me estoy encogiendo de hombros. Estoy recostado en esta incómoda silla, y ahora tengo una pierna sobre la otra, con el tobillo derecho apoyado en la rodilla izquierda, si puedes imaginarlo.

—Puedo.

Burnley se había portado bien, viniendo todos los días desde que Christopher se despertó, quedándose a veces una o dos horas, a veces todo el día, y comiendo con él. Les daba un respiro a Amanda y a su madre.

—¿Quieres saber lo que llevo puesto? —preguntó su amigo.

Eso hizo que Christopher soltara una risita, una rareza en esos días.

—Por supuesto que no. Mejor dime el tiempo que hace.

Burnley se rio.

—El mismo de siempre. Es Londres. Hay lluvia y sol intermitente. Un cielo azul y ocasionalmente nubes. Hay niebla humeante o humo nebuloso, según se mire. Y una noticia más interesante, Sophia regresará pronto del continente, y yo volveré a hacer de carabina.

Owen vigilaba a su hermana de la misma manera que Christopher solía vigilar a Amanda, otro de sus deberes que ya no podía realizar.

—Conocí a una joven. —Christopher se sorprendió a sí mismo por semejante revelación, pero se sintió bien por habérselo contado al fin a alguien.

Su amigo dudó y luego preguntó:

—¿Aquí? ¿En tu habitación?

Christopher pudo imaginarse a Owen mirando a su alrededor como si ella fuera a aparecer.

—¡No, tonto! Antes de la explosión. —Se pasó una mano por el pelo—. Todo en mi vida, a partir de ahora, va a ser categorizado como antes de la explosión o después, ¿no es así?

—No necesariamente. No importa esa basura filosófica, háblame de la chica.

—En Marlborough House.

—Eso fue hace tres semanas, por lo menos. ¿Por qué no me lo dijiste antes?

—Esperaba más bien tener una conversación con su padre e incluso con la propia dama antes de empezar a balbucear con gente como tú.

—¿Basado en un solo encuentro? —Burnley sonó incrédulo.

—No. Nos hicimos compañía en el baile de Linwald y luego fuimos pareja en la última cena de los Mulberry.

—Basado en un par de bailes y una cena, ¿estabas

dispuesto a pedirle permiso a su padre? Ella debe de ser extremadamente especial, o muy persuasiva.

—Basta. En realidad, la conozco desde hace años. Y tú también, muy probablemente. Estoy hablando de *lady* Jane Chatley.

Silencio, luego simplemente un único sonido de su amigo.

—*Umm...*

—¿Qué quieres decir con eso?

—¿Con qué?

Burnley estaba claramente estancado.

—Con ese zumbido reflexivo y sin compromiso que has hecho.

—Oh, ¿lo has escuchado? Yo diría, querido amigo, que tu oído ha mejorado desde la explosión. Uno podría esperar que debería estar peor que tus ojos.

Christopher suspiró.

—Ojalá hubiera sido así. Ahora, dime. ¿Qué piensas de Jane?

Otra vacilación, y luego Burnley comenzó a hablar lentamente.

—Parece demasiado correcta para ti, tal vez incluso reservada. No tiene mucho vigor.

—Precisamente esa fue mi primera impresión. En realidad no es ninguna de esas cosas que dices, y tiene vigor a raudales. También tiene unos ojos preciosos.

—¿De verdad?

A Christopher no le importó el tono interesado de su amigo. Es más, nunca podría volver a mirar sus hermosos ojos. Apretó las manos ante la oleada de ira, una emoción que se presentaba con más frecuencia ahora. Primero fue mera frustración, ahora furia al rojo vivo por la forma insensata en que había perdido la vista.

Y sin embargo, seguía sentado en la oscuridad, pensando en una mujer a la que nunca volvería a ver. ¡Qué idiota!

Le costó un momento, pero consiguió soltar la rabia al imaginarse a Jane.

—¿Recuerdas el banquete de cricket? ¿Recuerdas lo encantadora que estaba Jane cuando Cambrey la presentó como anfitriona?

—Sí, aquel día parecía bastante atractiva —convino Burnley—. Pero he bailado con ella en el pasado y apenas me miraba o mantenía su parte de la conversación.

Christopher sonrió.

—Obviamente la aburriste.

Su amigo se rio.

—Y tú no, supongo.

La sonrisa de Christopher se apagó. Definitivamente habían experimentado algún tipo de conexión él y Jane, y había estado totalmente dispuesto a perseguirla.

—Tal vez ya no importa.

—¿Qué no importa? ¿Qué quieres decir?

—En este tiempo que considero posterior a la explosión, tal vez lo que sentí antes no tenga importancia. Llevo días confinado en esta habitación, por Dios, en realidad no sé cuánto tiempo, y nadie sabe qué hacer conmigo. Incluido yo mismo.

—El médico volvió a venir ayer, ¿no? ¿Qué dijo?

—Su mejor estimación es el daño a mis nervios ópticos, lo que sea que eso signifique. Dijo que se unen al «bulbo» de mi ojo. Suena asqueroso.

Burnley no respondió de inmediato.

—Así que, esos nervios fueron dañados. ¿Y dijo si se curarían?

—No lo sabía. Solo dijo que no había nada malo con las pupilas de mis ojos, aunque estén inútiles ahora.

—Lo siento mucho, viejo amigo.

Que Owen expresara su condolencia lo hizo peor. Él no quería que hubiera nada que lamentar. Simplemente quería recuperar la vista. O al menos, que alguien dijera que podría volver.

Sin embargo, junto con todos los demás, estaba empezando a creer que esto era permanente, aunque no podía aceptarlo. Después de todo, seguía rezando y pasaba la mayor parte del tiempo pensando en lo que haría cuando volviera a ver.

—¿Qué pasa con tu cabeza? —preguntó Burnley—. ¿Te sigue doliendo?

—No, la verdad es que no, y antes de que preguntes, tampoco me pasa nada más. No tengo ninguna razón para quedarme en la cama, pero aquí estoy.

Oyó a su amigo ponerse en pie.

—Entonces vamos a levantarte y a salir, ¿te parece?

Christopher inclinó la cabeza hacia él.

—¿Con qué propósito?

—Para estirar las piernas, supongo. ¿Has bajado ya?

Christopher sacudió la cabeza.

—He caminado por el pasillo, y ya puedo hacerlo bastante bien. —Todos los jarrones, taburetes y mesitas habían sido retirados.

Burnley sonaba animado.

—Es una casa encantadora, un bonito jardín, deberías ver... —Se interrumpió—. Lo siento.

—No importa —le aseguró Christopher—. La he visto antes. Bajaré si me prometes que nadie me verá. Atravesaré la casa, daré un paseo por el jardín trasero y luego entraré.

Tirando las sábanas a un lado, balanceó las piernas sobre el lado de la cama y se puso de pie, para luego caer de espaldas sobre el colchón.

—¡Caramba! —juró—. Me siento mareado.

—La prueba de que necesitas levantarte y caminar más. Sin embargo, debes hacerlo más despacio. Además, estás en camisón, así que primero tengo que buscarte unos pantalones.

Capítulo 9

La madre de Jane no la dejaba ir sola, ni dejaba de preguntar por qué su hija quería ir sin invitación a la casa de lord y *lady* Forester.

—*Lady* Tabitha Forester es tía de un amigo mía que está herido.

Su madre frunció el ceño—. Está hablando de lord Westing, ¿no es así? —Luego miró a Jane hasta que esta dejó de mirar por la ventana del carruaje y devolvió la mirada de su madre.

—Sí, así es.

La condesa emitió un sonido de disgusto.

—Cuando te pillé en el jardín de Marlborough House, dijiste que no había nada entre vosotros.

—No me atrapaste, porque no estaba haciendo nada en lo que pudiera ser atrapada. Además, si recuerdas, me negué a hablar de lord Westing porque de inmediato quisiste empujarnos al matrimonio.

—Sin embargo, te exijo que me digas, ¿hay algo entre vosotros dos?

Jane suspiró, y luego hizo una pregunta que parecía una

excelente evasión.

—Si lo hubiera, ¿sería yo la última en enterarme de la terrible explosión?

—Nunca te han importado los chismes, mi niña.

—Esto no es un chisme. Sin embargo, estaba tan concentrada en otros asuntos que no pregunté por las noticias semanales.

—¿Otros asuntos, como tu misteriosa tarea con lord Fowler?

—Entre otras cosas. —Su madre no sabía que deseaba ayudar a la casa de campo de Dickens en Urania para mujeres descarriadas, y definitivamente no aprobaría que su hija participara en algo así. Tampoco sabía del deseo de Jane de involucrarse con la RSPCA.

—Dime, Jane, ¿lord Fowler quiere casarse contigo?

Jane estuvo a punto de decir que sí, simplemente para burlarse de su madre.

—Hemos llegado —dijo a modo de respuesta.

—¿Qué esperas conseguir irrumpiendo de esta forma?

¿Sería demasiado esperar un momento a solas con Christopher?

—Me gustaría visitar al marqués, si es posible, pero si no es así, al menos me gustaría que supiera que he pasado por aquí y le he ofrecido mis mejores deseos.

El mayordomo las hizo pasar al vestíbulo y luego al salón mientras iba a decirle a Su Gracia que habían llegado.

—Es la duquesa de Westing, no *lady* Forester —le recordó la madre de Jane al mayordomo, como si él fuera a llamar a la dama equivocada.

Apenas se sentaron, un fuerte ruido las hizo ponerse de

nuevo en pie. Jane miró a su madre y luego se dirigió a la puerta abierta.

Al asomarse al vestíbulo, vio a Christopher tirado en el suelo, con lord Burnley inclinado sobre él, aparentemente tratando de ayudarle a levantarse.

Jane jadeó y se tapó la boca con una mano cuando las cabezas de ambos hombres giraron en su dirección.

Los ojos de lord Burnley se abrieron de par en par, pero la mirada impasible de Christopher pasó por encima de ella. Obviamente, lo que dijo lord Fowler era cierto.

—¿Quién está ahí? —preguntó él mientras su amigo le ponía una mano bajo el codo y le hacía levantarse.

Jane no lo había creído realmente hasta ese momento. Christopher estaba ciego.

—Owen, ¿quién es? —repitió.

—*Lady* Jane Chatley —dijo lord Burnley, con la voz entrecortada.

—¡Malditos sean todos! —dijo Christopher como si al no poder verla, ella no pudiera oírle.

Lord Burnley tosió.

—Y su madre, la condesa de Chatley.

Jane miró a su lado para ver que tenía razón. Su madre se había unido a ella en el vestíbulo de azulejos.

De repente, Jane se dio cuenta de lo precipitado de la idea de presentarse sin avisar. No obstante, no podía negar que su ánimo se había animado al ver a Christopher en carne y hueso. Sin embargo, era posible que él no sintiera lo mismo.

Por un lado, ni siquiera estaba vestido del todo, llevaba una camisa desabrochada sobre los pantalones y no tenía chaqueta ni corbata, y su pelo era un completo desastre. A ella no le importaba, por supuesto, pero tenía la sospecha de que ser visto en ese estado pincharía su orgullo.

Y estaba en lo cierto.

Las siguientes palabras de Christopher fueron dirigidas a su amigo.

—Llévame arriba, de inmediato.

Sin decir nada más, dejó que lord Burnley lo guiara hasta las escaleras y, con una mano en la barandilla, las subió lentamente.

A Jane le dolía el corazón a cada paso que se alejaba de ella, sin poder acercarse ni hablar con él.

Lord Burnley, al menos, se volvió y asintió en su dirección.

—Deberíamos irnos —dijo ella, sintiéndose incómoda por haber ido y terriblemente indiscreta.

Su madre jadeó.

—No podemos. Le di al mayordomo mi tarjeta de visita. No podemos simplemente desaparecer.

Se retiraron al salón y esperaron hasta que, unos minutos después, llegó la duquesa de Westing.

—Siento haberlas hecho esperar.

Jane y su madre se levantaron con rapidez.

—No, en absoluto —entonó *lady* Chatley—. Le pedimos disculpas por nuestra inesperada aparición. Pasábamos por aquí y nos detuvimos solo para ofrecer nuestras condolencias y preguntar por la salud de su hijo.

Jane soltó un suspiro de alivio. En un momento dado, su madre sabía lo que había que decir, era la mujer de los modales educados por excelencia.

Sin embargo, la duquesa parecía un poco recelosa.

—Desde que nuestra familia se ha trasladado y nuestra corta visita a la casa de mis suegros se ha prolongado, no he pensado en recibir aquí. No quería extralimitarme como invitada de lord y *lady* Forester. De lo contrario, Emily, sabe que la habría invitado a tomar el té.

La madre de Jane tomó las manos de la otra mujer entre las suyas.

—Estoy segura de que pronto estará de vuelta en casa.

—Ya veremos —dijo Helen Westing, distraída, y luego volvió por fin su atención a Jane—. No sabía que conociera a mi hijo. Sin embargo, puedo decirle lo que les he dicho a los demás: no acepta visitas del sexo débil, ni necesita que nadie le atienda o le lea.

Jane se dio cuenta entonces de que otras jóvenes se habían pasado por allí, esperando llegar al marqués bajo la apariencia de simpatía. Ir allí sin anunciarse, como habían hecho, hacía que su madre pareciese como mínimo una mercenaria, a juicio de Jane, ya que esta nunca había visitado a los Westing. La duquesa se estaba comportando simplemente como una madre protectora.

Jane tendría que revelar más información, que ni siquiera su propia madre conocía, para guardar un poco las formas.

—Le aseguro que no pretendía ofrecerle tales atenciones personales. Su hijo y yo fuimos compañeros en una cena en casa de lord y *lady* Mulberry solo unos días antes de la terrible explosión en su casa. Naturalmente, yo, es decir, nosotros —señaló para incluir a su madre—, nos preocupamos al enterarnos de su estado. Nos despediremos ahora, ya que debe de tener mucho que hacer tratando de reparar su casa, al mismo tiempo que prepara su exposición de arte.

La duquesa de Westing pareció sobresaltada y su mano voló hacia su *fichu* de encaje.

—¿Cómo lo ha sabido?

Jane esperaba no haberse extralimitado. Christopher no había dicho nada de que fuera un secreto.

—Me disculpo si he hablado demasiado. Su hijo me lo mencionó durante la cena. Está muy orgulloso de usted. Una vez más, nos disculpamos por la intromisión, y le dejamos con sus quehaceres.

Su propia madre se había quedado callada al escuchar la noticia de que habían formado pareja durante la cena, pero luego volvió a animarse.

—Me alegro mucho de verla, Helen. Si nuestras hijas tuvieran una edad más cercana, estoy segura de que las habríamos acompañado a muchos bailes. En cualquier caso, ¿por qué no nos visitan usted y *lady* Amanda a nuestra casa la próxima semana? Háganme saber qué tarde les viene bien a ambas para tomar el té.

Siempre era té, y solo té. El carácter grosero del padre de Jane impedía cualquier cosa más formal que involucrara a ambos esposos. Las numerosas cenas de Mayfair, por ejemplo, excluían a los Chatley porque el conde podía desaparecer en el último momento. *Lady* Chatley no podía ir sola a una cena de pareja, pues se produciría un vacío en la mesa, considerado de lo más indecoroso. Del mismo modo, ella nunca invitaba a otras parejas a casa por la misma razón.

No por primera vez, Jane sintió una punzada de lástima por su madre, cuya vida social se había resentido por su marido. Además, su madre tenía razón en cuanto a la diferencia de edad de las hijas. Jane ya había tenido unas cuantas temporadas antes de que Amanda Westing se presentara ese año, y por lo tanto, *lady* Chatley se sentaba con las madres cuyas hijas eran de la primera temporada de Jane, mientras que la duquesa se sentaba con las madres de las debutantes, si es que asistía. Jane recordó que Christopher había dicho que él actuaba como carabina de su hermana durante el baile de Linwald.

La expresión de la madre de Christopher se suavizó.

—Gracias. A Amanda y a mí nos gustaría ir, y luego, cuando... —se interrumpió y pareció un poco perdida—. Cuando mi familia haya regresado a nuestra propia casa, podré agasajarlas debidamente a cambio —terminó.

—No lo piense más —dijo la madre de Jane—. Le dejaremos con su ocupado día.

Pronto estuvieron en su carruaje.

—Jane —dijo su madre en cuanto los caballos se pusieron en marcha—. Has estado guardando secretos.

Pero Jane no contestó, su mente estaba fija en Christopher, que no había querido ni siquiera hablar con ella.

<hr>

—De todas las personas que podían estar en el vestíbulo… —se lamentó Christopher por enésima vez, tumbado en su cama deseando poder mirar al techo—. ¡Qué humillante!

—No lo ha sido —insistió Burnley.

—No eras tú el que estaba en el suelo como un animal.

—Jane Chatley no parecía ni un poco ofendida.

—Dime exactamente cómo se veía, entonces. ¿Su cara

estaba inundada de alegría al verme? —No pudo ocultar el sarcasmo o la irritación de su voz.

—Por supuesto que no. Parecía una mujer preocupada y, por supuesto, parecía un poco sorprendida. Dudo que esperara verte.

Christopher gimió de nuevo.

—Dime qué aspecto tenía.

—¡Acabo de hacerlo! —Owen sonaba exasperado.

—¡No! Quiero decir, ¿qué llevaba puesto? ¿Cómo estaba peinada?

—¡Por el amor de Dios! —exclamó su amigo—. No me acuerdo. Creo que llevaba un vestido azul. Tenía pelo, eso es seguro. Y un sombrero, creo. Espera, tal vez su madre iba de azul y ella de gris.

—No importa —dijo Christopher—. No importa.

—Tienes razón —convino Burnley, aparentemente aliviado—. Si yo fuera tú, me la imaginaría sin nada de ropa.

Si pudiera verlo, Christopher le daría un puñetazo en la mandíbula y borraría la expresión lobuna que sabía que Owen tenía.

—Supongo que no pondrías tu barbilla cerca de mi puño, ¿verdad?

Su amigo se rio con ganas.

—Creo que estoy listo para que te vayas —le dijo Christopher.

—Vamos. No te enfades conmigo. La próxima vez que la veamos, tomaré nota de todo, lo prometo.

—¿Cómo va a haber una próxima vez? No la habrá, te lo aseguro. Al menos, no para mí. Puedes mirarla cuando quieras. —La ira regresó en un instante. Si el velo de la oscuridad se abriera, al otro lado estaría el mundo al que anhelaba volver, con luz y rostros y gente a la que amaba.

Gimiendo, aferró la ropa de cama y pensó que se volvería loco.

—¿Por qué no puedes volver a verla? —preguntó Owen—. Invítala a tomar el té dentro de unos días y podrás recibirla como es debido. No es que tengas que jugar a las cartas o llevarla de caza, por el amor de Dios. Siéntate con ella, bebe té y come galletas. Eso sí puedes hacerlo.

Christopher reflexionó. ¿Podría?

—Tal vez —convino—. ¿Crees que debería conseguir unas gafas oscuras como las que he visto que llevan los ciegos?

—No lo sé. ¿Por qué las llevan?

—¡Dios, estamos tan mal informados! —se lamentó Christopher—. Le preguntaré a mi madre. De todos modos, supongo que necesitaría que estuviera allí.

Silencio.

—¿Y ahora qué? ¿No me digas que no me ayudarás a recibir a Jane?

—Te llevaré abajo y al salón, bien peinado esta vez.

Christopher gimió mientras levantaba las manos hacia su cabello y se llevaba los dedos al desorden que Jane acababa de presenciar.

—Aunque tu talentoso Abner hará un mejor trabajo preparándote, estoy seguro —añadió Owen—. En cualquier caso, aunque te llevara directamente al sofá, te dejaría en el momento en que ella llegara —insistió—. No quiero estar en medio de la conversación, captando sus miradas destinadas a ti. Además, piénsalo bien. Nadie te criticará por estar a solas con ella.

Christopher lo pensó. Burnley podría tener razón. Como ciego, no podía hacer insinuaciones indeseadas o inapropiadas, al menos, no sin la ayuda de la dama. Y ciertamente no podía intentar saltar sobre ella sin perder su presa. Ella estaría perfectamente a salvo y podría escapar en cualquier momento.

—Espero que la sociedad lo vea así —dijo Christopher—, pues ese sería el único beneficio de esta maldita ceguera. —Dejó de pasarse los dedos por el pelo y miró hacia donde creía que estaba sentado Burnley.

—Owen, ¿le escribirás de mi parte? ¿En este mismo momento? Te dictaré si encuentras pluma y papel.

—Ciertamente lo haré, viejo amigo.

Así, en poco tiempo, Christopher comenzó su carta para ella.

—Que sea corta, creo —le aconsejó su amigo, haciendo sonar el papel delante de él—. Además, no soy un oficinista, así que habla despacio.

«Querida *lady* Jane:
Siento que debería, y podría, llamarla simplemente Jane».

—¿Qué estás diciendo? —preguntó Owen—. ¿De verdad vas a hacer que escriba eso? ¿Debería y podría?

—No importa. Vuelve a empezar. —Christopher volvió a reflexionar.

«Querida *lady* Jane:

Permítame comenzar disculpándome por la ridícula escena que presenció en el vestíbulo de la casa de lord y *lady* Forester».

—Yo no llamaría la atención sobre ello —aconsejó Owen—. Ella lo vio, y todos lo manejamos con tacto y gracia. ¿Por qué avergonzarla mencionándolo? Eso no es muy caballeroso de tu parte.

—Pero soy yo el que se avergonzó, no ella.

—¡Claro que sí! No quería que la pillaran de pie en la puerta en ese momento. Le gustas, ¿no crees?

—Sí —respondió Christopher en voz baja. Al menos, eso creía él.

—Entonces ciertamente no quería que te sintieras humillado o incluso que supieras que ella lo estaba presenciando. Por ello, se sintió avergonzada al ser descubierta.

Christopher lo consideró.

—Oh, ya veo.

Luego, al darse cuenta de la palabra que había utilizado, se rio un momento y comenzó de nuevo.

«Querida *lady* Jane:

Han pasado varios días desde la última vez que la vi, y para mi pesar, no volveré a verla».

—¡No! —Owen arrastró la palabra como un gemido—. Eso es terrible. Demasiado deprimente, suena como si fueras el pesimismo personificado.

—Bueno, lo soy —le recordó Christopher con brusquedad.

—Entonces no querrá venir.

—De acuerdo. Este es el último intento —le dijo a su amigo—, o me rendiré por completo. Y no quiero que comentes nada.

«Querida *lady* Jane:

Obviamente, como usted sabe, han pasado muchas cosas desde la última vez que estuvimos juntos. Me encantaría que viniera a tomar el té a la casa de mi tía lady Tabitha Forester dentro de dos días.

Atentamente,
Christopher Westing

P. D. Puede venir sola, ya que no seré una amenaza para su persona. Mi hermana siempre puede sentarse con nosotros si es necesario».

—¿Será suficiente? —preguntó Christopher en el silencio solo roto por el sonido de un bolígrafo rayando el papel.

—Sí. Es satisfactorio. Lo estoy doblando y se lo daré al mayordomo cuando me vaya. —Burnley hizo una pausa—. Ahora, dime, viejo amigo. ¿La has besado?

Capítulo 10

Jane llevaba la carta escrita a mano metida en su retículo cuando llegó de nuevo a la casa de los Forester. La llevaba consigo por si la duquesa de Westing aparecía y creía una vez más que trataba de aprovecharse de su hijo herido.

Ante la mera idea de volver a hablar con Christopher, el corazón de Jane latía con fuerza y rapidez en su pecho, y solo esperaba que nadie pudiera oírlo.

Su alivio al recibir algo de él, después de su desastrosa aparición en Berkley Square, era profundo. No todo estaba arruinado. Él todavía quería su compañía.

Es más, cuando Jane entró en el salón, Christopher ya estaba allí, sentado en un sofá, con un aspecto ordenado y exactamente igual al de antes. Excepto, por supuesto, por sus ojos, que estaban cerrados. Parecía estar durmiendo.

—*Lady* Jane Chatley —anunció el mayordomo, y vio a Christopher abrir los ojos antes de ponerse en pie.

Esos hermosos ojos azules... todavía le parecían perfectos.

—Debería dar un paso y saludarla como es debido —

dijo él—, pero entonces podría tropezar. Aunque caer a sus pies suena romántico, me temo que solo parecería torpe. Y ya me ha visto así.

Jane se adelantó de inmediato, obligada a tranquilizarlo con sus palabras y sus acciones.

—Haré lo posible para que nos saludemos adecuadamente, como usted dice, aunque sostengo que incluso las palabras cálidas desde el otro lado de la habitación son más que bienvenidas. Sin embargo, como las meras palabras son insatisfactorias, espero que no le importe que le coja la mano.

Así, anunciando su intención mientras acortaba la distancia entre ellos, Jane alcanzó una de sus manos y la estrechó entre las suyas enguantadas.

Inmediatamente, él puso su otra mano sobre la de ella, y se quedaron así, con las cuatro manos unidas.

—Tiene buen aspecto —le dijo ella, y era la verdad. Sin embargo, cuando sus ojos se abrieron y cerraron, fue un poco desconcertante.

—Ojalá pudiera decir lo mismo de usted.

Ella se rio, contenta de que él tuviera su buen humor de siempre.

—De hecho, también tengo buen aspecto —le aseguró Jane.

—¿Estamos solos? —preguntó él.

Ella miró a su alrededor, incluso detrás de las populares macetas de helechos de la esquina.

—Sí. Ni siquiera he traído una criada conmigo.

—Y su madre le dejó venir sola. —Christopher frunció ligeramente el ceño.

—Sí.

—Es extraño, ¿no? Me consideran perfectamente inofensivo ahora que soy ciego, pero ya nos estamos tocando.

Escuchó un tono de molestia en su voz, que la desconcertó.

—¿Nos sentamos? —ofreció él.

—Sí —volvió a decir ella. Se preguntó cuándo le soltaría las manos. Todavía no lo había hecho, así que se sentaron cerca, uno al lado del otro.

—Dígame qué lleva puesto.

—¿De verdad? —Ella nunca había descrito su ropa.

—Sí. En mi mente, la veo como la vi por última vez en la fiesta de Mulberry, pero no es posible que lleve un vestido de noche verde.

—No. Definitivamente no. Si quiere saberlo, voy vestida principalmente de gris, tanto en la chaqueta como en la falda, con ribetes rosas y una camisa del mismo tono, quizá demasiado pálida para mi edad y más adecuada para una debutante, pero me gusta bastante el color. Me recuerda a cierta rosa del jardín de mi madre.

—Ahora me la imagino perfectamente.

Ella sonrió para sí, pero entonces sus siguientes palabras la sorprendieron.

—Me pregunto si podría quitarse los guantes para que pueda tocar sus manos.

—No creo que sea una buena idea, lord Westing.

—Y esa es la otra cosa. Podríamos prescindir de los títulos y la formalidad. Pienso en usted como Jane. ¿Puedo llamarla así? Y, a cambio, ¿me llamará Chris?

—En mi cabeza pienso en usted como Christopher —

reconoció ella—. ¿Prefiere Chris?

—Mientras no diga «señor» o «lord Westing», no me importa cómo me llame.

—Me parece justo. Pero no me quitaré los guantes. Si lo hiciera, sé con certeza que alguien entraría y se me prohibiría volver.

—Está bien. Nos lo tomaremos con calma, Jane. —Dijo su nombre con evidente satisfacción—. ¿Está sonriendo?

—Sí. Gracias por invitarme a tomar el té. Siento haber irrumpido el otro día. Me enteré la noche anterior de la explosión de gas y me sentí como una tonta. Toda la ciudad sabía lo que había pasado excepto yo. A veces estar un poco alejado de la red de la sociedad no es de utilidad.

—Siento que me encontrase en el suelo cuando llegó.

Ella negó con la cabeza, luego recordó que él no podía verla.

—No piense en ello. Puedo entender lo difícil que es esto. O en realidad, supongo que no puedo. Sin embargo, puedo adivinar. Dígame cuál es su pronóstico.

—Es decir, ¿qué si seré ciego por el resto de mi vida? Probablemente.

Una ola de tristeza la invadió, y se alegró de que él no pudiera ver su expresión. Parecía una tontería expresarle sus condolencias. Sería mucho mejor pensar en formas de ayudar.

—Supongo que tiene un buen médico.

—Creo que sí. Mis padres suelen contratar a los mejores, y como puede suponer, los médicos más destacados quieren el patrocinio de un duque y su familia.

—Sí, me lo imagino —dijo ella—. Si va a ser una condición permanente, entonces necesitará un entrenamiento especial, así como algunas adaptaciones en su casa.

Él se puso rígido.

—No estoy preparado para pensar en nada de eso.

Ella esperaba no haberle ofendido.

—Por supuesto. Además, ahora ni siquiera está en su propia casa. Debe de ser más desconcertante aún el estar aquí.

Un golpecito en la puerta anunció la entrada de una criada con el servicio de té. Inmediatamente, ella se lo comunicó antes de que él tuviera que preguntar.

—Gracias —dijo—. Este será también mi primer intento de comer o beber algo delante de alguien que no sea de la familia. Confieso que estoy un poco nervioso.

—Por favor, Christopher —dijo ella, probando a decir su nombre y recibiendo una sonrisa a cambio—. No se ponga nervioso en mi presencia. No trate de forma diferente a lord Burnley.

Él se echó a reír.

—Eso será imposible, pero de todos modos me siento cómodo con usted. El nerviosismo es más bien por dar el primer paso en un camino desconocido, en el que ni siquiera quiero estar. Pero, sin embargo, vamos a empezar. Supongo que tendrá que servir el té y pasarme el platillo.

—¿Cómo de dulce le gusta? —preguntó ella, pensando que servir té para Christopher era una de las cosas más placenteras que había hecho nunca.

—Una cucharadita, por favor, con mucha leche. Y un chorrito de brandy.

Ella sabía que estaba bromeando.

—Parece que la criada se olvidó del brandy, pero hay algunas galletas de mermelada.

—Muy bien. Y deje la cuchara en el plato. Intentaré remover el té yo mismo.

Él empezó a extender la mano, y ella sabía que iba a apartar las cosas.

—Creo que es mejor que se quede quieto, con las manos preparadas, y me deje colocar el platillo en ellas.

—Buena idea.

Jane hizo lo que le dijo y le dio con cuidado el bonito juego de porcelana floreada para que lo sujetara.

—Bien —dijo él, tal vez hablando consigo mismo—. Primero, la cuchara.

Jane había dejado un buen espacio en la taza, sirviendo menos té de lo que normalmente haría, pero aun así, él parecía sostenerla de lado, y ella se mordió el labio cuando la taza se inclinó peligrosamente. Después de todo, necesitaba practicar.

Trastabillando, casi derramó el té y tiró la cuchara, pero al fin Christopher consiguió hacerse con los cubiertos y remover la bebida.

—Tal vez un poco menos de vigor —le aconsejó ella, mientras el té volaba sobre su falda y los pantalones de él.

—Lo siento —murmuró Christopher.

Después, él volvió a colocar la cuchara en el platillo.

—Perfecto —le animó ella.

De nuevo, estuvo a punto de hacer volar la delicada taza al intentar localizar el asa, pero lo consiguió. Incluso se la llevó a los labios en el primer intento, yendo despacio.

—A este paso podría morir de sed —bromeó. Sin embargo, por fin dio un sorbo a su té y lo declaró perfectamente endulzado—. Justo como me gusta. —Dio otro sorbo—. Y me encantan las galletas de mermelada. Pero supongo que sostener esto y una galleta será demasiado. —Entonces bajó la taza a la mesa con demasiada rapidez, el lado del platillo chocó contra la bandeja de plata y la taza se volcó, derramando el resto del té sobre el platillo y un poco sobre la bandeja.

—Lo he derramado, ¿verdad?

—Para eso están los platillos —señaló Jane.

—¿Ah, sí? Yo creía que era para sujetar la cuchara y para dar un mejor equilibrio a la taza.

—Algunas personas vierten el té en el platillo para dejarlo enfriar y luego beben de él —le recordó ella.

—Suena asqueroso —dijo él.

—Quizá debería pedir a su familia una taza resistente para beber.

Él hizo una pausa, con la cabeza vuelta hacia ella, abriendo y cerrando los párpados.

—Jane, ¿está siendo cruel? —Pero no parecía insultado. Parecía divertido.

—No, solo práctica. ¿Puedo darle una galleta?

—Por favor.

Y así siguieron, Christopher sorbía el té lo mejor que podía y masticando galletas, mientras charlaban como viejos amigos. Hasta que alguien entró sin llamar, una mujer que a Jane le pareció vagamente familiar.

—¿Quién es? —preguntó Christopher.

—No estoy segura. —Jane se levantó al hablar.

—Soy Tabitha, la tía de Christopher. Siento mucho entrometerme. No me di cuenta de que tenía compañía.

Christopher permaneció sentado.

—Me disculpo, tía. Se lo mencioné a su mayordomo y al tío Cyrus, pero supongo que la noticia no le llegó.

—No importa. Estaba buscando mis agujas de tejer. A veces soy muy despistada.

—Soy Jane Chatley —le dijo Jane a la mujer, ya que Christopher se había callado.

—Me disculpo —dijo este de nuevo, y esta vez se levantó—. Qué estúpido soy. Sin ver la situación, es como si tuviera que recordarme a mí mismo lo que se supone que va a ocurrir a continuación. *Lady* Jane, esta es *lady* Forester, la hermana de mi padre, que nos ha acogido a todos por la locura de una moderna cocina de gas. Tía, *lady* Jane es una amiga mía.

—Oh, bien. Me alegro de que tengas a alguien además de lord Burnley para hacerte compañía. Es un granuja. Ah, ahí está mi canasta de bordados junto a la ventana. Te dejaré con tu té.

Antes de que pudiera irse, sin embargo, apareció la madre de Christopher.

—No me había dado cuenta de que estabais tomando el té —entonó la duquesa, con la mirada puesta en Jane y su hijo.

—No, Helen, no lo estamos —le dijo *lady* Forester—. He irrumpido en la reunión de estos encantadores jóvenes y ahora vuelvo a marcharme. Te sugiero que hagas lo mismo.

—Por favor —comenzó Jane—, no tienen que irse por mí, ninguna de las dos.

—Parece que alguien debería quedarse —dijo la duquesa, sonando desaprobadora—. Solo mira el estado en que te encuentras, Chris. Té y migajas por todas partes. Lo siento mucho, Tabitha, si se mancha algo, lo repararemos, por supuesto.

En el incómodo silencio, Christopher volvió a sentarse.

—Mis disculpas, tía. No me di cuenta.

Jane normalmente solo sentía respeto por sus mayores y le había gustado la duquesa de Westing en su último encuentro, cuando se había mostrado protectora con Christopher. Sin embargo, en ese momento, al ver su expresión cabizbaja, sintió una oleada de molestia, incluso de franca ira, hacia su madre.

—Tonterías —dijo *lady* Forester, mirando de reojo a su cuñada—. Chris, tu madre está siendo demasiado exigente. Te aseguro que no hay más desorden que el que hace mi propio marido cada vez que toma el té. Continuad. Helen, me gustaría hablar contigo, por favor. —Y salió de la habitación con un susurro de faldas de raso y crinolina almidonada, sosteniendo su cesta de labores, dejando que la madre de Christopher la siguiera.

—Volveré en unos minutos —prometió la duquesa de Westing.

—¡Oh, qué alegría! —murmuró Christopher, y Jane pensó que su madre le había oído claramente, pues seguía en la puerta cuando lo dijo.

—¿Se han ido las dos? —preguntó.

—Sí.

—¿Soy un ridículo desastre, cubierto de migas y té?

—No, en absoluto. Hay un poco de té derramado en la

bandeja, y quizás tengamos alguna salpicadura. —Ella sintió el impulso de reírse y se esforzó por contenerlo. Pero no pudo.

De hecho, mientras hablaba, su risa interrumpió sus palabras.

—Y hay un poco de mermelada de fresa en su chaqueta. —Se rio un poco más—. Y un poco en la comisura de su boca.

Por suerte, él comenzó a reírse también, ya que ella se habría sentido mortificada si él se hubiera sentido insultado. Mientras compartían una carcajada, toda la tensión abandonó la habitación.

—¿Y cómo —rio ella—, cómo se ha metido un trozo de galleta en el pelo?

—Por piedad, Jane, ayúdeme a ponerme decente de una vez.

Ella cogió una servilleta de la bandeja y le limpió el regazo, a pesar de darse cuenta de lo inapropiado que era tocarle el muslo, incluso con la mano enguantada y una servilleta. Luego introdujo una mano en su chaqueta para poder sujetar la tela con firmeza mientras frotaba la mermelada con la servilleta. Podía sentir el calor de él a través de sus finos guantes de algodón.

Cuando ella empezó a limpiarle la comisura de la boca, ya no sintió ningún impulso de reír.

Al parecer, él tampoco.

—¿Seguimos solos?

—Sí —prometió ella, frotando el pulgar enguantado en el borde de su boca. Toda la pretensión de limpiarlo desapareció cuando él se agarró a su mano.

Sus brazos la rodearon, y ella se sintió encantada de que él no tuviera problemas para encontrar su boca con la suya. Incluso inclinaron la cabeza en direcciones opuestas para que sus narices no chocaran.

Él sabía a mermelada de fresa y ella se deleitó con el dulce beso.

—No la despeinaré —le prometió él contra sus labios, y entonces ella suspiró y abrió la boca para que su lengua la embriagara con suavidad.

Por su parte, ella no tenía que preocuparse por su pelo, así que ancló sus manos enguantadas en la nuca de él y lo sostuvo contra ella.

Al fin, ambos necesitaron respirar y se retiraron.

—Esta ha sido la única vez en días que he sentido que era natural tener los ojos cerrados —dijo él.

—Esta ha sido la única vez en días que me he sentido satisfecha —confesó ella.

—Ciertamente no estoy contento —confesó él—. Quiero más de usted.

—Difícilmente puedo venir aquí todos los días sin que se produzcan rumores terriblemente incómodos.

—Querida Jane —dijo, y luego se calló.

—¿Qué?

—Es solo que al otro lado de la normalidad, habiéndome ocurrido algo enorme y aterrador, ya no me importan un bledo las habladurías. No me imagino nada que me incomode mucho, como usted dice. Pero por su bien, intentaré *ver* las cosas a su manera.

—¿A mi manera?

—Quiero decir en el país de los videntes, donde las

apariencias importan por encima de todo y las reputaciones pueden arruinarse por una pareja sentada demasiado cerca.

Jane se dio cuenta de que seguía aplastada contra él y se zafó de sus brazos e incluso se apartó unos centímetros en el sofá.

—La intromisión de mamá me ha dado un plan para que vuelva a menudo y se haga indispensable para mi familia, como ya lo es para mí.

Incluso mientras ella seguía considerando sus palabras —¿ella? ¿indispensable para él?—, su madre volvió a entrar en el salón.

—Soy yo —dijo la duquesa antes de que Jane pudiera decirle a Christopher de quién se trataba—. Siento si he dicho algo que te haya molestado, Chris. Tu tía tenía razón. Estaba siendo quisquillosa, pero solo porque soy muy consciente de que somos intrusos en su casa, y temo consumir toda su hospitalidad. ¡Todo por esa ridícula cocina! Me dan ganas de estrangular a tu padre. Por supuesto, tu lesión es lo más importante, pero luego la casa medio destruida y la próxima exposición de arte. No recuerdo haberme sentido tan desubicada.

Tras una pausa, Christopher le respondió.

—Está bien. Aprenderé a ser más hábil, ya que parece que debo permanecer ciego.

El hecho de que dijera esa palabra puso un manto de silencio sobre ellos, y a Jane le dolió el corazón por toda la familia.

—Estaba pensando en lo ocupada que estás, madre —continuó él—, y recordé lo bien que Jane dirigió el evento de caridad, recaudando todo ese dinero para un orfanato.

—En realidad, el conde de Cambrey y yo recaudamos lo suficiente para abrir dos orfanatos. —Pensó Jane que debía señalar.

—¡Dos! —exclamó él—. Madre, ¿no decías que te sientes como si necesitaras otro par de manos? Estoy bastante seguro de que Jane las tiene.

—¡Oh! —exclamó Jane, que solo entonces se dio cuenta de lo que él estaba haciendo. La estaba endilgando a su madre para que tuviera un motivo para frecuentar la casa de los Forester. Sería maravilloso sentirse útil y además estar cerca de Christopher.

La duquesa de Westing la miró fijamente, y Jane se encontró ofreciéndole una sonrisa, que esperaba que pareciera genuina y confiada, a pesar de sentirse un poco aterrorizada por la mujer.

—¿No dijiste, madre, que si tuvieras una hija, te asegurarías de que estuviera capacitada para ser organizada y luego la alistarías para asistirte? —preguntó Christopher.

Jane estaba totalmente confundida por su pregunta, ya que era evidente que existía esa hija, llamada Amanda Westing. Sin embargo, cuando madre e hijo estallaron en carcajadas, se dio cuenta de que era una broma entre ellos.

—Por suerte, Jane ya es una persona organizada —terminó Christopher—, a diferencia de nuestra Amanda.

—¿Sabes, querido muchacho? —dijo su madre—, no tenía idea de que me escucharas con tanta atención.

Se volvió hacia Jane.

—Sí que necesito ayuda. Mi marido está supervisando la reconstrucción y a los trabajadores, pero pronto estaremos en la fase de decoración. Creo en sacar lo mejor de una mala situación. Ya que tenemos que pintar y empapelar y poner nuevos suelos y alfombras, además de comprar muebles, también podemos hacerlo a la última. Aunque ya es bastante difícil saber cuál es ese estilo. Pero rehacer la casa antes de que el estilo actual pase de moda es una tarea totalmente distinta. Por ello, hay que apostar por lo más nuevo en diseño y ornamentación, pero que a la vez sea intemporal. Nada menos que eso —declaró.

Por supuesto. Parecía una tarea hercúlea y Jane sintió una gran emoción.

—Me encantaría ayudarla, Su Gracia, en todo lo que pueda. ¿Pero qué hay de su hija?

—Amanda es demasiado joven, y sus gustos aún no están maduros. Además, es una de las personas más desorganizadas que conozco. El otro día llegó a casa y dijo que se había equivocado de casa durante media hora antes de darse cuenta de que no era la de sus tíos. Tiene demasiados pensamientos revoloteando en la cabeza, exactamente como su padre.

Jane no sabía qué decir, ya que estar de acuerdo equivaldría a un insulto, y ella no era lo bastante cercana a la familia para eso.

—Veo que tiene buen gusto —dijo su madre.

Jane supuso, por la ceja arqueada de la mujer, que se refería al interés de Jane por Christopher más que a que llevara un elegante vestido de día.

—Espero que sí, Su Gracia.

—Y no olvides la exposición de arte, madre —añadió Christopher.

La dama dio un gran suspiro.

—No puedo creer que solo falte un mes.

—Enhorabuena —le dijo Jane—. La marquesa me ha dicho que su medio es la acuarela.

—Sí, la hermana menor del óleo.

Jane consideraba que las ilustraciones de libros en acuarela que le gustaban no eran menos que muchas pinturas de los museos. Por otra parte, los artistas reconocidos sí parecían trabajar en óleo.

—¿Es realmente menos estimado? —preguntó.

Christopher respondió por su madre.

—Lo es. Los acuarelistas aún no han recibido el respeto de la comunidad artística, aunque es menos indulgente y los errores más difíciles de arreglar. ¿No es así, madre?

La duquesa enarcó una ceja.

—Cierto, por lo tanto, no los cometo.

Jane se preguntó si la mujer hablaba en broma, pero ni la madre ni el hijo esbozaron una sonrisa, así que supuso que era la verdad.

—¿Dónde está la exposición?

—En el Salón Egipcio de Piccadilly. —Las mejillas de su madre adquirieron un agradable tono rosado, evidentemente emocionada por el próximo acontecimiento—. Pero los cuadros están todos en mi estudio. ¿Le gustaría verlos?

—Pues sí, por supuesto.

—Mañana, Chris y yo la recogeremos en su casa y la llevaremos allí.

—No —dijo Christopher después de recuperar la voz de la conmoción—. Por supuesto que no. Mamá la llevará.

La idea de que saliera al mundo cuando apenas había llegado al salón sin chocar con la jamba de la puerta y sin poder tomar el té sin parecer un salvaje desordenado era ridícula. Y aterradora.

—No veo por qué no quieres ir —dijo su madre.

—Porque yo tampoco veo, por eso precisamente no iré.

Christopher la oyó suspirar, aunque Jane permaneció en silencio. Se preguntó qué estaría pensando. ¿Lo estaría mirando? ¿Estaba decepcionada?

—Esperaremos hasta que esté preparado para acompañarnos —dijo su madre como si hubiera tomado una decisión—. Por supuesto, era demasiado pronto para sugerir algo así. De todos modos, me da tiempo a crear una lista exhaustiva de lo que puede ayudarme.

Christopher se dio cuenta de que su madre se dirigía a Jane.

—Hay fácilmente mil detalles y tareas tediosas —continuó la dama—. Qué bien por su parte. Mientras tanto, os dejaré para que terminéis la visita. Buenos días, *lady* Jane.

Con eso, ella se fue.

—¿Qué demonios acaba de hacer? —le preguntó Jane, sin poder evitar la diversión en su tono—. ¿Una lista con miles de detalles y tareas?

—Tareas tediosas —señaló él—. Pronto será indispensable para ella y, por tanto, se verá obligada a venir todos los días.

—Quizá no todos los días.

Christopher se acercó a ella, tanteando, sintiéndose cada vez más torpe, pero ella le ayudó, cogiendo sus manos.

—¿Estamos solos? —preguntó él.

—Sí, lo estamos. Por cierto, su madre parecía decepcionada.

Christopher hizo un ruido de pura frustración, que a sus oídos sonó como el resoplido de una bestia salvaje.

—¿Sigue ahí, Jane?

—Sí, por supuesto. —Ella apretó sus manos entre las suyas.

—¿En qué está pensando? —preguntó él.

Hubo una larga pausa, que hizo que su interior se encogiera de incomodidad por la inquietud.

Capítulo 11

—Puede que no le guste lo que estoy pensando —dijo Jane, y Christopher supo de inmediato que así sería.

—Creo que su madre cedió ante usted con demasiada facilidad. Al fin y al cabo, no le pedía que vagara solo por las calles de la ciudad, sino que se montara en un carruaje con nosotras y fuera a su estudio.

—Tiene razón —dijo él.

—¿La tengo? —dijo encantada.

Christopher pensó que se estaba volviendo bastante bueno en entender las emociones de la gente por el tono de su voz.

—Sí, no me gusta lo que está pensando. Ni un poco. —Quitó sus manos de las de ella—. No tiene ni idea de los obstáculos a los que me enfrento por un esfuerzo tan banal. No vale la pena.

—Eso es ridículo.

Christopher se quedó atónito ante su insensible respuesta.

—¿Perdón?

—Me refiero a que si no empieza a superar estos

obstáculos para la más simple de las excursiones, entonces ¿cómo va a volver a vivir una vida normal?

¿Hablaba en serio? Eso le parecía a él. No sonaba con ninguna clase de ironía ante la mención de una vida «normal». Como si él pudiera volver a tener una.

—Ser ciego me ha quitado toda la independencia. Mejor que sea sordo también. ¿Por qué la explosión no pudo dejarme sordo?

—Entonces, ¿cómo va a oír a los miembros del parlamento y discutir con ellos cuando necesiten su buen consejo, sobre todo después de que se convierta en el próximo primer ministro?

—¿Parlamento? —Ni siquiera se sentaría en la última fila, y menos aún se convertiría en el líder.

—Sí, ¿no es ese su destino y su deber con la reina y el trono?

—Ya no. —Christopher sabía que estaba hablando con brusquedad. De hecho, le estaba hablando como se tomaba la libertad de hablarle a Amanda o a Burnley. Y no pudo contenerse, porque sintió que la serpiente de la ira se retorcía de nuevo en él.

—Ya veo —dijo ella.

Sus palabras hicieron que su rabia floreciera, y él maldijo en voz baja.

—Lo siento —dijo ella de inmediato—. Una elección muy pobre. Quiero decir, entiendo su punto de vista actual, pero espero sinceramente que cambie.

—Si en vez de eso fuera sordo —repitió, algo que se había dicho a sí mismo muchas veces—. Podría haber leído las palabras de los otros diputados, al menos. Podría haber estudiado los actos que votaban, y tal vez presentar mi propio proyecto de ley.

—La pérdida de cualquiera de sus sentidos sería un golpe terrible. Lo sé.

Él sintió su toque reconfortante al frotar el dorso de su mano.

—Pero para mí, poder conversar con usted es una bendición —añadió ella.

¿Pensaba que hablar con él era una bendición? Él asimiló sus palabras y respiró hondo, conteniendo su lengua afilada hasta que pudo soltar la ira de nuevo y hablar con cortesía.

—Preferiría verla —insistió.

—Lo sé. Pero deje que sus manos sean sus ojos. Toque mi cara. Es la misma de siempre.

Ella levantó la mano de él desde donde descansaba en su muslo y la puso contra su mejilla, luego hizo lo mismo con la otra.

Al principio, él no se movió, sintiéndose tonto, y luego, dejó que sus manos se pasearan por las mejillas y la barbilla de ella. Después de unos segundos, recordó las pocas veces que había tenido su cara entre las manos. La imaginó mirándolo, con sus ojos azules brillantes y su hermosa boca en forma de arco. Debería haberla mirado más. Nunca se habría apartado si hubiera sabido que no podría volver a mirarla ni ver sus hermosos ojos.

Toda su maravillosa vida estaba por delante. Ahora... no sabía lo que les esperaba. Pasando un pulgar por cada una de sus cejas, recordando la forma en que ella arqueaba una para remarcar un argumento, entonces se apoderó de sus mejillas de nuevo.

—Gracias por no acobardarse. —Luego se concentró—. Me gustaría poder deslizar mis dedos en su pelo y acercarla a mí para darle un beso.

Ella jadeó ligeramente.

—No puedo sentir su sonrisa —añadió.

—Eso es porque la borró de mi cara por un momento. —Ella se rio un poco—. Es difícil hablar cuando me aplasta las mejillas.

Él también se rio, a pesar de no sentirse realmente feliz, y entonces, le dio un suave apretón en la cara.

—Ajá, ahora lo siento —dijo—. Sus mejillas están abultadas, y eso debe de ser una sonrisa.

—Cierto.

Se quedaron así un momento, y él le pasó un pulgar por los labios, memorizando la forma. Al fin, la soltó, escuchando su suspiro. Supuso que ella quería que la besara. Sin embargo, pensar en lo que había perdido lo dejó sin pasión, sin vida. Incluso con Jane.

¿Cómo iba a ser un hombre y sentirse viril cuando ni siquiera sabía el color de su propia corbata?

¡Maldita sea! Pensó en algo terriblemente depravado, y cuando lo hizo, la ira y la frustración volvieron con rapidez.

Ella lo sintió o lo vio en su cara.

—¿Qué pasa?

—No puedo decirlo. —Estaba absolutamente mal que se preguntara lo que se preguntaba, pero la idea de que nunca lo sabría le corroía.

—Dígame —exigió ella—. No debe esconderse detrás de su ceguera, y a cambio, yo seré honesta con todo lo que le diga.

«¿Esconderme detrás de mi ceguera? ¡Qué cosas dice!».

Quería arrancarse los ojos inútiles, pero se suponía que debía ser educado en una sociedad civilizada. Por dentro, no se sentía educado en absoluto, no con la furia hirviente que volvía en un instante sin salida.

—¿De qué color son sus pezones? —soltó.

Christopher no podía ver su cara de sorpresa, así que ¿por qué demonios no preguntar lo que tenía en mente? Después de todo, él nunca vería sus pechos. Podía desfilar desnuda delante de él y él no tendría el placer de verla. La pregunta ardería en su cerebro para siempre.

Tras una pausa, sintió que ella se retiraba. Jane se apartó para que ninguna parte de sus cuerpos se rozara.

—Eso es inapropiado —murmuró ella.

Al imaginarla completamente desnuda y lo que se perdería, se sintió hundido. Ella nunca se casaría con él ahora y, aunque lo hiciera, él no arruinaría su vida pidiendo su mano. ¿Por qué no hacer las preguntas que no podría descubrir por sí mismo?

—Deseo saber. Dijo que conversar conmigo era una bendición. Dijo que siempre hablaría con sinceridad. Ya que eso es todo lo que tenemos ahora, palabras, ¿por qué no me da una descripción? ¿Sus pezones son rosados o de color leonado? También, sus rizos de mujer en su montículo.

Ella jadeó, pero él continuó. La serpiente de la ira se había abierto paso a través de él y había encontrado su lengua.

—¿Son de color marrón pálido como el cabello de su cabeza o de un tono más oscuro?

Ella se levantó.

—Está siendo lascivo sin otro propósito que el de irritarme.

Había ganado. Había destruido su tonta idea de que ella podía describirle todo lo que él no podía ver, y no pudo evitar sonreír ante su propia astucia.

—Fue idea suya —señaló él, poniéndose de pie—. ¿Por qué no intentamos usar mis manos para ver, en su lugar? Venga, Jane. Quítese la ropa y déjeme pasar mis dedos por su cuerpo, tal y como ha sugerido. Así no tendrá que usar palabras para decirme nada.

—Me voy —dijo ella, con un tono de puro fastidio—. Pero por mucho que intente alejarme, no se lo permitiré. Hoy tengo otras obligaciones —añadió—. Con suerte, cuando vuelva, habrá recuperado sus modales.

—¿Yo soy una obligación? ¿Tiene otras más apremiantes que un patético ciego haciendo comentarios lascivos?

—Basta ya. No es una obligación. Usted es mi... amigo. Sé que el verdadero Christopher Westing es un caballero encantador, así que no se lo tendré en cuenta. Pero me voy ahora.

Christopher oyó sus pasos mientras ella cruzaba la habitación hacia la puerta. Luego se detuvieron. Jane regresó a donde él estaba de pie frente al sofá y, sorprendiéndolo, le tomó la cara con sus manos enguantadas y lo besó.

Lo hizo todo a la perfección, inclinando la cabeza, acercando sus labios a los de él, pasando la lengua por la comisura de sus labios. Sin embargo, en lugar de exigir la entrada a su boca, abrió la suya, rindiéndose, haciéndose vulnerable.

Christopher se aferró a ella, hundiendo las manos en su

pelo, consciente, pero sin preocuparse por el desorden que pudiera causar en su peinado. Tomando lo que ella le ofrecía, saqueó su boca con la lengua.

Con los ojos cerrados, todo se sentía exactamente igual que con sus otros besos. Exactamente. Y por un momento, creyó que podrían seguir como antes, con su relación haciéndose más fuerte cuanto más juntos estuvieran. Había estado a punto de pedir su mano después de solo unas horas de conversación y baile, una única cena y un puñado de besos.

Sin embargo, cuando ella se alejó y sus manos se apartaron de ella, ya nada era igual que antes. Abrió los ojos a la negrura. Y mientras ella se iba, él se quedaba atrapado.

Aunque, sus inesperadas palabras le llegaron antes de que ella saliera de la habitación.

—No dejaré que me aleje —prometió ella, y entonces él la oyó marcharse.

Levantando la mano hacia su cara, olió su fragancia floral en sus dedos. En su cabeza, el aroma evocó su rostro, y fue como si pudiera verla.

—Tal vez —dijo él en voz alta a la habitación vacía. Tal vez podría ser posible para ellos.

⸎

Jane estaba temblando cuando subió a su carruaje. ¿Cómo podría ayudar a Christopher? No podía gestionar ni organizar sus problemas. Era un hombre fuerte que había sufrido un terrible revés. Comprendía su enfado, incluso aceptaba que se desquitara con ella.

Sin embargo, sus sentimientos por él no habían

disminuido. En su corazón, seguía prefiriéndolo por encima de todos los demás y esperaba que él sintiera lo mismo por ella. Por desgracia, en lugar de ir a su casa para hablar con sus padres, él se negaba a salir.

Por lo tanto, lo que había parecido un torbellino que se movía rápidamente desde aquella noche en la terraza de Marlborough House, ahora se había reducido a una suave ráfaga, que ella dudaba que los impulsara hacia una unión matrimonial.

Comprensiblemente, él había retrocedido y quería esconderse. Ella no podía ni imaginar cuánto tiempo pasaría, si se le dejaba a su aire, antes de que Christopher estuviera preparado para volver a vivir.

¿Y si esta tragedia sin sentido le hacía renunciar por completo, no solo a una buena vida, sino a su floreciente relación?

Decidiendo que no se lo permitiría, golpeó el techo del carruaje de su familia hasta que el conductor se detuvo. Bajó la ventanilla y, asomando la cabeza, Jane le dio un nuevo destino.

—Lléveme a la Sociedad Londinense para la Enseñanza de la Lectura a los Ciegos. —Ella ya había determinado su paradero—. El número uno de Avenue Road, por favor.

⁂

Cuando Jane se presentó sin invitación en la casa de los Forester al día siguiente, esperaba fervientemente que Christopher la recibiera. Le había traído un regalo.

—Su Señoría bajará en breve —le dijo el mayordomo

sin entusiasmo, y ella se preguntó si Christopher se había desgañitado antes de aceptar bajar del piso superior.

Según el reloj de la chimenea del salón de los Forester tardó un cuarto de hora. A Jane no le importó la espera. Merecía la pena.

Cuando él entró del brazo de un hombre que ella no había visto nunca, Jane se acercó a ellos.

—Estoy aquí —dijo cuando solo los separaban unos metros.

Christopher asintió hacia el hombre.

—Eso es todo. Llamaré cuando esté listo.

Jane esperaba que no fuera necesario.

—¿Quién era? —preguntó ella después de que el hombre silencioso hubiera cerrado la puerta tras de sí.

—Mi ayuda de cámara, Abner. ¿Hizo un trabajo satisfactorio en poco tiempo?

—Sí, mucho —respondió ella—. Está increíblemente guapo.

—Gracias. ¿Nos sentamos?

Ella había pensado que él se disculparía de inmediato por su grosería del día anterior. Había estado dispuesta a concederle el perdón. Al parecer, no se lo iba a pedir.

—No. Prefiero estar de pie —le dijo ella—. Estar demasiado tiempo sentada es malo para la salud.

Christopher ladeó la cabeza, su mirada recorrió el suelo como si estuviera pensando.

—Entonces es probable que esté decayendo con rapidez. —Su tono era sombrío y sin humor—. Lo que más hago es estar sentado. Si no es eso, me tumbo en la cama.

—Ya me lo imaginaba —dijo ella—. La falta de

movimiento no solo es mala para su constitución, sino también para su condición mental y espiritual.

—Algunos dicen que los enemas frecuentes o las purgas con jarabe de higo son necesarios para mantener la salud, pero yo prefiero prescindir también de ellos.

¡Enemas! Él iba a empezar a ser burdo de nuevo, pero ella tenía la intención de continuar por el camino que había elegido.

—Creo que ha llegado el momento de reclamar algo de su independencia. Vamos a dar un paseo.

Él retrocedió.

—No.

—¿Cómo que no? No le pido que suba una montaña o que atraviese un bosque. Un simple paseo, es todo.

—No —repitió él.

Ella no pudo evitar suspirar.

—Simplemente está llevando la contraria. En algún momento, debe salir a la calle.

—¿Debo hacerlo?

Ella deseaba que él tuviera una sonrisa en su rostro o que de alguna manera pareciera estar bromeando, pero temía que hablara en serio.

—Sí. ¿Qué hay de ir al parlamento? Para eso, debe salir de casa —insistió ella.

—Deje de hablar del parlamento —dijo él, esta vez su tono era duro—. Eso ya no es una posibilidad para mí, y es cruel que saque el tema.

Sus palabras la conmocionaron hasta la médula. ¿Cruel? Nadie en toda su vida la había acusado de serlo. ¡Pobre Christopher! Debía de estar muy afectado. ¿Había renunciado a todos sus sueños?

—No hay razón para que diga eso. Puede entrar en la cámara de los Lores y participar en los debates tan bien como cualquier hombre.

—¿Por qué ha venido, Jane?

¡Oh, Dios! Ya ni siquiera quería verla.

—Le he traído un regalo. —Sin embargo, de repente, se sintió un poco nerviosa al entregárselo.

Sin embargo, su expresión se aligeró, y parecía menos severo y tal vez incluso un poco interesado.

—¿De verdad?

—Sí, extienda las manos.

Él hizo lo que se le dijo, y ella le colocó un bastón nuevo sobre las palmas de las manos. El director de la Escuela para Ciegos le dijo que la mayoría de los invidentes utilizaban un bastón al caminar, ya que les daba una sensación de seguridad al saber si había algo en su camino.

Jane se preguntó por qué nadie había pensado en regalarle uno.

Él no dijo nada.

—Sé que un caballero como usted tiene muchos bastones para diferentes ocasiones —comenzó ella.

—Sí —aceptó él, con un tono plano—. Incluso tengo uno con una espada.

¿Lo tenía?

—Pero este es extralargo para sostenerlo delante de usted sin que tenga que agacharse o estar incómodo, y podrá detectar cualquier cosa a un par de metros delante de usted.

Sus manos recorrieron de arriba a abajo el largo bastón con el mango arqueado, y luego lo sostuvo con la mano derecha y lo empujó hacia el frente. Ella tuvo que esquivar el paso, escabulléndose hacia un lado.

Él la oyó, pues giró la cabeza en su dirección.

—Mis disculpas. Soy capaz de sacarle un ojo a alguien, ¿no?

Y ella tuvo la clara idea de que lo había hecho a propósito para alarmarla. Moviéndose por detrás de él y acercándose a su lado izquierdo, le agarró el brazo sin avisar.

—Puede mantenerlo extendido, pero en ángulo hacia abajo para no ser un peligro para nadie. Pruébelo —insistió ella, inclinándose sobre él para empujar el bastón hacia la alfombra persa.

—Sé cómo funciona el bastón de un ciego. También parece la herramienta de un mendigo.

—Eso es injusto. ¿Por qué la gente asume que alguien con una lesión es un mendigo?

—Porque cuando una lesión de este tipo le ocurre a las clases bajas, no tienen las reservas de los ricos para mantenerlos a salvo en sus casas, sentados en el sofá o tumbados en su cama, como es mi intención. Tienen que desfilar por la calle con sus bastones y, a veces, arrastrados por un perro con pulgas. Como ya no pueden trabajar, tienen que mendigar. Por suerte, aunque yo ya no pueda hacer nada útil, no tengo que mendigar mi cena ni tengo que parecer un mendigo.

Él le arrancó el brazo de encima y tiró el bastón al suelo.

—¡Dios mío! —exclamó ella—. Está poniendo a prueba mi paciencia, Christopher Westing. —Le había levantado la voz, pero no pudo evitarlo—. Quiero que deje de una vez toda esa lástima derrotista. Piense solo en lo que dice. Un mendigo, incluso un ciego, sale al mundo. ¿Por qué, entonces, no puede hacer usted lo mismo?

Ella tenía las manos en las caderas, pero era inútil, ya que él no podía ver cómo la había molestado.

—¡Es más, un mendigo no me tiene a mí para pasear, y usted sí!

Él no dijo nada por un momento, y ella esperó que él cediera. Christopher giró la cabeza en su dirección y frunció la boca, pareciendo tan molesto como se sentía ella.

—Yo no la invité a venir hoy —señaló.

—Lo sé.

—¿Por qué ha venido? —preguntó él—. Y no diga que para hacerme un regalo. ¿Por qué está aquí?

«Dilo», se dijo Jane a sí misma. «Díselo».

—Porque me importa. Mucho, de hecho. Y todo iba tan bien... —Hizo una pausa y respiró hondo—. No quiero perderle.

Después de un momento, bajó la cabeza.

—No puedo creer que le preocupe perderme. Soy totalmente indigno de usted, Jane. No puedo ser una buena opción. ¿No lo entiende?

—No, no lo entiendo. —Ella sintió que las lágrimas pinchaban sus ojos—. Hace años que le tengo cariño. —Su voz se había vuelto blanda y apagada, y se odiaba a sí misma por ello.

Él levantó la cabeza.

—¿Lo ha hecho?

—Sí. Nunca se fijó en mí, ¿verdad?

Él no dijo nada por un momento.

—Por supuesto, me he fijado en usted. Usted es la

fabulosamente capaz, *lady* Jane Chatley.

—Como he dicho, nunca se fijó en mí.

—No me fijé lo suficiente, es cierto.

Jane se encogió de hombros, compadeciéndose de sí misma.

—Puede decir eso ahora, pero yo era invisible para usted. Y lo mantuve así porque nunca me lanzaría sobre alguien a quien no le importo. Pero entonces, de repente, como un bendito milagro, usted pareció verme de verdad.

Él hizo un sonido.

—No —dijo ella, cortando lo que él hubiera estado a punto de decir—. No es el único que puede estar enfadado y amargado por esto. Por fin me vio como alguien digno de su atención. Durante unas horas, unos pocos días, fui feliz.

Ella empezó a pasearse porque no podía quedarse quieta mientras decía tantas cosas íntimas.

—Y ahora no puede ver y me ha retirado su consideración. Es demasiado cruel. —Cuando pisó el bastón, este se quebró bajo su pie con un chasquido.

Tendría que dejar Londres para escapar de la angustia de perder a Christopher. Al menos, también escaparía de su primo.

Justo cuando la felicidad estaba a su alcance, se había evaporado al mismo tiempo que el gas de la cocina de los Westings.

Jane se quedó mirando su apuesto rostro, que le daba la espalda. Era fácil creer que había dioses volubles que jugaban con los simples mortales, exactamente como suponían los griegos y los romanos.

—No le he retirado mi consideración —dijo él en voz

baja.

Ella contuvo el aliento, incluso cuando su cuerpo empezó a temblar.

—Pero, en verdad, por su propio bien —continuó—, creo que debería abandonarme. Esto es todo lo que seré siempre, un ciego: aterrorizado, enfadado, atrapado, inútil.

Un sollozo brotó en ella. Estaba equivocado, pero él no lo sabía.

—Jane, venga aquí —dijo él.

Y ella lo hizo. Sin importarle quién pudiera entrar, caminó hacia sus brazos extendidos, rodeando su cintura con los suyos.

—Es una santa —murmuró él contra su pelo, y ella se rio entre lágrimas.

—No —dijo ella, con la voz apagada contra su chaqueta—. Simplemente soy una mujer que se siente mal y está un poco perdida.

—Ya somos dos, excepto por la parte de la mujer, por supuesto.

Eso casi sonó como el humor de su Christopher de antes. Ella se echó hacia atrás y le miró.

—Si no me ha retirado su consideración, ni yo a usted, entonces ¿por qué no dejamos de sentirnos tristes y nos ayudamos mutuamente?

—¿Cómo puedo ayudarla?

No pudo decir las primeras palabras que le vinieron a la mente. «¡Amándome!».

—Si pudiera intentar pensar un poco en su futuro, tal vez uno conmigo, entonces seré paciente como Job.

—Ya no puedo imaginar mi futuro —confesó

Christopher—, pero me gustaría tenerla en él, de alguna manera. Nunca lo dude, aunque estoy seguro de que intentaré alejarla de nuevo.

Ella levantó la mano y le acarició la mejilla.

—Y aun así no le dejaré.

Tirando de su cabeza hacia abajo, Jane dejó que reclamara su boca. Su beso empezó siendo suave, compasivo y reconfortante, y se convirtió en pasión en un abrir y cerrar de ojos. Sus manos la atrajeron contra él, uno de sus muslos se deslizó entre los de ella, atrapando sus faldas con fuerza. Sus labios se abrieron, y cuando su lengua tocó los suyos, el calor se acumuló entre sus piernas.

Ella gimió contra su boca y escuchó el gemido de él como respuesta.

Este beso, que solía ser una delicia, era cada vez más tortuoso, ya que su cuerpo pedía algo más. El deseo, crudo y feroz, se apoderaba de ella cada vez que la tenía entre sus brazos, y anhelaba que él saciara su necesidad sobre ella, pues podía sentir su firme excitación.

Además, ansiaba que él le proporcionara la dulce liberación de la que solo había leído en la *Obra Maestra* de Aristóteles y en su traducción al inglés del *Amor Conyugal* de Nicholas Venette.

En cualquier caso, cada vez que él la tocaba, se sentía esperanzada. Cuando se le ponía la piel de gallina y se le derretían las entrañas, sabía que él era para ella.

—¿Caminará conmigo? —le preguntó ella, mientras sus cuerpos aún se tocaban y su aliento y el de ella se mezclaban.

—No —dijo él.

Ella se mordió el labio, derrotada.

—Hoy no, Jane.

Ella parpadeó. Tal vez él se estaba ablandando un poco.

—¿Cuándo?

Christopher la soltó y dio un paso atrás. De pie, con las piernas ligeramente separadas, con un aspecto fuerte, masculino, saludable, ella sintió que su corazón se expandía de amor por él.

Amor.

—Supongo que tengo que conseguir otro de esos bastones que ha roto de forma tan desconsiderada —dijo él, y ella abrió la boca sorprendida, mientras su apuesto rostro se torcía en una sonrisa irónica.

—Sí —aceptó ella—. Supongo que debería.

Capítulo 12

Cuando Jane salió del salón de los Forester después de tomar el té con Christopher, preguntó al mayordomo por el paradero del duque de Westing. Por suerte, estaba en la casa, utilizando la mesa de la biblioteca de su hermana como escritorio.

Con los nervios revoloteando en su estómago al acercarse al duque, Jane tocó la puerta.

—Adelante —dijo él.

Ella empujó la puerta y él se puso en pie.

—Su Gracia, ¿puedo hablar con usted?

—Por supuesto. —Pero su tono era desconcertante—. Me temo, querida señora, que no tengo ni idea de quién es, pero de todos modos, me complace hablar con usted.

—Mis disculpas, señor. Soy Jane Chatley, la hija de lord y *lady* Charles Chatley.

Sus cejas se juntaron. Esperaba que no fuera una reacción a la terrible reputación de su padre. Hasta ahora, la mancha del conde no se había contagiado ni a ella ni a su madre. Jane nunca había sido excluida de la sociedad elegante, y nadie había desairado a su madre, salvo por la falta de invitaciones a eventos en pareja. Jane esperaba que el duque no fuera diferente.

—Perdone que la mire, *lady* Jane. Su apariencia es sorprendente, eso es todo. Es como encontrar de repente un erizo en el plato de sopa.

Jane no pudo evitar la breve carcajada que se le escapó, aunque pensándolo bien, supuso que el duque podría haber elegido una criatura más justa que un erizo para compararla.

—Soy amiga de su hijo —aclaró, pensando en lo incompleta que era la palabra amigo en este caso—. Estuve de visita con él en el salón.

—Ah, ya veo. —Su expresión se volvió instantáneamente sombría—. ¿Pasa algo? Además de lo obvio, por supuesto.

El corazón de Jane se retorció de pena. El pobre hombre. Todo el mundo sabía que su amor por el progreso tecnológico había provocado la explosión, y ella podía ver que estaba cargado de culpa. El duque de Westing estaba invirtiendo una pequeña fortuna en ayudar a la próxima Gran Exposición en el casi terminado Palacio de Cristal para mostrar todo tipo de avances en la ciencia, pero estaba indefenso ante la lesión de Christopher. Ninguna cantidad de dinero podría resolver ese problema.

Sin embargo, también sabía que el hombre al que amaba —un alivio admitir esas palabras aunque solo fuera en su cabeza— adoraba a su padre, y Jane estaba segura de que la orientación y el apoyo del duque ayudarían a Christopher a recuperar en cierta medida su antigua ambición.

—Mucho me temo que su hijo está cayendo en la

depresión. —Jane se puso de pie en el centro de la estancia, retorciéndose las manos como una boba—. No sé cómo ayudarle, pero tengo la esperanza de que usted pueda hacerlo.

—¿Quiere tomar asiento? —le ofreció él.

—No, gracias, Su Gracia. No le quitaré su tiempo. Su hijo necesita algo de motivación. —Sus palabras salieron a borbotones mientras se sentía al borde de las lágrimas, pero se negaba a llorar ante este importante noble, un extraño.

—Lord Westing dice que no puede —no quiere— volver al parlamento. Sin embargo, sé que es su pasión. Seguramente, debe de haber otros hombres que han sido miembros con diversas aflicciones. ¿Hablará con él? Creo que necesita ser alentado.

Para su alivio, él asintió.

—Lo intentaré. Es difícil hablar con él hoy en día. Está tan amargado... No ve a nadie, excepto a lord Burnley. —Luego se quedó pensativo—. Supongo que decirle eso es incorrecto, si usted acaba de estar con él. —Hizo una pausa, mirando el grueso volumen sobre la mesa—. Estaba leyendo sobre una antigua ley, relativa a los derechos de propiedad y, normalmente, mi hijo y yo estaríamos discutiendo sobre ella, incluso discutiendo sobre nuestras posiciones.

—Quizá todavía puede hacerlo.

Un largo y prolongado suspiro del duque la preocupó.

—Como dice, está abatido. Cada vez que intento hablar con él de algo que no sea el tiempo, me dice que pare.

—Entonces no debe parar —insistió ella—. Más bien, debe decirle que la ceguera no le cerrará las puertas del gobierno. No lo hará, ¿verdad?

Él frunció el ceño.

—No veo ninguna razón para que lo haga, pero no sé si está preparado para escucharlo.

Una vez más, el corazón de Jane se le cayó al suelo. Ver a su inteligente y prometedor hijo perder la esperanza debe ser desgarrador para un padre. Con suerte, encontraría las palabras para ayudarle. Pero, sin duda, Christopher necesitaba algo más que simples palabras.

—Sé que está en el comité de la Gran Exposición. He visto una lista de algunas de las maravillas que se exhibirán en el Palacio de Cristal. Una de ellas puede ayudar a su hijo. Es una máquina para imprimir letras en relieve en un nuevo alfabeto. Lord Westing podría usarla para hacer letras que sean legibles tanto para los videntes, porque se parecen a nuestro alfabeto normal, como para los ciegos. Puede tocar los puntos en relieve, diez por línea, para leerlos. Y lo que es más importante, puede seguir escribiendo sus pensamientos con facilidad.

—Eso es maravilloso. Cuando llegue a Londres, iré directamente a la exposición, incluso antes de que se inaugure y buscaré esta máquina.

<hr>

Christopher echó de menos a Jane en el momento en que se fue. Si su destino era sentarse en la implacable oscuridad durante el resto de su olvidada vida, solo lo encontraría soportable si ella se sentara con él.

Por un lado, habían acordado que tenían sentimientos mutuos, y ella le había suplicado que la mantuviera en su vida. ¿Cómo podía rechazar su dulce oferta cuando ella era el único brillo que le quedaba?

Por otro lado, no podía pedirle eso, sacrificar su futuro para jugar a ser niñera y compañera.

—Hola —dijo, esperando una respuesta. Cuando no llegó ninguna, al saberse solo, soltó un grito. Estaba seguro de que rivalizaba con el grito de guerra de cualquier bárbaro o con el *sluaghghairm* del clan celta, como se les llamaba.

Se sintió muy bien al dejar salir las espesas y oscuras emociones que se estaban gestando en su interior.

No es que fuera un guerrero. Ni siquiera podía luchar para salir de un corro de niños en este momento.

La puerta del salón se abrió de golpe.

—Chris —dijo su padre—. ¿Estás bien?

Pudo oír el pánico en la voz del duque y se sintió momentáneamente arrepentido. Sin embargo, no era como si pudiera ir al campo y gritar en privado.

¿Qué podía decir?

—No, no estoy bien. Estoy ciego.

En el silencio, pudo imaginar la cara de decepción de su padre.

—Sin embargo, no hay nada nuevo que me afecte, si eso es lo que preguntas. Simplemente tenía ganas de gritar. Todavía me apetece.

Luego suspiró y se desplomó de nuevo en el sofá, alegrándose de no haber calculado mal la distancia y haber acabado en el suelo.

—No sé qué hacer.

Todavía sin hablar, su padre se acercó y se sentó a su lado. Sintió la gran mano del duque sobre su rodilla.

—Aún puedes hacer casi todo lo que quieras.

Christopher suspiró.

—Eso es una auténtica mierda, y lo sabes. Todo ha cambiado. No puedo salir de esta casa y caminar por la calle. No puedo llamar a un carruaje por mí mismo. O tal vez pueda, pero no sabré si el conductor me dejará realmente donde quiero ir, ¿verdad? No puedo jugar al ajedrez ni a las cartas.

—Odias el ajedrez —señaló su padre.

—No lo odio. Solo odio perder contra ti. Al menos, ya no tengo que hacerlo.

Intentó quitarle importancia, pero en ese momento, perdería con gusto si pudiera ver un maldito tablero de ajedrez.

—¿Qué es eso que he oído de que no quieres ir al parlamento?

¡Qué demonios! Habían estado hablando de él. Jane había ido corriendo a ver a su padre. Tendría que hablar con ella sobre eso. No le sentó bien. De hecho, le dieron ganas de volver a gritar.

—Ha habido ministros con la vista limitada —continuó su padre—, y ciertamente muchos con problemas de oído. Y algunos han sido llevados al parlamento en una silla de ruedas. No hay ninguna razón en la tierra para que no puedas venir a Westminster conmigo y luego, cuando sea el momento, ocupar mi escaño.

Christopher consideró estas palabras.

Simplemente no podía imaginar cómo salir de la casa, y mucho menos ir al parlamento. Dejar la casa de su tía parecía insuperable.

—Tal vez tengas razón —insinuó—, pero esperaré un poco más.

—¿Para qué? —El tono de su padre era impaciente.

—No lo sé. Es solo que no estoy preparado. —Temía no estarlo nunca.

¿Qué pasaría con el escaño familiar en la cámara de los Lores si no volvía a levantarse del sofá? Lo meditó un momento. Tal vez Amanda podría ser la primera mujer miembro del parlamento. Conociéndola, ella sola podría destruir el gobierno en una semana.

Si no se sintiera tan enfermo por dentro, lo mencionaría, al menos en broma.

—Me gustaría que me dejaras en paz, por favor, padre. ¿Y puede llamar a Abner?

—¿Para que te lleve arriba? Yo lo haré.

—¡No! —La idea de que su brillante e independiente padre le ayudara a encontrar las escaleras solo aumentaba su sensación de patética impotencia. ¿Cómo iba a hacer que su padre se sintiera orgulloso de nuevo?

—Preferiría a Abner, si eres tan amable.

Sin decir nada más, su padre salió de la habitación.

⁂

Al día siguiente, Christopher fue llamado por su madre a media mañana, justo cuando estaba a punto de desayunar. Cuando Abner le ayudó a encontrarla en el salón, descubrió que tenía un bastón nuevo. ¡Jane!

Tuvo la sensación de que su madre iba a engatusarle por todos los medios para que saliera a pasear. Un escalofrío de alarma recorrió su columna vertebral. Después de todo, apenas había conseguido tomar el té en el salón.

—No sé nada de esto, madre.

—Será bueno para ti —insistió ella—. Vamos directamente a mi estudio en Chelsea. Nada podría ser más sencillo.

Él intentó aplacar el terror a adentrarse en lo desconocido.

—Seguramente, con mi ayuda —insistió su madre—, y un lacayo, no será una aventura demasiado difícil.

Quizás no para ella. Para él, sin embargo, la idea de salir al mundo en la más absoluta oscuridad le aterrorizaba. Su pulso se aceleraba con solo pensarlo.

—Me estoy poniendo los guantes ahora, lo que significa que estoy lista. Tú también pareces estarlo, así que partiremos de inmediato. Si tienes dudas cuando nos pongamos en marcha, siempre podemos dar la vuelta. A *lady* Jane no le importará.

—¡*Lady* Jane! ¿Está aquí? —Christopher se preguntó de repente si ella estaba entonces en la habitación y había permanecido en silencio. Si lo había hecho, él no creía que la perdonaría nunca. Ciertamente, ella vería el terror abyecto en su expresión, y él no quería que ella fuera testigo de su cobardía.

—No, por supuesto que no. La recogeremos en su casa por el camino.

—Dijiste que íbamos directamente a Chelsea.

La escuchó caminar hacia la puerta.

—Sí, directamente después de recoger a tu amiga.

Su madre había dicho que parecía preparado, pero ¿cómo lo sabía?

—¿Cómo me veo?

Silencio. ¿Su ayudante de cámara había desajustado su

corbata y su camisa?

—Madre, no puedo verte, ¿recuerdas?

—Oh, sí, lo siento. —Sonrió y asintió con la cabeza—. Te ves elegante como siempre, positivamente espléndido, y me gusta mucho lo que Abner ha hecho con tu cabello. Hablando de eso, ¿nos acompañas, Abner? —se dirigió a su ayuda de cámara, a quien Christopher había olvidado por completo.

—No lo creo, Su Gracia. ¿Debo ir, señor?

—No. Creo que un chófer y un lacayo serán suficientes en caso de necesitar asistencia.

Los siguientes momentos fueron los más aterradores de su vida. Oír cómo se cerraba la puerta de entrada a sus espaldas, oler el espeso aire londinense con una suave brisa, bajar los escalones con su nuevo bastón apuntando delante de él como una lanza de caballero, y sentir el pavimento bajo sus pies en lugar de la alfombra o la baldosa... ¡qué aventura más inoportuna!

Después de un paso en falso al entrar en el carruaje, cuando, de alguna manera, su pie izquierdo se salió completamente de la barra, balanceándose salvaje en el aire, se dirigieron a la casa de Jane, cerca de Hanover Square.

—No creas que soy del todo ingenua, Chris —dijo su madre cuando ya estaban cerca.

—Nunca te he considerado así, madre, pero ¿de qué estamos hablando?

—De pensar que no sé qué estás insinuando meter a la encantadora Jane Chatley en mi vida para que ella también esté en la tuya.

Christopher sonrió ampliamente por primera vez en

días.

—¿Y no te importa?

—No, si realmente puede ayudarme. Si es una molestia o una tonta, entonces la despediré de inmediato —dijo la duquesa.

—¡Madre! No puede despedirla como si fuera una empleada —señaló, preocupado de repente por si ofendía a Jane. Entonces sería muy incómodo.

Sin embargo, ella hizo un zumbido, mientras su carruaje se detenía.

—Supongo que tienes razón, sobre todo si te gusta esta chica. Debemos esperar que nunca tengamos que cruzar ese puente.

No se bajaron del carruaje. En su lugar, su lacayo se dirigió a la puerta de los Chatley, y Jane salió un minuto después. Cuando ella subió, Christopher sintió que el vacío se cerraba de nuevo a su alrededor al no poder mirarla. Estaba atrapado en una burbuja de oscuridad, sabiendo que el mundo y toda su luz continuaban sin él.

Después de que Jane saludara a su madre, Christopher inclinó el sombrero, esperando que fuera hacia ella.

—¿Cómo está usted hoy, lord Westing? —preguntó Jane, sonando alegre, y él supo por su tono que estaba encantada de verlo fuera de la casa de sus tíos.

—Estoy bien, gracias. Pido disculpas por no haber sido yo quien haya acudido a su puerta a recogerla, y por no haberla ayudado a subir al carruaje. Va en contra de todo lo que me han enseñado a permanecer sentado.

—Siento que le moleste, pero no me siento en absoluto despreciada. Sé que es usted un caballero —insistió ella.

Jane recordó sus preguntas obscenas y sintió que sus mejillas enrojecían de vergüenza.

—¿Está usted bien hoy? —preguntó él, esperando redimir su comportamiento anterior.

—Sí, gracias.

Entonces los tres se dirigieron a la orilla del río y al pequeño estudio de su madre en una casa de Cheyne Walk.

Christopher se dio cuenta de que Jane llevaba un ligero perfume floral, del que no se había percatado hasta su última visita y que ahora le hacía palpitar del deseo, evocando sus besos en el salón de su tía. Le preguntaría en privado de qué se trataba. También deseó poder saber qué llevaba puesto y se preguntó si a los ciegos se les permitía simplemente pedir a la gente que les hablara de su ropa y sus colores.

Sin embargo, eso le pareció inapropiado, así que se sentó en silencio mientras las señoras continuaban con sus galanterías.

Su madre se volvió más habladora a medida que se acercaban al lugar de su pasión.

—Por supuesto, tenía espacio en nuestra casa, antes de la explosión, quiero decir, pero me gusta estar entre otros artistas en Chelsea. Puede que mi estudio e incluso la calle en la que se encuentra sean muy bohemios. ¿Conoce la palabra?

—No —admitió Jane—. No la conozco.

—Es una de esas palabras que todo el mundo maneja hoy en día, sobre todo la comunidad artística, para significar lo no convencional en un sentido favorable. Como los gitanos, excepto que no como asquerosos transeúntes y ladrones, y ahora, todo el mundo quiere pretender ser uno.

—¿Un gitano? —preguntó Christopher.

—No —dijo su madre—, ¡un artista exóticamente bohemio!

—No lo sabía —dijo Jane, sonando genuinamente sorprendida.

—Yo tampoco —Christopher tenía una imagen clara en su cabeza, y le hizo reír—. ¿Estás diciendo que tienes la intención de llevar un turbante y dejarnos de por vida en una caravana?

—No seas absurdo —respondió su madre—. Solo quiero que estéis preparados para cualquier cosa. Cristales de colores y flores por todas partes, y gente con túnicas, y música, y todo eso.

—¡No! —exclamó Christopher, oyendo a Jane emitir un sonido como de risa ahogada—. Flores y túnicas no, madre. ¡Qué horror! Di que no es así.

—Basta, niño travieso. Te estás burlando de mí. De todos modos, ya estamos aquí.

Y ahora comenzaría la parte difícil. Su primera incursión en un lugar en el que nunca había estado. Su madre había tomado recientemente el estudio, alquilando una habitación a un matrimonio que era a su vez pintor y que necesitaba el dinero.

El lacayo estaría allí para ayudarle, así que trató de sentirse seguro al salir del carruaje. Sintió el pavimento bajo sus pies, luego el lacayo lo tomó del brazo mientras él tenía su bastón en la otra mano, con los ojos firmemente cerrados. Con el tintineo de una puerta de hierro fundido y un par de pasos más, tal como se le indicó, Christopher se encontró en el interior de un lugar que olía a trementina.

—Mi estudio está arriba, con vistas al río. —Su madre

dudó—. Bueno, eso no te servirá de nada, por supuesto —y se dio cuenta de que se dirigía a él—. Pero al otro lado de la calle hay una pequeña franja de vegetación, y luego el Támesis pasa casi debajo de la ventana.

—Sí, madre, soy consciente de la ubicación tanto de Chelsea como del Támesis.

Subió las escaleras lentamente, sintiéndose desorientado. Si se soltara de la barandilla, podría caerse hacia atrás.

—Jane, ¿qué le parece hasta ahora? —preguntó él, simplemente necesitando escuchar su voz tranquilizadora.

—La casa es pequeña, pero limpia —dijo ella desde más arriba en la escalera—. Puedo ver por qué su madre quiere pasar tiempo aquí. Esto puede ser bohemio, pero no es vulgar.

—¡Vulgar! —prácticamente gritó su madre—. Por supuesto que no, querida niña. Como si fuera a involucrarme en algo desagradable. Aquí estamos, al final de la escalera, cruzando el rellano, primera habitación a la izquierda.

El lacayo le acompañó a través de la puerta y, para su consternación, su madre despidió al hombre con un simple: «Puede esperar abajo».

En cuanto el hombre le soltó, Christopher se quedó helado. No podía dar un paso. Era como si estuviera al borde de un abismo.

—Hay alfombras abajo, Chris, así que no tropieces.

—¡Madre! —dijo irritado, como si su breve consejo fuera a ayudar. Entonces sintió las suaves manos de Jane en su brazo.

—Sostenga el bastón, dé otro par de pasos y estará en el centro de la habitación. No es grande, pero está llena de luz, pintada toda de blanco, y tiene un techo muy alto.

—Así es —dijo su madre sin poder evitarlo.

—No me suelte —murmuró él.

Jane le apretó el brazo de forma tranquilizadora.

—Hay una mesa frente a usted con muchas latas.

—Son lo que llamamos colores húmedos, fáciles de usar en el exterior. Winsor & Newton, naturalmente.

—Y hay tazas con muchos pinceles, cuencos con agua —continuó Jane—, junto a bandejas con bloques de colores en diferentes azules y verdes y muchos naranjas, amarillos y rojos.

—Esos se llaman pasteles, y los mezclo con agua —interrumpió de nuevo su madre, sonando emocionada por compartir su arte con ellos—. Todos esos están usados, pero mira, mis nuevos pasteles están aquí.

Christopher ya sabía cómo eran y no le importó quedarse al margen, escuchando la emoción de su madre mientras mostraba a Jane los bloques de acuarela rectangulares con los sellos en relieve de los fabricantes, como George Rowney & Co o Newman's.

—Me dan ganas de intentar pintar —admitió Jane.

—Y así lo hará —se entusiasmó su madre—. Después de mi exposición, debe venir aquí y le enseñaré cómo empezar. Luego, si le llega la inspiración, estará en camino.

—Tal vez —aceptó Jane, y Christopher se preguntó si realmente lo intentaría.

Si lo hacía, ¿qué pintaría? Nunca llegaría a verlo, y una oleada de tristeza se abatió sobre él. Entonces Jane volvió a tocarle el brazo.

—Las obras de su madre están expuestas en caballetes,

así como las piezas enmarcadas que están apiladas en la habitación. Oh, duquesa, qué colores tan bonitos y cómo ha captado la luz. Chris... Lord Westing —enmendó Jane con rapidez—, algunas parecen brillar, otras son translúcidas y otras son copias exactas del original hasta el más mínimo detalle.

—He visto sus cuadros y estoy de acuerdo, son maravillosos. Madre, parece que tienes un nuevo admirador.

—Gracias —dijo la duquesa, y él pudo ver por su tono que estaba radiante de felicidad—. Me gusta mucho estar en el estudio, pero admito que también me gusta salir a dibujar y a veces incluso a pintar. Resulta que puedo pintar con bastante rapidez y captar la luz del sol sobre un tema antes de que esta cambie. Es más difícil hacerlo bien después a partir de un boceto o, peor aún, de memoria. La espontaneidad es mi musa —añadió.

—¿Sabe papá que trabajas al aire libre? ¿Dónde pintas? ¿Es seguro? Esta zona bohemia, como la llamas, no puede estar totalmente exenta de peligro.

—¡Querido muchacho! —dijo su madre—. Estoy perfectamente a gusto aquí. Hay muchos otros que hacen lo mismo que yo, la mayoría hombres, pero a veces mujeres, y los hombres tienen esposas que también son modelos. Hay gente con mucho talento pintando a mi alrededor, como la que saludé al entrar.

—Madre… —dijo Christopher en tono de protesta.

—Lo siento. Olvidé que no lo habías visto. William Hunt es su nombre. Y hay otro William a la vuelta de la esquina, un escocés de apellido Dyce. Es fascinante hablar con él. Ha estado pintando frescos en las nuevas casas del parlamento, Christopher, imagínate. Estarán allí para siempre. Son cosas enormes, también. Y adivina quién más está aquí, en esta misma calle.

—No lo sabríamos. —Además, no podía imaginar los frescos, como ella le decía tan alegremente, y tendría que confiar en que alguien se los describiera.

—¡Otro William! El brillante señor Turner. Sé que utiliza sus iniciales profesionalmente, J.M.W., pero se hace llamar William. Excepto aquí en Chelsea, donde se hace llamar señor Booth para el anonimato. Vive solo con su ama de llaves, pero cualquiera de nosotros, los pintores, lo conocemos por lo que es. Y él es mi inspiración, no por su desagradable estilo de vida, por supuesto, sino por sus paisajes.

—Creía que la espontaneidad era tu inspiración —le recordó Christopher.

Su madre se rio, y Jane se unió a ella.

—La espontaneidad es su musa —le recordó Jane.

—El señor Turner también cree en ella —dijo la duquesa.

—Así que se modela en este hombre desagradable y brillante y sale a pintar.

—Bueno, él ha pintado por todo el mundo, y yo no pinto mucho más allá de Hyde Park.

—Ha hecho que Hyde Park parezca el mundo, madre. —Quería que ella entendiera que era su estilo tanto como sus temas lo que atraía a la gente.

—Gracias, querido. A menudo, solo voy a St. James's Park, pero me gusta dibujar junto al Serpentine. No hay peligro en ninguno de los dos lugares, lo prometo. —Luego suspiró con fuerza—. Aunque pensábamos que estábamos seguros en nuestra propia casa, y luego mira lo que le pasó.

Christopher sintió sus palabras como una flecha. Si solo pudiera mirar, pero sabía lo que ella quería decir. En cualquier momento, podía ocurrir algo, como con el amigo de Jane, lord Cambrey, atropellado y herido terriblemente por un imprudente conductor de carruajes.

Por suerte, con solo unos huesos rotos, el conde se había recuperado. Pero, en su propio caso, nadie sabía cómo reparar los nervios ópticos dañados, si es que esa era la verdadera causa de su ceguera. Jane volvió a apretarle el brazo, y eso le animó.

Después de todo, no estaba muerto. Disfrutaba de un hermoso día, a todas luces, con su madre y Jane. No podía pedir más.

—Deben de ser pintores al óleo —dijo—. La pareja propietaria de la casa.

—Sí —dijo su madre—. ¿Cómo lo has sabido?

—El olor a trementina era muy fuerte abajo. Aquí arriba, no es tan malo. Me alegro de que no te metas con esas cosas.

—Tienes razón. Su estudio está en la planta baja, pero ya no lo huelo. Uno se acostumbra a ello. Así que, *lady* Jane...

—Por favor, llámeme Jane.

—Gracias, lo haré. Me vendría muy bien su ayuda para etiquetar todos mis cuadros y asegurar que cualquier obra terminada que no esté enmarcada se enmarque antes de la exposición. Por supuesto, tenemos que organizar el transporte de mis obras al Salón Egipcio. Podremos hacerlo el día de antes, cuando retiren lo que hay actualmente en la galería.

—Muy bien —dijo Jane, sonando impertérrita hasta el

momento—. En la exposición, para acentuar sus cuadros, ¿cree que serían buenas las flores frescas?

—Sí —dijo su madre con énfasis—. Me gusta mucho esa idea. Podemos colocarlas en pedestales. Así mostraré mi realismo y traeré la naturaleza al interior para aumentar el mundo natural de mis cuadros.

—Entonces deberíamos ir a Covent Garden unos días antes y elegir lo mejor —dijo Jane—. ¿Tiene suficientes jarrones?

—Le daré una cantidad para gastar y usted se encargará —dijo su madre—. Si pudiera elegir el jarrón y las flores adecuadas para cada cuadro....

—*Umm* —intervino Jane.

—¿Qué, querida niña?

A Christopher le gustaba su familiaridad al conversar. Era un buen presagio.

—Tal vez uno para cada cuadro es demasiado —dijo Jane—. Tal vez si agrupamos los cuadros para que cuenten una historia, sea cual sea la que estaba pensando cuando los pintó, por supuesto, entonces un bonito jarrón con flores apropiadas cerca sería suficiente, en lugar de uno para cada marco.

—Bien, lo dejo a su criterio.

Esas mismas palabras las escuchó numerosas veces de su madre mientras discutían sobre un buen tipógrafo para las etiquetas, la publicación de un anuncio en el *London Times* y la importantísima iluminación de la galería. Ella quería copiar la luz difusa de la galería de Turner tendiendo redes de arenque en los tragaluces del techo del Salón Egipcio.

Y entonces Jane empezó a mirar las obras de arte,

algunas apoyadas en pilas contra las paredes. No pudo evitar exclamar sobre las que más le gustaron, describiendo sus favoritas para que él las imaginase.

—¿Y unos refrigerios? —preguntó Jane de repente.

—Yo, por mi parte, estoy hambriento —admitió Christopher, que se había saltado el desayuno cuando fue secuestrado en este viaje. También se alegró de ello, por si se había hecho un lío con la ropa antes de que salieran.

—En realidad, lord Westing —dijo Jane, tratando de mantener la formalidad con él delante de su madre—, me refería a la exposición. Dado que no es un museo, ¿no esperarán los asistentes algo en forma de comida y bebida?

—Sí, tiene razón, Jane —dijo su madre—. Lo dejaré en sus manos.

Christopher esperaba que Jane no perdiera su entusiasmo. También esperaba que salieran pronto y se fueran a casa a comer.

—He traído un trozo de seda que creo que quedaría muy bien tapado detrás de ese gran cuadro —dijo su madre, y Jane murmuró algo sin compromiso.

—¡Ah, qué pena! Lo dejé en el carruaje. Chris, se amable y... —La duquesa se calló al darse cuenta de que no podía enviarlo corriendo de vuelta a la planta baja por un capricho.

Él se congelo, sintiendo la ya familiar inutilidad.

—Iré yo, Su Gracia —se ofreció Jane, y la sensación de inutilidad de Christopher empeoró.

—Tonterías —dijo su madre—. Sé dónde lo he metido. Ahora mismo vuelvo. Seguid vosotros. —Y oyó sus pasos cruzar el estudio y salir de la habitación.

—Parece molesto —dijo Jane.

—No estoy molesto —dijo él—. ¡Estoy furioso!

Capítulo 13

Jane estaba aturdida. El día había ido tan bien...

—¿Por qué?

—Mi madre se ha marchado.

Ella reflexionó.

—Sí. ¿Y?

—¡Su reputación! —exclamó Christopher—. Estamos solos, en el piso de arriba de una casa extraña en Chelsea, y ella ni siquiera pestañeó. O supongo que no lo hizo. Mi madre me ha estado sermoneando tan severamente como un profesor de Oxford desde el momento en que mi voz se hizo más grave y me salieron los primeros bigotes. Y siempre el mismo discurso: «No te pongas en una situación comprometida con una mujer». —Golpeó el suelo con su bastón para enfatizar—. Conociendo a su madre, estoy seguro de que a usted le han dicho lo mismo desde hace mucho tiempo y con la misma contundencia —añadió.

Jane no pudo evitar reírse ligeramente.

—A menos que el varón fuera un marqués o un conde, pero definitivamente no con un simple vizconde o barón —

respondió Jane—. Por lo tanto, en este caso, ella lo aprobaría de todo corazón, siempre y cuando lo gritara desde la azotea.

Christopher se relajó.

—Oh, ya veo. La trampa del marido.

—Precisamente. —Jane comenzó a recorrer la habitación de nuevo.

—¿Y usted? —Su tono serio la detuvo.

—¿Qué?

—¿Va a gritar desde el tejado y... atraparme?

Ella respiró hondo, sabiendo que esto era algo más que una broma ligera.

—¿Se enfadaría mucho conmigo si lo hiciera?

—No —dijo él al instante—. Si quisiera atraparme, me sentiría honrado, aunque desconcertado. Por desgracia, estoy seguro de que llegaría a lamentarlo.

Jane estaba a punto de discutir, pero oyó a la duquesa en las escaleras y supo que Christopher también pudo hacerlo, pero ninguno de los dos podía saber si ella también los había oído.

—¿Lamentar qué? —preguntó la duquesa de Westing.

Al parecer, sí los oyó. ¿Qué podía decirle?

—Lamentar no haber desayunado —bromeó Christopher antes de que Jane pudiera responder—. Su único hijo está hambriento, madre. ¿Terminamos por hoy?

—Sí, tan pronto como le enseñe a Jane esta muestra de seda. La colocaré en el marco. Justo así. En la exposición, por supuesto, tendré una cortina entera detrás del cuadro. Quiero que este sea el centro de atención.

—¿Qué cuadro es? —preguntó Christopher.

—Uno de Hyde Park con el pequeño puente y la fuente,

solo dos personas, y un cielo muy azul.

—Y los edificios en la distancia parecen tan reales… —dijo Jane—. Su madre ha elegido una seda roja rojiza para el fondo que hace que todo el cuadro destaque.

—Casi coincide con el color de las paredes de la galería del señor Turner —insistió la duquesa—. He estado allí varias veces. Está justo al lado de su casa en la calle Queen Anne. De todos modos, ¿qué le parece?

—Me parece precioso —confirmó Jane.

—¿Debo llamar al lacayo o puedes bajar? —le preguntó la duquesa a su hijo.

—Creo que puedo bajar solo —dijo él—. No sé si pedirle a una de ustedes que vaya delante de mí y arriesgue su vida si me caigo encima, o mantenerlas a los dos detrás de mí para que recojan mi cuerpo magullado si me caigo.

—Tú agárrate a la barandilla y yo te cogeré del brazo —dijo su madre—. Jane puede ir detrás. Estoy segura de que no encontraremos dificultades.

⁂

Si Christopher creía que ayudando a su madre podrían pasar tiempo juntos, Jane temía que había cometido un grave error. La duquesa de Westing le encomendó una tarea tras otra durante los días siguientes, y Jane apenas llegó a Berkley Square antes de ser enviada de nuevo al mundo.

En una rara tarde en su casa, recibió de repente una inesperada visita de lord Fowler, para quien apenas había dedicado un pensamiento.

—Me temo que su interés en nuestra búsqueda ha

decaído —le dijo, con un rostro de tristeza.

La culpa se apoderó de ella. Le había prometido ayudarle a encontrar una esposa, y pretendía cumplir su promesa. Después de todo, estaba en juego la futura felicidad del hombre, sin duda tan importante como una exposición de arte.

—En absoluto, señor. —Y recordó una invitación que había recibido el día anterior y que había dejado de lado—. ¿Tiene intención de ir al zoo a ver el hipopótamo? ¿Sabía que la Sociedad Zoológica va a convertir su inauguración en una gala junto a Regent's Park?

—Sí —dijo—, también hay una fiesta privada en la casa de lord Burton, en la Cumberland Terrace. ¿No cree que las damas serán todas de mentalidad muy científica y solo se interesarán por la zoología y los huesos, con una afición por las criaturas disecadas y terriblemente muertas?

Jane se echó a reír.

—No, señor. Creo que muchas, como yo, estarán interesadas en el hipopótamo de Egipto y aún más en la calidad del champán y los entremeses de Thomas Burton. Le dará la oportunidad de hablar con algunas damas nuevas, así como con otras conocidas, y de no preocuparse por el baile.

—Oh, nunca me preocupo por bailar —dijo él.

Ella se mordió la lengua, pues él debía hacerlo. Lord Fowler no era el mejor bailarín del momento. Sin embargo, no quería convertirse repentinamente en instructora de baile además de todo lo demás, así que lo dejó pasar.

—Lo que quiero decir es que es agradable conocer a la gente en diversos lugares, como las obras de teatro y el ballet, e incluso los jardines zoológicos. Tendrá la oportunidad de hablar de varios temas y de lo que le gusta y no le gusta. Así podrá saber si desea pasar sus días con una joven en particular. Imagínese conversando mientras toma el té o el café de la mañana durante el resto de su vida, siendo ella la última persona a la que vea al final de cada día.

—Sí, lo entiendo. Cada día no es ciertamente como un baile o una cena.

—Exacto. En las próximas semanas, intentaremos ir a un museo y... —Entonces tuvo otra idea—. Y una exposición de arte. ¿Le interesa el arte?

—¿No le interesa a todo el mundo en algún grado?

—Esa es una muy buena respuesta —lo elogió Jane—, y tal vez sea cierto. Hay una exposición de acuarelas próximamente.

—¿Acuarelas? —repitió, sonando decepcionado.

Christopher y su madre tenían razón cuando decían que la gente infravaloraba el medio.

—Le aseguro que el artista es muy hábil. No le decepcionará la falta de pintura al óleo. Eso no importa ahora. Para ver el hipopótamo, nos encontraremos allí.

—¿Solo? —preguntó—. Tal vez debería recogerla en mi carruaje.

—Por supuesto que no —dijo Jane.

No se atrevería a dejar que su asociación con lord Fowler manchara en modo alguno su reputación, no mientras ella y Christopher estuvieran al principio de algo que podría resultar extraordinario. Incluso entonces, mientras hablaban, su criada estaba sentada en un rincón, dormitando, al mismo tiempo que representaba el ojo vigilante de la corrección y la moral.

—Estaré con mi madre. Ella tendrá muchos amigos con los que mantenerse ocupada. Y usted y yo hablaremos con muchas damas interesantes en la fiesta.

—Estoy muy contento de que no haya renunciado a mí, *lady* Chatley.

—No me doy por vencida con nadie —prometió ella.

<hr>

—Padre, ¿eres tú? —Christopher llevaba una hora esperando a su padre en la biblioteca, desde que Burnley se había marchado.

Él y Owen ya no se veían en la habitación de Christopher. Abner siempre lo tenía preparado para recibir abajo, en el salón, cuando llegaba su amigo. A veces, si el tiempo era bueno, se sentaban en la parte de atrás, en el jardín de *lady* Forester, y Owen le leía los periódicos, todos los que podían pasar.

Y aunque su amigo se lo había pedido, Christopher aún no había accedido a dar un paseo fuera de la casa. Si bien la excursión de la semana anterior a Chelsea había transcurrido sin problemas, la idea de caminar junto a Burnley, tal vez necesitando agarrarse de su brazo o requiriendo su ayuda si tropezaba, lo ponía nervioso. No estaba preparado para esa vulnerabilidad en público, ni quería avergonzar a su amigo.

Sin embargo, una salida con su padre era otra cosa. Después de su última conversación, Christopher no podía evitar pensar a diario en el parlamento, y en lo mucho que lo echaba de menos.

A pesar de lo que le había dicho antes al duque, no podía

reprimir su interés innato por su gobierno. Es más, Christopher seguía sin poder desenterrar el entusiasmo por una vida que no implicara ayudar a gobernar Gran Bretaña de alguna manera. De hecho, a pesar de pensar que se enfrentaba a barreras insuperables, no quería hacer otra cosa que beneficiar al pueblo británico elaborando y patrocinando nuevos actos.

Aunque estaba agradecido de escuchar las noticias a través de Owen, sabía que se filtraban para los periódicos. Lo que más deseaba era enterarse de lo que realmente ocurría en el corazón de su nación, en las cámaras de los legisladores, y para ello necesitaba al duque de Westing. Ansiaba volver a la resonante sala de la cámara de los Lores, anhelaba escuchar a los ministros decir lo que pensaban y deseaba desesperadamente discutir los últimos acontecimientos del parlamento con el hombre al que más respetaba: su propio padre.

Así, esperó en la biblioteca. Era un lugar ridículo para un ciego, y Christopher no podía hacer otra cosa que sentarse entre los libros que no podía ver y dejar que sus pensamientos se desbocaran.

A veces, recordaba la fatídica mañana en que había bajado a su antigua cocina. Intentando, en su memoria, impedir que fuera allí o instando a su antiguo yo a que se marchara más con rapidez, el inútil empeño siempre le ponía de mal humor, pero le resultaba difícil detener sus caprichosas cavilaciones. En su cerebro, seguía intentando cambiar lo inmutable.

A veces, recordaba su primer beso con Jane, y ahora era fácil recordar su aroma floral y el tacto de sus labios. Saber que ella seguía dejando que la besara, y que le devolvía el beso con el mismo ardor incluso después de la explosión, siempre le alegraba.

Pocas cosas más le causaban alegría últimamente y, por lo tanto, estaba dispuesto al menos a discutir la posibilidad de encajar de alguna manera en el mundo de su padre una vez más. Por desgracia, a excepción de su breve conversación cuando Christopher le había rechazado, casi desde aquel día, el duque había mantenido las distancias. O había estado increíblemente ocupado.

Al oír por fin unos pasos que eran ciertamente los de un hombre y no los del mayordomo de los Forester, y aún más improbable que fueran los de un lacayo o un cochero en el interior, Christopher llamó cuando alguien pasó por la puerta abierta.

¿Había visto su padre que él estaba sentado allí, y siguió caminando?

Oyó que las pisadas se detenían y luego retrocedían despacio.

—Chris —dijo lord Westing, con un tono excesivamente jovial y falso—. Aquí estás.

—Sí —respondió él, extrañado por el extraño comportamiento de su padre últimamente—. Aquí estoy. He estado en esta casa, merodeando en una u otra habitación durante semanas. Pero tú has estado ausente, al menos cuando te busco.

—Tonterías.

Christopher odiaba que alguien dijera esa palabra, sobre todo cuando era una tapadera de la verdad.

—De acuerdo —comenzó de nuevo—, quizás creí erróneamente que no estabas aquí porque no podía verte. Te aseguro, padre, que te estaba buscando.

Silencio. Sin embargo, este lo decía todo. Su padre parecía intensamente incómodo a su alrededor. ¿Se avergonzaba de él?

Christopher consideró ponerse de pie y acercarse, pero no quiso avergonzar al duque.

Por un momento, sin poder ver la cara del anciano, no supo cómo proceder.

—Lo siento mucho. —Las agonizantes palabras de su padre surgieron de la oscuridad, conmocionándolo.

La profundidad del sentimiento era clara en su voz, que sonaba cargada de emoción.

—Todo lo que ha ocurrido es culpa mía. Yo, que soy el jefe de esta familia. Yo, que se supone que debo cuidarte y guiarte, he causado esto.

Christopher se sentó aturdido por las palabras de su padre. Su madre había dicho lo mismo, pero su tono de exasperación, diciendo que quería estrangular a su marido, había parecido más bien una broma.

Su padre, en cambio, sonaba desesperadamente serio, como si llevara una pesada carga.

¿Culpaba él a su padre? Christopher había pasado más tiempo preguntándose por qué había ido a buscar algo tan tonto como una galleta para mojar en una inexistente taza de té, cuando podría haber ido fácilmente a un pub a por pescado frito y cerveza o a un club a por una comida adecuada.

Su padre dio un paso más dentro de la habitación.

—Di algo. Apenas puedo soportar lo que he hecho.

Christopher tragó, buscando en su propio corazón.

—No te culpo.

Era la verdad.

—Si los obreros hubieran hecho bien su trabajo —continuó—, estarían vivos y yo podría ver. Eso no fue culpa tuya.

Sintió la mano de su padre en el brazo.

—Sin embargo, si me hubiera conformado con nuestra cocina tal y como estaba.

Christopher se encogió de hombros.

—Querer abrazar el progreso, padre, es la manera británica, ¿no? Mira nuestra industria, nuestra colonización, nuestros ferrocarriles.

Sintió que su padre le apretaba el hombro, pero sabía que el hombre aún necesitaba tranquilizarse.

—De todos modos, los baños fueron una buena adición, tenemos, o al menos, teníamos, la mejor fontanería de la calle.

—Volveremos a tenerla —insistió el duque—. He contratado a hombres de primera categoría. Estuve mirando los diseños en la oficina de patentes.

—¡Un peligro en tu caso, padre!

—¿Qué? Oh, es una broma. Ya veo. Ja, ja. Eso es lo que siempre dice tu madre, también. —Y el duque rio, habiendo pasado el momento pesado y sentimental—. He encontrado un invento increíble, una bañera con ducha. Definitivamente vamos a tener una de esas. El agua te salpica por todos lados. Glorioso.

—¿De veras es así? —No deseaba apagar el entusiasmo de su padre, pero lo único que Christopher podría elevar al nivel de la gloria sería la luz, y mucha. Eso, y tener a Jane en sus brazos de nuevo. Había pasado demasiado tiempo.

—Será glorioso, Chris, te lo prometo. En cualquier caso, tu madre ha conseguido ayuda en sus áreas de especialización para poner la casa a punto en cuanto los constructores hayan terminado.

—*Lady* Jane Chatley —le informó Christopher.

—¿Es esa la chica? ¿La guapa de pelo castaño claro? —Luego hizo una pausa—. Oh, maldita sea, Chris. Sigo olvidando que no puedes verla.

Christopher tuvo un destello de gratitud. Podía ver a Jane fácilmente en el ojo de su mente.

—Está bien, padre. He visto su aspecto. Y estoy de acuerdo, es bonita.

—He dicho guapa. —El tono de su padre era ahora de interés.

Christopher se encogió de hombros. Sabía lo que había visto.

—¿Y ella también se ha encaprichado de ti? —preguntó el duque.

Christopher no pudo evitar sonreír. Nunca había dicho que él se había encaprichado de ella, pero debía ser evidente en su voz y en su expresión. Eso estaba bien en su casa, entre la familia o los amigos, pero lo pondría en clara desventaja en el mundo, si los demás podían ver sus emociones en su rostro, mientras que él no podía ver las de ellos. Supuso que las gafas oscuras ayudarían.

—Ya veremos —dijo sin comprometerse.

—Ciertamente puedo hablar en tu favor, muchacho.

¡Dios mío, no!

—Padre, no. *Lady* Jane y yo estamos encontrando nuestro camino por nuestra cuenta. Sé que vino a hablarte de mí, y quiero que entiendas que no me gusta que hablen de mí a mis espaldas. Por favor, no le digas nada más.

—Creo que con eso respondes a mi pregunta, no obstante, sobre si se ha encaprichado de ti… —Entonces el duque suspiró y se sentó en la otra silla junto a la mesa—. Tengo que hacer algo por ti, hijo. No puedo dejar de lado mi culpabilidad. Me duele verte así.

—¿Entonces has estado evitándome?

—Un poco, supongo. ¿Qué puedo hacer? ¿Me pones una tarea y la hago?

—Me gustaría tener unas gafas oscuras para poder abrir los ojos sin preguntarme si la gente los mira porque están cruzados.

—Las conseguiré enseguida. Además, he visto en la oficina de patentes que alguien está desarrollando un sombrero de vestir con respiraderos para que el aire caliente pueda salir. ¿Te gustaría uno?

—¿Un sombrero de copa ventilado? —Christopher solo podía imaginar el ridículo—. No, gracias.

—En todo caso, puedo conseguir uno para mí.

Su padre guardó silencio, sin duda reflexionando sobre los novedosos inventos que siempre le habían encantado.

—¿Hay algo más interesante? —preguntó Christopher, ya que incluso hablar de patentes ridículas era mejor que sentarse en silencio.

—Sanguijuelas artificiales —dijo su padre con brusquedad—, pero probablemente no deberíamos usarlas sin supervisión.

Christopher se estremeció.

—No, pero imagino que si uno necesitara una sanguijuela, sería preferible una artificial, que no pudiera arrastrarse.

—Eso es lo que pensé, sobre todo cuando se necesita

alrededor de la zona de la boca. Tengo una aquí en mi bolsillo. ¿Quieres cogerla?

Antes de que Christopher respondiera, su padre le agarró la mano y le colocó un objeto de unos pocos centímetros de largo en la palma. Cuando cerró los dedos en torno a él, se dio cuenta de que era blando en el centro y puntiagudo en un extremo. Lo apretó un par de veces, imaginando que se llenaba de sangre mientras recuperaba su forma.

—Gracias —dijo, ya que no se le ocurrió nada más que decir, y se lo devolvió.

—No importa, querido muchacho, además de las gafas, ¿hay algo más que pueda hacer?

—Estoy considerando... es decir, creo que me gustaría volver al parlamento, solo para escuchar. —Por fin lo había dicho, y se sentía bien por haberlo hecho—. A pesar del golpe en la cabeza, mi mente parece estar tan clara como siempre, por si sirve de algo.

—No quería presionarte, pero me alegro mucho de que hayas llegado a ello por tu cuenta. No tiene sentido que languidezcas, no con tu fino cerebro. Hay muchos ciegos que han hecho cosas fabulosas.

—¿De verdad? —Christopher no podía pensar fácilmente en nadie.

—Por supuesto. —Silencio.

—¿Padre? ¿Me vas a hablar de alguno?

Tras otro momento de vacilación, el duque dijo:

—Bueno, estaba el señor Braille, por supuesto.

Christopher no pudo evitar emitir un sonido de exasperación.

—Solo lo conoces porque el profesor de la escuela de

ciegos habló de él. Se quedó ciego por accidente, ¿no? Antes de inventar un sistema sobre el que todo el mundo, tanto aquí como en el continente, sigue discutiendo sobre su utilidad. Difícilmente alguien que encaje en la sociedad ordinaria como yo desee probar.

Otra pausa.

—Entonces, ¿qué hay de Homero? Se dice que era ciego.

—Nadie está seguro de que fuera una persona real, padre. Incluso los antiguos lo consideraban una amalgama de otros narradores. El siguiente.

—Galilei —intentó el duque de nuevo—. No puedes decir que no hizo cosas importantes o que no fue un hombre real.

—Por supuesto que no, pero hizo su gran obra antes de quedarse ciego. Difícilmente podía mirar a través de un telescopio después de perder la vista, ¿verdad?

Su padre se aclaró la garganta con un poco de tos.

—¿Vamos a tomar el té o hago que lo traigan aquí?

—Ninguna de las dos cosas. —Christopher sintió una punzada de pánico—. ¿Estás diciendo que realmente no puedes pensar en nadie que haya logrado algo importante después de quedarse ciego? ¿Algo bueno para toda la humanidad?

—No soy un experto. Entonces, ¿un café?

—Empiezo a estar preocupado. Antes creía que me adaptaría y que luego tendría una vida normal, excepto por ser invidente. Ahora, sin embargo, me pregunto de verdad si me convertiré en un bulto inútil, en una patata.

—¿Una patata? Eres el heredero del ducado.

—¿Cómo diablos voy a ser un duque?

—No hay duda de eso, querido muchacho. —Y su padre soltó una breve risa—. Cuando yo muera, lo serás.

—Así, no conseguiré nada más que heredar pisando tu cadáver, con el que sin duda tropezaré.

—Vamos, no seas macabro. Déjame pensar. Ajá. ¡Horacio Nelson!

—¿Qué hay de él? No era ciego.

—De un ojo sí, y eso ocurrió antes de que venciera a los franceses en Trafalgar. Y solo tenía un brazo.

—Muy bien —estuvo de acuerdo Chris—. Parece haber seguido legítimamente, a pesar de los impedimentos.

—Y nuestro gran funcionario y poeta, John Milton.

—Padre, ¿has leído sus últimos libros en los que se queja amargamente de lo miserable que le hizo su ceguera?

—No, supongo que no —dijo el duque.

—Y él, al menos, tenía cuarenta y tres años antes de que ocurriera —le recordó Christopher.

—Chris, estás siendo poco razonable. El hombre escribió *El Paraíso Perdido* después de quedarse ciego.

—No tengo nada más que decir.

Ambos se rieron.

—Supongo que el té será bienvenido —le dijo a su padre—. Necesito practicar cómo comer y beber y hacerlo sin ensuciar.

—Te ayudaré. —El duque hizo sonar la campanilla para llamar a un sirviente—. Y he pensado en otra persona de la que quizá no hayas oído hablar.

—¿Sí? —Si era un malabarista o un zapatero, iba a estrangular a su padre.

—John Stanley se quedó ciego muy pronto y aun así llegó a ser un gran compositor y organista. Un buen amigo de Haendel.

—Ya puedes parar, padre. Es poco probable que escriba como Milton o componga como este señor Stanley. Y si me sugieres que tome el arpa, como el célebre arpista ciego, el señor Humphrey de Denbigh, puedo ponerme violento contigo, contra mí o contra esa maldita sanguijuela artificial. Aun así, espero poder ir al parlamento y escuchar tanto a los grandes hombres como a los idiotas, y entender la diferencia.

Además, esperaba que Jane pudiera aceptar a un hombre cuyo futuro se había visto gravemente limitado.

Capítulo 14

-Sí, Su Gracia. —Jane decía tanto esas palabras que las pronunciaba incluso en sueños, en uno especialmente angustioso en el que le decía a la madre de Christopher que sí, que se aseguraría de que el hipopótamo hiciera su aparición en el Salón Egipcio durante la exposición de arte.

Esa mañana, sin embargo, iba a pasar tiempo con Christopher. Había investigado sobre algunas cosas que creía que él encontraría interesantes.

Cuando llegó, él estaba en el salón como siempre. El té seguía humeando en la boquilla de la tetera y debía de estar recién servido.

—Estoy aquí —le dijo ella.

—Lo sé —él le ofreció una amplia sonrisa.

—¿Cómo lo sabe?

—Sus pasos son diferentes a los de cualquiera de los miembros de esta casa.

Ella suspiró.

—Es brillante.

—Y aunque se hubiera arrastrado en silencio, al sentarse

cerca, la reconocería por su perfume.

—Entonces espero que le guste.

—Me gusta —prometió—. Es la quintaesencia de Jane. ¿Y qué es esta fragancia tan seductora que se adhiere a usted con tanta delicadeza?

Solo llevaba un minuto con él y ya la había hecho sonrojar y sentirse feliz.

—Pétalos de rosa y un poco de aceite de bergamota.

—Acérquese para que pueda disfrutarlo mejor.

Riendo, Jane tomó asiento a su lado.

—¿Puedo servir el té?

—Sí, he estado practicando, pero aún no estoy a la altura, y menos de intentarlo sobre la alfombra de la tía Tabitha.

Jane sirvió una taza para cada uno.

—Veo que tampoco tiene una taza.

—No, estoy decidido a mantener mis modales. No soy un granjero.

—Muy bien. Una cucharadita de azúcar y mucha leche. Aquí tiene la suya. —Ella puso el platillo en sus manos extendidas.

Con facilidad, él lo equilibró en una mano, sin derramar ni una gota mientras cogía la cuchara y removía.

—Se nota que ha practicado —dijo Jane. Ahora esperaba poder conseguir que practicara algo más, que volviera a vivir una vida normal—. ¿Qué quiere hacer hoy?

Su expresión era de perplejidad.

—¿Hacer?

—Sí, juntos. —No habían tenido una salida desde la visita al estudio de su madre, y ella estaba decidida a sacarlo a la calle—. Por fin tengo una tarde libre.

—De mi exigente madre, querrá decir.

—Yo no diría eso. Me gusta estar ocupada, y la duquesa y yo nos llevamos espléndidamente.

—Siempre y cuando usted le diga que sí a todo —señaló él.

—Es cierto, pero hasta ahora no he necesitado decir que no. ¿Vamos a Hyde Park y paseamos por el Serpentine?

Se quedó helado.

—Pensé que simplemente nos quedaríamos aquí y hablaríamos.

—Es un hermoso día soleado. ¿No le gustaría tomar un poco de aire fresco?

—El aire es bastante fresco aquí —protestó—. No es como si fuéramos al campo.

—Por favor, Chris. Añoro la hierba y los árboles, y el camino junto al Serpentine es muy suave. ¿O es que no quiere que le vean conmigo?

Se rio.

—Sabe que no es eso. Yo... no he salido a pasear desde que ocurrió.

—Pero sí ha salido. Conmigo. Y luego su madre me dijo que el otro día fue con su padre al parlamento. Me alegro mucho por usted.

—Sí, pero fue sorprendente. Lo mismo de siempre en cuanto a cómo olía y se sentía, pero todo parecía diferente. Y fue extraordinariamente ruidoso, y sin ver quién se levantaba para tomar la palabra, era difícil saber quién hablaba. Y mucha gente se acercó a desearme lo mejor.

—¿Es eso algo malo? —Jane dio un sorbo a su té.

—Al principio no sabía quién era ninguno de ellos. Parecía que habían olvidado que no puedo ver. Además, parecían esperar que yo identificara de inmediato a cada orador, incluso en una cacofonía de voces. Cuando mi padre tuvo que recordarles que se identificaran, un par de diputados se enfadaron.

—Esos mismos tontos se habrían enfadado de todos modos —adivinó Jane—. Y se les pinchó el orgullo cuando no había memorizado sus voces. No deje que eso le preocupe.

Christopher se encogió de hombros sin hacer ningún comentario. Ella iba a tener que presionarlo un poco.

Observando cómo sorbía su té como un perfecto caballero, Jane se maravilló de su aplomo. Y cuando ella le ofreció una galleta, él incluso la mojó y se la llevó a los labios sin rechistar.

—No deje que una sola experiencia le impida progresar. Cada vez que ha tomado el té conmigo, lo ha hecho con más soltura. Si alguien viniera ahora mismo, no sabría que es ciego, y apuesto a que incluso podemos descubrir cómo puede servir con éxito.

—Oh, qué aspiraciones —dijo, sonando cínico—. ¡Pensar que tengo que esforzarme por servir el té!

—Ir al parque será más fácil que al parlamento, ¿no cree? —Jane siguió insistiendo, ignorando su sarcasmo—. Ciertamente, habrá menos escaleras. Solo nosotros dos paseando. Le diré a dónde vamos y quién se acerca si alguien lo hace. Además, tengo una información interesante que contarle.

—Dígamelo ahora —exigió él.

Ella se rio.

—No. Si camina conmigo, entonces, y solo entonces, se lo diré.

Él dudó mucho tiempo, y ella supuso que diría que no. Entonces ladeó la cabeza.

—¿Estamos solos?

—Sí. —Inmediatamente, los latidos de su corazón se aceleraron.

—Si insiste en que salga, haré el ridículo delante de todos por un beso.

Ella recuperó el aliento.

—¿Su regalo para mí es un beso?

—No cualquier beso. No un beso en la mejilla. Un beso de los nuestros. —Inclinándose hacia delante, juzgando con pericia la distancia y la altura de la mesa, Christopher dejó su platillo y su taza de té sin incidentes.

—Deme los suyos —le ordenó, y ella le puso el plato y la taza en las manos. Después de dejarlos también, se volvió hacia ella y le tendió las manos.

La anticipación de besarlo se apoderó de ella. Su cuerpo ronroneaba mientras colocaba sus manos en las de él.

—Por mucho que me apetezca tumbarla sobre el sofá, puede que entre alguien, así que es mejor que permanezcamos sentados.

—¿Se conformará con un simple beso? —preguntó Jane.

Él se inclinó hacia delante.

—Conformarse es la palabra equivocada, al igual que simple. Es un honor besarla.

Sin dejar de sujetar las manos de ella, la atrajo hacia sí y luego bajó la cabeza y la besó.

Un beso, sin prisas y perfecto, pero nunca suficiente.

Cuando se retiró, ella suspiró.

—¿Cómo es posible que podamos hacerlo sin esfuerzo? Usted no puede ver, y yo siempre cierro los ojos, y sin embargo... —se interrumpió.

—Estoy de acuerdo, es sin esfuerzo. Nuestras bocas parecen encontrarse, como imanes.

La idea de sus bocas atraídas por una fuerza invisible la hizo reír.

Como si pudiera ver, Christopher se acercó y recuperó su platillo, entregándoselo.

—Termine su té y nos vamos. Pero ya sabe lo que pienso de su reputación. Si usted no la protege, lo haré yo. No podemos ir solos. Tendremos que llevar a Amanda.

En media hora, los tres estaban bajando de su carruaje en el lado noreste de Hyde Park. Si los Westings hubieran estado en su propia casa de Grosvenor Square, podrían haber recorrido la distancia en diez minutos.

Dando instrucciones al conductor para que volviera dentro de una hora, entraron por la Puerta de Cumberland.

Con la mínima disculpa, Amanda salió corriendo casi al instante tras ver a dos de sus amigas en la distancia.

—Estoy segura de que prefiere estar sola de todos modos —dijo Jane en voz demasiado alta por encima del hombro.

—Me preguntaba por qué aceptó venir tan fácilmente —respondió él.

—¿Y ahora qué? —preguntó Jane. Su hermana era irritante e inmadura, y Jane no recordaba haber mostrado ninguno de esos rasgos.

Christopher se encogió de hombros.

—Supongo que está permitido tomar el brazo de un ciego sin acompañante. No es lo mismo que estar juntos a solas dentro de casa. En cualquier caso, no se me puede acusar de intentar mirar por debajo de su escote. Aunque ciertamente lo haría si pudiera.

Jane deseaba que pudiera. La idea de su mirada sobre su piel le producía un cosquilleo casi tan grande como sus manos sobre ella. Además, seguía vistiéndose bien para él, a pesar de que no podía verla.

—Creo que la mayoría ni siquiera se dará cuenta de su estado —le dijo, aunque sus ojos estaban firmemente cerrados—. Pero caminaremos y aceptaremos cualquier eventualidad que pueda ocurrir.

—Espere —dijo él cuando Jane intentó cogerle del brazo.

Él se metió el bastón debajo del suyo y sacó del bolsillo un estuche de cuero. Al abrirlo, desplegó un par de gafas de metal con cristales oscuros y grises y se las puso sin hacer ningún comentario.

Su nuevo aspecto la sobresaltó momentáneamente. En lugar de disimular su condición, al menos para ella, lo marcaban como ciego. Por primera vez, Jane aceptó que lord Christopher Westing, heredero de un ducado y el hombre al que amaba sin reservas, era realmente invidente.

—Estoy listo —dijo él—, pero si no me toma del brazo y me dirige, nos quedaremos aquí todo el día.

Con rapidez, Jane se agarró a él, giró en dirección sur y comenzó a caminar.

—Le diré si hay algún obstáculo, y usted puede decirme si voy demasiado rápido.

Se dirigieron por el sendero, evitando el camino más concurrido de las inmediaciones. Aun así, con el buen tiempo que hacía, había varios paseantes disfrutando del parque. Dejó pasar a la gente que deseaba avanzar más rápido, y saludó con la cabeza a los que se acercaban a ellos.

Todo el tiempo, ella mantenía su brazo libre firmemente envuelto en el suyo, mientras él sostenía el bastón con el otro.

—Estamos paseando —señaló Christopher—. Ahora, ¿me lo va a contar?

—Parece tenso —dijo Jane—. ¿Está bien?

—Francamente, estoy asustado como lo estoy siempre que salgo de casa, pero si oigo su voz, me ayuda, así que sigamos.

Su corazón se encogió un poco.

—No quiero que se asuste.

—Eso es inevitable en este momento. He salido con una mujer preciosa y no quiero caerme de bruces y humillar a ninguno de los dos, ni quiero hacerme daño. Es posible que un guijarro o un pavimento irregular me hagan volar y acabe con un brazo roto, como su lord Cambrey.

—Nunca fue mi lord Cambrey. Y no nos moveremos tan rápido como para que salga volando. Eso sería una tontería, y ninguno de nosotros es un tonto. Por cierto, la gente asiente y sonríe y parece amistosa, pero aún no he visto a nadie a quien conozca personalmente.

—¡Espléndido! —dijo sin entusiasmo—. Jane, dígame cuál es su información interesante.

Ella estuvo a punto de soltar: «Creo que le quiero», antes

de darse cuenta de que él se refería a la información que ella le había mencionado durante el té.

—Me he reunido con el director de la Sociedad Londinense para la Enseñanza de la Lectura a los Ciegos. Aunque albergan a niños y no a adultos, podrían proporcionarle instrucción. Está al norte de Regent's Park.

De repente, era como intentar arrastrar un caballo muerto.

—¿Por qué se ha detenido? —preguntó ella.

<hr>

Christopher no podía expresar adecuadamente la furia inmediata que hervía en él al saber que Jane había hablado con alguien ajeno a su familia sobre su estado.

—Me he detenido porque es la única protesta que puedo hacer a su acción inapropiada.

Silencio, aunque percibió que ella estaba sorprendida.

—No puedo marcharme enfadado —continuó—, ni mirarle a los ojos y expresarle mi enfado. Lo único que puedo hacer es detenerme y tratar de calmarme. Pero puedo pedirle que me suelte el brazo un momento.

Jane sintió que su tacto se alejaba como si fuera un carbón caliente.

Y entonces el terror regresó. Estaba solo en la oscuridad infinita. Si Jane le abandonaba, se quedaría allí para siempre, incapaz de completar la hasta entonces sencilla tarea de volver a casa. Tendría que pedir ayuda a un desconocido.

Al instante, sintió que el sudor brotaba en la parte baja de su espalda y bajo sus brazos. Apretando las manos, respiró hondo para calmar el pánico que le invadía.

Esta era precisamente la razón por la que había querido quedarse en casa. No debería haberla escuchado. Esto era una locura.

—Lord Westing, buenos días —dijo una voz masculina, y él giró la cabeza en la dirección de la que procedía.

Durante el largo momento de silencio, se preguntó si Jane seguía allí, pero no la había oído alejarse. Además, todavía podía oler su perfume.

Entonces ella habló, y estaba mucho más cerca de lo que había imaginado, justo a su lado.

—Buenos días, señor. Lo siento, no sé su nombre.

—¿No puede hablar y presentarnos, hombre? —se dirigió a él el supuesto extraño—. ¿Ha olvidado sus modales junto con la pérdida de la vista?

Jane jadeó, y Christopher al fin lo reconoció como a un conocido del club. No un amigo, simplemente alguien que a veces se sentaba con él, con Burnley y con Whitely, y que opinaba sobre política y otras cosas de las que sabía muy poco.

—No sea un idiota desconsiderado, Pomerson. No puedo ver quién es para presentarle. Solo sé que es usted por la frase idiota que acaba de pronunciar. Muévase. No vale la pena presentarle a mi amiga.

—Bueno, yo nunca. —Y oyó los pasos que crujían en la grava.

El día era cada vez peor.

—Jane —dijo, para poder orientarse.

—Sí —su voz sonaba insegura.

Christopher la había insultado, y luego había insultado

a Pomerson, pero la irritación persistente le impedía disculparse.

—Explíqueme cómo me habría ayudado en esta situación el hecho de estar sentado entre los jóvenes, con aspecto de ser un gran tonto mientras aprendía a leer alguna forma de alfabeto para ciegos. ¿Me ayudaría a llegar a casa en este mismo momento?

—No lo haría —dijo ella tras una pausa—. Sin embargo, una vez que estuviera en casa, podría leer en lugar de estar sentado sin hacer nada más que beber té.

Christopher sintió como si ella lo hubiera abofeteado. Jane estaba claramente decepcionada con él.

—Si quiere que me mantenga ocupada, debería haber visto al director de la escuela de ciegos de St. George's Fields. Está a solo cinco minutos. Podríamos volver sobre nuestros pasos e ir allí incluso ahora. Estoy segura de que disfrutaría de las clases de cestería y alfombras de estambre. Incluso podría aprender a hacer zapatos.

Él aplaudió con alegría sarcástica, aliviado cuando no falló el golpe de la palma contra la palma, lo que habría hecho que su gesto perdiera completamente su efecto.

Por desgracia, el bastón se le escapó de las manos y cayó al suelo.

Jane permaneció en silencio, aunque tras una pausa, la oyó recuperarlo para él.

¡Qué diablos! El hecho de que ella se agachara a recogerlo, posiblemente ensuciando sus guantes mientras él permanecía inmóvil, confirmaba que había perdido su condición de caballero.

¿Cómo podía acompañar a una dama a cualquier lugar

mientras ella tenía que hacer las tareas que deberían ser suyas?

—¿Son más de las dos? —continuó él—. Los internos, como llaman a los que tienen la desgracia de estar alojados allí, pueden ser visitados mientras trabajan entre las dos y las cinco de la tarde. ¿Vamos a verlos, más bien como especímenes en el zoológico? Estoy seguro de que podría enorgullecer a mi padre, ya que tengo entendido que puedo ganar siete chelines a la semana produciendo felpudos. —Él era consciente de que había levantado la voz, pero parecía no poder contenerse—. Verá, yo también he investigado mis opciones. Y aunque St. George's Fields acepta gente de hasta treinta años, se supone que soy indigente, no un maldito noble rico.

—Ya veo —dijo ella con firmeza—. Sé que también enseñan utilizando las letras en relieve de Alston —dijo después de una pausa—. . Por lo tanto, cualquiera de las dos escuelas le ayudaría, por supuesto. Sin embargo, si no desea ser una carga para los fondos de los pobres, le sugiero que vaya a la escuela de ciegos de Avenue Road, como le sugerí al principio.

Él no sabía qué decir. No estaba enfadado consigo mismo por haber investigado, ni por haber enviado a su ayuda de cámara a informarse de los recursos disponibles. Solo con ella.

¿Por qué? Porque quería que a Jane no le importara su vista, y claramente, lo hacía.

Tal vez, aprendería el maldito alfabeto con baches, pero dudaba que le sirviera de mucho, ya que, de todos modos, apenas había textos para leer. Mucho más prometedor era el sistema Braille del que había hablado con su padre. Aunque estaba más aceptado en el continente que en Gran Bretaña, a diferencia de las letras en relieve de Alston, tendría que aprender un alfabeto completamente nuevo formado por seis puntos.

¿No era demasiado mayor para eso?

—Siento haberme excedido —dijo Jane con voz suave de pronto—. Solo quería ayudarle a sentirte más cómodo.

Se consideraba un imbécil de proporciones épicas. Si ella estuviera en alguna situación extrema, él haría fervientemente todo lo que pudiera para ayudarla. Debería estar encantado de que ella hiciera lo mismo por él.

—Lo siento —murmuró, sabiendo que era una disculpa totalmente inadecuada.

Ella se agarró a su brazo casi de inmediato.

—Supongo que tampoco quiere saber sobre las escuelas para ciegos en Escocia. Hay dos. O el relato del señor Dickens sobre la impresionante Escuela Perkins de Massachusetts en sus *Notas americanas.*

Ella le apretó el brazo. Le estaba tomando el pelo, y no parecía molesta en absoluto. Es más, había pasado mucho tiempo recopilando información. Para él. Y él había sido un desagradecido.

Respiró hondo y volvió a intentarlo.

—Mis más sinceras disculpas. Usted es amable y servicial, y yo me he comportado de forma grosera.

Ahora deseaba desesperadamente estrecharla entre sus brazos y se preguntaba si ella le permitiría hacerlo de nuevo. Después de todo, en su opinión, había estado sentado en casa sin hacer nada. Y cuando ella intentó ayudarle a salir de su letargo de trance, él le gritó. En público.

—Tal vez un poco grosero —dijo Jane al fin.

—¿Caminamos un poco más?

—Sí, apenas hemos empezado —respondió ella—. Tengo la intención de ir al Serpentine y describirle con detalle cualquier cosa interesante.

—Espléndido. —Sintió que ella le daba un suave tirón en la dirección correcta.

—¿De dónde ha sacado esas gafas? —preguntó Jane después de un momento.

—De mi padre. ¿Qué le parece?

—Tiene un aspecto bastante misterioso y elegante con ellas. Está llamando la atención de muchas jóvenes.

Sorprendido, Christopher soltó una carcajada.

—No sé si lo dice en serio o no, pero le agradezco la intención.

—Hablo muy en serio, y usted está muy elegante.

¡Gracias a Dios! Le preocupaba parecer un tonto de pies a cabeza, pero también sabía que Jane le diría la verdad.

—Me gustaría poder besarla en este mismo instante. —De nuevo, la mano de ella le apretó el brazo, en señal de acuerdo. Al menos eso esperaba él.

—Estoy segura de que podemos volver a organizarlo pronto —dijo ella, como si hablara de sacar brillo a sus botas o de alguna otra tarea mundana.

Saber lo que estaban discutiendo en secreto le hizo sentir una sacudida de deseo, y sin poder mirar hacia abajo, solo podía esperar que la evidencia no estuviera a la vista.

En unos quince minutos, habían llegado al punto más oriental del Serpentine y, girando a la derecha, comenzaron a recorrer su camino norte.

—Deberíamos alegrarnos de que no sea domingo —dijo Jane—. En cualquier caso, está bastante concurrido. Mujeres y niños haciendo picnics, hay un chico con una barca, más picnics. Unos cuantos botes de remos. Por supuesto, algún hombre está presumiendo y es probable que arroje a su dama fuera de su bote. ¡Oh, hola!

Ella apartó la mano y él la sintió agacharse a su lado.

—El perro amistoso de alguien —le dijo ella, su voz venía de unos metros más abajo—. Extienda la mano —añadió, y con confianza, Christopher lo hizo.

—Más abajo —añadió ella, y él se agachó, todavía con la mano delante, hasta que sintió un pelaje sedoso y luego una lengua cálida.

—Es un buen perro, ¿verdad? ¿Dónde está tu familia? —Jane le habló.

Y entonces alguien gritó: «¡Héroe!», y el perro se alejó corriendo.

—Me ha baboseado —dijo Christopher.

—Como a mí. Era una criatura encantadora, de pelaje marrón, con manchas blancas.

—El pelaje más suave que he sentido nunca —añadió—. ¿Tenía una cola larga o corta?

—Larga, con un bonito penacho.

—Eso es lo que había imaginado.

Ella se había agarrado a él una vez más y volvían a caminar.

—Hay un libro maravilloso que se llama *Libro para la instrucción de los ciegos* sobre el adiestramiento de perros de guía. Es de un hombre llamado Johann Wilhelm Klein. Hasta ahora, no lo he encontrado en inglés. Solo en alemán.

—No dudo que aprenderá bávaro a tiempo para entrenar un perro adecuado para mí para el fin de semana. ¿Dónde se ha metido ese Héroe? Tal vez deberíamos fugarnos con él.

Se rio.

—Me alegro de que ya no esté enfadado.

—No tenía derecho a estarlo.

Volvían a ser amigos. Podía contarle algo más que le preocupaba, sin miedo a parecer débil.

—Tengo problemas para juzgar la distancia. Podríamos haber caminado ya a lo largo de Hyde Park y hasta los jardines de Kensington, por lo que puedo decir. ¿Me dirá cuando estemos a la altura de la casa receptora? ¿Sabe a qué lugar me refiero?

—Sí —dijo Jane—, y lo haré. Probablemente a cinco minutos a pie, si no nos entretenemos.

Jane continuó describiéndole todo lo que veía: «otro chico con un palo, otro picnic, otro chico», hasta que los dos se rieron. De repente, ella hizo una pausa y se calló. Alguien se había detenido frente a ellos.

Capítulo 15

*L*ady Chatley, lord Westing, qué bueno verlos a ambos en este día tan bueno.

—Gracias, lord Fowler —dijo Jane de inmediato, dando otro apretón al brazo de Christopher, mientras se aseguraba de que sabía quién estaba ante ellos—. Es un día precioso, de hecho.

—¿Y cómo está hoy mi dama favorita? —Fue la siguiente frase de Fowler, que hizo que Jane diera un respingo y que todo su cuerpo pareciera convertirse en mármol.

Al menos, esa fue la impresión de Christopher, que se quedó paralizado a su lado.

¿De qué se trataba todo esto?

—Fowler, ¿verdad? —dijo Christopher, imaginando fácilmente al afable hombre—. ¿Cómo está?

El hombre frecuentaba más un club tory que el Reformer's Club, y algunos lo consideraban un zopenco, pero Christopher lo consideraba bastante inofensivo, más bien soso, como un budín sin pasas.

—Bien, milord —respondió Fowler—. Lamenté

mucho lo de la explosión. Creo que fui yo quien se lo contó a *lady* Chatley.

—¿Fue usted? —preguntó Christopher, sintiendo un pinchazo de inquietud—. No sabía que ustedes dos eran conocidos.

—Oh, sí —continuó Fowler—. Bueno, más bien conspiradores, ¿no?

Jane se sobresaltó de nuevo.

—Difícilmente eso. —Y de una manera inusualmente grosera, ella añadió: Debemos irnos. Buenos días, lord Fowler.

Christopher sintió que ella tiraba de su brazo, ansiosa por marcharse.

—Buenos días a los dos —dijo Fowler, sin sonar en absoluto despreciado.

¡Qué extraño!

Christopher no estaba seguro de tener derecho a preguntarle nada. No le había hecho ninguna declaración de amor, ni tenían un acuerdo sobre el futuro.

Además, ¿y si ella y Fowler se habían transmitido algún tipo de mensaje utilizando sus expresiones y sus ojos, alguna señal encubierta que él no podía ver? ¿Por qué si no el hombre no se habría preocupado por la brevedad de su discurso? Sobre todo si pronto iba a volver a ver a Jane.

Esta duda era una emoción no deseada. Se preguntaba...

—Ya estamos en la casa de recepción —dijo ella.

Entonces Christopher supo que a su derecha había un edificio que parecía un pequeño templo griego con un pórtico y un frontón sostenido por columnas en la entrada. Si alguien sufría un percance en el Serpentine, ya fuera nadando en verano o incluso patinando en invierno, podía entrar en la Casa de Acogida de la Sociedad Humanitaria, equipada con salas para hombres y mujeres, e incluso con baños calientes para ayudar a la reanimación.

—Es bueno saber que si me suelta el brazo y me meto en el agua, estoy cerca de la asistencia.

Se rio.

—No le dejaré ir —prometió ella, y él dejó que sus tontas cavilaciones sobre Fowler se evaporaran.

Un poco más arriba del Serpentine estaba la pequeña cabaña de ladrillos del guardabosques, con un prolijo techo de pizarra sobre su único piso. Siempre había pensado que la cabaña parecía que debía estar en un pequeño pueblo del campo, y no en el centro de Londres.

Ahora, en su mente, la consideraba del tamaño perfecto para un ciego y su esposa.

—¿Continuamos? —preguntó ella.

Al menos no parecía ansiosa por alejarse de él. Ya que ella no iba a decir nada más respecto a lord Fowler, él no podía insinuar una asociación entre ellos sacando de nuevo a relucir su nombre.

—Sí. Hasta el final de este camino, y luego iremos hacia la Puerta Victoria.

—Eso será más concurrido que el sendero —le recordó ella.

—Confío en usted —le dijo él.

—Gracias —dijo ella.

En otros diez minutos de silencio agradable, esquivando tanto a la gente como a los carruajes en la ruta, habían llegado de nuevo al sendero más septentrional del parque, esta vez en su extremo oeste.

—¿Está bien? —preguntó ella, mientras pasaba otro pequeño carruaje tílbury.

—Sí. Probablemente sea más preocupante para usted, ya que puede verlos. Yo me siento perfectamente seguro.

Mientras giraban otra vez a la derecha en el tramo final de su tortuoso paseo y atravesaban el borde superior de Hyde Park, él era muy consciente de la abarrotada calle de Uxbridge a su izquierda. Y cuando por fin se acercaron a la puerta por la que habían entrado, unos metros antes de llegar a ella, oyó cantar.

—¿Qué es eso? ¿Quién está cantando? —preguntó, disfrutando del agradable sonido.

Mientras que antes ella respondía de inmediato a cada una de sus preguntas, ahora dudaba, haciendo que su sonrisa se desvaneciera.

—Dígame —le instó él.

—Son los niños de la escuela St. George's Fields para ciegos indigentes. —Su tono era rebuscado.

—Oh, sí —dijo él—. Los internos. ¿Parece que yo podría encajar?

—Basta, Chris. No son diferentes a usted. Las mismas esperanzas y sueños. Simplemente son pobres y han tenido la extraordinaria suerte de que el señor Day creara su Fondo para Ciegos. Conseguí sacar a algunos huérfanos ciegos de las cunetas del East End y llevarlos a St. George's Fields solo gracias a la generosidad de quienes los consideran valiosos. Y ahora, cantan como si fueran las personas más felices del mundo.

Cuanto más hablaba ella, más agachaba la cabeza.

—Muy bien —dijo él—, usted es una santa, todos ellos son benditamente afortunados, y yo soy un ingrato que tiene demasiado dinero y lo cambiaría todo por un par de ojos sanos. ¿Y cómo sé que no soy otro de sus casos de caridad?

Sintió el brazo de ella sobre el suyo.

—Porque nos besamos antes de que se quedara ciego. Sintió lo que yo sentí, ¿no?

Eso ciertamente lo puso en su lugar. Dieron otros pasos.

—Sí —contestó él mientras sus emociones oscilaban entre la conocida ira, la resignación y la desesperanza. Detrás de todas ellas había una ternura por la notable mujer que tenía a su lado.

—No me juzgue, Jane —añadió—. Es demasiado pronto para pensar en mi condición desapasionadamente o para contar mis otras bendiciones.

—Lo entiendo —dijo ella, con un tono más suave—. He sido demasiado dura. La mayoría de la gente de St. George's Fields nunca tuvo lo que usted tuvo que perder, así que imagino que para ellos será más fácil. Lo siento.

Que ella se disculpara lo hizo sentir aún peor. Como un absoluto cabeza de cerdo. Esta salida había sido arruinada por sus propios terribles cambios de humor y su comportamiento descortés.

—¿Ya casi llegamos? —preguntó en tono de prueba.

—Sí. Incluso veo el coche y su conductor. Es más, Amanda está delante esperando.

—Bien. Normalmente, esto no me cansaría en absoluto, pero tener que preocuparme de que cada paso que doy me haga caer de cabeza me ha hecho sentir bastante fatigado.

—Lo entiendo —dijo ella de nuevo con suavidad.

Christopher no creía que ella pudiera, pues él apenas entendía cómo podía pasar de la euforia de caminar con ella, como si fueran una pareja normal, a sentir la profundidad de la desesperación en cuestión de minutos. No le gustaba experimentar la duda sobre sí mismo. No le gustaba no poder ver a Fowler, ni preguntarse si el hombre le hacía ojitos a Jane.

Se sentía realmente cansado.

Ni siquiera protestó cuando ella no entró en la casa de los Forester. Simplemente se aseguró de que él y Amanda entraran por la puerta principal de Berkley Square, como si fueran niños, antes de subir a su carruaje y marcharse.

Se sintió castrado, además de todo lo demás. Subió las escaleras y, con una mano en la pared, pudo encontrar su habitación con facilidad, y dejó que su criado le ayudara a acostarse para dormir una siesta temprana.

Como un maldito inválido.

Christopher quiso lanzar algo contra la pared después de que Abner se marchara, pero tuvo en cuenta que era la casa de la tía Tabitha, así como el hecho de que no tendría la satisfacción de ver cómo el objeto se hacía pedazos.

Y entonces se dio cuenta de que cuando volvieran a Grosvenor Square, su casa habría sido redecorada y nada le resultaría familiar. Ya no sabría cómo era el hogar de su familia.

Por alguna razón, solo ese pensamiento hizo que se le saltaran las lágrimas. Mientras volvía la cara hacia la almohada, se permitió un buen llanto de compasión.

Jane se sentó sola en el salón de sus padres, bebiendo una vigorizante taza de té fuerte, dulce y con leche, y pensó en el hombre al que amaba. ¡Qué día tan inquietante!

Por supuesto, Christopher estaba asustado. Ella lo entendía. Y tal vez era simplemente demasiado pronto. Sin embargo, ella estaba segura de que él querría leer todos los textos disponibles, y cada año serían más. Además, querría escribir, por lo que también había empezado a buscar máquinas de escribir, como la Raphigraph, para ayudarle. Sin embargo, sabía que no era el momento de contarle su descubrimiento.

Sería terco y se aferraría a la idea de que si no podía hacer las cosas como las había hecho antes, no las haría.

Desearía tener una amiga íntima con la que discutir sus sentimientos encontrados, porque, en realidad, se sentía en lucha consigo misma entre no hacer nada para ayudar, lo que Christopher parecía preferir, y mover montañas para que él obtuviera cualquier servicio que ella esperaba que pudiera ayudarle.

Al mismo tiempo, pensó en *lady* Margaret Angsley, la condesa de Cambrey. Habían entablado un entendimiento, si no exactamente una amistad, cuando ambas visitaban a John Angsley, el conde de Cambrey, en su finca dos años antes. Se temía que el conde quedara discapacitado permanentemente debido a un accidente de carruaje, que le había roto el brazo y, de forma más grave, la pierna, dejándolo en una silla de ruedas durante los meses de convalecencia. Jane era muy consciente de todo lo que Margaret y John habían conseguido superar en cuanto a sus terribles lesiones.

Estaba segura de que los Cambrey estarían en Londres en esta época del año, y escribió una nota con rapidez a la condesa preguntándole si podía visitarla. Jane la envió antes de que pudiera cambiar de opinión. ¿Qué mejor mujer con la que entablar una amistad que una que ya estaba felizmente casada, que no veía a Jane como una rival y que tenía experiencia con un hombre herido?

Solo tardó un día en responderle, invitándola a tomar el té la tarde siguiente. Luego, Jane pasó el resto del tiempo trabajando en tareas para la duquesa, y solo se encontró con Christopher cuando estaba a punto de salir de la casa de su tía.

Jane había sido secuestrada en la biblioteca por la duquesa, que había ocupado la sala de su marido. En lugar de papeles de aspecto importante relativos a los actos parlamentarios, ahora había muestrarios de telas para cortinas y papel pintado, así como revistas de moda de Francia. Su madre tenía incluso algunas de sus acuarelas para considerar qué colores pondrían en las paredes.

Mientras Jane se marchaba, Christopher bajó la escalera principal. Solo, peinado, vestido impecablemente, moviéndose con bastante rapidez con la mano derecha rozando la barandilla, tenía los ojos cerrados y silbaba. Parecía... ¡feliz!

Sin pensarlo, ella comenzó a silbar con él. Era una canción de salón que le resultaba familiar y que había oído tocar en el pianoforte docenas de veces.

Christopher se detuvo con el pie en el último escalón y la cabeza vuelta hacia ella.

—Lord Westing —dijo ella, sin sentirse cómoda usando

su nombre de pila cuando podía ser escuchada por su familia—. Soy yo, *lady* Jane.

Él se rio, pareciendo estar de buen humor.

—Estoy bastante familiarizado con su voz, señora. Y ahora también sé cómo suena su tono musical. De nuevo —le ordenó—, empiece por las primeras notas.

Ella respiró hondo y silbó la melodía junto con él, perdiendo el aliento después de un minuto.

—Es un silbador muy superior —lo alabó—, pero no puedo practicar, ya que mi madre prohíbe un comportamiento tan poco femenino en su compañía.

—Si fuera mi esposa, la dejaría silbar siempre que quisiera. Su tono es bastante perfecto.

¿Si fuera su esposa? ¡Dios mío! Si solo se lo pidiera…

—¿Acaba de llegar, como espero, o va a romper mi corazón y marcharse?

Jane sintió una punzada de arrepentimiento. Daría cualquier cosa por decir que acababa de llegar y que podía permanecer durante horas en su compañía. Esperaba que pronto hubiera una forma de dejar que él la tumbara en el sofá, como él había mencionado antes. Seguramente, ella podría cerrar las dos puertas de la habitación y fingir ignorancia en caso de que alguien llamara para entrar.

—Tengo que irme —confesó ella, dejando que su mirada se deleitara con su apuesto rostro.

—¿Es tarde? Me temo que he perdido la noción del tiempo. —Él recorrió los últimos metros y se situó ante ella, ni demasiado cerca ni demasiado lejos. Era extraño cómo era capaz de hacer eso ahora.

—Si se acerca la hora de la cena —añadió—, tal vez

podría quedarse y unirse a mi familia.

Si tan solo pudiera… En cambio, iba a encontrarse con lord Fowler en la inauguración de la exposición de hipopótamos en el zoológico. Tenía el presentimiento de que sus planes iban a molestar a Christopher, aunque a Jane le había parecido algo bastante inofensivo en el momento en que había invitado a lord Fowler.

De repente, lo sintió como una traición, sobre todo porque no lo había mencionado. Ahora era demasiado tarde para hacerlo. Christopher haría todo tipo de preguntas. En cualquier caso, ella estaba segura de que él no querría ir a una visita. Y como no habría un encuentro incómodo e inesperado, no vio la necesidad de decírselo ahora.

¡Dios mío! Estaba debatiendo de nuevo con ella misma.

—Cualquier otra noche, estaría encantada de acompañarle —prometió—, pero mi madre me espera en breve. Tenemos planes.

—Entiendo. Otra noche, entonces.

—Con toda probabilidad, volveré mañana, aunque creo que la próxima vez que me reúna con su madre será en Chelsea, donde compararemos las etiquetas recién impresas con sus cuadros. Espero no haberme equivocado en nada.

—¿Como etiquetar un cuadro de un velero como un caballo en un prado? —reflexionó él.

—Exactamente —dijo ella.

—Me gustaría poder ayudar, pero por razones obvias, no puedo. —Christopher se encogió de hombros, pero con una infelicidad palpable.

Su corazón se llenó de simpatía por él. Su estado de ánimo se alteraba más con rapidez que el de la mayoría, ya que pasaba de algo que aún podía hacer, como silbar, a enfrentarse a algo que no podía.

Si no hubiera sirvientes alrededor, Jane lo abrazaría. O si tuviese tiempo de encerrarlos a los dos en el salón, haría algo más que eso. En lugar de eso, lo único que pudo hacer fue dar un paso más y tomar su mano entre las suyas.

Manteniendo la voz baja para que solo él pudiera oírla, le susurró.

—La próxima vez que venga, espero que me invite de nuevo a cenar, así como a pasar algún tiempo en privado.

La atractiva boca de Christopher se torció hacia un lado, una media sonrisa. Luego asintió y le apretó la mano.

A ella le resultaba difícil dejarlo allí, pero cuando se acercaba a la puerta, el mayordomo apareció con su abrigo, el cual la ayudó a ponerse antes de abrir la puerta y llamar a su cochero.

—Buenos días, lord Westing.

—Buenos días, *lady* Jane —le respondió Christopher, con el aspecto de un hombre que necesitaba averiguar un nuevo propósito en su vida. Era demasiado joven para quedarse de brazos cruzados y, evidentemente, eso le corroía.

Ella estuvo a punto de abrir la boca para decir algo, pero lo pensó mejor.

Capítulo 16

Cuando Jane entró en la casa de su familia, su madre la estaba esperando, con una gran sonrisa en la cara y una misiva en la mano, que agitaba como una bandera de victoria.

Para total consternación de Jane, lord Fowler había mandado decir que las recogería en su casa. Naturalmente, su madre había interceptado la nota y la había leído, al estar dirigida a ambas.

«El zoo tendrá una aglomeración de gente en la inauguración, y puede que nunca las encuentre de otra manera. Debemos ir en grupo».

Fue lo que había escrito el caballero.

Jane supuso que tenía razón, sin embargo, ahora tenía que lidiar con la ceja levantada de su madre y las insinuaciones de un apego romántico.

Cuando lord Fowler vino a recogerlas una hora más tarde, Jane no se había sacudido la melancolía de ver a Christopher en apuros. Aun así, le había prometido al torpe vizconde una esposa, y tenía que cumplir con su palabra.

—Me alegro de que pasen más tiempo juntos —dijo su

madre de camino a Regent's Park y su espectacular zoo, dirigiéndose a lord Fowler—. Solo puede hacer que el corazón
se vuelva más cariñoso.

—¡Madre! —la amonestó Jane, pero a falta de decirle
que estaba ayudando a lord Fowler a encontrar esposa, tarea
que *lady* Chatley definitivamente no aprobaría, no pudo di-
suadirla de la opinión de que el vizconde la estaba cortejando.

—Ya estoy muy encariñado con su hija —confesó lord
Fowler, lo que a Jane no le ayudó.

Ella le dirigió un discreto movimiento de cabeza que,
por supuesto, su madre vio.

—Jóvenes —dijo *lady* Chatley, poniendo los ojos en
blanco—. Completamente ilógico.

Lord Fowler se inclinó hacia delante de una forma que
Jane había aprendido a identificar como su postura de de-
bate, incluso cuando estaba sentado en un carruaje.

—En cualquier caso, *lady* Chatley —dijo—, según la famosa canción, es la ausencia, no el tiempo, lo que hace que
el corazón se vuelva más cariñoso.

La madre de Jane frunció los labios.

—Conozco la canción y la ausencia crónica de un ser
querido. Puedo asegurarle que no hace nada por el cariño,
sino que el resentimiento crece a pasos agigantados.

Lord Fowler dirigió una mirada alarmada a Jane, quizá
dándose cuenta de que había entrado en terreno peligroso.
Las largas ausencias del conde de Chatley habían plagado la
existencia de su madre y frenado sus placeres sociales, pero
lord Fowler no podía saberlo.

Todo lo que Jane podía hacer era encogerse de hombros
y dejarlo correr.

—Me remitiré a su avanzada...

Jane jadeó para interrumpirlo. ¿Iba a referirse a la edad de su madre?

—Sabiduría avanzada —añadió tras fruncir el ceño ante Jane.

En su interior, esta suspiró aliviada. De hecho, su madre había estado más tensa que de costumbre. Lord Chatley se había quedado en casa apenas una semana antes de anunciar su atención para ir al continente durante un mes. Por lo que Jane sabía, su madre ni siquiera había hablado con él antes de que se fuera.

Había supuesto que la tensión en su casa se disiparía con la marcha de su padre, pero su madre seguía estando inusualmente irritable. Jane esperaba que la diversión de esta noche ayudara.

El recinto de los hipopótamos estaba atestado de londinenses fascinados. Aunque Jane echó un vistazo a la bestia y trató de apreciar lo lejos que había viajado, por no hablar de lo inusual de su aspecto, quería seguir con su tarea de la noche. Además, era casi imposible animar a lord Fowler a entablar una conversación con damas solteras mientras todo el mundo aplaudía cada vez que el animal daba un paso. El zoo era ruidoso, estaba abarrotado y olía mal.

Sabía que tendrían más suerte una vez que llegaran a la fiesta privada de Cumberland Terrace, y por ello, en cuanto pudieron, instó a su madre y a lord Fowler a iniciar el corto paseo hasta el borde de Regent's Park y la casa de lord Burton.

—Me pregunto si puede oler a los animales en un día caluroso. —dijo lord Fowler—. Parece que no solo el olor de sus excrementos, sino también el de su comida, pudriéndose al sol, encontraría su camino hasta aquí.

Lady Emily Chatley le lanzó una mirada de asco tan grande que Jane se preguntó si lord Fowler no se había caído en el acto.

—Tal vez, cuando lleguemos allí —dijo Jane—, podría limitarse a hacer bromas sobre el hipopótamo y los demás animales, y no mencionar los excrementos ni el olor.

—Sí, por supuesto —dijo lord Fowler.

Jane no podía creer que tuviera que aconsejarle sobre eso. Si él decía eso delante de su madre, ¿qué no diría a la gente de la fiesta?

Resultó que no mucho. A pesar de sus consejos, mencionó dos veces la proximidad del zoo y se preguntó en voz alta, incluso llamando a su anfitrión, si los olores de los animales se infiltraban en su casa y su patio.

Esto provocó una mirada fulminante de lord Burton. Después de eso, Jane se acercó a lord Fowler y trató de dirigirle a una conversación con *lady* Adelia Smythe, quien, como era de esperar, estaba de pie y tranquila, con la apariencia de estar examinando el papel de la pared.

Después de un discurso dolorosamente corto y torpe sobre los méritos de comer pollo en lugar de perdiz, con esta última como favorita, Jane arrastró a lord Fowler lejos de la dama, que parecía estar tratando de escapar mezclándose con el papel pintado.

—¡De verdad, lord Fowler! Intente hacer una pregunta sensata a una dama y luego déjela hablar. No pregunte una tontería y luego hable sobre su respuesta.

—Pero apenas podía oírla y no estaba seguro de que

estuviera hablando.

—Sí, *lady* Smythe es de voz suave. —Jane miró alrededor de la habitación—. Probemos con la señorita Swintree. ¿La conoce?

Y se fueron a molestar a otra joven.

Cuando lord Fowler al fin dejó a Jane y a su madre en casa a medianoche, Jane estaba agotada, pero satisfecha de cómo se estaba perfilando su lista. El vizconde parecía gustar a dos damas, y eso era una gran mejora con respecto al desinterés absoluto. Además, él había mostrado un aparente interés a cambio.

Cuando se acostó en su cama esa noche, se preguntó si debería sugerirle que cambiara su peinado o la forma en que dejaba que su ayuda de cámara le atara la corbata. Sin embargo, cuando empezó a bostezar, cambió sus pensamientos hacia Christopher y su suave y espesa cabellera con sus rizos en la nuca.

Recordando cómo disfrutaba pasando sus dedos por él mientras la besaba, se quedó dormida.

⁂

—Madre, no la necesitas esta tarde. La tendrás todo el día de mañana.

Christopher tenía los brazos cruzados e impedía que su madre saliera del salón para enviar un mensaje a Jane. Al menos, creía que la estaba bloqueando.

—Supongo que la próxima vez me dirás que la hago trabajar demasiado —resopló la duquesa.

Él suspiró.

—Puede que sí, pero *lady* Jane me tomaría la palabra si la tratara de otra manera, pues le encanta estar ocupada.

—Jane es una chica inteligente. Le tengo mucho cariño —dijo su madre—, y la dejaré sola esta tarde y esta noche, como me pediste. Todo está adelantado para mi programa, pero todavía tenemos mucho trabajo que hacer para renovar la casa si esperamos volver a mudarnos. ¿Sabes qué está haciendo su padre?

Hizo una mueca.

—¿Te refieres al baño de la ducha?

—¿El qué? —Casi rugió su madre.

¡Maldita sea!

—*Umm…* —dijo Christopher.

—No importa —le espetó la duquesa—. No quiero saberlo. Me refería al aparato de extinción de incendios.

Era la primera vez que oía hablar de ello.

—Seguramente es una buena idea y solo está pensada para nuestra seguridad.

Su madre dio un suspiro de sufrimiento.

—Me voy a mi estudio, Chris. ¿Necesitas algo antes de que me vaya?

«Solo a Jane», reflexionó él. O tal vez el deseo de aprender a tejer cestas.

—¿Por qué no te subes al carruaje y vas al Reform Club? Tu padre está allí.

Ella bien podría haberle dicho que viajara a la luna.

—Ya veremos.

Su madre hizo un cacareo.

—Siempre dices eso cuando descartas mis sugerencias. Oh, bien, lord Burnley está aquí. Él te llevará.

—¿Llevarle a dónde? —preguntó Owen desde atrás—. Buenos días, duquesa. Se ve deliciosa, como siempre.

—Totalmente inapropiado —murmuró ella, pero Christopher apostaría que su madre se estaba sonrojando—. ¿Llevará a Chris al Reform Club? Comer allí, disfrutar de otra compañía, sacarlo de esta casa…

—Sí, Su Gracia. Estoy dispuesto a cumplir todas sus órdenes.

—No —dijo Christopher—, no lo estás. ¿No tengo nada que decir en esto?

—Si puedes pasearte por todo Hyde Park con *lady* Jane, sin duda puedes ir al club con lord Burnley.

Christopher abrió la boca para protestar, y luego pensó: «Sí, probablemente puedo». ¿Y por qué no? ¿De qué tenía miedo, de todos modos?

A todo. Tropezar. Hacer el ridículo. Que la gente lo mirara.

Por otro lado, si Jane no era testigo de su humillación, debería dejar de preocuparse. Ella era la única en cuya gracia y alta estima deseaba permanecer. Además, no podía ver a la gente mirando, así que podía ser felizmente inconsciente mientras Owen no se lo dijera.

—Muy bien. Vayamos de inmediato —dijo, volviéndose hacia su amigo—. Antes de que cambie de opinión.

—Estoy aquí —dijo Burnley, su voz venía del otro lado de la habitación.

El júbilo se apoderó de Christopher y lo dejó salir en una carcajada, a la que se unieron Owen y su madre.

—Váyanse —dijo su madre, como si mandara a los colegiales a jugar.

Sin embargo, antes de que pudieran ir a ninguna parte, unos nuevos pasos indicaron que su hermana había llegado.

—Todos os perdisteis el espectáculo más increíble de ayer —dijo Amanda—. No os haré preguntar, os lo diré: el hipopótamo egipcio. Qué criatura!

—Apuesto a que hubo una absoluta turba —dijo su madre.

—Mi hermana ha vuelto hace poco del continente y ha intentado intimidarme para que la lleve —dijo Burnley—. Le he dicho a Sophia que iremos cuando la multitud se haya calmado.

—*Lady* Jane estaba allí —añadió Amanda, y Christopher pudo oír la picardía en su voz—. ¿Te dijo que iba a ir?

Christopher estuvo a punto de no responder, pero tuvo la sensación de que todas las miradas estaban puestas en él. Incluso su madre había deducido, sin duda, que tenía una tendencia hacia Jane.

—*Lady* Jane no tiene que decirme nada —señaló, sintiéndose a la defensiva—. Sin embargo, ella, de hecho, mencionó ayer que tenía planes.

¿Por qué no le había hablado del zoo? La respuesta era obvia: porque era ciego, y no tenía sentido invitar a un ciego a una exposición. Prefería ir con su madre.

En muy poco tiempo, Christopher se encontró en el Reform Club, elegido sobre el White's por su mejor comida y por su discurso en la esfera política en lugar de chismes y apuestas.

Por suerte, el lugar se sentía, olía y sonaba totalmente

familiar: todas las voces masculinas, los distintos aromas de los cigarros, las pipas, la pomada para el cabello y los deliciosos brebajes del chef Soyer.

Christopher había decidido utilizar su bastón y llevar sus gafas para que no hubiera dudas sobre su estado. Además, había aprendido con su bastón la facilidad con la que podía distinguir por sí mismo lo que tenía delante y dónde se encontraba el siguiente paso. Jane había acertado y, por tanto, no necesitaba aferrarse a Burnley como un rosal trepador.

Al igual que en el parlamento, muchas voces interrumpieron su avance, saliendo de repente de la nada, deseándose lo mejor. Incluso algunos hombres le dieron inesperadamente una palmada en la espalda, que le habría hecho volar si Owen no hubiera estado allí para sujetarle.

—Una mesa —le dijo a su amigo la segunda vez que ocurrió—. Y vino. Ahora.

Cuando estuvieron sentados, preguntó:

—¿Está mi padre aquí?

—Todavía no lo he visto. —Y Owen pidió para los dos.

—¿Alguien más interesante?

Burnley dudó.

—¿Hay alguien en particular por quién preguntas?

En realidad, había tenido a Fowler en mente desde su paseo con Jane, aunque era poco probable que el hombre estuviera allí.

—No he visto a Whitely en años —dijo Christopher, luego se rio de sus propias palabras—. Obviamente, no he visto a nadie en años, pero tampoco he hablado con él. ¿Me están evitando mis amigos?

—No seas absurdo. Te llamaré si le veo. Seguro que hay

muchos viejos amigos que se pasarán por la mesa. La mayoría de ellos no se sentían cómodos invadiendo la residencia de lord y *lady* Forester. Habría sido diferente si hubieras estado en tu propia casa.

—Mi propia casa, como dices, no se parecerá en nada a lo que era para cuando mi padre y mi madre terminen de recomponerla.

—Con la ayuda de *lady* Jane.

Christopher asintió.

—Así que sabes de eso.

—Todo el mundo lo sabe. *Lady* Jane ha estado corriendo por ahí como la criada de tu madre. Estoy sonriendo, si quieres saberlo.

Christopher sintió un pinchazo de inquietud.

—¿Por qué?

Su comida llegó, y aunque podía manejar fácilmente una copa de vino por sí mismo, se dio cuenta de que iba a necesitar ayuda para la costilla de primera y la patata al horno.

—Odio preguntar, pero ¿puedes decirme dónde está mi comida?

—Muy bien, imagina tu plato como un reloj solar con el norte en la parte superior. Le pondré mantequilla a tu patata, que está al este. No, lo siento, ese es mi este, tu oeste. Y la carne está más bien al sureste para ti.

—¿Qué hay en el norte?

—Guisantes, por supuesto, con un poco de salsa de menta.

En pocos minutos, con las pacientes indicaciones de Burnley, Christopher estaba cortando su costilla como si pudiera ver, pero le costó toda su concentración y un cuidadoso empuje con el cuchillo y el tenedor para comer y limpiar la mayor parte de su plato, así que lo hizo en silencio.

—¡Malditos sean todos! —exclamó cuando se le volvieron a caer los guisantes y se llevó un tenedor vacío a la boca.

—Toma —dijo Burnley, y Christopher sintió que algo golpeaba el dorso de su mano—. Una cuchara para los guisantes.

—No soy un salvaje —declaró y dejó caer los cubiertos en su plato—. En cualquier caso, estoy lleno.

Por fin pudo retomar su conversación.

—¿Por qué te hace sonreír la idea de que *lady* Jane ayude a mi madre?

—¿Qué? —Burnley sonó sorprendido—. Estás como un perro con un hueso recordando ese fragmento de conversación de hace media hora. Es solo que ella nunca mostró interés antes en ti, así que, naturalmente, la gente está hablando.

—¿Y qué están diciendo?

—Que *lady* Jane te persigue a través de su madre.

—¡Eso es ridículo! —Si hubiera podido apartar su silla y ponerse de pie con un resoplido, lo habría hecho.

—Cálmate, viejo amigo. Llamaré al camarero para que traiga más vino. Y aquí está Whitely, como se pidió. Ni siquiera tuve que hacerle un gesto, nos ha visto.

Christopher giró la cabeza en la dirección en que esperaba que se acercara George Whitely y, efectivamente, recibió una palmada en el hombro que le hizo saltar.

—Me alegro de verte, Westing.

—Diría lo mismo, pero no puedo.

—Oh, claro. Lo siento, viejo amigo.

—No le hagas caso —dijo Burnley—. Se pone irritable como un tejón ante cualquier palabra que tenga que ver con la vista. Ya te acostumbrarás a su mal humor. Siéntate. Estábamos a punto de pedir más vino.

—Que sea brandy, y lo haré.

—Paga el brandy, y lo haremos —bromeó Christopher.

Todos se rieron y la tensión desapareció.

—¿Es cierto que *lady* Jane Chatley ha puesto su gorra para ti? —preguntó de inmediato Whitely.

Y así, la tensión volvió a aparecer.

—¡Por Dios! —exclamó Burnley—. No deberías haber dicho eso.

—¿Por qué? —preguntó Whitely—. ¿Es un secreto entre vosotros dos, actuando como viejas bebiendo de una olla de chismes?

—No —dijo Christopher—. Eso es lo que estáis haciendo al sacar el tema: como si yo fuera a hablar de la señora con vosotros, dos zopencos.

—Y por eso no debería mencionar a *lady* Jane —aclaró Burnley—. Le molesta, incluso más que usar palabras relacionadas con la visión. Creo que nuestro chico, Christopher, está enamorado.

Malditos sean. Se alegró mucho de llevar puestas sus gafas oscuras. Si pudieran ver sus ojos, lo sabrían con certeza.

—Eso no es asunto tuyo —dijo.

Los otros dos se rieron.

—De todos modos —continuó Burnley—, ya me contaste cómo te gustó desde la cena de Mulberry.

—¡Qué! —exclamó Whitely, y Christopher supo que no lo dejarían pasar.

—Efectivamente —confirmó Burnley a George—. Y ahora, por su compañía con la duquesa de Westing, todo el mundo piensa que *lady* Jane quiere a nuestro muchacho.

Christopher consideró las ramificaciones. ¿Se estaba dañando terriblemente la reputación de Jane? Él solo había querido proporcionar una razón lógica para tenerla cerca. No había considerado cómo los demás la verían como una manipuladora. ¡Era una tontería! Ciertamente, ella podía tener un marido sin necesidad de hacer grandes esfuerzos.

—De todos modos —continuó Owen—, no veo el problema. Si quieres dejar de hablar de ella como si fuera una loba cazando presas heridas, como si la única manera de que la aburrida Jane pudiera conseguir un marido fuera...

Christopher empezó a levantarse de su silla. Estaba decidido a escapar de esta tontería.

—No hagas eso —le suplicó su amigo, y sintió una mano en su hombro. Debía de ser Whitely, pues Burnley estaba al otro lado de la mesa—. Solo te estoy diciendo la verdad. Si quieres evitar que hablen, entonces debes declararte. Que se sepan sus intenciones.

Whitely emitió un sonido de tos. Luego Burnley guardó silencio, y Christopher tuvo la clara noción de que se hacían señas mutuamente.

—Puede que sea ciego, pero no soy estúpido. Es más, incluso sin poder ver, creo que puedo golpear vuestras cabezas. Os agradecería que dijerais claramente lo que está pasando entre vosotros.

—Brandy —pidió Owen a un sirviente al otro lado de la sala—. Creo que lo necesitaremos —murmuró.

Esperaron en silencio con Christopher sintiéndose un

poco enfermo.

¿Qué noticias tenía Whitely sobre Jane?

En cuanto cada uno tuvo un vaso en la mano, Christopher dijo:

—Fuera de aquí.

George Whitely suspiró, aunque todos sabían que le encantaba ser el centro de atención.

—Si fuera yo, no me declararía. Ha sido una chica tranquila y reservada durante mucho tiempo, pero de repente, se está comportando como el proverbial tábano, y siempre con un solo hombre.

—Fowler. —Christopher lo supo de inmediato y se bebió su brandy de un trago.

—¿Ese mustio? —preguntó Burnley, con un tono de sorpresa.

—Yo mismo los vi —confirmó Whitely—. Anoche, en la inauguración de la exposición de hipopótamos y después en la fiesta de Burton. No ocultaban su asociación. También en un par de bailes a los que he ido últimamente. Son como ladrones cuando hacen las rondas.

Jane era la dama favorita de Fowler, como él mismo había proclamado. Y luego había desestimado sus palabras y se había llevado con rapidez a Christopher lejos del vizconde.

Ella le había mentido, o al menos, le había ocultado la verdad. Había dicho que tenía que prepararse para salir con su madre. Si hubiera sido simplemente una velada con *lady* Chatley, Jane podría incluso haberle invitado a acompañarla.

Había sido una velada con Fowler.

—Pensé que había ido al zoológico con su madre.

—¡Su madre! —exclamó Whitely, y luego resopló.

—Puede que la condesa estuviera allí, en algún lugar entre la multitud, pero sin duda Jane iba acompañada de lord Fowler.

¡Fowler! Christopher deseó estar solo, ya que tuvo que fingir para mantener una apariencia de placidez. Por dentro, hervía. Si hubiera estado de pie, se habría dejado caer en su silla.

Francamente, le sorprendió este giro de los acontecimientos. Jane parecía abierta y de confianza. Era cierto que ahora era ciego y, por lo tanto, tenía restricciones, pero ella se había involucrado de buen grado en su vida. ¿O no?

Había aceptado la tarea de ayudar a su madre, pero en realidad no se había producido un acercamiento entre ellos. Ciertamente no habían visto ninguna bestia salvaje juntos.

Porque él ya no podía ver nada.

¿Era posible que ella estuviera interesada en él como marido, pero en alguien como Fowler como compañero?

Si hubiera podido ver las miradas que se habían cruzado ella y Fowler, habría sabido de inmediato cuál era su relación.

—Podrían ser simplemente amigos —señaló Christopher, escuchando un bufido de Whitely.

—¿Por qué es difícil de creer? —insistió.

Fue Burnley quien respondió.

—¿Te ha mencionado ella esa amistad? Nunca he notado que mantuvieran una estrecha compañía amistosa, no como contigo y, por ejemplo, Maggie Blackwood, hace unos años.

—La condesa Cambrey para ti —señaló Christopher—. Su marido le daría una paliza si oyera a alguien que no fuera de la familia llamarla Maggie.

—Owen se encoge de hombros ante sus palabras —le informó Whitely—. No creo que a nuestro Burnley le preocupe que le den una paliza.

Unos pasos anunciaron la llegada de otro caballero, y entonces Christopher oyó la voz de su padre.

—Me alegro de verte por aquí, hijo mío. Acabo de comer con un viejo amigo. Voy a escuchar un nuevo proyecto de ley en la sesión de la tarde. ¿Me acompañas?

—Sí. —Christopher apartó su silla y cogió el bastón que había apoyado en la mesa cuando se sentó por primera vez.

—¿Estás enfadado con nosotros? —preguntó Burnley.

Christopher sentía envidia por su visión, incluso resentimiento por su libertad, tal vez, pero no estaba enfadado con ellos.

—Por supuesto que no —dijo él—. Aprecio nuestra conversación, y lo consideraré.

—¿Tomamos los dos otro vaso de agua para chismes y vemos qué más podemos averiguar a través de alguien de aquí?

La idea de que Burnley y Whitely hicieran preguntas sobre Jane no le gustaba. Simplemente preguntaría él mismo.

—No, está bien. —Esperaba que respetaran sus deseos. Que sus propios amigos hablaran de Jane levantaría aún más expectación entre la alta sociedad y, si se descubría, sin duda la avergonzaría.

Christopher se volvió hacia donde creía que estaba su padre. De repente, se sintió un poco incómodo.

—¿Puedo tomar tu brazo? —preguntó el duque antes de que Christopher pudiera hacerlo.

—Sí, gracias, padre.

—Buenos días, Su Gracia —dijeron cortésmente todos sus amigos. A todos les gustaba su padre.

—Buenos días, señores —dijo el duque, y lo condujo fuera de la mesa.

Tardaron unos minutos en salir del club, ya que hubo que hacer más despedidas y más promesas de su padre de apoyar tal o cual proyecto de ley cuando se presentara en la cámara de los Lores. Al fin, subieron a su carruaje.

—He estado pensando —dijo el duque, interrumpiendo los pensamientos de Christopher—, que podríamos hacer una visita a una de las escuelas para ciegos y ver qué pueden ofrecerte.

Christopher suspiró, pero extrañamente no le hizo enfadar que su padre sacara el tema. Con Jane, por desgracia, su sugerencia le habría hecho sentir mal. En cualquier caso, sin embargo, no le apetecía volver a la escuela.

—Probablemente debería aprender el alfabeto en relieve, pero no creo que haya nada más que necesite de una escuela para ciegos. Y estoy seguro de que podemos encontrar un profesor que me ayude. Además, he decidido que tienes razón, padre. No hay ninguna razón por la que no pueda esperar que, con el tiempo, ocupe tu puesto en el parlamento. Espero que me apoyes en esto.

El duque le dio una palmada en la rodilla.

—Me alegro de oírlo. Te apoyaré, ¿y por qué no? Quizá incluso seas el primer ministro ciego.

Christopher sintió un mínimo de esperanza. Tal vez su vida no había sido totalmente destruida. Algo de su futuro podría continuar como estaba previsto.

—Creo que también deberíamos conseguirte una

secretaria adecuada. Sé que tu hermana te ha defraudado con la lectura de los periódicos, y ella sería un desastre tomando el dictado.

—De acuerdo. —Christopher prefería la versión de Burnley en cuestión de lectura de los acontecimientos, pero Owen solo tenía un poco de tiempo en sus manos.

—Si fuera aceptable para ti tener una mujer como asistente —dijo el duque—, te sugeriría que se lo pidieras a *lady* Jane.

Christopher dio un pequeño respingo. ¿Todas las conversaciones incluían la mención de Jane?

—Una joven muy capaz —continuó el duque—. Por supuesto, no podría tenerla hasta después de la exposición de arte de tu madre y después de que nuestra casa haya sido decorada. Tu madre ha estado cantando las alabanzas de la chica en voz alta. Creo que espera que su utilidad se contagie a Amanda. —Su padre se rio de sus propias palabras—. Más bien es una pena, pero es absolutamente necesario que tenga un empleado masculino. A menos que te cases con *lady* Jane, por supuesto. Entonces seguirías siendo la siguiente en la línea después de su madre. ¡Ja!

Su padre parecía bastante satisfecho de sus bromitas. Christopher deseaba saber cuáles serían los sentimientos de Jane al respecto.

Otra cosa que añadir a su lista de preguntas, justo después de su asociación con Fowler.

Capítulo 17

—Me alegro mucho de que haya venido —dijo la condesa de Cambrey, con un tono cálido y amable—. Nos divertimos, ¿verdad?, en Turvey House.

Jane y su madre habían visitado la residencia campestre del conde de Cambrey en Bedfordshire, a orillas del río Great Ouse, cuando él estaba convaleciente de un accidente que acabó con la vida del otro conductor. Había ocurrido poco después de que ella y lord Cambrey hubieran organizado juntos el banquete benéfico. En ese momento, la madre de Jane la había presionado para que le dijera al hombre que lo amaba.

Pero no lo había hecho y por eso no lo hizo. Es más, Margaret Blackwood lo había hecho y así, John Angsley, el conde de Cambrey, se había comprometido mientras Jane estaba de visita, para disgusto de su madre. La Condesa de Chatley se sintió como si se lo hubieran robado delante de sus narices.

Ahora, John y Margaret estaban casados y tenían una hija, una niña, llamada Rosie.

—En aquella época, su conde no se divertía mucho, según recuerdo, y usted estaba más bien entre dos aguas —le recordó Jane.

—Usted nos ayudó —recordó Margaret—. Estaba a punto de abandonarlo.

Jane no pudo evitar sonreír.

—Me alegro mucho de que haya funcionado. El té está delicioso, por cierto, al igual que los pasteles.

—Transmitiré sus cumplidos a nuestra cocinera. —La condesa se echó sus brillantes rizos sobre un hombro, luciendo resplandeciente en un vestido azul zafiro—. Pero no ha venido aquí por esos deliciosos bizcochitos de nata, aunque sean los favoritos de mi marido.

—No, he venido por nuestra conversación en Turvey House.

Margaret frunció el ceño.

—Lo siento. No me siento tan aguda como hace un par de meses. Mi hermana mayor me ha dicho que es cerebro de bebé. —Se rio—. Creo que debe tener razón, porque desde que tuve a nuestra Rosie, he estado más olvidadiza, a veces totalmente aturdida.

—Realmente no esperaba que recordara ninguna conversación en particular —le aseguró Jane—. Solo que hablamos como amigas. De hecho, hay una discusión nocturna que apenas recuerdo.

—Ah. —Margaret asintió con conocimiento de causa—. Creo que tomó demasiado vino y no le sentó bien.

—Por desgracia, demasiado para mí suele ser un sorbo —admitió Jane con pesar. Tenía una vaga idea de que había estado indispuesta en el salón de los Cambreys y, por suerte, solo Margaret había sido testigo de ello. Pero lo que había dicho antes, no podía recordarlo, ni quería hacerlo.

—En cualquier caso, no me enorgullece decirlo, no tengo muchas amigas.

La condesa dio una palmada.

—Ni yo. Realmente solo mis hermanas, y ellas no cuentan, y mi única amiga de la infancia, Ada Kathryn, que no está actualmente en la ciudad. ¿Pero por qué? —Margaret apenas dudó—. No importa, ya sé por qué. Es porque siempre parece demasiado perfecta. Las demás mujeres se sienten intimidadas.

—Oh. —Jane pensó un momento—. Siempre he asumido que era porque soy la hija de un conde, y por lo tanto, considerada una competencia extremadamente fuerte con mi cuantiosa dote y mis conexiones familiares. No puedo imaginar que alguien piense que soy perfecta.

—Para mí, fue por mi aspecto. —La condesa lo dijo con tanta naturalidad que Jane no pudo considerarla jactanciosa o vanidosa.

Era cierto, después de todo. Margaret Angsley estaba por encima de la mayoría de las mujeres, irradiando una belleza y una vivacidad que atraía a los hombres y, como Jane estaba descubriendo ahora, al parecer repelía a las mujeres, al menos a las que eran demasiado inseguras para hacerse amigas de la condesa.

—Estoy tan contenta de no tener que preocuparme más por la Temporada —añadió Margaret—, ni por mi aspecto. —Luego se pasó los dedos por su mejilla impecable y se acarició el pelo perfectamente peinado.

Jane sonrió. Era obvio que la condesa no tenía que

preocuparse por su aspecto, y que ella lo sabía.

—Ha sido una desconsideración por mi parte —dijo de repente Margaret, sentándose hacia delante—. Todavía no está casada y sigue atada al calendario de eventos sociales.

—Está bien —dijo Jane—. Estaría encantada de retirarme del mercado matrimonial si mi madre me lo permitiera.

—¿No desea casarse, entonces? —*Lady* Cambrey parecía desconcertada ante tal idea.

—Nunca he temido no casarme —dijo Jane, eligiendo cuidadosamente sus palabras—. ¿Se habría casado sin amor?

Margaret sonrió.

—Ya veo a qué se refiere. Y de hecho, estaba preparada para hacer eso mismo. Una mujer de mi posición, la hija mediana de un barón caído en desgracia, no podía ser demasiado exigente, ni tenía nada para atraer a un hombre, excepto mi aspecto. Por lo tanto, el tiempo no estaba de mi lado.

Hizo una pausa y recogió su plato, en el que había uno de los pequeños pasteles.

—Si no hubiera funcionado con John, a quien amo más allá de todo, entonces me habría casado con un hombre con quien tuviera una amistad y compartiera el respeto mutuo. Alguien con quien hubiera podido disfrutar de una vida, aunque hubiera sido sin pasión. Alguien como mi amigo lord Westing.

Jane supo que había dado un respingo, pues hizo sonar la taza de té que acababa de coger, incluso cuando la condesa se llevó el pastel a la boca.

Sus encantadores ojos se abrieron de par en par ante la reacción de Jane.

Sin duda, la mención de *lady* Cambrey sobre

Christopher era algo más que una afortunada coincidencia. Era la apertura perfecta.

—Es extraño, pero he venido a hablar con usted sobre lord Westing.

Margaret sacudió la cabeza.

—¡El pobre hombre! No podía creerlo. En realidad, sí podía, por supuesto. Es evidente que todos los días ocurren accidentes terribles. Lo sé tan bien como cualquiera. Envié una cesta de fruta y algunos de estos pequeños bizcochos a casa de los Forester cuando supe que estaba allí. Pero no sabía que ustedes eran amigos.

—Espero que lo seamos —dijo Jane, sintiendo que sus mejillas se calentaban. Después de todo, se habían hecho compañía y se habían besado. Además, en muchos aspectos, parecían ser almas gemelas—. Puede que seamos más que eso, también. —Al menos por su parte, ella ya lo amaba ferozmente.

Margaret sonrió, y fue, de hecho, una sonrisa deslumbrante.

Jane, que por lo general se sentía segura de sí misma, experimentó una punzada de envidia y se preguntó por qué Christopher había dejado escapar a aquella belleza. Realmente no debía sentir nada por ella ni ella por él. Aun así, era desconcertante saber que *lady* Cambrey, cuando todavía era la señorita Blackwood, había estado a punto de arrebatárselo como consuelo cuando su romance con John Angsley no iba bien.

Además, conociendo la galantería de Christopher y su sentido del deber caballeresco, sin duda se habría casado con Margaret si hubiera creído que podía aliviar su sufrimiento.

Jane habría tenido que ver cómo se desarrollaba su relación de forma totalmente inadvertida, y su afecto por Christopher se habría mantenido, por necesidad, siempre oculto.

—Me alegraría mucho saber que usted y lord Westing han formado pareja —declaró la condesa—. Sé que ambos son inteligentes y amables. —Dio una palmada, haciendo volar las migas—. Cuanto más lo pienso, más me gusta la idea. La búsqueda de pareja es tan divertida...

Teniendo en cuenta que *lady* Cambrey no había hecho nada para conseguir el emparejamiento, Jane ocultó una sonrisa. Si la condesa experimentara la dificultad de encontrar una esposa para alguien como lord Fowler, tal vez no lo considerara tan divertido.

—Usted conoce a lord Westing, quizá mejor que yo —dijo Jane, aunque ella conocía mejor sus labios y su lengua. De eso estaba segura—. Quiero ayudarle, pero no sé cómo, ni creo que mi ayuda sea del todo bienvenida.

—Los hombres tienen tanto orgullo… —dijo Margaret.

—Estoy segura de que eso es cierto —coincidió Jane—. Cada vez que paso un tiempo en compañía de lord Westing, intento orientarle hacia algo que creo que será útil en su nuevo estado de ceguera, y eso acaba enfadándole.

—Tal vez le está forzando demasiado.

Eso hizo que los ojos de Jane se llenaran de lágrimas.

—Es simplemente mi forma de ser. Me gusta hacer cosas para conseguir algo. Y me he enamorado de un hombre al que sin duda le vendría bien mi ayuda, si él la aceptase.

Por fin había confesado su amor en voz alta.

La condesa asintió.

—Oh, qué valiente es al decírmelo. ¿Cómo puedo ayudar?

Jane resopló y sacó el pañuelo de su retículo. Había sido terriblemente desconsiderada al ponerse a llorar en su primera visita.

¿Querría de veras la condesa ser su amiga si no ofrecía más a su amistad que lloriqueos y dramatismo?

—Lo siento mucho —dijo Jane—. De alguna manera, decir las palabras de lo que hay en mi corazón me ha hecho sentir muy emocionada. No quiero que haga nada, ni he venido aquí pensando que podría ayudar. —Le dedicó a Margaret una sonrisa acuosa—. El mero hecho de poder hablar con usted me ha quitado un peso de encima. Hay muchos otros factores, como no saber con exactitud los sentimientos de lord Westing en este momento, así como el hecho de que otras damas estén utilizando su ceguera para intentar acercarse a él. —Jane jugueteó con los guantes en su regazo—. Sé que no significa nada para él, pero los demás me están metiendo en ese grupo, ya que nuestra amistad estaba recién formada antes de la explosión y nadie la había notado todavía. —Jane se encogió de hombros—. Luego está el asunto de que mi padre quiere casarme con mi primo para mantener su título cerca y su dinero más cerca aún.

Margaret había permanecido callada mientras Jane enumeraba sus penas hasta esta última afirmación, que la hizo fruncir el ceño.

—¿Y no siente nada por su primo?

—Nada que sea agradable, no —admitió Jane.

—Tuvimos una situación similar en la que nuestro primo quiso casarse con mi hermana mayor. No se llevaban nada bien. Por suerte, todo quedó en nada, ya que Jenny se ganó con rapidez el afecto del conde de Lindsey, como sin duda sabe.

Jane asintió. Todo el mundo sabía del profundo amor de Simon y Jenny Devere.

—Creo que mi padre me hará la vida extremadamente difícil si no sigo sus planes. Pero aun así, no lo haré.

—¿Cómo va a resistirse? —preguntó Margaret.

—Me iré de Londres si me obligan. No me quedaré totalmente desamparada, ni temo lo que pueda venir después.

—¿Ve, Jane?, por eso es intimidante para otras mujeres. Se mantiene firme y es, de hecho, perfecta.

Jane sonrió, sintiéndose ya un poco mejor. Excepto que cuando saliera de este santuario privado en esta magnífica casa de la ciudad, con esta encantadora dama, estaría exactamente en la misma situación.

—Entonces, ¿por qué tengo la sensación de que mi vida se está deshaciendo?

La condesa parecía pensativa.

—Porque su corazón está comprometido. Conozco bien ese sentimiento. Además de escuchar, ¿hay algo que pueda hacer? ¿Hablo con Christopher como una vez usted habló con John en mi nombre?

—Oh, no —protestó Jane—. Yo ya conocía los sentimientos de lord Cambrey hacia usted, así que fue una simple cuestión de recordarle que se lo dijera. En mi caso, tengo el presentimiento de que le gusto a lord Westing, pero la lesión le está haciendo replantearse muchas cosas en su vida. Me temo que yo puedo ser una de ellas.

◆

—Llevo mi traje de montar favorito —anunció Jane cuando Christopher la encontró esperando en el salón.

—¿Por qué? —preguntó él. Estaba dispuesto a hablar de Fowler y del futuro, y no esperaba ningún desvío o distracción.

—¡Porque vamos a montar a caballo!

Su entusiasmo no era contagioso. Era ridículo.

—Desde luego que no.

La oyó moverse por la habitación, con su pesado traje agitándose sobre las faldas bifurcadas. Intentó no pensar en lo que había debajo de ellas.

—No hay ninguna razón en la Tierra por la que no podamos —insistió ella—. Lo disfruto. Le he visto montar a caballo y sé que usted también. Los dos tenemos monturas que se comportan bien. No le pido que salte ninguna valla, simplemente que monte conmigo. Me sorprende que no lo haya hecho ya con alguno de sus amigos o con su padre.

—Porque nadie más intenta matarme —explicó Christopher—. ¿Qué le pasa?

—¿Qué le pasa a usted? —preguntó ella, haciéndose extrañamente eco de sus pensamientos.

—Le pido perdón. —Al parecer, había llegado con la esperanza de enemistarse con él y atraerlo a una pelea.

—Quiero decir que entiendo que no pueda ver. Lo acepto. Debe aceptarlo y...

—¿Y? —preguntó él cuando ella dudó.

—Y seguir adelante.

La furia comenzó a encenderse en él. ¿Cómo se atrevía

ella a aceptarlo, como si su ceguera afectara a su vida?

—¿Qué le pasa? —preguntó él, cruzando los brazos.

¿Dónde estaba la aplacadora y práctica Jane? Esta era decididamente punzante.

—Montará un caballo como el que ha montado desde que era niño niña. Cabalgará por el camino de herradura y descubrirá lo fácil que es. Más fácil que pasear como lo hacíamos antes, porque el caballo seguramente no chocará con un árbol ni con otro caballo. Ni siquiera necesitará su bastón.

Christopher abrió la boca para protestar, pero, a decir verdad, sus palabras tenían mérito y no se le ocurría una buena excusa para no intentarlo. No se había planteado montar a caballo porque, si pensaba en ello, se imaginaba que estaría solo. Sin embargo, con Jane a su lado, parecía de repente posible.

De repente, decidió aceptar.

—De acuerdo.

—¡Sinceramente, Christopher! —exclamó ella, sonando exasperada—. No es nada difícil. Apostaría mi vida en ello. Entonces, ¿por qué se empeñas en comportarte como si...?

—He dicho que de acuerdo.

—¿Qué? —Su tono era nervioso, confuso.

—Iré a cabalgar con usted —declaró—. Solo deme unos minutos para cambiarme.

—Oh. Muy bien, entonces. —Jane sonaba sorprendida, pero complacida—. Supuse que no lo haría, y estaba preparada para una larga discusión.

—Es una mujer obstinada —reflexionó él—. No habría tenido energía para discutir todo el día. Volveremos pronto. Y debemos llevar un lacayo. Si algo asustara a mi caballo y se escapara conmigo, no querría que arriesgara su propia seguridad tratando de perseguirme o intentando controlar a mi montura.

—Estoy de acuerdo —dijo ella de inmediato—. Además, será adecuado para mi reputación —le recordó, y él pudo oír la diversión en su voz.

—Precisamente —dijo él y la dejó.

⁂

—Chris, ¿es...? —comenzó la voz de Amanda Westing al rodear la puerta del salón donde Jane esperaba—. Oh, es usted —terminó diciendo, ni particularmente amistosa, ni antipática.

Jane estaba de pie junto a la chimenea.

—Buenos días, *lady* Amanda.

—Puede llamarme Amanda. No somos demasiado formales por aquí. ¿Ha visto a mi hermano?

—Sí, subió a cambiarse. Vamos a montar a caballo.

—¿De verdad? —Las cejas de la chica se alzaron prácticamente hasta la línea del cabello—. ¿Es prudente?

—Creo que estará bien.

—¿Le interesa mi hermano?

Jane reprimió con éxito un jadeo. Amanda sabía que era inapropiado preguntar tal cosa, y por lo tanto lo había hecho a propósito para sacarla de quicio. No quiso dar pruebas de que había funcionado.

—Eso no es de su incumbencia —dijo Jane lo más educadamente posible, e incluso mantuvo una expresión amable. Esperaba que lo fuera, de todos modos.

—¿Es todo lo que va a decir sobre el asunto? No recuerdo que usted y mi hermano hayan salido a cabalgar antes, ni que haya estado a disposición de mi madre como lo está ahora. Sin embargo, desde el accidente de Chris, está aquí en nuestra casa casi tanto como yo.

—Esta no es su casa —dijo Jane rotunda, sintiéndose a la defensiva. Además, solo estaba allí en la casa de los Forester tan a menudo porque, cuando no estaba tratando de ayudar a Christopher a salir de su apatía, estaba cumpliendo todas las órdenes de la duquesa de Westing—. Y si su madre necesita mi ayuda, quizá sea porque su propia hija carece de cierta utilidad.

¿Qué demonios le había pasado? Jane estuvo a punto de taparse la boca con una mano ante su inusual grosería. En lugar de eso, apretó una mano alrededor de su fusta y la otra en su falda.

Amanda, sin embargo, solo torció la boca en una ligera sonrisa.

—Es cierto. Las tareas domésticas, como elegir las cortinas, me parecen un trabajo muy aburrido.

La chica no tenía ningún interés en ayudar.

—¿Qué clase de trabajo pesado no es tedioso? —preguntó Jane, parpadeando.

Esta vez, la hermana de Christopher frunció el ceño, considerando sus palabras.

—Ninguna, supongo. En cualquier caso, como hija de un duque, no me plantearía pasar un momento corriendo detrás de esto y aquello, creando etiquetas para los cuadros, encargando flores y cosas así.

Así que Amanda sabía lo que Jane hacía por la duquesa.

Con bastante precisión, además. Tal vez la muchacha había preguntado a su madre sobre sus diversas responsabilidades. Y tal vez incluso estaba un poco dolida por no haber sido incluida. Jane se preguntó si podría forjar una amistad con la hermana de Christopher después de todo.

—¿Está demasiado ocupada para ayudarme con los últimos preparativos antes del espectáculo? Estoy segura de que su madre apreciaría su participación, y yo agradecería su ayuda.

Amanda entrecerró los ojos.

—Acabo de decirle que no me gusta hacer ese tipo de tareas.

¿Era el orgullo de que Jane se lo pidiera, o realmente Amanda estaba diciendo que no?

—Aun así —insistió Jane—, para ayudar a su madre, podríamos trabajar juntas.

—Pensé que para eso estaba usted. —Amanda puso las manos en las caderas—. Después de todo, ¿cómo si no se iba a colar en el puesto de marquesa de mi hermano? De hecho, la aplaudo. No creí que tuviera el coraje suficiente. Siempre parece fría y alejada de los simples mortales del mundo, desinteresada por todos cuando está en el salón de baile. De repente, es tan servicial cuando le conviene, cuando Chris no puede ver para defenderse, cuando mi madre está distraída. Pero ya veo lo que hace.

Jane golpeó su fusta contra la falda, sintiéndose irritada. Joven e inmadura era una cosa. Sin embargo, Amanda Westing era simplemente maleducada, por no hablar de presuntuosa.

Sin embargo, estaba siendo protectora con su familia,

en particular con su hermano mayor, así que Jane no podía enfadarse demasiado con la chica. Y, desde luego, no podía sentirse herida, pues Amanda no sabía nada de lo que Jane y Christopher ya habían compartido.

—No sabe de lo que habla —dijo ella, tratando de ser paciente.

—Sí lo sé. Le vi con lord Fowler en el zoológico —soltó Amanda—. Le he visto con él más de una vez esta temporada. Si le gusta, debería dejar a mi hermano en paz. Está claro que quiere ser la esposa de un marqués, porque cualquier otra cosa le bajaría los humos, pero quiere encontrar su diversión con otra persona al mismo tiempo.

Amanda se estaba adentrando en un terreno al que no tenía ningún derecho. La gente podía salir perjudicada por esos chismes.

—En cualquier caso —añadió la joven—, no es la única visitante femenina que ha tenido Chris.

Sin duda se refería a las jóvenes que vinieron justo después del accidente, tratando de ser el consuelo tranquilizador que él definitivamente no quería. O necesitaba, en lo que respectaba a Jane, mujeres que querían envolverlo en un capullo y asfixiarlo. Lo que necesitaba era una buena patada. Volvió a golpear su fusta porque tenía la intención de ser ella quien se la diera.

—Eso no solo no es asunto suyo, como he dicho antes. Tampoco es el mío —dijo Jane con firmeza—. Si su hermano desea tener visitas de cualquier sexo, no es de mi incumbencia, ni debe ser de la suya. Es un hombre adulto.

—Me pitan los oídos —dijo Christopher—. ¿Soy yo el hombre adulto del que hablan las señoras?

—Ya me iba —dijo Amanda—. Si realmente vas a dar un paseo, por favor ten cuidado, hermano querido. —Y le dio un beso en la mejilla al pasar—. Encantada de hablar con usted —le dijo a Jane cuando llegó al umbral—. *Lady* Jane, dele mis saludos a lord Fowler la próxima vez que hable con él.

¡Zorra! pensó Jane, entre otras palabras poco amables.

—¿Está listo, milord? —preguntó, oyendo el tono excesivamente brillante de su propia voz y sabiendo ya que Christopher iba a hacer preguntas.

—¿Discutimos primero el comentario de mi hermana, o lo hacemos mientras vamos a caballo? —preguntó él.

Jane suspiró. Aunque quería a Christopher, no iba a avergonzar a lord Fowler por un capricho, simplemente por el rencor de Amanda Westing. Por lo que ella sabía, la muchacha estaba escuchando en la puerta y al instante correría la voz de la ayuda de Jane para encontrarle una esposa al vizconde. Eso no serviría.

Por un lado, lord Fowler terminaría con muchas trepadoras sociales yendo tras él por todas las razones equivocadas, y por otro, ella estaría rompiendo una promesa solemne.

—No estoy segura de que haya nada que discutir, pero si lo hay, creo que deberíamos abstenernos de hacerlo hasta que estemos montando.

Se acercó a él y luego pasó por el estrecho espacio del marco de la puerta. Él se giró en ese momento hacia ella y quedaron a escasos centímetros.

Si Amanda no estuviera cerca, Jane podría imaginarse inclinándose hacia él, robándole un beso o al menos aspirando su aroma, varonil, con un toque de esencia de cidra y vainilla, pero sobre todo, al refrescante aroma del jabón de Pears.

Antes de que se deslizara por completo, la mano de él se levantó y le agarró el brazo, con una extraña habilidad para encontrarla. O para besarla.

—No —dijo ella, sin pensar en nada más que en que Amanda estaba al acecho y quizá volviera justo en el momento menos oportuno.

Capítulo 18

Christopher le arrebató la mano, sintiéndose como un niño travieso que busca una golosina.

—Mis disculpas —dijo de inmediato. Era, ante todo, un caballero. Últimamente, sobre todo con Jane, había empezado a utilizar su ceguera como excusa para comportarse de forma poco apropiada.

—No —repitió ella—. Quiero decir que no hay nada que disculpar, pero estamos en la puerta. —De repente, sintió que ella se inclinaba más cerca, y entonces le susurró al oído izquierdo—. Puede que su hermana esté todavía cerca.

—Ah, sí. Entiendo. —Aquella era sin duda una razón mejor que las innumerables que se le pasaban por la cabeza, sobre todo el hecho de que Jane ya no quería que la tocara o que Fowler le usurpara su afecto.

—Nuestros caballos nos esperan y un lacayo debería estar ya fuera, también.

En unos instantes, Christopher se encontró a lomos de Feldspar, un caballo castrado alazán, que había montado durante los dos últimos años.

Jane estaba a su izquierda, y el caballo del lacayo avanzaba a poca distancia por detrás.

—Háblame de su traje de montar —dijo—. ¿Color, estilo?

Ella se rio.

—Pensé que le interesaría más mi caballo, porque es bastante buen, se lo aseguro.

—Podemos llegar a eso en un minuto.

—Muy bien. Llevo un traje de color fauno. De seda, por supuesto, porque mi madre dijo que hoy haría calor.

—Muy inteligente por su parte, y por la suya.

—Gracias. Mi sombrero es negro con...

—¿Plumas? —interrumpió él, imaginando el sombrero de Jane con plumas saliendo por detrás.

—No, solo con un velo pardo a juego.

Cambió mentalmente su imagen de ella.

—¿Barbillera?

—No, estoy siendo más bien diabólica. Si se me cae el sombrero, que así sea.

—Mientras no se caiga con él...

—Nunca me he caído de un caballo, señor, y espero que hoy no sea la primera vez.

—Para cualquiera de nosotros —bromeó. ¡Dios no lo permita!—. Y apostaría a que tiene una de esas pulseras de punto para el mango de la fusta.

—No son de punto. Suelen ser de ganchillo, y sí, llevo una. En mi opinión, son más bonitas que una simple pulsera. Y, en respuesta, si es que iba a preguntar, se me ha caído la fusta unas cuantas veces, así que la pulsera es útil, además de atractiva. Y me parece un poco extraño que se haya fijado en una antes. Debe de tener un ojo muy agudo para las jinetes.

Christopher se rio de eso. Siempre que había estado en compañía de una mujer, solía sugerirle que montaran a caballo. A decir verdad, consideraba que la figura de una mujer sobre una silla de montar era realmente atractiva, y si su vestido estaba bien metido, le daba a un hombre una vista inigualable de su trasero.

Deseó poder ver la figura de Jane en ese momento.

—Puedo imaginarla fácilmente sobre su... ¿de qué color es su montura?

—Un pony marrón turba, y es un poco pesado. La llamo Jess.

—¿No es una Exmoor, por casualidad?

—Lo es, de hecho.

—¡Fabuloso! Entonces la he visto en la distancia, con este mismo traje en ese mismo caballo. A principios de la temporada, justo después de Ascot.

—Tiene razón. Jess y yo montamos bastante a menudo, ya que es mi costumbre favorita. Por supuesto, también lo he visto, señor.

—Cuatrocientos acres en Hyde Park, y sin embargo siempre parece que uno ve a todo el mundo en el camino de herradura.

O, al menos, solía verlos.

—Es cierto —convino Jane—. Al menos, ahora se ahorrará los continuos saludos a la derecha, luego a la izquierda, luego a la derecha, moviendo la cabeza. Le duele a uno el cuello.

Ella estaba haciendo una pequeña broma sobre un beneficio de ser ciego. Sonrió para sí mismo. Es más, no le ofendió, ni sintió que se le avecinaba la furia. Extraño. Esperaba haber pasado lo peor de su amargura por el poco bien que le había hecho.

—¿Cómo se llama su caballo? —le preguntó cuando se acercaron al parque desde el norte.

—Feldspar[3].

—Un nombre inusual —observó ella.

—El caballo es sólido como una roca.

Se rio.

—Entonces —dijo ella—, Jess debería llamarse Gelatina o Aspic.

La alegría brotó dentro de él, pensando en Jane montada en un caballo llamado Aspic.

—Buenos días. —La oyó decir—. Era una buena amiga de mi madre —añadió Jane después de un momento. Es muy dura de oído. Sobre todo, me limito a asentir. ¿Cómo se siente?

—Perfectamente a gusto. Mi cuello no se resiente con el tedioso cabeceo. Mi caballo me obedece como siempre, y nadie se ha estrellado contra mí todavía. Tenía razón. ¿Siempre tiene tanta razón?

Silencio.

—¿Y bien? —Repitió él. Esperaba no haberla ofendido.

—No sé cómo responder a eso, señor. —Ella sonó divertida—. Por supuesto que no siempre tengo razón. Hubo una vez... Bueno, una vez... —La oyó reírse con suavidad—. En realidad, no se me ocurre ningún caso terrible de equivocación en este momento.

---

³ Feldespato.

Su risa brotó de él, y se sintió bien. Todo se sentía bien, montando su montura favorita con su dama favorita y su sentido del humor y su gordo poni.

—Aquí estás, fuera de casa.

Era la voz de Whitely.

—Buen día, *lady* Jane. Westing.

—Buenos días, Whitely —respondió Christopher, después de que Jane murmurara su saludo—. ¿Cómo está la gota de tu padre?

Era una broma entre ellos. El padre de George era la imagen de la salud, pero cualquier indicio de dolencia era declarado como el inicio de la gota, incluso un dolor de cabeza.

—Oh, lo siento —dijo Jane, mientras Whitely se reía.

—No se preocupe, querida señora. Su acompañante está haciendo de bufón. Mi padre está bien, como siempre.

—¿Estás solo? —le preguntó Christopher.

—Burnley no está aquí, si esa es tu pregunta. O quizá sí, pero si está, estará con su último conq... —se interrumpió y tosió—. Está con una joven señorita. Sin ánimo de ofender —añadió, sin duda dirigiéndose a Jane.

—No me ofendo —le aseguró ella.

Christopher decidió que más tarde le pediría su opinión sobre un hombre cuyas amigas eran consideradas conquistas. O, pensándolo bien, tal vez no lo haría. Pero ciertamente le gustaría hacerlo.

De hecho, deseaba hablar de todo con ella y escuchar sus opiniones. Era un deseo novedoso. Tenía la idea de que ella incluso daría una opinión razonable sobre los actos parlamentarios. Qué maravilloso era tener una compañera con la que se podía hablar de gobierno. Su madre y su padre se querían, pero sus mundos de interés eran totalmente divergentes.

—Me voy —anunció Whitely—. Estaré en el club más tarde si estás considerando otra salida. En el White's.

—¿No es la Reforma? —Se preguntó Christopher.

—No. Tuve una discusión con un compañero de allí. Voy a mantener las distancias durante un tiempo, ya que va semanalmente a Paddington.

El club de pugilistas de Paddington era famoso. Aunque el boxeo no era la idea de diversión de Christopher, lo había probado. Sin embargo, los pugilistas del club de Paddington eran serios y brutales. Aun así, los comentarios de Whitely sonaban a cobardía, lo que no le sentaba bien.

—¿Necesitas un segundo? —preguntó, y luego se dio cuenta de la estupidez de tal ofrecimiento—. Quiero decir que Burnley es un buen hombre para tener a tu lado.

—No llegará a eso, espero —dijo George.

—No puedo creer lo que oigo —juró Jane—. ¿Están hablando de un duelo?

Whitely se rio, y Christopher se le unió.

—No, *lady* Jane —prometió Whitely—. Aunque era una práctica noble…

—Una práctica obstinada y peligrosa —interrumpió ella, y Christopher pudo imaginar su indignación. Probablemente parecía aún más seductora cuando se enfadaba.

—Aunque era una práctica obstinada —comenzó Whitely de nuevo—, hemos tenido que dejarla pasar a las brumas de la historia. En cualquier caso, si alguien insultara mucho mi honor o el de un miembro de la familia, me imagino esperándolo al amanecer, con las pistolas preparadas.

Christopher puso los ojos en blanco. Era mejor que se explicara.

—No estábamos hablando de pistolas en este momento, solo de pugilismo. El boxeo, si se quiere.

—Ya veo. —Ella no parecía impresionada.

—No creo que necesite un segundo, viejo amigo, pero prefiero tenerte en a ti en tu estado que a Burnley con los dos ojos.

Riéndose de su propia y pobre broma, Whitely les deseó a ambos un buen día y se fue trotando.

—Su amigo está de buen humor —comentó Jane cuando volvieron a avanzar, con sus caballos dando un simple paseo.

—Sí, es capaz de divertirse hasta el infinito, y por eso acaba teniendo esas peleas. No sabe cuándo mantener la boca cerrada. —Lo que le recordó a Christopher que George había dicho que se declararía a Jane por culpa de Fowler.

¿Cómo debía abordar el tema del vizconde y preguntarle a ella sus sentimientos por el hombre? Estaba totalmente fuera de lugar sacarlo a colación, pero no se le ocurría cómo podría surgir Fowler en una charla casual. Excepto...

—Hábleme del hipopótamo.

—Oh, fue espléndido. ¿Ha visto uno en un libro? —preguntó ella.

—He visto un boceto. —Parecía tan fantástico como una jirafa o un rinoceronte. Unas criaturas tan extrañas, sobre todo para tenerlas en suelo inglés.

—Si su boceto mostraba una bestia que demuestra que Dios tiene un sentido del humor tan grande como el de lord Whitely, entonces el dibujo era exacto. El hipopótamo es un animal grande, sobre todo en su circunferencia, que parece una salchicha cuya piel podría reventar en cualquier momento. Tenía las patas más ridículamente cortas, más bien como un cerdo. De hecho, me recordaba a un jabalí muy grande sin cerdas, y de aspecto más amigable, casi con nariz de perro, un bulldog, no un terrier. Cuando se tumbaba, se parecía un poco a una morsa. Tenía unas orejas diminutas y tontas, que se movían continuamente. Cuando sonrió pareció agradable, pero luego abrió sus grandes mandíbulas, y nunca he visto unos dientes tan enormes: grandes colmillos que suben desde abajo y bajan desde arriba. No sé cómo cerró la boca, francamente.

—Gracias —dijo él cuando ella terminó—. Su descripción fue excelente. Prácticamente puedo verlo. ¿Qué sonido hizo?

—Deberíamos ir juntos para que pueda escucharlo. Gruñía y estornudaba e incluso a veces sonaba como si se riera.

—¿Como Whitely? —preguntó.

—Un poco más fuerte y más como un ladrido, por lo demás —se burló Jane—, sí, exactamente como él.

Antes de que ella pudiera pasar a otro tema, Christopher añadió:

—En efecto, me gustaría ir a escuchar al hipopótamo, si no le aburre volver a verlo. No puedo prometerle una fiesta después, como la que organizó lord Burton, ni la rutilante compañía de lord Fowler.

Jane no dijo nada al principio, y Christopher habría dado mucho por poder ver su expresión.

Al fin, ella habló.

—Soy feliz en su compañía, milord, y no necesito una fiesta.

No había mencionado a Fowler. ¿Y ahora qué? Supuso que tenía que ser franco.

—Me han dicho que está en compañía de lord Fowler con frecuencia.

—Es fácil coger el extremo equivocado del bastón si uno escucha los chismes —aconsejó Jane, y no dijo nada más.

Maldita sea. Era tan callada como una concha. Además, no estaba siendo razonable, ya que escuchar era la única forma en que él podía reunir información.

—Cuando más de una persona le da el mismo palo —comenzó Christopher, pensando en continuar con su pintoresca fraseología—, entonces le corresponde a uno agarrarlo.

Por segunda vez en pocos minutos, Christopher puso los ojos en blanco.

¿Qué demonios estaba balbuceando? «Agarrar palos». Más bien estaba agarrándose a un clavo ardiendo.

—Sea como fuere —comenzó Jane, pero en el fondo de su mente, él podía oír un sonido metálico en la distancia—. Aunque no voy a romper una confidencia, puedo decirle...

—¿Qué es eso? —la interrumpió—. ¿Lo oye?

—No, yo... sí, lo oigo. —Oyó el crujido de su silla de montar mientras se giraba—. ¡Oh, Dios mío!

—Jane, ¿qué pasa? —Porque ella se había quedado callada.

Al mismo tiempo, él podía oír gritos y el sonido atronador de los cascos y el extraño ruido de traqueteo, que

Christopher estaba ahora seguro de que era un enganche roto siendo arrastrado detrás de los caballos, obviamente caballos sueltos sin nadie en las riendas.

—¡Caballos desbocados! —gritó su lacayo.

Haciendo a un lado la terrible sacudida de miedo que le recorría, Christopher se acercó a ella, pensando en agarrar la brida de su caballo y mantenerla tranquila mientras se ponían a salvo. Sin embargo, debió de girar su montura para mirar lo que se cernía sobre ellos, porque en lugar de la brida de su poni, sus dedos rozaron sus ancas por detrás de la silla de montar.

—Jane, rápido —le instó—. Debemos llegar a un lado.

—Están arrastrando a alguien —dijo ella, ignorándolo—. No, deben de haber atropellado a alguien y ella ha quedado atrapada. ¡Oh, Dios mío!

—Señor —exclamó Cyrus, alarmado—. Debemos movernos.

—Jane —insistió Christopher—. Van a pasar por aquí y...

Su caballo, que debía estar de cara al desastre que se avecinaba, se encabritó al oírlo, y ella gritó.

—Cyrus, agarra la brida de la dama si puede. ¿Sigue sentada?

—Sí, señor —dijo Cyrus.

Al mismo tiempo, Jane aparentemente recuperó la cordura y respondió:

—Así es. Gire a su derecha, rápido.

Christopher solo podía esperar que el camino estuviese despejado mientras urgía a Feldspar con sus botas, tirando de las riendas hacia su derecha. Su caballo parecía estar encantado de moverse en esa dirección, y Christopher tenía que confiar en que el animal no lo estuviera metiendo en problemas o atropellando a una familia que estuviera de picnic.

Un instante después, los caballos fugitivos y todos los sonidos que los acompañaban pasaron cerca de él.

—¡Jane!

—Ya nos han pasado —le dijo Jane en voz baja.

Tiró de las riendas y se detuvo, comenzando a alcanzarla.

—Estoy aquí —dijo ella desde su izquierda.

—¿Está herida? —preguntó de inmediato, deseando poder tomarla en sus brazos.

—No, pero fue horrible. Un espectáculo terrible.

La voz de ella temblaba, y apropiado o no, él extendió la mano y le ordenó:

—Agárrese.

De inmediato, Christopher sintió que sus dedos enguantados agarraban los suyos.

—Hay una dama sangrando en el camino —le dijo ella, y él deseó poder evitarle tener que describirla—. Creo que... está muerta. La gente la ha rodeado y alguien la ha cubierto con un manto. ¡Oh, Chris! —se lamentó.

Él rodeó el pomo de la silla con las riendas para mantener su caballo firme, y luego, inclinándose hacia un lado, atrajo a Jane hacia él y la abrazó. Era incómodo, pero era lo mejor que podía hacer.

—Lo siento mucho —dijo ella, con un tono vacilante que no se parecía en nada a la Jane Chatley capaz que él conocía y había llegado a adorar.

—¿Por qué? —preguntó él.

—Por entrar en pánico y por no moverme. Casi hago que nos maten a los dos por perder el tiempo, y a su lacayo también. Me quedé tan quieta como una estatua mirando cómo se acercaban los caballos.

—Si lo hubiera visto, habría hecho lo mismo —dijo—. Al final, nos ha salvado.

—No lo hice —dijo ella con lágrimas en los ojos.

—Usted lo hizo. No pude determinar qué camino tomar. Podría haber ido a la izquierda pensando que estaba cerca del borde del camino y haber ido delante de ellos. Si no me hubiera dicho que fuera a la derecha, me habría quedado donde estaba. —Le frotó las manos por la espalda, tratando de calmarla.

—¡Cyrus! —gritó él—. ¿Está aquí?

—Sí, señor.

—¿Hay algo que podamos hacer por los heridos?

—Creo que no, señor. —Su tono dejó claro que no se podía hacer nada por la mujer atropellada.

—¿Y el carruaje del que se desprendieron los caballos?

—Muy abajo en el camino. Otros han ido a ver el estado de los mismos.

—Entonces llevemos a *lady* Chatley a casa. Ojalá tuviera un carruaje —le dijo—. ¿Aún puede montar?

Jane resopló.

—Sí. —Pero sintió que la mano de ella apretaba la suya, por lo que permaneció inmóvil un minuto más. Entonces, ella se apartó de él, y el ala de su sombrero golpeó sus gafas al hacerlo.

—Estoy bien —prometió ella, mientras él tanteaba para cogerlas antes de que se deslizaran de la silla y se perdieran para siempre.

El armazón de las lentes se rompió mientras sujetaba las gafas contra el pomo de su silla de montar.

—¡Caramba!

—¿Qué pasa? —preguntó Jane, sonando con un nerviosismo desconocido en su tono.

No le gustó el sonido. Le recordaba demasiado a su propia voz durante las primeras semanas después de la explosión.

—Nada, simplemente mi propia torpeza. —Y se guardó las gafas rotas en el bolsillo de la chaqueta—. Cyrus, puede guiar el camino —le dijo al lacayo.

—Sí, señor. Sígame.

Y su pequeño grupo se movió lentamente por la hierba, volviendo al fin al camino nupcial, mucho más allá de la mujer muerta, por lo que Christopher pudo ver por los sonidos distantes detrás de ellos.

Después de unos minutos de silencio, Jane dijo:

—Solo piense que hace unos minutos estaba simplemente dando un paseo. —Ella no dijo nada más, y él no supo qué decir para consolarla.

Ya estaba resignado a una nueva conciencia de la fragilidad de la vida y de la rapidez con la que puede cambiar el estado de una persona. No quería ser brutalmente franco con Jane, que hoy había sido testigo de la muerte, pero este cruel giro del destino era su propia realidad desde la explosión. La dificultad no consistía en concebir cómo alguien que había salido a pasear podía estar ahora muerto. La lucha consistía en no ceder al miedo a lo desconocido, al que se enfrentaba a cada momento en su mundo sin vista.

Lo que más deseaba era que esto no cambiara a Jane.

Volviendo en la dirección por la que habían venido, acabaron pasando por el vehículo cuyo enganche se había roto, desencadenando los trágicos acontecimientos.

—Parece que nadie del carruaje resultó herido —dijo Jane en voz baja, y sin pensarlo, Christopher abrió los ojos, mirando a su alrededor.

Era un día muy luminoso, pensó, y luego ahogó un grito.

¡Un día luminoso!

Por un momento, creyó ver el juego de las sombras, lo que significaría que sus ojos habían detectado luz. Creyó haber visto movimiento, como una rama de árbol que se balanceaba en su visión, más oscura que su entorno.

Parpadeó y miró fijamente. Ahora, todo parecía simplemente el mismo tono de negro, pero en realidad podría ser una oscuridad más pálida que antes. ¿O era simplemente porque no llevaba las gafas?

«¿Se lo había imaginado?», se preguntó. ¡Qué día tan desconcertante!

Tuvieron suerte de volver todos ilesos. El caballo de Jane podría haber chocado con los desbocados. O podría haber salido despedida del lomo de su poni.

Además, él habría sido incapaz de impedir que le ocurriera algo malo.

Otro hombre, incluso Fowler, podría haber visto el peligro, haber agarrado las riendas de su caballo si Jane estaba paralizada por el miedo, y haber tirado de ella para ponerla a salvo. Christopher, en cambio, tuvo que esperar a que ella le dirigiera, y casi había sido demasiado tarde.

Era un tonto. Cada vez que habían salido, se había preocupado por si tropezaba y la avergonzaba. Se había preocupado por su reputación. Todo el tiempo, debería haber considerado su bienestar.

Que aceptara la naturaleza voluble de la fortuna no significaba que tuviera que gustarle. Tampoco significaba que tuviera que aceptar el peligro añadido en el que ponía a los que le rodeaban.

Una sombría comprensión se apoderó de él, pero no podía pensar en otra alternativa.

Tendría que dejarla ir por completo.

Capítulo 19

Al agarrarse a la barandilla cuando bajaba las escaleras de su casa de Hanover Square, Jane se reprendió una vez más por ser irracional. Al fin y al cabo, dos días antes no había ocurrido nada que cambiara su vida. Ella estaba bien. Christopher también estaba bien.

Sin embargo, había sido incapaz de desprenderse por completo de los sentimientos de ansiedad que la aquejaban.

No era solo haber permanecido estúpidamente congelada en la línea de peligro, movida a la acción solo por la voz de Christopher instándola a la seguridad. También fue la inquietante visión de la mujer que yacía en el camino. Sin vida.

Jane pensó en el día de esa mujer. Se despertó, se aseó y luego se vistió. Quizá fuera una madre o una joven novia. En unos instantes, su vida había terminado, y nunca más volvería a casa. ¿Y si hubiera estado a punto de hacer algo importante? ¿Y si los que la querían nunca se recuperaban de su dolor?

—¡Para! —dijo en voz alta al entrar en el salón, solo para encontrarse cara a cara con su primo sentado en el sofá.

—¿Parar qué? —preguntó él, poniéndose de pie—. Qué forma tan extraña de saludar.

—¡Bernard! —exclamó ella. ¿Por qué nadie le había avisado de su visita? ¿Y dónde estaba su madre?

—Jane, tiene buen aspecto.

—¿Dónde está mi madre? Sabe que mi padre está fuera.

—Se espera que regrese cualquier día, y sin que fuese mi intención, llegué antes que él.

Todo esto era nuevo para ella. Noticias desagradables, también. Solo podía tratarse de una cosa.

—Estoy comprobando mi herencia —anunció él sin pudor—. Y sopesando mis opciones.

Su mirada la recorrió. Sin duda, la consideraba una opción.

—Espero que no le hayan traído aquí con falsos pretextos —comenzó ella.

¿Había alguna manera de que se viera a sí misma casándose con Bernard Lowther? No era feo. Era simplemente Bernard. Se había encontrado con él al menos una docena de veces en su vida, y nunca había hecho sino la más pequeña de las ondas en el lago de su existencia. No como Christopher, que hacía que las olas se estrellaran en su orilla simplemente por estar cerca de ella.

—Creo que no sé lo que quiere decir. Cuando su padre muera, me convertiré en el próximo conde de Chatley. ¿Hay alguna duda al respecto?

¿Por qué el parlamento no podía promulgar una ley que transmitiera la propiedad y los títulos a las hijas? Ella le preguntaría a Christopher la próxima vez que se encontraran sobre esta posibilidad. Dudaba que, incluso si ocurría, lo hiciera a tiempo para salvarla de ser utilizada como peón entre tío y sobrino.

A pesar de los deseos de Bernard y de su padre, ella no entregaría su existencia legal al cuidado de este hombre. Podía ser un santo, por lo que ella sabía, pero era un hombre al que no quería ni valoraba. Sería una tontería por su parte, y esperaba no ser una tonta.

—No hay duda de que heredará —confirmó Jane—. Pero no creo que mi padre esté en riesgo inminente de morir.

Mientras lo decía, el rostro de la mujer muerta pasó ante sus ojos.

¡Dios mío! Después de todo, era una tonta. La muerte inminente estaba sobre cualquiera de ellos en cualquier momento.

—¿Está bien? —preguntó él—. Se ha puesto muy pálida.

Justo entonces, cuando Jane se hundió en la silla más cercana, entró su madre.

—*Lady* Chatley, buenos días. Me temo que su hija se encuentra mal.

—¡Qué! —exclamó la condesa y se apresuró a ir a su lado, cogiendo su mano, mientras ponía la palma en la frente de Jane—. Está un poco húmeda y pálida.

Bernard dijo que su padre se había retrasado al llegar del continente. Incluso entonces, podría estar muerto en el fondo del canal de la Mancha, víctima de una tormenta que destrozara su barco, o tirado en un camino tras haber sido arrojado de su caballo.

Ahora que lo pensaba, ella nunca iría a caballo en un viaje así, sino en un carruaje. Aunque este podría haberse estropeado o haber sido asaltado a punta de pistola. Se negaría a entregar su bolso y los salteadores de caminos le dispararían. O también podría haber muerto al caer por las escaleras de una posada de camino a casa.

Su madre y ella tendrían que mudarse de inmediato, ya que Bernard se haría cargo. No estaban preparadas. Nadie estaba preparado para el desastre, o no se llamaría desastre. Christopher no había sabido que estaba viendo su última visión, como tampoco la mujer de Hyde Park había sabido que estaba respirando su último aliento.

—Jane —dijo su madre, sacándola de su ensoñación—. ¿Qué está pasando?

No podía explicarle a su madre, y menos delante de Bernard, que estaba teniendo una crisis: algo en su cerebro se había llenado de miedo. Quería hablar con Christopher. Él lo entendería. De eso estaba segura.

Ella se había apresurado a exigirle que se esforzara por hacer cosas que consideraba imposibles. Y ella lo había esperado de él y no le había dado suficiente reconocimiento.

¿Cómo lo había hecho él con tanto aplomo?

Avergonzada por cómo Christopher había sido el que la había consolado después del incidente del parque, Jane sacudió la cabeza al pensar que lo había vivido todo en la oscuridad.

¿Cómo se podía vivir con tanto miedo?

Levantándose de un salto, provocando el jadeo de su madre, se limitó a decir:

—Hasta luego, mamá. —En la puerta, se acordó de su primo y se volvió—. Buenos días, Bernard. Espero que disfrute de su visita. —Estuvo a punto de añadir algo sobre eliminarla de su lista de opciones, pero decidió no hacerlo. Su comportamiento errático era probablemente motivo suficiente para que él se lo pensara dos veces.

Llamó al carruaje de la familia y se dirigió directamente a Berkley Square. Le dio al mayordomo de los Foresters su nombre, aunque él ya lo conocía, y preguntó por lord Christopher Westing, no por la duquesa.

—Por favor, dígale que es de suma importancia.

Mientras paseaba por la atractiva habitación, le pareció una eternidad antes de que Christopher apareciera. Cuando se volvió al abrir la puerta y lo vio, el flujo de emociones que experimentó la dejó sin aliento.

—¿Dónde está? —le preguntó él.

—Estoy aquí. —Pero en lugar de quedarse junto a la chimenea, Jane caminó a su encuentro. Luego pasó por su lado y cerró la puerta. No tenía cerradura, pero era lo mejor que podía hacer. Quería estar sola, a salvo, con el hombre que amaba.

—¿Qué pasa? —le preguntó Christopher.

<hr>

Casi tan pronto como le hizo la pregunta, él sintió que los brazos de Jane lo rodeaban. No por la cintura para un abrazo amistoso. Sus manos subieron por su pecho y por detrás de su cuello, hasta que sintió sus dedos entrelazados en su pelo.

El delicado aroma floral de ella le llenó la cabeza y respiró hondo.

Sin embargo, antes de que pudiera decir otra palabra, sintió que el cuerpo de ella se levantaba, como si se pusiera de puntillas, y entonces, sus labios estaban firmemente sobre los de él.

Christopher gimió. Las últimas veces que habían estado juntos, no habían tenido oportunidad de compartir un momento íntimo. Y a pesar de haber decidido que ella estaría mejor sin él, no podía rechazar su oferta. No cuando ella era el único deseo de su corazón y de su cuerpo.

Dejó caer el bastón y apoyó las palmas de las manos en la espalda de ella, acercándola. Y aunque Jane estaba haciendo un trabajo admirable al besarlo con sus suaves y cálidos labios, él necesitaba más.

Inclinando la cabeza, le lamió la comisura de los labios hasta que ella abrió la boca, y entonces estaba dentro de ella, chupando su lengua caliente, que sabía a menta —¿había comido un dulce de menta, quizás?— y empujando sus caderas contra las de él.

Cuando ella gimió en respuesta, el sonido provocó una oleada de lujuria en sus entrañas.

Su beso fue largo y prolongado. Frustrante, perfecto.

Sabiendo dónde estaba y cuántos pasos daría, la apoyó contra la puerta que ella acababa de cerrar. Entonces pudo aplastar completamente su cuerpo contra el suyo. Cuando no fue suficiente, cuando sintió las manos de Jane subiendo y bajando por su espalda, tirando salvajemente de ella, antes de aferrarse a su pelo una vez más, metió la mano en sus faldas y comenzó a subirlas.

—Sí —siseó ella contra su boca, animándolo.

Con ambas manos, Christopher le levantó la bata y sus múltiples capas de enaguas hasta la cintura, sujetándolas entre sus cuerpos, de modo que sus dedos quedaron libres para descubrir lo que había debajo. Calzones de seda.

Por supuesto, Jane, que era perfecta sin medida, tendría los calzones de seda más ligeros y suaves. Quería arrancárselos.

Sin embargo, se contuvo y deslizó una de sus manos hacia la abertura entre sus muslos. Los calzones, unos pantalones cortos y separados atados a la cintura, permitían un fácil acceso a su cuerpo, a su lugar más sensible, a los suaves rizos sobre su montículo, y...

—¡Ohh! —gritó ella contra su boca cuando él tocó su núcleo.

Estaba húmedo, caliente, resbaladizo, glorioso. No necesitaba verla. Podía sentir que ella apoyaba la cabeza contra la madera pintada detrás de ella. Sabía que tenía los ojos cerrados y la boca abierta. Podía oír sus jadeos.

Era un sonido que alimentaba su deseo. Su miembro palpitaba de necesidad a pesar de que su cerebro sabía que no podía hacer nada al respecto ahora. Al menos, podría darle placer, ¡con rapidez!, teniendo en cuenta que era pleno día, a pesar de la oscuridad que lo envolvía, y que estaban en el fastidioso salón de la casa de los Forester.

—Jane, Jane, Jane —murmuró, sus labios contra la suave piel de su cuello mientras tocaba su hinchada feminidad, deslizando los dedos en su interior.

El cuerpo de ella respondió al más suave contacto. Él acarició su lugar íntimo, una y otra vez, acelerando la velocidad al sentir que se ponía rígida, sorprendido por la humedad contra su palma. Subió la mano libre y le cogió el pecho a través de la bata y el corsé, y presionando con suavidad con el pulgar, pudo sentir su pezón.

Mientras él la acariciaba, continuando con sus caricias entre sus piernas abiertas, ella encontró su liberación.

Nunca una mujer se había derramado en éxtasis para él de esa manera. Con un toque tan ligero y tan rápido. Con la larga escasez de placer físico, sabía que él podía hacer lo mismo, con la misma facilidad. Sin embargo, a diferencia de Jane, que seguía estremeciéndose en sus brazos, su liberación sería un asunto sucio, que sería mejor dejar en la intimidad de su habitación, cuando imaginara los delgados dedos de ella rodeando su verga.

Si seguía pensando así, no sería capaz de esperar.

Jane suspiró de repente, y él se imaginó que sus ojos se abrían y sus labios emitían un hermoso «oh» de asombro ante lo que había ocurrido con tanta naturalidad.

Christopher sacó la mano de debajo de las piernas de ella y dejando caer las faldas, volvió a reclamar su boca, esa hermosa boca con sus espléndidos labios.

—Mmm —murmuró ella contra él—. Eso ha sido...

—Me alegro —dijo él.

Entonces, para su sorpresa, ella soltó una risita.

—Estoy en el salón de lord y *lady* Forester.

—Yo también. —Christopher se agachó y ajustó su doloroso miembro para aliviar la incomodidad.

—¿Está bien? —preguntó ella, sonando curiosa, y él supo que su mirada debía de estar puesta en sus movimientos.

—Lo estoy. No se preocupe. Mi cuerpo se excitó con su placer.

—Fue maravilloso —le dijo ella—. Debería sentirme avergonzada, pero no lo hago. No con usted.

«¿Porque no podré ver?», se preguntó él.

Inmediatamente, se dio cuenta de que era el nuevo hombre inseguro que había en él el que pensaba mal. Jane no había querido decir tal cosa.

—¿Porque estamos tan cómodos juntos? —conjeturó Christopher.

—Precisamente —dijo ella, todavía a centímetros de él—. Por eso he venido hoy.

Su expresión debió mostrar su sorpresa, porque ella enmendó con rapidez sus palabras.

—No quiero decir que he venido a hacer... lo que... lo que acaba de hacer conmigo. Quiero decir que he venido a verle porque tenía pensamientos extraños e incómodos después del otro día, después de lo que pasó en el parque. Quería contárselos porque puedo contarle cualquier cosa. También he venido a disculparme.

—¿Disculparse?

—Sí, por insistir tanto en que salga conmigo.

¿Ya no quería salir con él?

Retrocedió unos pasos y escuchó el chasquido al pisar su bastón y romperlo. También pudo oír cómo se ajustaba la bata, probablemente alisándola con las manos.

—¿Qué lleva puesto? —preguntó sin pensarlo.

—Está cambiando el tema. Una bata y una chaqueta de color crema. Ambas tienen ribetes negros.

—Suena a la moda —dijo él.

—Sí —convino ella, distraída.

—Muy bien, dígame por qué quiere disculparse.

—Porque el mundo es un lugar aterrador —dijo ella apresuradamente—. No fui lo bastante comprensiva. Le traje el bastón y le hice andar y montar.

Sin su insistencia, él probablemente seguiría teniendo miedo de salir a la calle.

—Hizo bien en insistir —dijo—. La vida cotidiana no iba a ser más fácil si me escondía en casa. Esta es mi vida ahora. —Golpeó su bastón roto con la punta del zapato.

Además, no había visto más sombras fantasmas, a pesar de pasar el tiempo en el jardín sin sus gafas, esperando ver alguna cualidad de la luz y la oscuridad.

—Y cuanto antes lo acepte y aprenda a vivir con ello, mejor.

—Tiene razón —dijo ella—, pero...

—¿Pero qué? —incitó él en el silencio.

—En cualquier momento puede pasar cualquier cosa.

Él suspiró.

—Lo sé. Y ocurrirá tanto si uno pierde el tiempo preocupándose como si no.

Después de un momento, sintió la mano de ella en su mejilla. Antes de que pudiera apreciar su tierno gesto y cubrir su mano con la suya, el pomo de la puerta sonó y sintió que Jane retrocedía, poniendo algo de distancia entre ellos.

—¿Qué está pasando aquí? —Era su padre.

—Buenos días, Su Gracia —dijo Jane, sonando completamente normal.

—Buenos días, *lady* Jane. Parece que hay alguna travesura en marcha.

Christopher sintió una pizca de alarma. ¿Su padre había visto algo? ¿Estaba el vestido de Jane desordenado?

—Un paso en falso es todo —dijo ella con voz tranquila—. Lord Westing lo dejó caer y lo pisó antes de que pudiera recuperarlo.

¡El bastón!

—Es el segundo en un mes, ¿no?

Christopher recordó cómo Jane rompió el otro a propósito, pero no dijo nada.

—Luego estaban sus gafas. Por eso he venido a buscarle —explicó el duque—. Voy a ir al parlamento y me gustaría que me acompañaras. Podemos ir al oculista de Tothill Street y conseguir otro par, y supongo que habrá algún lugar cercano donde podamos encontrar otro bastón largo. Quizá compremos dos de cada artículo.

—Ya me marchaba —dijo Jane.

¿Se había ido? Habían estado hablando de la calidad efímera de la vida.

—No quise interrumpirlos, jóvenes —señaló su padre, pero no salió de la habitación.

—En absoluto, Su Gracia —le aseguró Jane—. Parece que tienen asuntos importantes a los que deben atender.

—Antes de irse, querida niña, si fuera tan amable de preguntar a mi esposa si hay algo que necesite... Está en la biblioteca.

—Por supuesto, Su Gracia. Buenos días.

—Lo mismo digo, *lady* Jane —respondió el duque.

—Buenos días, señor —repitió ella, y Christopher pudo oír que se había acercado un paso para hablarle.

—Igualmente —respondió él. Quería preguntarle cuándo podrían volver a verse, ya que todas sus anteriores ideas caballerescas de mantener las distancias y ordenarle que saliera con otros hombres más capaces se habían disuelto en cuanto se había acercado de nuevo a ella.

Era débil cuando se trataba de Jane. Sin embargo, ella también le hacía más fuerte. Era una paradoja.

Escuchó sus pasos cuando ella salió del salón. ¡Dios mío! Pensar en lo que había ocurrido unos minutos antes.

—Buena chica —dijo su padre—. Me gusta el material del que está hecha. Me alegro de que su madre cuente con su ayuda.

Christopher consideró lo afortunado que era de tenerla a ella también. Pero, ¿qué sacaría ella de ello? Una vida de describir todo con detalle y...

—¿Estás listo, hijo mío?

—Siempre, padre —contestó, algo que solía decirle todo el tiempo y que no había tenido ganas de decir desde la explosión, pero el hecho de complacer a Jane como lo había hecho, de tenerla derretida en sus brazos, ciertamente le había dado una nueva sensación de seguridad.

***

Jane se dio cuenta de que su corazón seguía latiendo con rapidez. Apenas había pasado tiempo desde que Christopher había hecho cosas tan maravillosas en su cuerpo hasta que su padre los interrumpió. Mientras este llamaba a la puerta de la biblioteca, se consideró afortunada de no haber estado todavía arreglando sus faldas cuando el duque de Westing entró.

¡Qué desastre habría sido eso!

—Jane, querida. ¿Cómo sabías que le necesitaba desesperadamente? —preguntó la duquesa de Westing, y ella tuvo que apartar todos los pensamientos sobre Christopher y lo que significaba su momento de intimidad, si es que hubo alguna—. ¿Sabías que esta semana hemos recibido tarjetas de visita de tres jóvenes que querían venir a visitar a mi hijo?

Jane frunció el ceño. ¿Por qué le decía esto la duquesa? Es más, ¿por qué no se lo había dicho Christopher?

—No, no lo sabía, ¿cómo podría saberlo?

—Solo lo menciono porque me gustaría saber su opinión sobre ellas. Sé que usted y Chris son amigos. Si puede darme su parecer sobre los méritos de estas jóvenes, sería muy útil. Tengo entendido que usted misma está casi comprometida. Me sorprende, ya que tenía la idea de que usted y mi hijo podrían estar encaminados a un entendimiento, pero esa era mi suposición, infundada. El corazón va donde quiere, como dicen.

Jane había dejado de escuchar después de la palabra comprometida.

—Su Gracia, no estoy «casi comprometida». —¿Cómo podía saber de la llegada de Bernard a Londres, si ella misma se había enterado hacía poco?—. No sé dónde ha oído tal cosa.

—¡Oh, Dios mío! Entonces no estaría bien que hablara de las otras damas con usted, ya que puede considerarlas rivales. No sé cómo se me ha ocurrido esa idea. Pensé que Amanda había dicho que esperaba una propuesta de lord Fowler cualquier día.

Jane apretó los labios para reprimir el suspiro de frustración. La hermana de Christopher necesitaba encontrar algo en lo que ocuparse, además de los asuntos de su hermano.

—Hablando de *lady* Amanda, me dijo en confianza que deseaba mucho ayudar en la decoración de la casa y en la elección de las telas, los colores de la pintura e incluso los corredores de alfombras.

—¡Es inaudito! —exclamó la duquesa—. Ella nunca ha mostrado interés.

—Ella dijo que usted diría tal cosa. Se siente muy intimidada porque usted es una artista con un conocimiento tan amplio del color. No cree que vaya a valorar su aportación ni a considerarla útil. Dijo que incluso protestaría mucho si se lo pidiera, para no avergonzarla ni decepcionarla. Sin embargo, desea de verdad que la tome bajo su protección y la ponga a trabajar. Desea aprender y ayudar. —Jane se sentó en la mesa y cogió unas revistas—. A menos que no quiera que su hija se involucre.

—No, sí quiero —dijo la duquesa—. Simplemente supuse que se negaría.

Jane trató de parecer prudente.

—Entonces debe ordenarle que ayude para que no pueda decir que no.

—¡Jane! —exclamó la duquesa, y Jane pensó que había ido demasiado lejos, hasta las siguientes palabras de Su Gracia—. Tiene toda la razón. Qué chica tan amable y considerada es. Solo espero que no altere nuestro propio acuerdo, que tan bien se ha desarrollado.

—¿Qué quiere decir?

—No quiero que piense que estoy teniendo favoritismos al darle a mi hija la mayor parte del trabajo o al pedirle su opinión por encima de la suya.

Jane sonrió, y su alegría era genuina hasta los dedos de los pies.

—En absoluto. No puedo imaginar nada que me haga

más feliz que veros a usted y a Amanda trabajando juntas.

¿Debería preguntar por las otras damas? Decidió no hacerlo, después de lo que Christopher acababa de hacer con ella, se sentía segura de que ella era la primera en su consideración. Sin embargo, su curiosidad exigía que le preguntara en privado sobre sus identidades.

—Creo que Amanda está arriba —añadió la duquesa—. Tengo la intención de mandar a buscarla ahora.

Jane asintió.

—Será mejor que me haga desaparecer cuando lo haga. Si ella piensa que tengo algo que ver en esto, solo aumentaría su sensación de inseguridad. Deje que la idea de que trabaje con usted venga directa y totalmente de su parte. ¿No cree?

Jane se sorprendió a sí misma, pero estaba demasiado metida en el asunto como para cambiar su rumbo. Parpadeó sin disimulo y dejó que la duquesa decidiera lo que iba a hacer.

—Creo que tiene razón. Entonces, ¿podría ir a comprar la red para las luces? —Le entregó a Jane un papel—. Aquí está la dirección.

Con su nueva tarea, Jane se puso en marcha sintiéndose mucho mejor que cuando llegó, sintiendo miedo de su propia sombra. Christopher había tenido razón. No tenía sentido preocuparse cuando lo que fuera a pasar, pasaría de todos modos.

Y entonces recordó que Bernard Lowther la esperaba en su casa, no un vago temor por alguna posible catástrofe futura, sino un primo muy real que la veía como una opción.

Capítulo 20

El día de la exposición de arte de la duquesa de Westing amaneció claro y soleado.

Un obstáculo fuera del camino, pensó Jane. Nadie se vería disuadido por los enormes chaparrones o, peor aún, entraría en el Salón de Egipto sacudiendo sus paraguas empapados sobre las acuarelas de la madre de Christopher.

La exposición se inauguraría a las dos y continuaría hasta la noche. Su propia madre iba a venir, independientemente del paradero desconocido del padre de Jane. Por desgracia, la acompañaría Bernard Lowther. Jane había conseguido evitarlo hasta ahora con una rudeza extrema y poco habitual.

De hecho, dentro de los confines de la casa de Chatley, solo lo había visto dos veces, cada una de ellas antes de que él la viera a ella, por lo que había escapado de su compañía, excepto para la cena. Sabía que él no sería tan grosero como para sacar el tema del matrimonio en la mesa, sobre todo con su padre todavía ausente.

Jane no había vuelto a mencionar a propósito la

exposición de arte a lord Fowler, sabiendo que Christopher iba a asistir para apoyar a su madre. Simplemente, no quería que un hombre se encontrara con el otro. Lord Fowler iba a decir algo que obligaría a Jane a revelar su colaboración con él, cosa que había prometido no hacer. No deseaba humillar al vizconde.

Todos los hombres tenían orgullo, como *lady* Cambrey y ella habían discutido, tanto si se sentían perjudicados por una lesión accidental ajena por completo a su voluntad, como si trataban de encontrar una mujer con la que pasar su vida. Esperaba que la búsqueda de esta última terminara pronto, ya que a Jane le resultaba agotador y molesto ser demasiado social.

A las doce en punto, Jane pasó entre los pilares de la Sala Egipcia, que a su vez se encontraban bajo estatuas místicas de tamaño natural de personajes antiguos en lo alto de la calle. Se sintió como si entrara en otro mundo, con el estilo de una tumba egipcia. Sin embargo, en el interior, gracias a una gran claraboya central, era luminoso y aireado, lo contrario de lo que Jane pensaba que sería una tumba.

El día anterior, había ordenado a los obreros que colgaran la red para difuminar la luz, de acuerdo con las exigentes normas de la duquesa, copiando el propio estudio del señor Turner.

Además, en las últimas veinticuatro horas, Jane había ayudado a la propietaria de la sala a colgar los cuadros de la duquesa de los cables que rodeaban la sala principal. Cada uno tenía su tarjeta con el nombre en color crema, pulcramente impresa, pegada a la parte inferior del marco. En ese momento se estaban entregando las flores perfectas para acompañar el cuadro. Jane tenía los jarrones preparados y pasaría la siguiente hora arreglándolos y colocándolos en pedestales cerca de las obras de arte correspondientes. El chef Soyer, personalmente, traería los refrescos en cualquier momento para colocarlos en una mesa escondida en un extremo.

El broche de oro lo pondría un cuarteto de cuerda que tocaría en el centro de la sala, y Jane esperaba que aparecieran media hora antes del evento.

Antes de que se diera cuenta, Su Gracia había llegado, al igual que el chef. Pronto, un hermoso mantel cubría la mesa de los refrescos, y Soyer, un hombre diminuto, se paseaba admirando las obras de arte mientras su personal ponía bandeja tras bandeja de *hor d'oeuvres*. Los músicos, solo tres de los cuatro, estaban en su sitio, sin que nadie supiera si el cuarto haría acto de presencia, ya que la noche anterior se le había visto salir tambaleándose de un pub.

Jane no tenía ni idea de cómo sonaría la música interpretada por un trío. Y mientras ella y la duquesa seguían decidiendo si cambiar la selección musical, el dueño de la sala abrió las puertas para admitir al público.

A la cabeza de la multitud estaban los Westings y los Foresters.

—Tocad lo que queráis —exclamó la madre de Christopher y se apresuró a saludar a los que entraban.

Jane respiró hondo y asintió tranquilizadoramente al único violinista, que tenía una mirada ansiosa.

—Solo tienen que repasar la lista que les he dado —les dijo. Y comenzaron con el ligero segundo movimiento de su *Divertimento* de Mozart.

Con una sonrisa en su rostro, Jane dio unos pasos hacia atrás, hacia los pilares que rodeaban la sala, y observó la reacción de los que entraban.

Cómo deseaba que ella y Christopher pudieran intercambiar una mirada de camaradería, sobre todo después de lo que había ocurrido por última vez entre ellos.

Sin acercarse a él en público, ni hablarle, ni tocarle en el brazo, ni siquiera podía compartir el reconocimiento de que él la había traído a esta satisfactoria asociación con su madre. En algún momento, le daría las gracias.

En unos minutos, se había servido un hojaldre relleno de queso y estaba bebiendo una copa de vino cuando vio a lord Fowler entrar en el salón.

¡Maldición! Además, se dirigía hacia ella a vuelo de pájaro. Frenéticamente, Jane hizo dos cosas: fijarse en el paradero de Christopher, que estaba al otro lado de la sala, sumido en una conversación con lord Whitely mientras estaban de pie frente a un cuadro de caballos, y, en segundo lugar, buscar a alguna joven a la que Jane pensara que lord Fowler podría gustar y caerle bien.

No vio a nadie. Estaba la terriblemente arpía *lady* Matilda Brethens, de la que Jane ya había advertido al vizconde que se mantuviera alejado, y un puñado de chicas tontas, todas ellas amigas de Amanda Westing, que sin duda habían acudido con la esperanza de encontrarse con el marqués ciego y probar las maravillosas creaciones del chef Soyer.

—*Lady* Jane —saludó lord Fowler, inclinándose hacia ella e intentando tomar su mano entre las suyas, a pesar de que ella sostenía un vaso.

Si seguía tirando, acabaría con su vino en los pantalones.

Por suerte, se rindió y volvió a inclinarse.

—Está muy guapa.

—Gracias —dijo ella con una ligera inclinación de cabeza—. Sin embargo, hoy estamos aquí para ver el arte, no a mí.

—Es más bonita que cualquier cuadro.

Los cumplidos no deseados no la alegraban. Si Jane pudiera espiar a la mujer adecuada para que él le dedicara tan suaves elogios, estaba segura de que tendría éxito. Por suerte, la hermana de lord Burnley acababa de llegar con él. Jane no la conocía, era una chica bonita que había estado viviendo en Francia. Tal vez el vizconde se encaprichara de ella, y viceversa.

—¿Ve allí? —dirigió la mirada de lord Fowler hacia los Burnley—. *Lady* Sophia acaba de volver del continente. He oído que es muy divertida. —En realidad, Jane no había oído nada sobre ella.

Más tarde, podría preguntar a Christopher, supuso, y determinar si la chica podría ser compatible con lord Fowler. Por el momento, sin embargo, el vizconde podía tantear el terreno por sí mismo.

—No estoy seguro de que sea conveniente dejarla sola —dijo—. No es muy caballeroso de mi parte. Además, si estamos cerca, podemos hablar con franqueza.

Jane dio un sorbo a su vino, preguntándose cómo escapar. Podía ir a comprobar la comida, asegurarse de que los músicos estuvieran contentos —buscar un bate de cricket con el que pudiera golpear a lord Fowler en la cabeza—, pero todo funcionaba a la perfección. No había nada por lo que necesitara ser apartada de su empalagosa atención.

Simplemente tendría que mentir.

—Tengo que ir a ver a los músicos, ya que nos falta uno. —Hizo una rápida reverencia y se dio la vuelta.

Por desgracia, él la siguió y continuó persiguiéndola como un perro callejero en busca de sobras. Hiciera lo que hiciera, centrara perfectamente un jarrón en un pedestal, ajustara un marco, incluso recogiera una miga de la alfombra, él estaba a su lado.

Al fin, cuando no se le ocurrió ninguna otra falsa tarea y corrió el riesgo de gritar de frustración, Jane lo arrastró alrededor de la parte posterior de un pilar, y luego a uno de los muchos rincones de la Sala Egipcia.

—Hable con franqueza —le incitó.

—Debemos detener la búsqueda.

Jane jadeó. Le había fallado.

—No, no pierda la esperanza, lord Fowler.

—No lo he hecho —prometió él y le envió una sonrisa de felicidad—. He encontrado a alguien que me gusta por encima de todo. ¿Se lo digo de inmediato?

—¿Cree que ella siente lo mismo?

—No estoy seguro, pero estoy dispuesto a arriesgarme a hacer el ridículo.

—No creo que haga el ridículo. Cualquier mujer sería afortunada de tenerle. Tiene una postura recta, una buena cantidad de pelo, una buena mente y una fortuna aún mejor.

—Ja, ja —rio—. Jane, es usted muy divertida.

Ella había estado completamente seria, y no intentaba ser divertida en absoluto.

—¿Está aquí? —preguntó.

—Sí. —Sonaba feliz—. Bastante cerca.

—¿Es alguien que le he presentado?

—No exactamente. —Le envió una mirada extraña.

—¿En serio? —¿Había estado socializando por su cuenta?—. No me tenga en suspenso.

—¡Jane! —Llegó un chillido que solo podía ser de la duquesa de Westing.

—Lo siento mucho, lord Fowler, tendremos que continuar esto en otro momento. Al igual que un reloj, esta exposición tiene muchas partes móviles.

«De hecho, más bien como la vida», pensó Jane. Y a veces, le resultaba difícil mantenerlas todas en funcionamiento.

—¿Puedo ayudar? —se ofreció amablemente.

—No sé qué necesita Su Gracia, pero si comprueba la zona de refrigerios, por favor, hágame saber si hay algo que no funciona. Y sírvase de los más deliciosos entremeses, todos del chef Soyer, un amigo del duque de Westing.

—¡Jane! —El tono de la duquesa sonaba más urgente.

—Debo ir.

Volvió la vista y sintió los ojos de la mitad de los asistentes sobre ella, haciendo que sus mejillas se calentaran. ¿Qué podía hacer que la duquesa se comportara de forma tan indecorosa?

Y entonces, como un tonto irreflexivo, lord Fowler apareció directamente detrás de ella. Lo supo porque escuchó una pequeña inhalación colectiva de los que miraban en su dirección y también porque él chocó con su espalda, haciéndola saltar hacia adelante.

¡Dios mío!

Incluso el trío de cuerda, como ella los consideraba ahora, falló en algunas notas de la dramática *Rosamunde* de

Schubert, que ya sin su segundo violinista, sonaba excéntrica a sus oídos.

Al escudriñar la sala en busca de reacciones, Jane vio que algunas damas cuchicheaban detrás de sus abanicos y guantes y se dio cuenta de que algunos caballeros se reían, sin duda, de la indiscreción de lord Fowler.

Peor aún, allí estaba lord Burnley de pie con Christopher, y no se estaba riendo. Estaba frunciendo el ceño hacia ella, y luego ¡no!, lord Burnley se inclinaba para decirle algo discretamente a su mejor amigo.

Ella no podía mirar. Sabiendo que lo siguiente que vería sería la decepción o la ira en el rostro de Christopher, se apartó, prácticamente corriendo hacia su madre, de pie en medio de los admiradores.

—Su Gracia, ¿qué pasa? —Jane trató de mantener la exasperación en su voz y fracasó.

La madre de Christopher sonreía ampliamente y sostenía un vaso de vino vacío.

—¡Mi primera venta! *lady* Mulberry quiere los veleros, los dos cuadros. Y no pensé en cómo envolverlos. No pensé en absoluto en las ventas. No hay papel ni cuerda ni bolsas. No estamos preparados.

Jane quería tapar la boca de la duquesa con la mano. Por un lado, la duquesa había bebido demasiado, tal vez debido al nerviosismo, y por lo tanto, estaba hablando en voz muy alta. Todo el mundo la miraba.

Y por otro lado, no estaban vendiendo los cuadros de la pared y envolviéndolos en papel como si fueran piernas de cordero en una carnicería.

—Cálmese, Su Gracia. Simplemente estamos tomando

los nombres de quienes desean comprar y entregaremos los cuadros en los próximos días. No los bajaremos ahora, de lo contrario otros no podrían disfrutar de ellos durante la exposición. Tengo tarjetas con la palabra «vendido» ya impresas, precisamente para este caso.

Y las sacó del bolsillo lateral de su chaqueta entallada, donde normalmente guardaba cosas como entradas de teatro y algunas monedas. De otro bolsillo sacó un pequeño lápiz afilado.

—Escribiré el nombre de *lady* Mulberry en el reverso y meteré una en el marco de los dos cuadros del velero. —Jane levantó la pequeña tarjeta blanca para que la duquesa de Westing pudiera verla. La madre de Christopher la cogió y prácticamente soltó una risita.

—¡Vendido! —exclamó, leyendo la letra de molde—. Jane, es maravillosa. Pero escriba el nombre en la parte delantera para que todo el mundo lo vea.

Y así se evitó la crisis.

—¿Ha visto a mi marido, querida niña? Quiero compartir la noticia con Su Gracia.

—Buscaré al duque, lo prometo, y tal vez deba ir usted a la mesa de refrigerios y probar algo de la comida. Le prometo que está riquísima.

—Mi estómago está demasiado agitado por los nervios como para comer. Tal vez me tome una copita de vino.

—Ya está sosteniendo una, Su Gracia.

—¡Claro que sí! Pero está vacía —señaló ella—. La veré más tarde, Jane. —Y se dirigió al camarero que estaba rellenando las copas de vino.

—Duquesa —llamó tras ella, deteniendo a la mujer

momentáneamente—. Por favor, no venda dos veces el mismo cuadro y no se olvide de decirle a la interesada que me vea para saber quién compra cuál.

—Sí, sí, por supuesto, Jane. No soy una tonta. ¿Dónde dijo que estaba Su Gracia?

Jane no lo había hecho, pero escudriñó la habitación, su mirada se posó en Christopher con un aspecto sombrío y Burnley todavía a su lado, mirándola en su lugar.

Que la miren a una por poderes es casi tan malo como que mire directamente la persona que está enfadada.

Entonces vio al duque de Westing con *lady* Amanda en el otro extremo de la sala.

—Está allí —le señaló—, y su hija también.

—Maravilloso —repitió la duquesa—. Nos vemos luego.

En cuanto desapareció entre la multitud, Jane se sintió dividida. ¿Debía hablar con Christopher de inmediato, en medio de la exposición llena de gente? ¿O esperar a que todo terminara?

No iba a tener elección, porque los dos caballeros se dirigían directamente hacia ella.

Al mismo tiempo que la alcanzaban, también lo hacían su madre y su primo. Todas las partes convergieron justo en el mismo momento.

—Jane, querida, ha hecho un trabajo magnífico. ¿No es así, señores? —*lady* Chatley los incluyó—. ¿Nos son maravillosas la comida y las flores? Por supuesto, son todas las obras de arte de su madre las que hacen que la exposición sea tan bonita —añadió, mirando a Christopher, que se volvió cortésmente en su dirección, sabiendo que se dirigía a él.

—Ya he visto muchos cuadros de mi madre, *lady* Chatley, pero no tendré el placer de ver las flores. —Su tono era cortés, pero no cálido.

—Ni tampoco probar la comida —añadió lord Burnley, mirando agriamente a Jane.

—Bueno, deben hacerlo. Las tartaletas de cerdo están divinas —dijo su madre con entusiasmo—. Jane no cocinó la comida, por supuesto. El chef Soyer lo hizo, pero ella estuvo encerrada con él durante mucho tiempo decidiendo el menú. Y creo que sus elecciones son magníficas.

Jane se dio cuenta de que Christopher estaba furioso, incluso sin poder ver sus ojos detrás de los cristales grises ahumados de sus nuevas gafas. Su cuerpo estaba rígido y su rostro era una máscara de fastidio. Ninguna cantidad de entremeses iba a compensar que hubiera dejado que su reputación se viera empañada por un tête-à-tête secreto con lord Fowler en los oscuros recovecos del Salón Egipcio.

No cuando todo el mundo lo vio.

—No estuve encerrada con el chef Soyer, mamá. Vino a casa de *lady* Forester, donde discutí la comida con él en su salón. Con mucha luz. Y la puerta estaba abierta. Y una criada estaba presente.

Al darse cuenta de que sonaba a la defensiva, dejó de hablar, sobre todo porque su madre fruncía el ceño y Bernard le enviaba una mirada de perplejidad.

—Sí, por supuesto, Jane. No pretendía insinuar lo contrario. —*Lady* Chatley miró a los lores Burnley y Westing—. Jane siempre ha tenido una reputación intachable.

Ese pronunciamiento no hizo más que empeorar la situación. Por lo visto, su madre y su primo habían pasado por alto el anterior paso en falso, pero por la forma en que Christopher torcía la boca, parecía que lord Burnley le había informado de lo muy defectuosa que era ella en ese sentido.

Y entonces, para echar más leña al fuego, apareció lord Fowler y saludó a todos por turno. No pareció darse cuenta de la fría recepción de Christopher y su amigo. En cambio, se dirigió a Jane con una sonrisa de oreja a oreja.

—Tal y como ha pedido, mi*lady*, he comprobado la mesa de los refrescos. No hay ningún problema. A los invitados les está encantando la comida, sobre todo los bocadillos de salmón y queso blando y las rodajas de pera y cheddar en galletas saladas.

—Divino —comentó su madre.

—Mis favoritos son los ángeles a caballo[4] —añadió lord Fowler—. ¿Puedo traerles algunos?

Su tono era cálido y demasiado familiar, y ella ya había perdido el apetito, incluso para las ostras envueltas en tocino.

—No, gracias, lord Fowler. —Sin embargo, tal vez era el momento adecuado para otra copa de vino. Antes de que ella pudiera pedirle que le trajera una, y con ello apartarlo del grupo, él dijo lo impensable.

—¿Puedo robarle un momento para continuar nuestra...? —se interrumpió, y Jane quiso hundirse en el suelo y desaparecer.

Incluso su madre jadeó con suavidad ante su desafortunada sugerencia de intimidad secreta, y Bernard le mostró la primera medida de interés.

---

[4] Aperitivo consistente en ostras envueltas en lonchas de tocino.

Completamente fuera de lugar, Christopher maldijo en voz alta, haciendo que la madre de Jane volviera a jadear.

Se disculpó con rapidez, mientras Burnley daba un paso hacia lord Fowler, tal vez para amenazarlo en nombre de su amigo.

Jane sabía que sus ojos eran tan grandes como los platos de la comida. En un momento, los puñetazos estaban a punto de estallar en la exposición de arte de la duquesa de Westing. Y todo sería culpa suya. Además, lord Fowler parecía no tener ni idea del caos que estaba causando.

De alguna manera, sabiendo dónde estaba su amigo, Christopher levantó una mano y logró ponerla sobre el brazo de lord Burnley, deteniéndolo.

—No creo que ahora sea el momento, lord Fowler —dijo Jane con rapidez—. Necesito concentrarme en la exposición de arte de la duquesa y sus invitados.

—Por supuesto. Es que estaba tan excitada por el tema de nuestra reciente discusión —dijo él, y ella se preguntó si sería posible que hablara sin decir nada malo.

Ella lo miró fijamente, incapaz de pensar siquiera en cómo responder.

Por suerte, su madre, que ya la había rescatado del caos, eligió ese momento para excusarse junto a Bernard, invitando a Jane a acompañarles.

—Hay mucha gente aquí a la que deberíamos presentar a su prima.

—De acuerdo —declaró Jane, decidiendo que su acción más segura era una rápida huida con su familia. Lord Fowler podía valerse por sí mismo.

Haciendo una baja reverencia a todos, Jane se apresuró

a decir:

—Señores, si me disculpan.

Al menos Christopher pudo escuchar como su voz provenía de algún lugar de su codo, ya que con su título, el más profundo respeto le era natural.

No respondió, salvo con una sutil inclinación de cabeza. Lord Burnley pronunció un cortante «buenos días» y lord Fowler dijo tras ella:

—Hablaremos más tarde.

También podría haber gritado su nombre de pila.

El resto de la exposición transcurrió sin incidentes, salvo por las excitadas exclamaciones de la duquesa de Westing cada vez que se vendía un cuadro. Cuando Jane volvió a buscar a Christopher, este se había marchado.

Aquella noche, cuando se derrumbó en la cama, decidió que debía, al menos, explicar que no había nada romántico entre ella y Richard Fowler. Quizás realmente le importaba a Christopher. Y si era así, ¿qué significaba exactamente?

Después de desayunar, Jane declaró su intención de ir a la librería Hatchards, donde semanas antes había encargado algo especial para Christopher, un libro inglés de tipo raphigraphy, que él podría leer sin aprender nada nuevo. Le habían avisado de que había llegado, y le había costado a ella, o más bien a su padre, un buen dinero.

Teniendo en cuenta lo que había sucedido la noche anterior, pensó que debería tener una ofrenda de paz la próxima vez que se encontrara con el aparentemente irritado marqués.

—Yo también iré —dijo su madre con sorpresa. Las librerías no solían ser del agrado de la condesa, pero aquella famosa tienda del 187 de Piccadilly tenía los artículos de papelería más exquisitos, y a *lady* Chatley le encantaba escribir cartas.

Jane había hecho su compra, consciente de que su madre estaba hablando con alguien. Al volverse, vio a *lady* Mulberry saliendo por la puerta, y a *lady* Chatley de pie, con la boca abierta, mirándola desde el primer hueco de la estantería. Jane pudo ver por su expresión que a su madre le habían dicho algo bastante desagradable.

—Mamá, no era lo que parecía —dijo Jane de inmediato.

—Parecía que te habías recluido en las sombras con lord Fowler. Eso es lo que me acaban de informar.

—Oh. —Había supuesto que *lady* Mulberry había mencionado su desaparición y la de Christopher durante la cena y baile.

—¡Oh, efectivamente! Ahora dime de una vez, Jane, ¿estáis tú y el vizconde involucrados románticamente?

Ella agarró el brazo de su madre y la arrastró hacia el interior de la librería.

⁂

Christopher había sido abandonado a su suerte cuando su padre se apresuró a ir con el dependiente de la tienda para conseguir un libro sobre la Revolución Francesa, una agitación política que fascinaba al duque. Esto significaba que no podía hacer nada más que estar de pie y tratar de pasar desapercibido, tan desapercibido como un hombre ciego puede estar rodeado de libros.

Entonces oyó la voz de Jane, clara como el cristal desde la fila de al lado.

—No, mamá, te juro que no hay nada romántico entre nosotros. No hay nada entre nosotros en absoluto. No es así.

Christopher se quedó congelado, apenas respirando. ¿Estaba Jane hablando de su relación?

—¿Entonces por qué pasas tanto tiempo con él? ¿No sabe lo que la gente está empezando a decir?

—Simplemente le estoy ayudando. Es un alma desafortunada, que no puede encontrar su camino en este mundo sin ayuda. Me he encargado de ofrecerle esa ayuda.

¿Cómo le había llamado? ¿Un alma desafortunada?

—Su futuro parecía totalmente sombrío, pero ahora, con mi ayuda, ha mejorado.

—¿Entonces no te estás enamorando de él? —dijo su madre decepcionada.

—Absolutamente no.

Jane sonaba horrorizada. De hecho, sonaba tan convincente que Christopher la creyó.

—Te prometo —continuó—, que él no es más que una misión especial, una empresa de misericordia, si se quiere, y por suerte, está llegando a su fin.

—¿Ya no pasarás más tiempo con él? —preguntó *lady* Chatley.

—No, con mi tarea principal llegando a su fin, no habrá razón para que me encuentre con él. Francamente, me siento aliviada. Ayudarle empezó como una broma, pero, con el paso del tiempo, estar con él se ha vuelto cada vez más tedioso, y tuve que ocultar ese hecho para no insultarle.

¡Que el diablo se la llevase! Christopher se sintió mal.

Desde luego, ella no había fingido tedio cuando había llegado al clímax en sus brazos.

Deseó que se alejaran, o que al menos dejaran de hablar. También esperaba que su padre no eligiera ese momento para volver, ya que, de ser descubierto, Jane podría saber que había escuchado sus crueles palabras. Su humillación sería completa.

Su suerte, como siempre, se agotó.

—¡Chris! —retumbó la voz de su padre—. ¿Dónde estás? —Luego bajó un poco el tono—. *Lady* Chatley, *lady* Jane, buenos días.

—Buenos días, Su Gracia —dijo *lady* Chatley—. ¿Cómo le va?

—Bastante bien, salvo que he perdido a mi hijo por aquí. ¡Chris! —Volvió a llamar el duque.

Tenía que hablar ahora, o ser descubierto como un espía.

—Aquí estoy —dijo Christopher, en voz baja, esperando sonar más lejos. Luego arrastró los pies de su sitio, y al fin dio pasos reales para acercarse al grupo.

—¿Lo has encontrado? —También podría fingir que ni siquiera sabía que las damas estaban presentes—. ¿Has conseguido lo que buscabas, padre?

—Sí, lo he conseguido. *Lady* Chatley y *lady* Jane están aquí.

—¿Lo están? —dijo Christopher, tratando de mantener su tono neutral—. Buenos días, señoras.

—Buenos días, milord —dijo cada una a su vez, y su sentimiento de traición creció ante la familiar voz amistosa de Jane.

—¿Nos vamos? —preguntó a su padre—. No queremos llegar tarde a la propuesta.

Esa mañana estaban escuchando un discurso de lord Brougham sobre su propuesta de Ley de Interpretación.

—¿Cuál es la ley que se presenta hoy? —preguntó Jane.

Christopher oyó que su padre se aclaraba la garganta y supo que el duque iba a lanzarse a dar una larga explicación del acto, irónicamente diseñado para acortar el lenguaje utilizado en las actas parlamentarias.

—No le interesaría —dijo Christopher con rapidez—. Es tedioso para la mente de una mujer. Ustedes, señoras, continúen con su búsqueda de libros y sus compras. Buen día.

Y para que no hubiera demora, se dio la vuelta y con la ayuda de su bastón —la maldita idea de Jane, por supuesto—, se dirigió fácilmente hacia la salida de la tienda, sabiendo que su padre lo seguiría.

Supuso que eso respondía a todas sus dudas sobre si Jane lo veía como una tarea. Desde luego, ella lo había dicho con suficiente claridad.

Jane Chatley, capaz, hábil y servicial, esperaba no volver a hablar con ella.

Capítulo 21

—Mi hermano ha salido —se alegró *lady* Amanda de informar a Jane cuando apareció en casa de los Forester a la mañana siguiente, aferrando el preciado libro después de preguntar por Christopher.

Jane intentó escapar antes de que la muchacha pudiera decir algo más. No lo consiguió.

—Y no crea ni por un instante que no sé que usted está detrás del repentino deseo de mi madre de que participe en sus planes de remodelación y reequipamiento de nuestra casa en Grosvenor Square.

Jane decidió no confirmarlo ni negarlo.

—¿Está siendo útil? —le preguntó. Y lo que es más importante, ¿manteniéndose ocupada y al margen de los asuntos de Christopher?

La boca de Amanda se torció en una mueca, y cruzó sus delgados brazos sobre su bien dotado pecho.

—No me dio opción.

Jane lo intentó de nuevo, permaneciendo plácida.

—¿Tanto lo odia? ¿Estar con su madre, haciendo algo

que le produce tanta alegría?

Eso dio a la chica una pausa. Frunciendo el ceño, Amanda se mordió el labio inferior.

—En realidad, no lo odio. Apuesto a que desearía que lo hiciera. —Y se marchó furiosa.

«Que Dios ayude al hombre que se case con ella».

Jane solo llegó hasta el vestíbulo cuando Christopher entró en la casa, bastón en mano, con una chaqueta ligera y un sombrero. Solo.

Ella sacudió la cabeza asombrada por el cambio que había experimentado. Sin perder tiempo, él se quitó los guantes y los dejó en el recibidor, metió el bastón en el soporte y colgó el sombrero.

En ese momento, ella se dio cuenta de que estaba siendo terriblemente descortés al no hacerle notar su presencia.

—Lord Westing —dijo Jane, y la cabeza de él se volvió hacia ella. Sin embargo, su expresión no era amistosa. Eso le dolió.

—¿Quiere venir a hablar conmigo en el salón?

Él dudó. ¿La rechazaría?

Entonces, sin su bastón, caminó con paso firme hacia ella, haciéndole un gesto para que lo acompañara a la habitación. Cerró la puerta con firmeza tras ellos.

—¿Llamo a una doncella para que haga de carabina? —preguntó con retraso, sonando ya irritado.

—Confío en que nadie en esta casa ponga en duda mi reputación, y no me quedaré mucho tiempo —dijo Jane.

—Muy bien. ¿Qué puedo hacer hoy por usted? ¿O qué puede hacer usted por mí? ¿Algo más para aliviar mi desgracia y mitigar la tristeza?

A ella no le importaba su tono cínico. «Sé valiente», se aconsejó a sí misma.

—He venido a hablarle de lord Fowler.

Su expresión se congeló.

—Desea hablarme de su compromiso —dijo—. Completamente comprensible. Iba a aconsejarle que me parecía una buena elección.

Se quedó con la boca abierta y tardó un momento en recuperar sus pensamientos.

¿Iba a aconsejarla?

—En absoluto.

—¿En absoluto qué? —preguntó él, cortante.

—Absolutamente no, no estoy comprometida.

Él frunció los labios, el músculo de su mandíbula se tensó visiblemente, mostrando su molestia tan claramente como si ella pudiera ver sus ojos parpadeando.

—Después de la exhibición que hicieron Fowler y usted en el Salón Egipcio, debería comprometerse de inmediato. Todo el mundo da por hecho que es su amante.

Tuvo ganas de maldecir de forma poco femenina.

—Lord Fowler no es mi amante —dijo Jane. Christopher debería creerla. Después de todo, habían compartido besos... y más. ¿Pensaba él que ella hacía lo mismo con todos los hombres?

—La verdad es que ya no me importa —dijo él—. Estoy cansado de oír hablar de usted y del desdichado vizconde. Siempre llega a mis oídos «*lady* Jane y lord Fowler», y luego ahí estaba usted, detrás de una columna, en el Salón Egipcio, deshonrándose.

Jane sintió que su ira aumentaba.

—¿Deshonrándome? Sin embargo, cuando usted me agarra y se toma libertades con mi persona, eso está bien, ¿no? —Jane dio un pisotón de frustración—. No tiene derecho a insultarme con insinuaciones, ni debería comentar mi comportamiento con lord Fowler, no después de lo que hemos hecho. ¿No está de acuerdo?

Christopher expulsó un sonido frustrado, quizás una maldición.

—Acérquese —ordenó.

Sorprendida por su demanda, Jane se encontró caminando hacia él.

—¿Está más cerca? —preguntó Christopher.

—Sí. —Tan pronto como ella habló, revelando su proximidad, él la agarró, tirando de su cuerpo hacia el suyo y haciendo que ella dejara caer su paquete.

Jadeando, sus labios estaban abiertos cuando él los tomó. Fue un beso feroz, no tentadoramente suave como solían empezar sus besos. Además, una de las manos de él no tardó en llegar a la nuca de ella, alborotándole el pelo y haciendo que su pequeño y alegre sombrero se desviara a pesar de las horquillas que lo sujetaban. Lo sujetó en su sitio y apretó su boca contra la de ella. Era un tormento perverso.

Jane levantó las manos hacia el pecho de él, sin saber si quería aferrarse a él o apartarlo. Las colocó a ambos lados de su corbata, mientras su fastidio empezaba a disiparse.

Christopher podría simplemente declararse a ella, entonces toda esta ridícula confusión desaparecería. Además, estos besos se estaban convirtiendo con demasiada frecuencia en un consuelo para sus heridas. Si él no estuviera ciego, ella no soportaría que la utilizaran así. ¿Lo haría?

Habiendo tomado por fin una decisión, ella empujó con firmeza el pecho de él, y tras un breve apretón de su agarre, Christopher la soltó.

¿Se disculparía?

—Debería irse —dijo él rotundo.

Ella no se lo esperaba, sobre todo, después de haberla besado.

Jane abrió la boca para protestar, pero se detuvo. ¿Realmente estaban discutiendo por Fowler? Seguramente no.

—Tiene razón —respondió ella, tratando de sonar tranquila, incluso mientras recogía su regalo y pisaba la alfombra persa, esperando que él pudiera oír su descontento.

Jane llegó a la puerta antes de detenerse. Christopher solo podía guiarse por lo que le decían los que le rodeaban. Sus oídos se habían llenado de historias sobre ella y el vizconde, asistiendo a bailes, teniendo una charla íntima detrás de la columna, yendo al zoológico.

Tanto Amanda Westing como Owen Burnley solo estaban pendientes de Christopher porque le querían. Pero ella también lo amaba.

Jane suspiró, se dio la vuelta y apoyó la espalda en la puerta. No estaba siendo una buena amiga al dejarle la cabeza llena de imágenes de lo que definitivamente no estaba sucediendo. Tendría que romper su promesa.

—Estoy ayudando al señor Fowler—dijo en voz baja.

—¿Ayudándole cómo? —Christopher contestó de inmediato, demostrando que sus sentidos seguían estando muy atentos a ella—. ¿De la forma en que me ayuda a mí trayéndome bastones? ¿O de la forma en que me ayuda moviéndose hacia mis brazos abiertos y separando sus labios?

—Me ofende que lo pregunte. Estoy ayudando a lord Fowler a encontrar una esposa.

Su mirada, que había estado dirigida a la alfombra, se dirigió hacia ella, con un leve fruncimiento en la frente.

—¿Perdón?

—Le llevo a hablar con las jóvenes, y luego discutimos sus atributos y lo bien que se adaptan a sus necesidades. Usted sabe lo difícil que es hablar en privado con las damas. Yo le facilito la tarea hablando en su nombre.

Christopher consideró esto durante un largo rato.

—¿Y usted se queda cerca para acompañar su conversación, si quiere?

Ella soltó el aliento que no se había dado cuenta de que estaba conteniendo. Estaba claro que él lo entendía.

—Lo hago, pero tengo una forma de pasar desapercibida.

—Eso es imposible —afirmó él.

Ella se encogió de hombros, aunque él no pudiera verlo.

—A mí me ha funcionado durante tres temporadas, se lo aseguro. Incluso ha funcionado con usted.

Ella vio aparecer un rubor en sus mejillas.

—Fue estúpido por mi parte no fijarme en usted.

Jane no podía culparle. Por su parte, ella nunca había intentado atraerlo.

—Lo hice por una razón. No para ser una sosa, sino para poder observar sin ser molestada. Y admito que durante mi primera o segunda temporada, esperaba que un hombre me atrajera.

Ninguno le había interesado como Christopher. Sin embargo, cuando él no mostró interés, ella se convirtió en una experta en ser distante.

—Y entonces decidí mantenerme lo más discreta posible para evitar el drama de la atención no deseada o, peor aún, las propuestas de matrimonio no deseadas hasta el momento en que mi madre me permita abandonar el mercado matrimonial. Tengo la esperanza de que sea después de esta temporada.

De un modo u otro, para el otoño habría terminado con las luchas sociales y las manipulaciones. Jane estaba decidida. Ya había comprobado el coste del pasaje a Francia. Y si cambiaba de opinión sobre la huida al continente, había recibido una carta de la señora Burdett-Coutts en la que la invitaba a formar parte del movimiento contra la crueldad hacia los animales y su sociedad vegetariana relacionada. Había un lugar para que ella aprendiera más en Northwood Villa, un hospital dedicado a los vegetarianos, en Ramsgate, Kent.

Jane estaba bastante segura de que echaría de menos comer pollo asado, aunque sin duda podía dejar atrás la carne de vaca inglesa, por muy fina y sabrosa que fuera. Prefería ver a una vaca en el campo, batiendo sus largas pestañas y emitiendo su característico mugido, que ver un trozo del bovino colgado en el escaparate de la carnicería.

En cualquier caso, habría preferido trabajar con chicas descarriadas, pero el señor Dickens había dicho que no era conveniente que una joven como ella se acercara a ellas, y desde luego le había prohibido vivir con ellas y aconsejarlas en Shepherd's Bush.

Sin duda, eso era lo mejor, ya que hacía poco que había descubierto lo ardientes y ávidas que podían ser sus propias pasiones. ¿Cómo iba a aconsejar a una chica que no se bajara las faldas cuando había dejado que Christopher le levantara las suyas con tanta facilidad?

De hecho, el mero hecho de recordarlo hacía que su corazón latiera más rápido y que sus entrañas se estremecieran. Además, deseaba que él lo hiciera de nuevo y quería hacer lo mismo por él a su vez, independientemente de lo que eso supusiera.

—Entonces, ¿Fowler no significa nada para usted? —Christopher insistió.

Debía de estar convencido de que ella tenía una relación con el vizconde, porque era evidente que le costaba aceptar la pura verdad.

—Correcto —prometió ella.

—¿Y me he comportado como un asno en lo que a él se refiere?

Sonrió para sí misma.

—Un poco, pero, por favor, no le diga a nadie lo que he revelado. No hay razón para humillar al hombre que simplemente necesitaba ayuda. Además, en el programa de su madre, empezó a contarme que por fin había encontrado a alguien. No tuvo la oportunidad de decirme quién era.

—¿Por eso estaba detrás del pilar?

—Sí.

—Eso fue una tontería por su parte —reprendió.

—Soy consciente. —Pensó con amargura en el contraste entre cómo la verían quienes la vieran salir de las sombras en comparación con cómo lord Fowler saldría totalmente indemne.

—Su reputación es su activo más valioso —continuó Christopher—. Eso es lo que mi madre le dice a Amanda, y me inculcaron que arruinar el carácter de una dama sería similar a robarle o incluso a perpetrar un grave asalto. Ahora lo entiendo. Oír a Burnley lanzando calumnias sobre usted en la exposición de arte fue doloroso.

—No es justo —dijo ella.

Él emitió un sonido de pura frustración.

—Justo o no, es la verdad.

—¿Cree que no lo sé? Siempre he sido el epítome de la discreción.

—Hasta hace poco —señaló—. ¿Qué ha cambiado?

A decir verdad, simplemente ya no le importaba. Por eso acabó en la terraza de Marlborough House cuando Christopher la descubrió. Por eso se había quedado a solas con él en más de una ocasión en fiestas y bailes. Por lo que a ella respectaba, ya casi había terminado el ridículo espectáculo de ser exhibida durante la Temporada. Se consideraba casi libre del mercado matrimonial, y era por su propia elección.

Además, Christopher tenía todas las oportunidades para darle alguna esperanza de que no tendría que afrontar el futuro sola. Sin embargo, todo lo que podía decir era que consideraba a lord Fowler una buena opción para ella.

Ella también podría preguntarle a él. No tenía nada que perder.

—¿Por qué no se declara ante mí y salva mi maltrecha reputación?

Él no respondió. De hecho, dudó durante demasiado tiempo, y ella se alegró de que él no pudiera ver sus mejillas encendidas.

Christopher no podía creer lo que escuchaba. Si no conociera a Jane como una dama inteligente y bien educada, pensaría que no tenía ningún sentido del decoro. Debía sentirse terriblemente confusa para pedirle algo así.

Él, por su parte, se sentía ciertamente confundido. Definitivamente no estaba interesado en pedir su mano para salvar su reputación. Una razón insignificante y débil para unir dos vidas, una que siempre había detestado y que, por lo tanto, había pasado sus años de adulto evitando.

Sin embargo, podía imaginarse fácilmente cayendo de rodillas y ofreciéndole su nombre y su cuerpo simplemente porque le resultaba cada vez más difícil concebir una vida sin ella.

Al menos, así se sentía hasta ayer en Hatchards. Desde luego, no quería ser su empresa de misericordia para el resto de sus vidas.

A no ser que ella lo tuviera todo tan en su contra. Se pasó la mano por la cara y olió su perfume en la palma, haciendo que su cuerpo se agitara de nuevo. Sin siquiera preguntar, supo que ella había estado hablando de Fowler y no de él. El beso de esta mañana lo demostraba. Su noche de tormento había sido en vano. Era evidente que ella no lo encontraba tedioso.

Sin embargo, a pesar de los avances que había hecho, no podía renunciar a la preocupación de que la mujer que se casara con él estaría sacrificando un futuro pleno y rico.

¿Quería Jane viajar al extranjero? No podía concebir la idea de abandonar Inglaterra nunca más. Seguramente se cansaría de un marido que no pudiera llevarla a bailar, a los museos y al teatro. Todavía se sentía amargado de que ella no hubiera ido con él al zoo, aunque hubiera podido oír ¡y oler! el hipopótamo.

La capa superior de crema en la miserable bagatela de su vida era agria, no dulce: era el conocimiento de que sería un compañero terrible, más una carga que un marido, alguien a quien Jane tendría que pasar su vida describiendo su entorno. Él sería su onerosa tarea, hasta que la dulce liberación de la viudez la liberase de él.

Mucho antes de ese momento, ella llegaría a estar resentida con él.

Él le evitaría la decepción y se ahorraría la desgracia.

Ella seguía allí de pie. Él podía oír su respiración, esperando una respuesta a su audaz y desafortunada pregunta.

—Me conformo con nuestra relación actual como amigos. Cualquier otra cosa no es posible.

Eso debería ser el final. En lugar de eso, su voz volvió fuerte y clara:

—Cuando nos besamos, ¿somos simplemente amigos?

Él suspiró. Él no era un rastrillo ni mucho menos. Nadie lo etiquetaría como tal. Sin embargo, había hecho el amor con algunas mujeres, y había llegado mucho más lejos con ellas que con Jane. Por supuesto, como la mayoría de los hombres de su edad y con su estatus, también había pagado el exorbitante precio de una cortesana experimentada para disfrutar de tardes de éxtasis absoluto bajo manos y bocas expertas. No muy a menudo, pero lo había hecho, utilizando su desgastado ejemplar de *La Guía Nocturna de Swell*.

Esos eran los encuentros que repetía en su mente cuando se daba placer a sí mismo.

O solía hacerlo, antes de que todas las mujeres de sus

sueños fueran sustituidas por Jane y sus perfectos labios que le sonreían, mientras sus bonitos ojos brillaban con inteligencia. Una vez que había sentido sus curvas bajo las yemas de los dedos, era fácil imaginarla cuando se aliviaba a sí mismo.

Es más, nunca antes había sentido la tierna emoción que ella evocaba en su corazón: las cálidas sensaciones cuando anticipaba con entusiasmo estar en su compañía y quería poner sus necesidades por encima de las suyas, los sentimientos que empezaba a comprender que eran amor.

—Sí —dijo con firmeza—. Simplemente amigos.

Amaba a Jane Chatley, su voz, su aroma, su sabor, su maravilloso cerebro y su sentido del humor. ¿Cómo podía condenarla a ser su niñera? Alguien como ella podía llegar muy lejos en la brillante sociedad londinense. Podía hacer lo que quisiera, supervisar un salón de gigantes literarios o artistas, y debía casarse con el hombre más poderoso de Gran Bretaña, por debajo del príncipe consorte.

¿Por qué diablos querría ella a un hombre ciego?

—Me voy ahora —dijo ella—. Simplemente quería tranquilizarle sobre lord Fowler. —Su tono resonaba con dolor, y él sintió una repentina oleada de pánico por no volver a verla.

¿Desaparecería Jane de su vida?

Había estado en su casa casi a diario durante muchas semanas, ayudando a su madre. La exposición de arte había quedado atrás, y seguramente, sus planes de decoración de la casa también debían llegar pronto a su fin.

—¿Volverá?

—Tengo que hacerlo. Se lo prometí a su madre. Al menos durante una semana más.

Oyó el pestillo bajo sus dedos cuando lo abrió.

—Jane, no se enfade.

Ella se rio, sin humor, amargamente.

—Por supuesto que no. Valoro nuestra amistad. Buenos días, lord Westing.

No era un idiota. Sabía muy bien que ella quería tomarlo como una carga de por vida y que lo haría si él se lo pedía. Jane era generosa y amable. Pero él sería una responsabilidad, una obligación. Le daba asco pensar en serlo, recordando cómo se sintió cuando pensó que ella había hablado de él el día anterior. Ella se merecía mucho más.

Sus pasos se movieron con rapidez por el vestíbulo de mármol.

Capítulo 22

-Jane, querida, sabía que no me decepcionarías.

La voz de la duquesa de Westing la detuvo en el vestíbulo. Acababa de depositar su regalo para Christopher en la mesita donde se esparcían los guantes perdidos. Su nombre no figuraba en el envoltorio de papel marrón, pero sería obvio para quién era cuando se abriera.

Las palabras de la duquesa le recordaron a Jane que debía empezar a llevar los cuadros de Su Gracia a quienes los habían comprado. En lugar de eso, había esperado huir de la casa de los Forester, ir a la suya y calmar sus sentimientos heridos con un jerez a primera hora de la tarde.

Girándose lentamente, se encontró con la madre de Christopher, con la tela doblada sobre un brazo y la pata de una silla en el otro.

—Ha sido un gran éxito, ¿verdad? —murmuró Jane, preguntándose qué haría la duquesa con una pata de silla.

—¿El qué, querida?

—Su exposición de arte.

Su Gracia hizo un sonido de cacareo.

—No debe vivir en el pasado, querida. Todo eso ha quedado atrás. Excepto por hacer llegar los cuadros a las personas adecuadas. Y para eso está aquí. Lo hará, por supuesto, ¿no?

La duquesa tenía la habilidad de ordenar antes de preguntar, pero estaba bien. Jane tenía la intención de hacerlo de todos modos. Su charla con Christopher simplemente había hecho que su intención se esfumara de su cerebro.

—Hoy he venido en un pequeño cabriolet, me temo. No he traído un carruaje lo bastante grande.

La duquesa sonrió.

—Está bien, querida.

Y Jane se relajó. Se le estaba dando un respiro por el día. Entonces Su Gracia gritó:

—¡Christopher!

¡Dios mío! ¿Ahora qué estaba haciendo la mujer?

La puerta del salón se abrió, y él apareció.

—Estoy aquí, madre. No escuché la puerta principal. ¿Está *lady* Jane todavía aquí?

—Sí —dijo Jane, y su voz se quebró. Tosió y lo intentó de nuevo—. Sí, todavía estoy aquí.

—Jane está llevando mis pinturas a sus nuevos hogares hoy. La enviaré en el landó, y quiero que vayas con ella.

Jane jadeó. Esperaba que Christopher no pensara que ella había ideado este plan.

—Su Gracia, puedo volver otro día con el carruaje de mi padre. Lord Westing no necesita molestarse con esto.

—Por supuesto, mi hijo no encontrará ninguna molestia. —La duquesa se rio e hizo malabares con la tela y la pata de la silla de un brazo a otro—. Insisto. No podemos hacer esperar a mi público. Además, usted está aquí y Christopher también. Así podrá salir y ver a otras personas. Quiero decir, conocerlos, por supuesto, interactuando, si entiende lo que quiero decir.

—Madre —dijo él con la irritación goteando de su lengua—. Entendemos lo que quieres decir.

—Así que está decidido entonces —añadió ella—. Sabéis lo mucho que agradezco vuestra ayuda.

Jane pensó en lo que había ocurrido en el salón minutos antes.

—Podríamos llevar a *lady* Amanda como acompañante.
—Aunque en realidad, tener a la hija menor junto a ella hacía que todo el viaje fuera aún menos atractivo. Tal vez se podría persuadir a la niña para que se sentara con el conductor, pensó Jane con malicia. Que le entrara un poco de aire londinense lleno de hollín en las fosas nasales.

La duquesa hizo una pausa.

—¿Amanda? No es necesario, por lo que a mí respecta, pero eso depende de usted. No creo que nadie tema por su reputación cuando esté con Christopher.

—¿Y eso por qué, madre? —Su tono era como el filo de un cuchillo.

¡Oh, Dios! Eso no era lo que debía decir la duquesa. Jane esperaba que no lo hubiera dicho en serio porque ciertamente había sonado condescendiente y castrante.

—¿Por qué? —volvió a preguntar él—. ¿Porque un ciego no puede ser una amenaza para una mujer?

Jane lo observó apretando las manos a los lados.

—¿Qué demonios estás diciendo? —dijo su madre, caminando hacia las relucientes y limpias ventanas laterales de la enorme puerta principal y examinando su tejido a la luz del día.

Christopher suspiró.

—Estoy diciendo que la reputación de Jane se vería tan amenazada por estar conmigo a solas en un carruaje como lo estaría si estuviera, oh, no sé… acechando en las sombras con gente como lord Fowler.

Jane tragó saliva. No iba a dejar pasar fácilmente su transgresión.

La duquesa de Westing levantó la cabeza al comprender sus palabras.

—No pretendía poner en duda tu capacidad para arruinar a las jóvenes —dijo, sonando molesta—. Estoy bastante segura de que eres capaz de arruinar a una joven, así como a cualquier hombre que exista. Normalmente, sin embargo, trato de no considerar que mi hijo envilece a las mujeres —añadió, frunciendo el ceño hacia Christopher—. Tampoco me refería a tu ceguera, sino a tu impecable carácter y también al de Jane.

La duquesa envió a Jane una plácida sonrisa.

—Ciertamente no pensé que a nadie le importara que ustedes dos salieran a entregar mis cuadros. Con un lacayo y un chófer.

—Sería inapropiado, madre, al igual que fue inapropiado que nos dejaras solos en tu estudio.

¡El hombre tenía una memoria como el proverbial camello griego!

La duquesa simplemente se encogió de hombros.

—Madre, no puedo creer que sea yo quien tenga que recordarte estas sencillas reglas.

Jane esperaba que pusieran fin a su hostil conversación o, al menos, que esperaran a que ella dejara de oírla. Ciertamente la estaban tratando como a una más de la familia.

—¡Un ciego sigue siendo un hombre! —añadió Christopher, con un tono cortante.

La duquesa resopló.

—Nunca pensé lo contrario. Estás siendo demasiado sensible y duro conmigo. Sin embargo, puedes llevarte a Amanda, si crees que te será útil. Pero ¿por qué alguien acecharía en las sombras? ¿Y quién es lord Fowler?

Miró a Jane, quien, tras una breve pausa, decidió que debía responder.

—Estuvo en su exposición. Compró el caballo en el prado con la bonita casa de campo en la distancia.

—Qué bien. Me gusta ese cuadro. Es extraño pensar que ahora estará en posesión de otras personas y que no lo volveré a ver. Nunca.

La madre de Christopher empezó a mostrarse realmente molesta.

—Solo piense en la alegría que le darán a sus nuevos propietarios —le recordó Jane—, y ahora su estudio tiene mucho más espacio para que pinte muchos más.

—Muy cierto. Gracias, Jane. Es una chica muy servicial y siempre sabe qué decir.

Cómo le gustaría a ella que fuera así.

—Obviamente, no puede acompañarme a entregar mis cuadros, así que tendré que arreglármelas sin usted, supongo. Pero pensándolo bien, no puede llevarse a Amanda. La necesito. Tendrá que llevar a una de las criadas.

—¿Está de acuerdo, *lady* Jane? —preguntó

Christopher—. Parece que mi madre se está haciendo cargo de su día.

Jane reflexionó. Él le estaba dando una forma de retirarse si ella quería. Sin embargo, su temperamento anterior e incluso sus sentimientos heridos estaban algo aplacados. Sabía perfectamente que él la deseaba. Cuanto más tiempo pasaran juntos, más probable sería que él confesara sentir algo más que amistad.

—Sí, es agradable, señor.

La duquesa hizo un sonido de exasperación.

—¿No creen que ya deberían pasar a llamarse Jane y Christopher? —Luego se alejó por el pasillo—. Después de todo, Jane se ha convertido en algo parecido a la familia, como otro de mis hijos. —Desapareció tras la puerta de la biblioteca de los Forester, que actualmente albergaba todas las muestras e ideas de decoración de la duquesa.

—Ojalá pudiera verme aquí de pie, sintiéndome incómoda.

—¿Por qué? —preguntó él, aún serio.

—Porque entonces tal vez se ablandaría de nuevo, y podríamos empezar desde el principio. Amigos, como sugirió.

Ella le vio apretar la mandíbula y luego respirar hondo.

—Mejor que le trate como mi amiga que como mi hermana, como cree mamá —dijo al fin, y luego le mostró su conocida sonrisa.

Ella se rio.

—Admito que no le considero mi hermano.

—Bien. Amigos entonces, y vamos a llamar a una criada dispuesta a acompañarnos.

—Supongo que sería prudente —aceptó Jane—. No

querrá verse atrapado en una situación pegajosa como en la terraza de Marlborough House. Mi madre estuvo a punto de medirnos y casarnos en una hora.

Ella pensó que él se reiría. No lo hizo.

—¿Habría sido tan malo? —preguntó.

¿Cómo podía preguntar eso ahora, después de haberla rechazado?

—Solo quería decir que... nadie quiere ser empujado al matrimonio —le recordó ella—. O atrapado. Lo hablamos esa noche y en el estudio de su madre.

En pocos minutos, Jane se encontraba en el lujoso landó de cinco cristales de los Westings, rodeada de tantos cuadros como cabían con ella y Christopher dentro. La criada había sido enviada a sentarse con el chófer, anulando por completo su propósito en lo que a Jane se refería. Si quisiera, podría inclinarse, más allá de los cuadros envueltos a sus pies, y besarlo. No es que lo hiciera. Humillarse una vez pidiéndole que se casara con ella y ser rechazada era suficiente por hoy.

Así, su alegre grupo partió de Berkley Square para comenzar las entregas. La mayoría de las compras se realizaban en un radio de dos millas, donde vivían los más ricos de la alta sociedad. Algunos eran amigos de la duquesa. Otros querían asegurarse de estar incluidos en el último objeto de arte de moda, en este caso, las acuarelas de un compañero aristócrata, y de una mujer artista, además.

Por desgracia, ella y Christopher apenas hablaban. Jane empezó a describir el lugar en el que se encontraban hasta que él levantó la mano y le pidió que se abstuviera de sonar como una guía.

Ella cerró la boca.

Salvo en la casa de *lady* Mulberry, donde Jane se negó a bajar del carruaje, en cada parada acompañaba al lacayo hasta la puerta, mientras Christopher se quedaba a la vista en la acera. Muchos compradores ya habían firmado billetes, que Jane introducía en una bolsa de cuero. Algunos simplemente habían escrito y firmado su intención de pagar.

Cuando volvió a subir al carruaje después de la cuarta parada, Jane se rio en voz alta.

—¿Qué pasa? —preguntó Christopher, cerrando la puerta tras él.

—Tener mayordomos y amas de llaves entregándome grandes sumas…, todo el proceso es peculiar.

—Supongo que ahora es usted como una mujer de negocios.

—No puedo imaginarme que haya algo que pueda hacer o vender que engendre esas grandes cantidades de dinero. Puede que intente pintar como sugirió su madre.

—Debería —dijo él, aún sonando plano—. Destacará en ello, no me cabe duda. Hablando de éxito, creo que los decoradores empezarán por fin en nuestra antigua casa la semana que viene.

—Sí, me lo dijo su madre.

—¿Seguirá participando?

—Creo que su madre y *lady* Amanda pueden tomar todas las decisiones finales.

—¿Amanda? —Su tono era incrédulo.

—Sí, ella ha estado ayudando.

Hizo una pausa.

—¿Ayudando? Estoy tratando de entender cómo puede

ser.

Jane tarareó con suavidad para sí misma. ¿Aprobaría él que su familia fuera manipulada por ella? No estaba segura, ahora que estaban en términos inestables.

—Qué noble de su parte —murmuró Christopher—, arreglando un Westing tras otro.

Cruzando los brazos, se inclinó hacia atrás, y ella comprendió demasiado bien lo que quería decir. Todavía se consideraba una tarea que ella se había impuesto.

⋄

—Por fin la he alcanzado.

Jane miró a su alrededor con la esperanza de ver una escapatoria. Estúpidamente, había bajado las escaleras y entrado en la biblioteca antes del almuerzo, pensando que podría volver a su habitación sin problemas después de haber cogido un libro de traducción al francés. Sin embargo, Bernard había irrumpido en su santuario y la había acorralado.

—Ya me iba —le dijo ella, tratando de pasar a su lado.

Él suspiró.

—¿Es simplemente maleducada o una terrible cobarde?

Su acusación no significaba nada para ella. Que pensara de ella lo que quisiera, mientras no tuviera que hablar de matrimonio con él.

—Me dirijo a entregar el último de los cuadros de la duquesa de Westing. —Ella tenía la intención de hacerlo en algún momento, y tal vez ahora era el momento.

—Tal vez pueda ser de ayuda.

Lo miró fijamente. No tenía intención de estar dentro

de un carruaje con su primo.

—Creo que lord Westing me acompañará.

Jane no lo sabía realmente. De hecho, lo dudaba. Cuando terminaron el día anterior, Christopher le dio los buenos días y desapareció en los recovecos de la casa de los Forester. Parecía que incluso su amistad había llegado a un final inoportuno.

Bernard enarcó una ceja.

—Sabía que pasaba mucho tiempo con los Westing, pero no me había dado cuenta de que le hacía compañía al marqués. ¿Tiene algún acuerdo con él?

Casi se rio. No fue por falta de intento, prácticamente rogando a Christopher que se declarara.

—No —dijo ella—. No lo tenemos. —Supuso que mentir podría ser una buena opción para librarse de Bernard, pero no dudó que llegaría a oídos de los Westings y le causaría una mortificación extrema. Imaginando la sonrisa de Amanda y, lo que era peor, recordando el silencio de Christopher antes de rechazarla, si pretendía un acuerdo, sería denunciada públicamente.

—Está bien, entonces. Hablemos con franqueza. Después de todo, he venido desde muy lejos a Londres.

—Su casa está a solo una hora de distancia —señaló ella.

—También podría ser su casa —dijo él.

Y así comenzó. Aparentemente, iban a tener esta conversación sobre la unión matrimonial.

—Después de todo —añadió él—, esta casa también será mía algún día.

¡Qué bastardo sin corazón!

—Quizá una ley del parlamento cambie las cosas —

espetó Jane, solo para llevar la contraria.

Él parpadeó.

—No sé a qué se refiere.

Por supuesto que no lo sabía.

—No importa. Solo son deseos —dijo ella, y tomó asiento para que él también pudiera hacerlo—. Muy bien, hablemos, primo.

—Su padre está de acuerdo en que sería bueno para la familia que nos casáramos.

—Mi padre no está aquí —señaló ella.

—En realidad, sí está. Volvió ayer a última hora.

—Oh. —No era de extrañar que su madre hubiese estado ausente por la mañana. A menudo se retiraba de la casa para visitar a sus amigos cuando el conde estaba en la residencia.

—En cualquier caso, ya me ha dicho que está conforme con la eficacia de tal acuerdo.

Su primera reacción fue zafarse de la soga que le pasaban por la cabeza.

—Si se casa conmigo —dijo Jane—, lo más seguro es que mi padre no quiera renunciar a nada hasta que se muera. Será un residente en su propia casa si decide vivir aquí. ¿No le parece intolerable?

—Dijo que nos regalaría la casa de campo en Chipping Ongar.

A su padre nunca le gustó el campo, así que no fue una sorpresa.

—No se preocupe. No seríamos parias sociales —añadió Bernard—. Podríamos seguir viniendo a Londres para el momento álgido de la temporada.

Al parecer, lo tenía todo planeado.

—¿Desea realmente casarse conmigo? —preguntó ella sin rodeos, mirándole fijamente.

Parecía un Chatley, con el pelo y los ojos castaños, y la nariz pequeña y los pómulos altos de su padre. No había nada desagradable en él, excepto... recordó las palabras de su madre sobre la crueldad.

¿Se podía ver ese rasgo? ¿Estaba en la forma en que mantenía sus labios?

Esos labios se dibujaron en una fina sonrisa.

—Es una esposa tan aceptable como cualquier otra hembra.

Ella esperó, pero no dijo nada más. Jugueteando con el libro que tenía sobre la mesa, Jane preguntó:

—Entonces, ¿no le interesa el amor?

Sus ojos se abrieron de par en par.

—¿Es una romántica, entonces?

Jane supuso que lo era, con una buena dosis de precaución.

Cuando ella no respondió, Bernard ladeó la cabeza y le tomó la medida.

—¿Por qué no querría casarme con usted? Es atractiva, puede mantener una conversación sin tartamudear y tiene una cuantiosa dote. Sería un tonto si buscara otra cosa. Mientras no resulte estéril, es positivamente la esposa ideal para mí.

El hecho de que él mencionara la palabra «estéril» trajo a la mente de Jane la imagen de ellos intentando reproducirse. Su estómago se apretó incómodo. La idea de desnudarse ante Bernard y que este la tocara le daba miedo, no era excitante.

Y algo más, repulsivo. Estaba francamente sorprendida por su reacción visceral y severa.

Antes de Christopher, ciertamente la habían besado y no había sentido repulsión, simplemente impasibilidad. Ahora, pensando en cómo él había hecho reaccionar su cuerpo, no podía imaginarse tolerando algo menos. Francamente, no podía imaginar a ningún otro hombre poniendo sus labios o sus manos sobre ella.

Una vez más, prefería prescindir por completo de un hombre.

—Hace un buen recuento, primo, de las ventajas que disfrutaría. Sin embargo, las ventajas están todas de su lado. ¿Por qué querría casarme con usted?

Jane le dejó que pensara en eso un momento. Pero no lo hizo. Bernard pareció instantánea y totalmente sorprendido.

—¿Por qué no iba a querer? —replicó—. Aparentemente no ha tenido ninguna oferta, y ha tenido tres temporadas.

—No son exactamente tres —protestó ella, ya que todavía estaban en la tercera.

—Aun así —dijo él, lanzándole una mirada despectiva—. La alternativa es acabar siendo una solterona.

Una palabra que asustaba a tantas mujeres, y que también asustaría a Jane si no tuviera un poco de dinero ahorrado.

—Entonces, ¿lo único que puede decir para recomendarse a sí mismo es que es mi única opción?

Él frunció el ceño.

—Por supuesto que no. También podrá permanecer en

su casa.

—Sin embargo, nunca será realmente mi hogar, como tampoco es el de mi madre, a pesar de que ella ha vivido aquí muchos años y lo ha dirigido tan bien como cualquier condesa.

—Sí, su madre —dijo él—. ¿La quiere y se preocupa por ella?

—Por supuesto.

—Entonces quizás ella sea la mejor razón para que se case conmigo. Si no, ¿dónde vivirá *lady* Chatley?

¡De nuevo, un bastardo sin corazón!

—Naturalmente, si usted dijera que no la quiere aquí después de que tomemos la propiedad —continuó—, entonces ella se iría. Piense que por primera vez tendrá el control.

Él acababa de mostrar el poco control que ella tendría en realidad. Además, pensó que su padre le dejaría a la madre de Jane el dinero suficiente para establecer su propia residencia.

¿O no lo haría?

—¿Estamos de acuerdo? —preguntó Bernard, con cara de seguridad.

Jane miró el libro de francés y supo el camino que deseaba tomar. Pero el bienestar de su madre era ciertamente un nuevo fallo en su plan. En cualquier caso, cuanto menos dijera que pudiese agradar a su primo, mejor.

—Sus argumentos son válidos. Eso es cierto —dijo ella con diplomacia.

Él sonrió, y ella se preguntó si su madre tendría razón sobre la crueldad que se escondía tras los ojos de Chatley.

Además, al igual que esta conversación en la que se

determinaban sus deseos era totalmente una farsa, ya que su padre y Bernard podían tomar la decisión que quisieran, su acuerdo, o su desacuerdo, era tan vinculante como su propia capacidad para hacer un contrato legal, es decir, ninguno en absoluto.

Capítulo 23

Amanda arrojó algo sobre su regazo, y Christopher sintió deseos de estrangularla.

—Por favor, adviérteme, hermana, antes de que me lluevan rocas. Casi me das un susto de muerte.

Amanda se rio.

—Es solo un libro.

—¿Estabas leyendo un libro? —Christopher lo cogió. Era grande tanto en altura como en grosor—. ¡Y uno enorme, además!

—Por supuesto que no —se burló ella—. Lo encontré en el vestíbulo. Estaba envuelto sin miramientos en papel marrón y sin ningún tipo de dirección. Esperaba que fuera algo emocionante, pero, por desgracia, es solo un libro.

—Probablemente algo que papá compró mientras estaba en Hatchards el otro día. —Ese horrible día en el que pensó que Jane despreciaba cada momento que había pasado con él—. ¿Por qué me lo das? Soy ciego, si lo recuerdas. ¿Estás siendo cruel?

—¡Chris, no! ¿He sido una hermana tan terrible? —Se

sentó a su lado—. El libro debe ser para ti porque está todo lleno de baches. Compruébalo tú mismo.

Al instante, su corazón se aceleró ante la posibilidad. Si Amanda tenía razón...

Abriendo la portada, pasó la mano por la página derecha y su corazón dio un salto. ¡Dios mío! Al principio, no le encontró sentido, luego se frenó y volvió a trazar la primera línea. Se dio cuenta de que no se trataba de un alfabeto extraño y desconocido, sino simplemente del inglés, pero con puntos en relieve para que pudiera sentir cada letra.

—Guy Fawkes —leyó después de un momento, y Amanda jadeó de alegría. Leyó la siguiente línea: «Impreso en tipo raphigraphy». —Sinceramente, si hubiera estado solo, podría haber llorado.

—¿Qué es la rafigrafía? —preguntó su hermana, que se había dado cuenta de su emoción.

—Es el nombre de un tipo de letra especial llamado Decapoint. El profesor de la escuela de ciegos cerca de Regent's Park dijo que fue inventado por un francés llamado Braille. ¿Puedes ver las letras?

—Sí —dijo Amanda—. Son más tenues que la letra normal, pero puedo leerlas fácilmente. Dale la vuelta a la página —le instó.

Hizo lo que ella le pidió y palpó la página izquierda, que estaba en blanco, y la derecha, que era la siguiente página del título: *Guy Fawkes o La Conspiración de la Pólvora*. Un romance histórico de William Harrison Ainsworth. Luego, más abajo, decía: Publicado en 1841.

Amanda suspiró.

—¡Qué lástima! No es una novela gótica. Solo una vieja

y seca historia.

Ignorándola, Christopher comenzó a leer una carta dirigida a la señora Hughes, obviamente la mecenas de Ainsworth. Y entonces, llegó al prefacio y leyó en voz alta: «Las medidas tiránicas adoptadas contra los católicos romanos a principios del reinado de Jacobo I, cuando se revivieron las severas disposiciones penales contra los recusantes...

—¡Para! —Amanda suplicó—. O gritaré. Me voy. —Con eso, se levantó del sofá.

—Está bien —dijo él, apenas escuchando mientras mantenía sus dedos sobre las letras en relieve.

—Solo dime, querido hermano, ¿eres feliz?

—Extasiado —dijo él.

Su hermana le dio un beso en la frente y ya casi había salido de la habitación antes de que él la llamara.

—Pregúntale a papá y a mamá quién me compró esto.

—Cuando los vea —dijo ella, y sus pasos salieron por la puerta.

Un libro sobre el intento fallido de volar las cámaras del parlamento en 1605, una historia llena de política e historia. Christopher apostaría que era del duque.

<hr>

—Quiero sacudir a mi padre —vociferó Jane al día siguiente, cuando encontró a su madre en el comedor repasando el correo del día. Había llegado una invitación a la familia Chatley de parte de los Forester para cenar junto con otras parejas durante una de las últimas veladas de los Westing, antes de que estos se trasladaran a su casa en Grosvenor Square.

Lamentablemente, su madre tuvo que declinar.

—Tu padre estuvo aquí hace unos momentos y dijo que estaría ocupado. Ni siquiera le había dicho la fecha de la cena. Cuando se lo mencioné, repitió que estaría ocupado, independientemente de la fecha.

La condesa dejó de hablar mientras la criada les traía el té. Cuando Jane no estaba fuera de casa, ella y su madre intentaban tomar juntas el té de la tarde a diario. La criada lo sirvió y se fue.

Su madre cogió una cucharilla y revolvió ociosamente el azúcar, mirando el bonito mantel de encaje y la invitación que descansaba sobre él.

—Me doy cuenta de que tiene una nueva amante por el impulso extra que da a sus pasos. —Entonces *lady* Chatley soltó un grito y dejó caer la cuchara—. No puedo creer que te haya dicho eso. Debo de estar entrando en mi madurez para ser tan descuidada.

Jane apenas podía soportar la preocupación de su madre por el decoro.

—No soy una niña. Es más, he sido consciente de las costumbres depravadas de mi padre durante mucho tiempo. Depravado y cruel. ¿Por qué desperdiciar su vida y la tuya? En lugar de una unión de mentes y corazones, sois dos personas que no hicieron nada más juntas que concebirme a mí.

Su madre suspiró.

—Esa no fue mi elección, pero he llegado a aceptar cómo son las cosas.

¡Cómo son las cosas!

—Tu marido es un triste individuo que no te merece a ti ni a la hacienda, ni siquiera a mí.

Su madre sonrió.

—Tú eres mi Jane luchadora, y tienes razón. Sin duda estaría mejor viuda.

Jane no podía sorprenderse, pues había pensado lo mismo muchas veces en nombre de su madre. Sin embargo, le sorprendió que ella lo expresara.

—Mamá, lo siento mucho.

Lady Chatley se encogió de hombros.

—He tenido una vida cómoda. No hay nada que lamentar. Sin embargo, aún no he cumplido con mi deber de conseguir que te cases felizmente. Sé que no te gusta que en ocasiones te haya empujado hacia un hombre u otro.

Jane puso los ojos en blanco.

—Más que ocasionalmente, diría yo.

—Pero solo hacia hombres que podía ver que eran íntegros. Lord Cambrey, por ejemplo. Por la forma en que trabajaba con nosotros en beneficio de los huérfanos, me di cuenta de que era cariñoso y atento. Lo mismo con lord Westing, o incluso lord Fowler. Estos no son hombres que te tomarían por tonta como tu padre ha hecho conmigo.

—Tienes razón en los tres casos.

—¿Y no puedes amar a Fowler o a Westing?

Jane suspiró, pero no tenía sentido confesar su amor por Christopher.

—No es como si no tuvieran nada que decir en el asunto. Escoger un marido no es como elegir entre un recipiente de golosinas en el que la golosina no tiene elección. Los hombres sí tienen voz y voto en el asunto.

La boca de su madre se torció como si no estuviera de acuerdo.

—Si quisieras casarte con un hombre, aunque él dudara, creo que podrías tenerlo. Eres Jane Emily Chatley, la chica más capaz que podría imaginarme criar.

Se sonrieron mutuamente, y Jane al fin dio un sorbo a su té.

—Te agradezco que no me obligues a emparejarme con Bernard. Temía que lo hicieras solo para beneficiar a la familia.

Su madre bajó la cabeza.

—Me temo que Bernard es demasiado parecido a tu padre. No debes casarte con un hombre que no es digno de ti, porque se pasará la vida dándote la razón.

El corazón de Jane se encogió de nuevo. Antes de que pudiera ofrecerle consuelo, su madre continuó.

—Una vez tuve un joven interesado en mí. —Su tono se aligeró al hablar—. El hijo de un vizconde, un verdadero caballero. Los ojos azules más bonitos que he visto en un hombre. —La condesa suspiró—. Por alguna razón, Charles Chatley decidió que también me quería a mí. Por desgracia, en cuanto mi padre se enteró de que un conde quería a su hija, no tuve más remedio que aceptarlo.

Jane podía ver fácilmente por qué su padre había elegido a su madre.

Lady Chatley apuró su taza y se sirvió otra.

—Nunca te obligaría como me obligaron a mí. Tienes opciones que yo no tuve, pero aun así quiero verte bien asentada.

—¿Qué pasó con tu joven? —Jane se dio cuenta de que su propia voz estaba espesa de emoción, imaginando a su encantadora madre como una debutante esperanzada.

—Le rompí el corazón. Se mudó al continente. Me he preguntado si tu padre se encuentra alguna vez con él cuando está allí.

Una idea impactante. A Jane le entristeció pensar en su madre contemplando a su infiel marido cruzándose con su hombre de ojos azules con el corazón roto.

—¿Nunca se casó? —preguntó Jane.

—No. —Hizo una pausa—. Me ha escrito en alguna ocasión.

El pulso de Jane se aceleró al pensar en el hombre que quizá seguía esperando a su madre después de todos estos años.

—¿Le has contestado?

—No —dijo su madre con rapidez. Quizás demasiado rápido—. ¿Sabes lo fácil que es para un hombre divorciarse de su mujer por motivos de adulterio?

Jane se quedó con la boca abierta.

—No creerás que papá...

Su madre la miró fijamente.

—No podría correr ese riesgo. Nunca le he dado el más mínimo motivo para dudar de mí, ni una pizca de escándalo, ni un tufillo de interés por otro hombre. En cuanto naciste, me enamoré absolutamente de ti. Tienes mi corazón, Jane querida. Si hubiera intentado escapar de la infelicidad con mi marido, lo habría perdido todo. Una esposa no tiene existencia legal, como sabes. Si lo hubiera dejado, no podría llevarme nada, ni siquiera a ti. Y tú eres lo único a lo que no renunciaría. Un poco de infelicidad por un marido no es nada comparado con el amor por un hijo. Ciertamente, no podría perderte por él en un divorcio. —Su madre dio un sorbo a su segunda taza de té——. Entonces habría tenido que hacerme viuda para conservarte.

Jane tomó aire, porque estaba segura de que su madre hablaba en serio.

—La buena noticia en nuestro actual estado de existencia por la ley inglesa —continuó la dama—, y creo que es la única buena noticia, es que no se me puede culpar de prácticamente nada porque Charles y yo somos considerados uno solo. Si prendo fuego a nuestra casa, ya que en realidad es su casa y somos la misma entidad legal, entonces no se me puede culpar. La ley lo considera como si hubiera quemado su propia casa. No es que lo hiciera, por supuesto. Simplemente señalo los extremos ridículos a los que nos lleva la ley actual. A mí tampoco me pueden condenar por robarle a él, ya que somos un solo cuerpo bajo la ley, y él no puede robarse a sí mismo. —Su madre recogió la invitación de los Foresters—. Muy extraño, ¿verdad? Si fuera una mala mujer, una pirómana o una ladrona, entonces estaría totalmente protegida. Si soy solo una buena madre, cuyo marido es un adúltero cruel y sin amor, no hay nada que pueda hacer.

Jane se acercó y tocó la mano de su madre.

—No, no estés triste por mí, Jane querida. Debería haber exigido un acuerdo matrimonial o, al menos, mi padre debería haberlo hecho. Naturalmente, tendremos uno para ti cuando llegue el momento.

Jane sintió que una ola de culpabilidad la inundaba. Todas las veces que se había sentido restringida o presionada por su protectora y, a veces, prepotente madre... Y todo ese tiempo, su madre podría haberla abandonado al descuido de su padre. En lugar de eso, se había quedado con Charles

Chatley, un derrochador que bebía ginebra, por el bien de Jane.

———— ❖ ————

Jane llevó a su propia criada a la casa de los Forester y recuperó el resto de los cuadros. No vio a nadie, ya que la duquesa de Westing y *lady* Amanda estaban en su antigua casa de Grosvenor Square, y Christopher estaba en el parlamento con su padre.

Solo quedaban algunas acuarelas, una de ellas para lord Fowler.

Por suerte, él estaba en casa cuando ella pasó por allí, y pronto se encontró en su salón, con su criada sentada cerca y lord Fowler exclamando sobre la belleza del cuadro.

Jane pensó que era bastante dulce la forma en que él consideraba dónde colgarlo. Cuando le preguntó, le dio su opinión, y recorrieron toda la residencia hasta que él decidió ponerlo en su comedor, que carecía de cualquier adorno en la pared, excepto un largo espejo horizontal sobre el aparador.

El bonito prado con flores silvestres blancas y un caballo ruano, junto con una casa de campo en la distancia, quedaba perfecto en su pared gris pálido.

—Le da un poco de vida a la habitación —bromeó él—. Por supuesto, si a mi futura esposa no le gusta ahí, se puede mover de inmediato.

Jane le acompañó de vuelta al salón.

—Me disculpo por haber sido negligente en el cumplimiento de mi promesa al respecto.

—Querida *lady* Chatley, como intenté decirle en la exposición de arte, he tomado mi decisión.

Cuando ella se sentó, él también lo hizo.

—¿Y la señora ha aceptado?

—Todavía no se lo he pedido —confesó lord Fowler—. Sin embargo, creo que será una mera formalidad.

¿Cómo podía pensar eso? A no ser que ya hubiera pasado mucho tiempo con la dama en cuestión.

—¿Tiene algún indicio de que ella le corresponde?

La miró largamente.

—Los tengo.

Su actitud era extraña, y la pequeña semilla de preocupación que ella había tenido desde la exposición de arte floreció con rapidez. En el Salón Egipcio, la intensidad de lord Fowler y la forma en que le había cacareado que había encontrado a una mujer que le gustaba «por encima de todas las demás» y su deseo de decírselo de inmediato, la habían inquietado.

Tragó saliva. Jane no quería hacerle daño. Obviamente, debido a la cantidad de tiempo que habían pasado el uno en compañía del otro y a la forma excesivamente familiar en que habían hablado, él había sacado una conclusión de consideración que ella simplemente no sentía.

—No estoy seguro de que le agrade mi elección —continuó.

No, no le agradaba, no si él se había enamorado de ella.

—Ojalá hubiera dicho algo antes. —Ella le habría recordado que no deseaba estar en su lista de posibles esposas.

—Ha estado tan ocupado, como ha dicho, que no he podido hablar con usted. —Él agachó la cabeza—. Sé que ha intentado disuadirme, pero mis más profundas emociones sentimentales se han visto involucradas. Me temo que no le complacerá.

Dios mío, era a ella a quien amaba.

—Le ruego que lo reconsidere —dijo Jane.

Él sacudió la cabeza.

—¿Cómo puede estar tan segura de que no será un buen partido? Mi corazón está comprometido. No puedo prever una vida sin ella. No estoy seguro de la forma de decirlo decentemente. En resumen, amo...

—No, lord Fowler, no lo declare en voz alta. —Jane quería arrancarse los pelos. ¿Cómo había estropeado tan miserablemente esta sencilla tarea? El pobre Richard Fowler estaba a punto de enfrentarse a una terrible decepción.

—¿Por qué no? —Tenía una sonrisa desconcertante.

—Si lo hace, tendré que darle un no rotundo. Será una escena terrible. Se supone que no debe amarme.

Debía cortarlo de raíz. No podía imaginarse a lord Fowler levantando sus faldas de la forma en que lo había hecho Christopher, más que a Bernard.

—No lo hago —dijo él.

—No, no lo diga —continuó ella—. El objetivo de este ejercicio era... ¿qué ha dicho?

—No la amo, *lady* Jane.

Ella frunció el ceño.

—¿Y sin embargo desea casarse conmigo?

Parecía sorprendido.

—Pues no, no lo deseo.

Jane abrió la boca y la cerró.

—Creo que me he equivocado de bastón, ¿no es así?

—Espero que no se ofenda. —Lord Fowler se levantó de su asiento y se sentó intempestivamente a su lado.

Ella miró hacia su criada, cuyos ojos se habían agrandado ante el curso de la conversación hasta ese momento.

Lord Fowler le dio una palmadita en el hombro de forma incómoda.

—Querida *lady* Jane, al principio esperaba que fuera usted, pero pronto la aparté por completo de cualquier consideración. Y tenía razón, solo hay espacio para una dama en mi corazón, ciertamente no para una lista entera.

Jane respiró hondo y se relajó. A él no le importaba ella. ¡Qué maravilla!

—Estoy encantada por usted y no me siento en absoluto ofendida. Por favor, no me mantenga en suspenso ni un momento más. ¿Quién es la afortunada?

—*Lady* Brethens. —Anunció el nombre sin aliento, casi con una reverencia normalmente reservada para hablar de un santo.

La sorpresa reverberó en ella, seguida con rapidez por la perplejidad. ¿Matilda Brethrens?

—Sé que no lo aprueba —declaró—, pero ella y yo nos convenimos.

—No me corresponde aprobar o desaprobar —respondió Jane, y luego recordó que, de hecho, le había advertido que se alejara de esa misma mujer—. Sin embargo, estoy desconcertada. ¿Cuándo ha conversado usted con *lady* Brethrens hasta el punto de decidir que la ama?

—Aquí y allá —dijo él—. Ella estuvo en prácticamente todos los eventos a los que asistimos usted y yo. Al principio, la dejé de lado, como usted sugirió. Sin embargo, algo en ella me atrajo. Supongo que, al principio, fueron sus perfectos tirabuzones. Luego vi sus hoyuelos cuando sonríe.

Tenía una mirada beatífica, y Jane sintió que su propio corazón se disparaba. Parecía realmente un hombre enamorado. ¡Qué raro y maravilloso es ser testigo de ello!

—Cuando no me descartó de plano, descubrimos que teníamos intereses similares. —Lord Fowler asintió para sí mismo—. Es fastidiosa, sin duda, pero a menudo estoy de acuerdo con sus opiniones e incluso con sus quejas. Aunque ciertamente tiene un buen número de ellas, lo admito.

Jane sonrió ante su última frase. Aquí estaba un hombre dispuesto a aceptar a una esposa a la que había llamado regañona, y a hacerlo porque amaba a la dama, a pesar de sus defectos. Sin embargo, apostaría su último alfiler de sombrero a que el cuadro de acuarela se movería del comedor si Matilda Brethrens se instalaba en él.

—Y no es que sea yo quien sepa besar, pero ella besa muy dulcemente.

Jane se llevó una mano a la boca. Definitivamente no debería revelar tal cosa. Por otro lado, se alegró de que hubiera descubierto ese importante hecho.

—Lord Fowler, estoy muy contenta. Realmente lo estoy. —Jane se puso en pie, y su criada también se puso en pie de un salto—. Espero que le comunique a *lady* Brethrens sus sentimientos a la mayor brevedad posible, y ruego fervientemente que ella le corresponda.

—Le enviaré una misiva y le diré cómo resulta —prometió—. Con suerte, leerá el anuncio en los periódicos en cualquier caso.

Su ánimo se hundió un poco. Con toda probabilidad,

ella no estaría allí para recibir una nota de él, ni podía decírselo. El secreto era crucial, o su padre vaciaría su cuenta antes de que ella pudiera retirar su dinero. De todos modos, sería arriesgado, y debía estar segura de dejar una gran parte de su asignación ahorrada o su padre sería notificado de inmediato por el empleado del banco.

En cualquier caso, no tenía una dirección de envío, ya que todavía estaba decidiendo entre el puesto en Ramsgate con los vegetarianos, y un lugar en el soleado sur de Francia.

—Buenos días, lord Fowler. Le deseo lo mejor y que todo lo bueno le llegue.

—Y a usted, *lady* Jane. Si no le importa que lo diga, le toca encontrar un cónyuge.

Jane intentó reírse ligeramente, pero no pudo dedicarle más que una frágil sonrisa mientras se marchaba.

Con Bernard en su casa pensando que ella estaba de acuerdo con sus planes y su padre habiendo regresado, vivo y sano, de su última excursión de mujeriegos, Jane se dio cuenta de que le quedaban pocos días para irse antes de que se hiciera un anuncio. Cada día, enviaba a un criado al Banco de Inglaterra con un cheque a su nombre y con instrucciones estrictas de entregarlo a un empleado de fondos diferente. Cada día retiraba la cantidad que creía que no levantaría sospechas.

La idea de no volver a ver a Christopher le resultaba angustiosa, pero no la hacía cambiar de opinión sobre su marcha. Después de todo, había pasado unos cuantos años sufriendo un amor no correspondido sin que él le sonriera.

En los últimos meses, había compartido felizmente momentos de intimidad con él, confirmando que había colocado correctamente sus afectos.

Si su vida iba a transcurrir sin un hombre, estaba contenta de haber encontrado a alguien a quien amar, y que, por poco tiempo, parecía sentir algo parecido.

Contenta, pero ciertamente no feliz.

En cualquier caso, Jane no podía dejar que nada de lo ocurrido desde la terraza de Marlborough House quebrara su espíritu. Tampoco se dejaría encadenar en Londres, obligada a casarse con Bernard.

Sin embargo, mientras se detenía a escribir una carta a la condesa de Cambrey, un pensamiento la atormentaba: ¡su madre! ¿Cómo podía dejar a Emily Chatley expuesta a las terribles consecuencias que seguramente tendría su huida?

Se habían enfrentado a lo largo de los años, pero su amor era profundo y verdadero. Su madre había dedicado años a criar a Jane, a acompañarla, a enseñarle y a ser su compañera.

Sin Jane, su madre ya no tendría ni siquiera la restringida vida social de acompañarla a bailes y fiestas, picnics, paseos en barco y en el parque. Su madre, ya compadecida por tener un marido libertino, se vería deshonrada por la hija que se había escapado. Incluso podría ser culpada por la incapacidad de Jane para cumplir con su deber.

Básicamente, *lady* Emily Chatley se quedaría confinada en casa, ya que ninguna matrona respetable de la sociedad la invitaría a ningún sitio.

Y luego estaba el futuro. Cuando Bernard se convirtiera en conde y su esposa reclamara con entusiasmo el título de condesa de Chatley, su madre sería apartada. ¿Adónde iría entonces?

En un instante de dura comprensión, Jane supo que la única manera de devolverle el favor a su madre era quedándose y casándose con Bernard, asegurándose así de que Emily Chatley tuviera un hogar y el respeto que le correspondía para el resto de su vida. Jane le debía eso y más.

Se había quedado sin opciones. ¡Dios mío! Debería haber atrapado a lord Fowler cuando tuvo la oportunidad. Pero ni siquiera eso habría mantenido a su madre en su propia casa cuando el conde de Chatley falleciera y Bernard se hiciera cargo de la propiedad. La mayoría de los maridos no aceptarían a una suegra bajo su techo, sobre todo cuando estaban recién casados. Y luego estaba el orgullo de su madre.

¿Aceptaría la condesa el puesto de invitada en la casa de su hija si esta estuviera en otro lugar que no fuera la residencia de Chatley?

Aunque Christopher dejara de repente de lado su terquedad y sus dudas, Jane no podía dejar a su madre bajo el control de Bernard.

Jane dejó su taza y luego la volvió a recoger. Estaba vacía. No se había dado cuenta de que la había terminado. De repente, no podía respirar.

Estaba claro lo que debía hacer: sacrificar el resto de su vida y toda su felicidad para proteger a su madre.

Capítulo 24

-Madre, ¿dónde está *lady* Jane estos días? —Christopher se había dicho a sí mismo que no iría a preguntar por ella, llamando la atención sobre su necesidad de Jane. Luego, en el momento en que se dio cuenta de que su madre estaba en el salón, había hecho precisamente eso.

—Estoy segura de que no tengo ni idea —respondió la duquesa—. Últimamente la veo cada vez menos. Lástima. Me gusta mucho esa chica. Harías bien en... No importa. No soy ese tipo de madre. El corazón va donde quiere. Si tu corazón quisiera a Jane, estoy seguro de que ya habrías actuado en consecuencia.

Christopher sintió la familiar oleada de arrepentimiento. Siempre empezaba con un destello de memoria, de ir a las cocinas, hablar con el ahora difunto señor Elms, y luego despertar en la interminable oscuridad.

Despertarse por las mañanas ya no era la gran decepción que había sido durante meses. Bastante acostumbrado a abrir los ojos y no ver nada, Christopher afrontaba cada día pensando en las cosas que aún podía hacer.

Entre ellas, volver a leer. Gracias a Jane. El libro tenía que venir de ella, pues nadie más parecía conocerlo. Había dictado una nota de agradecimiento a Amanda, había hecho que su madre la revisara por si su hermana estaba tramando alguna travesura, y luego la había enviado. No había recibido ninguna respuesta.

Solo de vez en cuando, como en el momento en que su madre mencionó su corazón, le invadió de nuevo el arrepentimiento, seguido de una oleada de furia por su destino. Por lo general, respiraba hondo, dejaba que se desbordara y se liberaba. La ira había disminuido considerablemente con el paso de las semanas, sobre todo al volver a la vida «normal».

Incluso con las ocasionales burlas de un parpadeo sombrío en su visión, había aceptado su estado y estaba decidido a tener la mejor vida posible.

Sin embargo, cada día sin Jane se sentía vacío. Cuando pensaba en lo bien que ella había manejado su accidente y posterior ceguera, sabía que no había otra mujer como ella.

—A mí también me gusta, madre. Y admirándola como lo hago, ¿qué tan egoísta sería de mi parte pedirle que sea mi esposa? ¿No crees que ella podría hacerlo mucho mejor?

—Chris, sé que esto ha sido duro para ti, y cada día me asombra el aplomo con el que sigues adelante con su vida. Y soy extremadamente parcial porque eres mi extraordinario hijo y soy una madre orgullosa. Sin embargo, ni una sola vez te he considerado egoísta, ni creo que ninguna joven pueda hacer algo mejor que tenerte como marido.

—Pero el tedio de tener que describir nuestro entorno… —señaló.

—*Bah*. Eso no es nada. A ninguna mujer le importa

hablar de lo que ve.

Christopher se pasó una mano por el pelo.

—¿Y qué hay de que yo pueda llevarla a sus lugares preferidos?

—¿Y qué? Todavía puedes. Quizá necesites un lacayo a veces, pero sin duda, hacer pequeñas adaptaciones a tu vida vale la pena para ganar una dama así.

—Pero podría ser la esposa de cualquier hombre, ¿no crees? —Quería que su madre lo convenciera de no perseguir a Jane. O tal vez quería que ella lo convenciera de ceder al deseo, uno al que no podía renunciar por más que lo intentara.

Sintió una mano en su antebrazo.

—Creo que Jane sería, en efecto, una esposa fuerte para cualquier hombre, sin importar lo alto que fuera en la escala social o incluso en el gobierno. Incluido tú.

—Gracias, madre. Voy a dar un paseo. —Sin pensarlo demasiado, cogió su bastón del soporte junto a la puerta principal, se puso el sombrero en la cabeza y se fue. Primero, un paseo por la plaza para despejarse.

Y luego, si sus pensamientos no habían cambiado, tal vez sería el momento de hacer la tan prometida visita a la residencia de los Chatley en Hanover Square y declarar sus intenciones al padre de Jane.

⁂

—Lord Westing quiere verla, mi*lady* —anunció su mayordomo.

Jane estaba en el jardín trasero, su madre en algún lugar

cercano, probablemente consultando con la cocinera sobre la cena. Por desgracia, Bernard también estaba cerca, pues acababa de regresar de montar a caballo. Salió a la terraza detrás del mayordomo.

—¿Qué quiere? —preguntó su primo en voz alta, con un tono tan grosero como agrio.

Jane se levantó de la silla. Lo ignoró y se dirigió al mayordomo.

—Hágalo entrar. —Luego pensó en el escalón trasero inclinado donde se había hundido la piedra y que nadie se había molestado en arreglar—. No —le dijo cuando ya se había puesto de perfil—. Pensándolo bien, por favor, haga pasar al marqués al salón y dígale que voy enseguida. Y pida el té.

—¿Le acompaño, prima? —preguntó Bernard, bloqueando su entrada en la casa—. Es bastante indecoroso que esté a solas con Westing, sobre todo cuando hemos expresado un entendimiento entre nosotros.

—Como bien sabe, también es absolutamente inapropiado que estemos a solas. En este mismo momento, está violando todos los códigos morales con los que he sido criada. Incluso si ya hubiéramos enviado los anuncios, iría en contra de las reglas de la decencia común que estuviéramos solos bajo techo.

—No estamos bajo techo —le recordó él—. Estamos al aire libre.

—En un jardín amurallado. Hágase a un lado —le ordenó Jane, sorprendida por el siseo de su propia voz. Se sintió feroz en su deseo de llegar a Christopher—. Mi madre se reunirá conmigo en el salón con el marqués.

—Muy bien. —Bernard se movió alrededor de ella, tomando su asiento en el jardín. Ella le miró la nuca. Más le valía quedarse quieto o ella no se haría responsable si se ponía furiosa y le arrancaba las patillas demasiado largas.

Respirando tranquilamente, se apresuró a recorrer el pasillo hasta el vestíbulo y luego al salón. Su madre sería llamada a su debido tiempo. No de inmediato, pero sí pronto.

—Lord Westing —dijo Jane a la figura de hombros anchos que estaba de pie en medio de la alfombra, amándolo con todo su corazón, incluso cuando lo veía de forma familiar.

Recordaba meses atrás, mirando por la ventana delantera, soñando con el momento en que él llegaría y ya no tendría que imaginar un futuro sin él.

Al fin, allí estaba él.

—¿Estamos solos?

—Por ahora.

—¿Seguimos siendo... amigos?

—Por supuesto.

—Acérquese para que pueda olerla mejor —exigió.

Ella sonrió. ¡Qué cabeza de chorlito! Y sin embargo, sus palabras hicieron que su interior zumbara de excitación. Ella cerró el espacio entre ellos.

—¿Se ha acercado? —le preguntó él.

Ella dudó. En cuanto hablara, él la tomaría en sus brazos. ¿No sería así? Los largos momentos de expectación hicieron que su cuerpo se estremeciera y que una extraña y fluida pesadez se acumulara entre sus caderas.

Estudió su rostro apuesto y ligeramente arrogante. ¿Cómo no se había dado cuenta antes de su arrogancia? Era increíblemente atractivo.

Ella suspiró ligeramente y la cabeza de él se inclinó hacia el sonido.

—¿Jane? —preguntó él, con la voz baja.

Ella tragó saliva.

—Sí. —Su voz salió en un suspiro.

Al instante, los brazos de él la alcanzaron y la empujaron hacia delante, hasta que chocó con su duro cuerpo. Sus manos permanecieron en la parte baja de la espalda de ella, manteniéndola cerca. Su boca encontró la de ella de forma infalible.

Levantó los brazos alrededor de su cuello y se aferró a él.

Hambrienta de él, con el corazón palpitando, Jane abrió los labios y lo dejó entrar. La lengua de él se introdujo en su boca y se enredó con la de ella, mientras sus dedos se abrían paso entre su suave cabello, tirando con suavidad.

Un calor líquido se acumuló al instante entre sus piernas, humedeciendo el algodón de sus calzones. Levantando las caderas hacia él, sintió la respuesta de él y la presión de su duro miembro justo por encima de su montículo.

Parecían gemir al unísono.

Entonces, se oyó un golpe en la puerta. Jane nunca se había movido tan rápido, saltando hacia atrás y casi aterrizando sobre su trasero. Así las cosas, estaba de pie sobre el dobladillo de su vestido y tratando de enderezarse cuando la criada entró llevando una bandeja con té.

—Es la criada —declaró en voz alta. Demasiado alto. La chica la dejó en la mesa baja frente al sofá.

—¿Le sirvo, señora?

—No, está bien. Yo me encargo de él. Lo... Quiero decir, yo me encargo de servir el té —se corrigió Jane, antes de toser para tapar la risa nerviosa que brotaba en su garganta.

Menos mal que no habían sido su madre ni Bernard los que habían llamado a la puerta.

La criada no se dejó engañar y mantuvo la mirada baja mientras se marchaba, con una sonrisa de satisfacción en los labios. La muchacha sabía que no debía decir nada, ni siquiera reconocer el motivo del estado de nerviosismo de su señora.

La mirada de Jane se dirigió a la caída de los pantalones de Christopher. El bulto de su deseo era evidente. Debían calmarse porque la siguiente persona en entrar sería seguramente su madre, en cuanto se enterara de la presencia del marqués.

Jane se aclaró la garganta.

—¿Nos sentamos?

—Eso puede ser doloroso —murmuró él—. Deme un momento y lo haré, pero tendrá que ayudarme.

—Por supuesto. —Permanecieron en un incómodo silencio mientras Jane miraba sus partes masculinas.

—Está mirando mis pantalones, ¿verdad? —preguntó Christopher.

—No —dijo ella, pero luego no vio razón para mentir—. En realidad, sí.

—Sabiendo eso, me resulta imposible sofocar mi deseo.

Ella suspiró.

—¿Y qué hay de saber que mi madre puede entrar en cualquier momento?

Él hizo una pausa.

—Sí, eso funcionará. Ya puedo sentarme.

Inmediatamente, ella lo tomó del brazo y lo condujo al sofá.

—¿Quiere un poco de té, señor?

Él rio con suavidad.

—Probablemente sea una buena idea mantener mis manos ocupadas y llenas para no volver a tomarla en mis brazos.

Jane estaba sirviendo leche en ambas tazas cuando entró su madre.

—Madre —le dio la bienvenida Jane, y Christopher se levantó y dirigió su reverencia hacia la puerta.

—Buenos días, lord Westing —dijo su madre, lanzando una mirada interrogante hacia Jane—. Permítame decirle que tiene usted buen aspecto.

—Gracias. Y usted también, señora.

—Gracias —dijo ella, y un segundo después, Jane vio a su madre fruncir el ceño al darse cuenta de lo absurdo de su afirmación, y luego sonrió.

—Estás bromeando conmigo, señor. Es un malvado.

—En absoluto —dijo él, sonando serio—. Estoy seguro de que está más guapa que nunca. Si me avisa cuando haya tomado asiento, entonces yo también podré volver al sofá.

La madre de Jane cruzó la habitación y tomó su sillón favorito.

—Estoy sentada.

—Muy bien. —Y Christopher retomó su asiento.

—¿Qué le trae por aquí, milord? —preguntó su madre.

—Quería agradecer a su hija todo lo que hizo por mi madre y por nuestro hogar. Su ayuda fue inestimable.

Jane sonrió para sí misma. Había disfrutado mucho

aprendiendo, aunque fuera un poco sobre el mundo del arte.

—Y espero que mi gratitud no esté fuera de lugar al agradecerle también el libro. —Su rostro se volvió hacia ella—. Me ha proporcionado horas de alegría, como usted sabía que haría.

Ella sintió lágrimas de felicidad en sus ojos. Había esperado tanto que él se tomara el tiempo de aprender el Decapoint.

—Me alegro mucho.

—Si puedo preguntar, milord —dijo *lady* Chatley—, ¿cómo es posible que esté leyendo?

Entre Jane y Christopher le explicaron las letras en relieve.

—Ha sido un detalle por tu parte, Jane. —Su madre la miró con curiosidad—. En verdad, lord Westing, con todo lo que está haciendo, uno podría fácilmente olvidar su aflicción.

¿Su aflicción? pensó Jane. Como una quemadura de sol de un granjero o un caso de gota. Si fuera tan sencillo. Se había enterado de que estar ciego le había afectado no solo físicamente, sino también emocional y mentalmente. No era el mismo Christopher Westing de antes de la explosión, pero seguía siendo el hombre que ella amaba.

—Gracias. —Christopher se aclaró la garganta—. También esperaba tener unas breves palabras con lord Chatley.

—Oh —dijo su madre, y señaló a Jane, incluso agitando las manos, preguntándole claramente qué estaba pasando. Por desgracia, las mangas de su vestido hicieron ruido al hacerlo.

Jane sacudió la cabeza, con la esperanza de que dejara

de moverse.

¿Quería Christopher decir lo que ella creía? Sería demasiado cruel. Porque acababa de aceptar casarse con Bernard y volver a vivir en la casa familiar como mujer casada tras la marcha de su padre... Que Dios se apiadara de ella.

Todo apuntaba a que debía cumplir con su deber familiar y asegurarse así de que su madre tuviera un techo para el resto de su vida. Había reflexionado y examinado su alma. Había rezado a Dios para que la guiara.

—¿Hay algún problema? —preguntó Christopher en el pesado silencio.

—Mi padre no está en casa en este momento —le dijo Jane. Por lo que ella sabía, esa era la verdad, aunque lo más probable era que estuviera desmayado en el piso de arriba.

Además, en aquella coyuntura, con la idea firmemente arraigada en el cerebro empapado de ginebra del conde de salvar la considerable dote, manteniéndola en las arcas de Chatley al casarla con Bernard, tenía la sensación de que rechazaría incluso al hijo de un duque.

—¿Cuándo lo espera? —insistió Christopher.

Jane guardó silencio. Cuando miró a su madre, que intentaba averiguar la situación y determinar hacia dónde soplaba el viento, Jane solo pudo sacudir la cabeza. Era demasiado complicado.

Su madre asintió.

—No sabría decirle, milord. Lord Chatley es imprevisible, digamos.

Jane pensó que esa era una palabra demasiado amable, casi caprichosa, para describir a un borracho descuidado.

—Quizás, *lady* Chatley, en su ausencia, podría hablar

con usted entonces. En privado —se ofreció Christopher.

Oh, cielos. ¿Realmente estaba haciendo esto ahora? Jane aún podía sentir la presión de sus labios contra los suyos. Estaría encantada de volver a sentirlos durante el resto de su vida. Por otro lado, no podía disfrutar de un día de felicidad sabiendo que su madre sufría sola.

De nuevo, negó con la cabeza a su madre.

—Si bien puedo hablar con usted de ciertos asuntos —respondió la condesa, mientras sus ojos se abrían de par en par al mirar a Jane—, es decir, los del ámbito femenino, por así decirlo, hay otros temas que no me corresponde discutir. Me temo que usted desea hablar de uno de ellos.

Jane asintió con la cabeza a su madre. Ciertamente no quería que ella hablara a solas con Christopher. Después de todo, lo último que le había dicho a *lady* Chatley era su desinterés por lord Westing como marido, comparándolo con un dulce no deseado, si recordaba correctamente.

—Muy bien. Fue una imprudencia por mi parte presentarme sin invitación y esperar que las cosas salieran como yo quería. ¿Cree que podría al menos hablar con su hija a solas?

—Oh, no —dijo su madre de inmediato—, eso no servirá.

Jane agitó los brazos, asintió con la cabeza y juntó las manos rogando a su madre que les permitiera esa amabilidad.

—Quiero decir, sí, por supuesto —se corrigió la condesa, sonando como si no conociera su propia mente.

Christopher frunció el ceño.

—Si está segura.

Jane volvió a asentir.

—Sí —dijo su madre—. Les dejaré hablar a los dos. ¿No

es así? —miró a Jane de nuevo, asegurándose de que era lo que había pretendido.

—Gracias, mamá —dijo Jane, tranquilizándola con una sonrisa.

Su madre se levantó, haciendo unos gestos a Jane que ella no pudo comprender.

Christopher también se levantó.

—Buenos días, lord Westing. Me alegro de verle tan en forma.

—Buenos días, *lady* Chatley.

Cuando la puerta se cerró tras su madre y sus pasos se habían alejado, se sentó de nuevo, con su muslo rozando el de Jane.

—Eso fue extraño —dijo Christopher—. Me siento un poco desorientado, a decir verdad.

—Lo sé, y me disculpo. Mi madre se debatía entre su deber de proteger mi reputación y su tolerancia hacia mi...

Christopher se inclinó, la tomó por los hombros y la acercó.

—¿Estamos solos? —murmuró, con su boca ya cerca de la de ella.

No esperó una respuesta antes de que sus labios reclamaran los de ella una vez más.

—Mmm —gimió ella contra su boca. Las palpitaciones de su cuerpo eran casi dolorosas, pero tener sus brazos alrededor de ella, oler su limpio aroma, saborearlo... era demasiado delicioso como para detenerse simplemente por el ferviente y persistente anhelo que latía entre sus piernas.

La mano de él se dirigió a su seno derecho y lo tocó a través del vestido, por encima de su corazón que latía con fuerza, y ella sintió que sus dos pezones se erizaban en respuesta.

Desesperada, quiso tocarlo y arrastró los dedos por su muslo, dirigiéndose a su...

Él se congeló, retrocedió, le quitó las manos y se desplazó por el sofá.

—Christopher, ¿qué...?

—¡Cállese! —le ordenó, y entonces la puerta se abrió.

<hr>

Estaba demasiado cerca. Christopher oyó los pasos delatores solo un instante antes de que se abriera la puerta. Gracias a Dios, su oído se había convertido en su sentido más utilizado, o habrían sido sorprendidos en flagrante delito, como decía el refrán.

Y supo, por el paso, que el intruso no era su indulgente madre.

—¡Jane! —Christopher oyó decir a una voz desconocida, que sonaba un poco alterada para su gusto. Masculina, pero demasiado joven para ser su padre.

Sintió que Jane se levantaba lentamente, sin culpa. Buena chica. Él hizo lo mismo, contento de saber que el juego de té seguía delante de ellos.

¿Qué podría ser más inocente que una taza de té?

—Buenos días, primo —respondió ella—. Lord Westing, mi primo, el señor Lowther, se ha unido a nosotros. Puede que ya se hayan conocido en la exposición de arte de su madre.

Christopher asintió con la cabeza, sintiendo aversión

por el hombre de... oído, si no de vista.

¡Jane, en efecto! Su primo no debería haberse dirigido a su prima soltera por su nombre de pila en compañía de un extraño, aunque Christopher no era realmente un extraño y hacía apenas unos segundos había estado devorando la boca de Jane.

Aun así, su primo no lo sabía y, por tanto, era una indecorosa falta de etiqueta.

—Sí, por supuesto —respondió Lowther—. Las pinturas de su madre eran todo un acontecimiento, a la altura y más allá, diría yo. ¿Y usted pinta?

—Si lo hiciera, ya no lo haría —le recordó Christopher.

—¡Oh, claro, claro! Lo siento, viejo amigo.

—¿Me buscaba por alguna razón en particular? —preguntó Jane a su primo, sonando helada.

—No. Me crucé con su madre en el pasillo y me di cuenta de que estaba sola. Con lord Westing.

Hizo una pausa, y Christopher solo pudo imaginar a Jane y a su primo manteniendo una batalla de miradas.

—¿Y? —preguntó Jane, sonando más que un poco enfadada.

—Y no querríamos ningún paso en falso a estas alturas, ¿verdad? —preguntó su primo—. No cuando estamos cerca de hacer un anuncio.

Christopher se había vuelto muy bueno en mantener su rostro pasivo, muy consciente de cómo los demás podían estar estudiándolo sin que él lo supiera. Las gafas añadían una capa de privacidad que también apreciaba mucho.

Sin embargo, no pudo evitar apretar la mandíbula y sentir que podría moler sus muelas hasta hacerlas polvo.

Estaban a punto de hacer un anuncio.

—Solo estábamos tomando el té —explicó Jane. Y ahora sí que sonaba nerviosa. Claramente, era por la declaración de su primo.

¿Cómo podía besarlo tan apasionadamente cuando ahora tenía otra intención que no lo involucraba?

Debía de haber algún malentendido.

—Su anuncio es el de una boda, supongo —dijo Christopher, sorprendido de lo desinteresado que seguía siendo su tono cuando por dentro estaba revuelto.

—Sí, por supuesto. —El maldito Lowther parecía muy satisfecho consigo mismo, mientras que Jane, ¡su Jane!, guardaba un silencio revelador.

—De hecho, hace un minuto estaba arriba hablando con su padre sobre ciertos arreglos financieros.

El malentendido había sido enteramente suyo. El conde de Chatley estaba en casa de ciertos caballeros, al parecer. Más valía que Christopher se despidiera antes de que no le quedaran dientes que rechinar.

—Debo irme —dijo, volviéndose hacia Jane—. Le agradezco el té y la conversación. —Y los extraordinarios besos que hicieron que le doliera la ingle. ¡Maldita sea!

—De nada —dijo ella. Su voz no podía sonar más pequeña ni más triste, pero había tomado su decisión, con todas las oportunidades de rebatir a su primo. Tal vez necesitaba una oportunidad más, que él le daría con gusto.

—¿Había algo más que quisiera decirme? —preguntó él.

—No, señor —respondió ella en voz baja.

—¿Y va a seguir trabajando con mi madre?

Hubo una vacilación que a Christopher le inquietó.

¿Estaba ella intercambiando un mensaje con su futuro prometido?

—Nuestra tarea estaba casi terminada —dijo ella—. Sin embargo, había planeado volver a ver a su madre pronto.

Una respuesta extraña, sin compromiso, pero obviamente era lo mejor que iba a proporcionarle.

Christopher buscó su bastón donde había estado apoyado contra el sofá, pero se le había escapado.

—Permítame —dijo Lowther, y un momento después, Christopher sintió el mango presionado en su mano.

—Y su sombrero —dijo Jane, y él recordó que se lo había quitado en algún momento mientras se besaban.

Si ella hubiera intentado colocárselo en la cabeza, vistiéndolo como a un niño, juró que lo habría apartado de un golpe, pero ella solo tocó el ala con el dorso de su mano libre. Christopher se lo arrebató y se lo puso, utilizó su bastón para encontrar un camino libre alrededor de la mesa y se despidió.

—Buenos días, señor Lowther, *lady* Jane. —Y se fue, sintiendo que podía aullar como el famoso lobo salvaje de la Edad Media. Cazado hasta la extinción en todas las Islas Británicas, era el animal perfecto para describir su sensación de no tener ya lugar en este mundo.

Al menos no en el mundo de Jane.

Capítulo 25

Sin duda, una puerta se había cerrado por completo, pensó Jane. Para no volver a abrirla nunca más. Y Christopher estaba al otro lado de ella. Ella había sentido el desprecio contenido en cada fibra de su ser cuando se había ido.

—Estuvo muy mal que se recluyera con lord Oscuro —la amonestó Bernard, como si tuviera derecho.

—¿Cómo lo ha llamado?

—Solo lo que dicen algunos en la alta sociedad. Antes era el soleado, feliz y bendito marqués de Westing. Ahora mírelo. ¡Pobre desgraciado! Casi me da pena.

Jane se quedó en silencio. ¿Sentir pena por él? Pero era Christopher Westing. Nada había cambiado en cuanto a su grandeza, en lo que a ella respectaba. Bernard era un tonto, al igual que los que subestimaban lo que Christopher haría con su vida.

—Supongo que tampoco debemos estar solos, como dijo en el jardín. No quiero que mi futura esposa se manche en lo más mínimo —añadió su primo y se dirigió a la puerta—. Pero que no vuelva a ocurrir una indiscreción como esa. Si lo hace, no me gustará.

Jane se llevó la mano a la boca, recordando el placer de unos minutos antes. Había dejado que Christopher se fuera bajo la idea errónea de que no le interesaba.

No, eso no podía ser cierto. ¿Cómo podía no saber lo que ella sentía por él cuando su cuerpo cobraba vida bajo su contacto? Al instante, como una llama al aceite de una lámpara.

Un momento después, entró la criada.

—Su padre desea verla, señora.

Caminando lentamente hacia el vestíbulo, Jane pensó en los acontecimientos de la mañana, luego en los de la última temporada, luego en los de su vida en general, en cada pequeño y gran paso que la había llevado a este momento. Las veces que se había mantenido al margen cuando alguien había mostrado interés. La alegría que sintió al trabajar por una causa benéfica. El apoyo de su madre. La intensa soledad.

El hombre al que amaba más allá de la razón se había marchado. El hombre que no le importaba con el que, sin duda, se casaría. El hombre que había llegado a despreciar la esperaba arriba.

Lentamente, subió las escaleras, dudó en el estudio privado de su padre, y luego lo pasó a su propia habitación. Al darse cuenta de que no había disfrutado de un sorbo del costoso té de abajo, llamó a su criada, esperó pacientemente y pidió una tetera nueva.

⁓⁕⁓

Christopher se sentó de nuevo en el carruaje, dejando que el familiar cuero desgastado lo envolviera, y consideró todo lo que había sucedido. En el transcurso de cuatro meses, se había enamorado, había perdido la vista, había perdido las ganas de vivir, había recuperado por fin cierto equilibrio mental y de propósito en su vida, y luego había perdido a Jane, el deseo de su corazón.

¿A quién demonios había hecho enfadar para merecer esta pesadilla viviente?

Sin embargo, sentía que podía seguir adelante. Gracias a ella. Ella había luchado contra él con uñas y dientes para asegurarse de que no cediera a la oscuridad. No era un inútil. No era un inválido. Era un ciego con una buena mente, una familia cariñosa, un lugar en la sociedad y un futuro prometedor en el gobierno.

Excepto que ahora se sentía totalmente desprovisto de esperanza. Quería una vida llena de amor. Quería a Jane.

Jane oyó a sus padres discutir y se dio cuenta de que su madre debía de haber abordado a su padre en su estudio. Tal vez fue sobre el mismo tema que estaba consumiendo su mente con miedo y odio. Entonces se quedó en silencio.

Poniéndose en pie, se propuso comprobar cómo estaba su madre, aunque nunca había temido la violencia de su padre. A decir verdad, cuanto más bebía, más inofensivo le parecía, porque solía quedarse dormido antes en su silla.

En ese momento, como si las cavilaciones de Jane la hubieran convocado, el familiar y suave golpecito de *lady* Emily Chatley golpeó la puerta.

—Pasa —le dijo Jane.

Su madre entró, junto con su familiar aroma a lilas. Tenía la sonrisa cálida y cariñosa que siempre proyectaba a su única hija. Jane recordaba fácilmente los paseos por el parque con su madre cuando, sin el firme agarre de la condesa, Jane habría caído de rodillas.

Por supuesto, siempre había una institutriz detrás, pero su madre era una madre implicada, que mostraba su amor por su hija en cada caricia, cada pequeño regalo, cada palabra de elogio, cada tolerancia.

No había sido perfecta, ciertamente. Había habido momentos en los que Jane se había sentido asfixiada, controlada, empujada, manipulada. Si hubiera tenido más amigas, no le cabía duda de que habría descubierto que sus madres eran iguales. El objetivo de todas las madres en todos los bailes a los que Jane había asistido parecía ser idéntico: mostrar a su hija de la mejor manera posible, con un vestido adecuado a su color y figura, con un cabello que pareciera actual y favorecedor, y con suficientes lecciones de baile para que la chica no se cayera de bruces frente a posibles pretendientes.

Y su madre había hecho el mejor trabajo en todas esas tareas. Jane siempre se había sentido querida y capaz, además de inteligente y hermosa, gracias a Emily Chatley.

—¿Estás bien, mi amor? —Su madre le besó la mejilla. Señalando con la cabeza la tetera que había sobre la pequeña mesa, preguntó:

—¿No acabas de tomar una taza con lord Westing? ¿Y por qué subes el té aquí?

—Sinceramente… —dijo Jane, ¿y con quién más podría ser tan sincera?—. Me mantenía alejada del camino de Bernard, y de papá.

—Ya veo. —Una sombra de preocupación apareció en el rostro de su madre—. De hecho, por eso quería hablar contigo.

Cuando su madre no dijo nada más durante un momento, Jane se dio cuenta de que las lágrimas llenaban los ojos de la mujer. Tomó las manos de la condesa.

—Mamá, ¿qué pasa? —¿Su padre habría herido a su madre?

Emily Chatley se mordió el labio inferior de forma poco habitual.

—Quiero hacerte una pregunta personal.

¡Qué formalidad tan extraña la de su madre!

—Por supuesto. Cualquier cosa.

—¿Es posible que haya una relación entre el marqués de Westing y tú?

Jane deseaba poder responder que sí. Con todo su ser, lo deseaba.

—No —pronunció.

El rostro de su madre se arrugó y las lágrimas se derramaron sobre sus suaves y pálidas mejillas. De hecho, parecía la encarnación de lo que Jane había sentido desde que Christopher se había ido antes.

Al ver la angustia de su madre, Jane arrastró a *lady* Chatley para que se sentara junto a ella en el pequeño diván empenachado donde Jane solía leer sus libros.

Su madre se sacó un pañuelo de la manga y se limpió la cara.

—Lo siento —susurró—. Me imaginé que había visto una chispa de algo entre vosotros. Luego no me dejaste encontrar a tu padre ni hablar yo misma con lord Westing en su nombre.

¿Debía decirle a su madre que había tenido razón al ver

algo entre su hija y Christopher? Era inútil ahora, así que Jane se mordió la lengua.

—No querías que se ofreciera por ti, eso estaba claro —dijo su madre.

Tal vez Jane podría tener una carrera como actriz si ella creía eso.

—Mamá, no sería lo mejor si me emparejara con lord Westing.

—He estado esperando que estuvieras desarrollando sentimientos por alguien. ¿Qué te parece lord Burnley?

Jane logró sonreír con una mueca ante la idea.

—Y menos por él.

El hecho de que su madre siguiera intentando que se casara con otra persona que no fuera Bernard, no hacía más que reforzar su amor desinteresado por su hija. Sin embargo, Jane no podía dejarla atrás, en una vida de incertidumbre y eventual desamparo.

Su madre asintió.

—Entonces, ¿qué vamos a hacer, mi niña?

—Me casaré con el primo Bernard. Es lo mejor para todos.

Los ojos de su madre se abrieron de par en par y negó con la cabeza.

—Esperaba que cuando tu primo llegara, tuviera ideas propias sobre con quién quería casarse. Sin embargo, en lugar de poner una objeción, está bastante decidido a tenerte a ti. Al igual que yo estoy decidida a lo contrario —concluyó la dama.

—¿Qué? —Jane levantó la cabeza.

—Cuando eras una niña, una ley parlamentaria

determinó que a las madres casadas, como yo, siempre que tuviéramos una reputación impecable, se nos permitiría mantener a nuestros hijos pequeños, incluso si nuestros maridos nos abandonaban. Antes de eso, un hombre podía entregar su hijo a una de sus amantes para que lo cuidara, y no habría habido nada que una madre pudiera hacer.

Jane lo sabía, aunque no tenía ni idea de que su madre hubiera pensado alguna vez en la Ley de Custodia de Menores.

—Esa ley llegó demasiado tarde de todos modos —continuó la condesa—, y solo me habría permitido retenerte hasta que cumplieras siete años. Como ya tenías diez años, no me sirvió de nada. ¿Qué madre podría renunciar a su hijo a una edad tan tierna, prácticamente en el momento en que más empezabas a necesitarme?

—Me parece una barbaridad.

Su madre asintió.

—Podemos agradecer a la señora Norton incluso ese pequeño progreso. Pobre señora, lo que ha soportado. —Emily Chatley miró por la ventana, claramente sus pensamientos estaban muy lejos.

Todo el mundo había oído hablar de Caroline Norton y de las injusticias que había sufrido a manos de un marido maltratador, que llegó a golpearla hasta que abortó y luego le quitó los tres hijos que le quedaban antes de encerrarla en su casa. Ella se defendió con la ley. Cuando su marido le quitó lo que ganaba escribiendo novelas, ella le mandó las facturas, ya que no existía ante la ley, y él no tuvo más remedio que pagar.

La señora Norton no pudo ganarle el divorcio, pero eso

no hizo más que aumentar su determinación de provocar el cambio. Se dedicó a cambiar las leyes de matrimonio y de divorcio para las mujeres, y sigue luchando con la ayuda de poderosos amigos.

—Y todavía esperamos una forma de divorciarnos de un marido intolerable, y lo que es más importante, una ley que permita a una madre conservar a su hijo hasta la madurez. —Apretó la mano de Jane—. Así, me quedé con tu padre —murmuró su madre.

—Sé que te quedaste con él por mí. Ojalá hubiera habido otra manera.

Lady Chatley se encogió de hombros.

—El único amor que hay en esta casa es entre tú y yo. Siempre ha estado falta de amigos. Tu padre estaba lejos o demasiado metido en su botella de ginebra para ser visto en público. Mis amigas no querían venir, y cuando intentaba entablar amistad por ti con otras jóvenes, sus padres tampoco las dejaban venir. Y ya sabes que mi condición de cornuda humillado no me ha servido de nada en la sociedad.

Su madre la había escandalizado hasta la médula, mencionando la infidelidad y la bebida de su padre. Tontamente, Jane había asumido que sus acciones no habían molestado a su madre. ¿Y por qué? Por la simple razón de que su madre siempre había parecido centrada en ella.

—¿Puedo? —*lady* Chatley señaló la tetera y la única taza vacía.

—Por supuesto. —Y Jane observó cómo su madre vertía delicadamente un chorrito de leche en el fondo de la taza antes de añadir el té aún caliente, como la había visto hacer cientos de veces antes.

Sin embargo, esta vez parecía que estaba celebrando una ceremonia, preparándose para lo que iba a decir o hacer a continuación.

Después de remover exactamente una cucharadita de azúcar, *lady* Chatley se llevó la taza a los labios, cerró los ojos y dio un sorbo.

—Perfecto.

Jane no dijo nada, se limitó a esperar, sintiéndose un poco asombrada por el poder que se estaba gestando dentro de su propia madre.

Al fin, la condesa de Chatley se volvió hacia su hija.

—No te casarás con Bernard Lowther. Te lo prohíbo.

Jane sabía que sus ojos se habían abierto de par en par, pero entonces volvió a considerar la situación de su madre.

—Estaba sentada aquí pensando en que podría ser mi única opción.

—¡No te atrevas! —exclamó su madre—. Ni se te ocurra casarte con un Chatley.

La tensa bola de tensión que se había instalado en el estómago de Jane desde el momento en que Bernard había llegado se disolvió al instante. Si su madre estaba de su lado y lo decía en serio, entonces todo estaría bien.

—Esperaba que en estos dos últimos años encontraras un hombre con el que quisieras casarte —dijo la condesa—, uno que te sacara del poder de su padre. Ahora, lo haré yo misma.

—Pero si me casara, ¿qué pasaría contigo? Solo piensa en el futuro después de que Bernard se convierta en el próximo conde.

—Estaba preparada para la indignidad. Incluso antes de

que surgiera toda esta farsa con tu primo, si te hubiera visto felizmente casada, había pensado en ir al continente, si podía soportar estar separada de ti. Ahora, nos iremos juntas —continuó su madre—, porque no hay vida para mí aquí sin ti.

Sin pensarlo, Jane la rodeó con sus brazos, a pesar de que eso hizo que derramara el té sobre la alfombra. Por supuesto que su madre se habría ido al continente, pues ¿no era allí donde estaba su caballero de ojos azules? Tal vez todas las veces que su madre le había dado un pequeño empujón hacia lord Cambrey, por ejemplo, era para que Emily Chatley pudiera ser libre de seguir a su vizconde y a su corazón.

—Me alegro de que lo apruebes —dijo su madre.

En lugar de preocupada, la expresión de esta era plácida.

—Yo, por mi parte, estoy deseando hacer un largo viaje —añadió su madre—. Y de escribir cartas.

Jane sonrió.

—Acababa de darme cuenta de que no podía dejarte atrás. Me habría casado con Bernard por tu bien. Sin embargo, si me iba a ir, tenía la intención de ir a Ramsgate.

Su madre soltó una risita inesperada.

—¿Ramsgate? ¿En Kent? ¿Por qué?

—Por el bien de los anticarnívoros. También conocidos como vegetarianos.

La risa de Emily Chatley llenó el dormitorio.

—Jane, eres única. Pero si eliges la campiña inglesa, no podré ir contigo. Está demasiado cerca, y tu padre me hará las cosas muy desagradables y, por supuesto, me negará el divorcio como le ocurrió a la señora Norton.

—Entonces iremos al continente, como tú deseas.

Su madre levantó la taza de té hacia la ventana.

—Al continente.

Tomó un sorbo y le entregó la taza a Jane, primero con el asa.

Jane la levantó en alto y repitió «al continente», antes de dar un sorbo.

—Oh, mamá. Es la taza de té perfecta.

Capítulo 26

Con su madre haciendo sus propios retiros monetarios subrepticios y supervisando discretamente el embalaje de sus baúles, Jane se puso los guantes y salió para una última visita a la casa de los Forester.

No preguntó al mayordomo por el marqués, sino por la duquesa de Westing. Su encuentro fue breve, y Jane le prometió que la visitaría en la recién restaurada casa de los Westing dentro de dos días para comenzar la decoración en serio. Jane odiaba mentir, pero había querido despedirse en persona.

—No la entretendré, Su Gracia —dijo Jane—. Solo quería hacerle saber que no volveré aquí.

—Por supuesto que no —dijo la duquesa—. Nos veremos allí.

Jane ignoró su comentario.

—También quería decirle lo mucho que he disfrutado trabajando con usted.

—Gracias, querida. Y yo con usted. Es un activo, sin duda.

—Y aprecio mucho el juego de acuarelas que me ha enviado. Pronto probaré con ellas. —Jane se había emocionado cuando llegó el paquete, decidida a reproducir alguna zona pintoresca de Francia con un burdo intento de pintura.

La duquesa sonrió.

—No puedo esperar a ver sus esfuerzos.

Cómo le gustaría tener a la madre de Christopher como mentora. Todo lo que Jane pudo hacer fue asentir con la cabeza, como si, efectivamente, pudiera mostrar sus esfuerzos a la duquesa.

Y se separaron. Jane se quedó un momento, incapaz de aceptar que iba a salir por la puerta y no volver a ver o hablar con Christopher. Vacilando en el vestíbulo, unos pasos atrajeron su atención hacia el pasillo que llevaba a la parte trasera de la casa. Sus esperanzas aumentaron mientras sus latidos se aceleraban, pero entonces apareció lord Burnley. Debía de haber venido a ver a Christopher.

—*Lady* Jane —dijo el caballero, con un tono que destilaba desdén. Además, se acercó demasiado, con las manos a la espalda y se alzó sobre ella, frunciendo el ceño.

—¿Por qué está tan enfadado conmigo, lord Burnley? —preguntó ella sin rodeos, tirando la cortesía al viento, ya que se iba de Londres. Era una sensación muy agradable saber que su libertad estaba a un día de distancia.

Él hizo un sonido de burla.

—Se comporta como una ramera.

Ella se rio. Al fin y al cabo, su opinión ya no le importaba, ni podía perjudicarla donde iba. Sin embargo, sentía curiosidad.

—Pero el caso es que no lo hago. Prácticamente

siempre me comporto con más recato que la mayoría de las mujeres que conozco.

—Lord Fowler —señaló, frunciendo más el ceño, si cabe.

—Es usted como una anciana con una abeja en el capó. El vizconde y yo nunca hemos estado juntos a solas. Estar detrás de una columna en una habitación llena de gente no es una ofensa digna de la horca. Además, usted y yo hemos estado en los mismos círculos durante años. Sabe que mi reputación no está manchada y que nunca ha habido una pizca de escándalo en mi nombre. Así que, dígame sinceramente, ¿por qué le desagrado?

La miró fijamente. De hecho, la miró de arriba abajo con bastante insolencia.

—La verdad —confesó—, es que veo lo que él ve en usted. O más bien veía, cuando podía ver. Es extraño que ninguno de nosotros viera lo que él vio en usted antes que él.

Obviamente, estaba hablando de Christopher y haciendo un lío con su explicación.

—Lo que lord Westing vio en mí antes de perder la vista no es asunto suyo.

—Ciertamente lo es. Es mi mejor amigo y ha pasado por un calvario horrible. Ya ha tenido suficientes decepciones para toda la vida.

Jane suspiró.

—Y cree que yo puedo ser su próxima decepción.

—Estoy seguro de ello por su mal humor de hoy.

Sin duda, Christopher no se había tomado nada bien la farsa que había ocurrido en su salón. Eso no era sorprendente. Sin embargo, ambos habían sufrido.

—Y está enfadado conmigo porque cree que le he hecho daño. Nunca se le ha ocurrido que él me haya hecho daño, ¿verdad? —Ella miró a lord Owen Burnley directamente a los ojos, negándose a dejarse intimidar por sus maneras.

Su frente se arrugó ante su pregunta.

—Eso pensaba —dijo ella—. Pobre Christopher Westing. Ciego e indefenso, presa de gente como la malvada Jane Chatley, que, en su opinión, pasó inexplicablemente de ser una sosa reservada, sí, ya sé lo que dice la gente, a una indecorosa Jezabel. Fingiendo que le gustaba la compañía de un ciego mientras lo tomaba por tonto, primero con lord Fowler, y luego, si escarba lo suficiente, incluso recibiendo una propuesta de matrimonio de mi primo, Bernard Lowther.

Ella vio cómo sus ojos se abrían de par en par.

—Oh, sí —asintió ella—. Hay incluso más maquinaciones en marcha.

Pensó en lo feliz que habría sido si Christopher, ciego, resentido, difícil y enojado como era a veces, simplemente se hubiera enamorado de ella y la hubiera reclamado para sí. Todavía estaba convencida de que era el camino que habrían seguido antes de la maldita explosión.

—¡Hombres! Es tan ciego como su amigo.

—Un tonto ciego, ¿eso soy? —preguntó Christopher desde el pasillo—. ¿O se refiere a otro de los amigos de Burnley?

Su corazón palpitó instantáneamente, fuerte y rápido, y sintió que sus mejillas se calentaban.

¡Maldición! Eso no hablaba bien de ella.

Lord Burnley incluso le envió una mirada triunfal.

¡Maldito sea el hombre!

Jane abrió la boca y estuvo a punto de defenderse, pero se lo pensó mejor. Se iba a ir, y nada de lo que se dijera aquí hoy cambiaría ese hecho. Además, ella pensaba que ambos eran un par de tontos. Burnley estaba empeorando las cosas, metiéndose donde no le correspondía, y Christopher... bueno, había desechado su corazón por razones que ella no podía comprender en el mismo momento en que le había pedido ayuda.

Cuando entró en razón, ya era demasiado tarde. Ahora que Jane comprendía la verdad, tenía que proteger a su madre, como su madre siempre había hecho por ella.

—¿Nada más que añadir? —le preguntó el marqués mientras se acercaba.

—No —dijo ella—. Ya me iba. He venido a hablar con su madre, y lo he hecho. Si no hubiera sido abordada por lord Burnley, no estaría todavía aquí.

—¿Abordada? ¿Por qué estabas hablando de mí con *lady* Jane? —preguntó Christopher a su amigo, con un tono tranquilamente furioso—. ¿Sucede esto a menudo entre mis amigos, hablar a mis espaldas?

—¡No! —dijo lord Burnley—. Simplemente estaba...

—¿Simplemente qué? —gritó Christopher mientras miraba entre ellos.

Le tocó a ella poner cara de triunfo. Casi le sacó la lengua a Owen Burnley.

—Estaba recordando a *lady* Jane que te encuentras en un estado algo delicado.

—¿Un qué? ¡Dios mío, hombre! —rugió Christopher—. Si pudiera ver tu cara, te daría un golpe. ¿Cómo te atreves?

—Soy tu amigo —insistió lord Burnley.

—Lo que no te da derecho a tratarme como un inválido. Especialmente ante Jane. Ella es la única que me ha empujado más lejos de lo que yo quería. De todos modos, ¿cuál es tu queja con ella?

—¡No quiero que te tomen por tonto!

Christopher soltó una maldición.

—Incluso si ella me llama tonto ciego, no quiero que me trates como tal.

—¿Qué pasa con Fowler?

—La señora y yo ya hemos hablado de él —dijo Christopher—. ¿Cómo podría ser asunto tuyo?

—Eso es lo que he dicho yo —dijo Jane, antes de darse cuenta de que había anunciado que se iba. En lugar de eso, estaba observando la escena como si asistiera a un combate de pugilistas. Las cabezas de ambos giraron en su dirección. Ella tragó saliva.

Al ver la actitud defensiva de Burnley y el enfado de Christopher, recordó que ése era precisamente el resultado que no quería. Christopher necesitaba a su mejor amigo, ahora más que nunca.

—¿Y qué hay de su primo? —replicó lord Burnley, y Jane se arrepintió de habérsele soltado la lengua.

—¡Yo también sé lo de su primo! —Christopher estaba prácticamente gritando.

—No hay nada que saber —insistió ella, lo cual era la verdad—. Simplemente me estaba burlando de su amigo, que estaba siendo impertinente. Estuvo mal por mi parte. Buenos días, señores. Espero que recuerden su estrecha amistad y resuelvan sus diferencias de una vez. Se están comportando como niños.

A pesar de todo, todavía quería sacarle la lengua a Owen Burnley.

Con una última mirada en dirección a Christopher, bebiendo con sus ojos todo lo que pudo de él, Jane se fue. No era así como deseaba verlo por última vez, casi apopléjica y dolida por sentirse traicionada. Por suerte, tenía muchos otros recuerdos suyos deliciosos, tocándola, besándola, a los que podía recurrir en las horas solitarias entre el atardecer y el amanecer.

———— ❧ ————

Al día siguiente, con Bernard y su padre juntos en algún lugar, lo que no presagiaba nada bueno, la madre de Jane dio instrucciones al mayordomo para que bajara sus baúles. Habían contratado un carruaje para llevarlas al tren en la estación de London Bridge, temiendo el pandemónium de Waterloo y sus numerosos andenes.

A su vez, unas horas más tarde, dependiendo del tiempo que el tren se detuviera para almorzar, pararían en la costa, en Folkestone, en el hotel de la línea de vapores. Después de una noche, cruzarían el canal hasta Boulogne, en Francia, a primera hora de la mañana siguiente y comenzarían una nueva vida.

Habían aceptado el hecho de que tendrían que enfrentarse a carteristas, a timadores e incluso a hombres falsamente vestidos de clérigos en el tren. Sin embargo, juntas se sentían más emocionadas que temerosas. En el último momento, su madre decidió dejar atrás a sus dos criadas, ya que las jóvenes tenían novios locales y trasladarlas a Francia les parecía cruel.

La madre de Jane seguía arriba, asegurándose de que tenía todo lo que quería llevarse.

—Sorprendentemente poco —le había dicho antes a su hija. Jane vigilaba la puerta principal, ansiosa por ponerse en marcha. Si Bernard o su padre volvían en ese momento, se produciría una fea escena. Al oír llegar un carruaje, se asomó a la ventana. No era su carruaje de alquiler ni el de los Chatley, lo que indicaría el regreso de su padre. Era el landó de los Westings, con su emblema en la puerta.

Su corazón se aceleró de inmediato. ¡Christopher!

Abrió la puerta delantera mientras la puerta del carruaje también se abría. Sin embargo, no bajó Christopher, sino su hermana. Era demasiado tarde para cerrar la puerta, así que Jane esperó mientras la joven se acercaba.

Como si el desagradable encuentro con Burnley no hubiera sido suficiente, Amanda Westing estaba ahora frente a su casa.

Jane suspiró, dudando de que esto fuera a ser agradable. Teniendo en cuenta los baúles en el vestíbulo detrás de ella, salió y cerró la puerta.

—*Lady* Amanda, ¿a qué debo el placer? —¿Tal vez una extracción de dientes, o estaba allí para patear a Jane en la espinilla?

—Estoy aquí para disculparme.

De todas las cosas posibles que la chica podría haber dicho, Jane nunca habría imaginado eso.

—No lo entiendo. —Dijo Jane, deseando poder

invitarla a entrar—. ¿Por qué?

Amanda retorció sus dedos enguantados.

—No he apoyado mucho la asociación de mi hermano con usted.

Jane miró más allá de ella, hacia donde esperaba el carruaje.

—¿Está sola?

—Mi madre está conmigo.

Eso tenía más sentido.

—¿Ella la trajo aquí para hablar conmigo?

—Oh no, no es así. Ella me dijo que no iba a venir más a casa de los Foresters, y esperaba que no fuera por mí. Sé que a Christopher le gusta usted mucho.

Jane sintió que un calor se extendía a través de ella. Amanda la miraba, con los ojos brillantes y directos, sin reírse y sin maldad.

—He terminado lo que estaba haciendo con su madre, y las próximas tareas serán en su propia casa. —Además, el hecho de tener el canal de la Mancha entre ella y Mayfair, impediría que Jane se involucrara más—. No tenía que ver con usted, y me alegro de que lord Westing tenga una hermana tan devota.

—Creo que es dulce con él. ¿Lo es?

Jane suspiró.

—Eso no tiene importancia.

—Pero lo es. Verá, traje a otras damas a casa para que lo conocieran. Apenas habló una palabra con ninguna de ellas. Usted es la única que lo saca de su oscuro estado melancólico, excepto lord Burnley y papá, por supuesto, cuando lleva a Chris al parlamento.

—Ahí tiene, entonces. Su hermano está progresando lo mejor que se puede esperar. Tiene amigos y familia.

Lady Amanda la miró directamente a los ojos.

—Pero creo que la quiere a usted.

Jane no sabía cómo responder. Sería fácil disipar las tontas ideas de Amanda explicándole cómo Jane le había sugerido a Christopher que pidiera su mano y que él la había rechazada rotundamente. Sin embargo, eso era entre ella y Christopher.

—Creo que su hermano tiene un largo camino por delante y encontrará a alguien que le haga feliz.

Amanda miró el umbral de la puerta y luego volvió a mirar a los ojos de Jane.

—Si realmente no siente nada especial por él, entonces supongo que está bien.

—¿Qué cosa? —preguntó Jane con un escalofrío de inquietud.

—Lord Burnley va a traer a su hermana a cenar esta noche. Mi madre dice que sería una excelente pareja para mi hermano.

Jane sintió el dolor como la hoja de una espada entre sus costillas. Sin duda, Owen Burnley estaría encantado con tal acuerdo. Con Jane fuera del camino, no solo tendría de nuevo a su mejor amigo para él, sino que ganaría a Christopher como hermano.

—Tengo entendido que *lady* Sophia acaba de regresar de Francia. Una excursión así le da brillo a una chica.

—Supongo que tiene razón. De todos modos, debo irme ya. —Miró hacia el carruaje—. Estamos de camino a Covent Gardens. Mamá dice que puedo elegir las flores para la mesa esta noche, y le pedí que parara aquí de camino. Por supuesto, mi madre dijo que parar sin avisar no se hace, pero tuve la sensación de que no le importaría.

—Y tenía toda la razón —le aseguró Jane. ¿Cuándo había desarrollado un sentimiento cálido por la mimada Amanda?

—Buenos días, entonces, *lady* Jane.

—Buenos días.

Amanda se dio la vuelta y luego volvió a mirarla.

—El libro fue un maravilloso regalo para mi hermano. Me gustaría que hubiera visto cuánto lo emocionó. Y tenía toda la razón en cuanto a que ayudase a mi madre. —Le lanzó una sonrisa que al instante le recordó a Jane la sonrisa de Christopher—. Le agradezco que me haya empujado a hacerlo.

Jane asintió.

—Me alegro de que haya funcionado. Y yo le agradezco que haya venido a hablar conmigo. Estoy segura de que terminará su temporada espléndidamente.

Amanda se sonrojó de forma muy bonita.

—Quizá nos veamos en el próximo baile.

Jane podría haber mentido, pero se le escaparon otras palabras.

—Creo que no. Pronto probaré yo misma un poco de lustre. Buen día.

Después de cerrar la puerta, Jane se molestó consigo misma por haber mencionado que se iba. Y haría bien en marcharse antes de que alguien pudiera empezar a especular sobre dónde o por qué, como le gustaba hacer a la alta sociedad.

Christopher no podía creer que Jane se hubiera alejado tanto tiempo. Obviamente habían tenido palabras cruzadas, pero su madre la echaba mucho de menos. ¡La echaba de menos!

Los Westings se habían mudado de la casa de los Forester a la suya propia en Grosvenor Square, en la mejor zona de Mayfair, y a él le había resultado más fácil de lo esperado orientarse. Había habido algunos percances con los muebles y había aburrido a su hermana pidiéndole que le contara todos los detalles de la apariencia de cada habitación, lo que era nuevo e incluso cómo era la bañera de la ducha. Luego, había procedido a empaparse tratando de averiguar cómo funcionaba por su cuenta.

Seguía esperando encontrarse con Jane en el vestíbulo o en el salón. Estaba decidido a hacerla olvidar a Bernard Lowther y casarse con él. Después de todo, la extraordinaria calidad de sus besos demostraba lo que él sabía en su interior: ella estaba destinada a ser suya y lo amaba.

Incluso había planeado lo que le diría para que aceptara ser su esposa.

Así, había rondado la fachada de su casa, esperando que ella volviera. El mero hecho de estar en su compañía le parecía una recompensa de buena suerte, que no había agradecido debidamente.

Al fin, su mayordomo, —no el de los Forester, sino el suyo propio—, regresó del almacén, según creía Christopher, aunque en realidad no sabía dónde había estado el hombre, y le dijo que había una joven que se identificaría solo como su amiga.

¡Jane! La sensación de calidez y el deseo de verla se abalanzaron sobre él, aunque «verla» significara solo escuchar su dulce e inteligente voz, oler su delicioso perfume y tal vez besar sus labios, si tenía mucha suerte. Solo tenía que convencerla de que casarse con un ciego era infinitamente preferible a casarse con una comadreja vidente como su primo.

A decir verdad, Christopher no conocía al hombre en absoluto, ni siquiera su aspecto. Puede que no fuera una comadreja, pero algo no le cuadraba respecto a que un hombre se casara con su prima: daba a entender que lo hacía por la razón equivocada. En este caso, no le cabía duda de que era económico.

Sintiéndose totalmente desesperado, preguntándose si algún día su madre le diría que había leído las amonestaciones de los Chatley en el periódico, al fin, su espera había dado resultado.

—Jane —la saludó al entrar en el salón. Sabía que aún no era realmente apto para la compañía, al menos no para los estándares excesivamente exigentes de su madre, pero Amanda dijo que ya era muy capaz.

—Ay, no —dijo una voz familiar. Christopher tardó un momento en reconocerla.

—¿Margaret? Quiero decir, *lady* Cambrey. —Él se detuvo en seco y se inclinó—. Esto es una sorpresa.

—Y una decepción, parece. —No parecía molesta, simplemente divertida.

—No, en absoluto. —Incluso él tenía que admitir que su voz no sonaba convincente—. Discúlpeme por no exclamar sobre su belleza, pero incluso sin mi vista, sé que está ahí de pie, con un aspecto impresionante.

—Lo estoy —dijo ella—. Qué bueno que lo destaque.

La condesa tenía una risa encantadora, diferente a la de Jane, que no se reía a menudo, pero cuando lo hacía, le removía la sangre.

—¿A qué debo este placer? —preguntó, esperando mostrar más entusiasmo.

—En realidad, debe el placer de mi compañía a la misma dama cuyo nombre estaba en sus labios hace un momento.

—¿*Lady* Jane?

—Sí, precisamente. Venga a sentarse conmigo —insistió Margaret, tomándole la mano y llevándole al sofá, aunque él ya sabía cuántos pasos había que dar para llegar hasta allí—. Hablaremos de Jane y de lo perfecta que es para usted.

¿Cómo sabía ella lo que sentía por Jane?

—¿Qué pasa? —preguntó, y luego recordó sus modales—. ¿Le apetece un té o un café? Lo prometo, ahora soy bastante bueno bebiendo en público.

Ella volvió a reírse.

—Nunca dudé de usted.

—Eso suena como algo que diría *lady* Jane. Ella es muy buena para incitarme a dar lo mejor de mí.

—Entonces, ¿no le importa que le ayude?

—Dios, no. Probablemente seguiría acurrucado en mi cama si no fuera por su persistencia.

—Tenía la impresión de que su ayuda no era bienvenida y, de hecho, le enfadaba.

Christopher negó con la cabeza.

—A veces, lo admito, me enfado. No esperaba esto. —Señaló su propia cara—. Esta nueva vida fue un shock.

—Es comprensible. Por cierto, me gustan sus gafas —le dijo Margaret.

—Gracias. A *lady* Jane también le gustan.

—¿Dónde está? —preguntó de repente la condesa, sonando como si creyera que la estaba escondiendo, quizás en un armario bajo la escalera.

—¿Qué quiere decir? —preguntó él.

—Se ha ido de la ciudad, y nadie sabe dónde está. No me alegro de ello. —Margaret hizo un sonido de exasperación—. Ella y yo nos estábamos haciendo amigas.

Su mente se arremolinaba con preguntas, y juraría que su corazón latía repentinamente más rápido cuando el impacto total de las palabras de Margaret lo golpeó. Jane se había ido.

—¿Cómo lo sabe? —preguntó.

—Me dijo que quería ser mi amiga. Así es como lo sé.

—No. Lo que pregunto es cómo sabe que se ha ido de la ciudad.

Margaret dio un suspiro audible.

—Me envió una breve misiva en la que decía que deseaba que hubiéramos tenido más tiempo para disfrutar de nuestra nueva amistad y me daba las gracias por escucharla. Se disculpó por irse sin decirme a dónde.

—No lo entiendo. —Christopher consideró sus conversaciones con Jane—. Ella no me dijo nada.

—¿Se separaron en términos amistosos la última vez que hablaron?

Christopher pensó en el pasado. La última vez que él y Jane hablaron fue cuando Owen estaba siendo un canalla. ¿Fue eso lo que la alejó?

—Había estado trabajando con mi madre, primero en su exposición de arte y luego eligiendo los colores y las telas para la renovación de nuestra casa.

—Por cierto, se ve preciosa —dijo Margaret—. ¿Alguien se la ha descrito?

Él asintió.

—Sí. Mi hermana ha tenido un poco de paciencia y ha tenido la amabilidad de contármelo con detalle. Sé que esta habitación tiene ahora una alfombra persa en color crema, rojo, dorado y verde, con papel pintado estampado en verde pálido y dorado, y cortinas doradas. Las sillas son de color crema sólido y el sofá en el que nos sentamos tiene un estampado que de alguna manera no desentona con la alfombra. ¿Lo he entendido bien?

—Perfectamente correcto. Entonces, Jane hizo esto, ¿verdad?

—Sí. —Christopher frunció el ceño—. Pero desde que volvimos, Jane no ha venido en absoluto.

—Me pregunto si su madre o su hermana de usted saben algo.

Él no tenía ni idea, pero tenía la intención de averiguarlo.

—¿Se separaron en buenos términos?

Era la segunda vez que lo preguntaba.

—¿Qué le hace dudar de eso? ¿Qué le dijo ella? Ni siquiera sabía que eran amigas.

—Pasamos un tiempo juntas en la finca de mi marido en Bedfordshire, antes de que lord Cambrey y yo nos comprometiéramos. Jane y su madre nos visitaron, y yo estaba celosa de la... perfección de Jane.

Christopher no pudo evitar reírse.

—Ella exuda capacidad, encanto, aplomo, corrección, mientras parece humilde —dijo él—. Supongo que tiene razón. En una palabra, la perfección.

—Ni siquiera ha mencionado su aspecto. Fresca pero pulida, bonita pero discreta.

—La apariencia se ha vuelto menos importante para mí, como bien puede imaginar —le recordó Christopher—, pero sé que es bastante hermosa, incluso radiante.

—Sin embargo, le permitió marcharse, que se escabullera.

—Eso no es justo. —Christopher había pasado días esperando que ella volviera—. Ella no me avisó. No hubo oportunidad de detenerla.

—¿Ella nunca le dio una oportunidad? Me resulta difícil de creer. —El tono de Margaret seguía siendo ligero y amistoso, pero con un toque de dureza, como si supiera que él había alejado a Jane.

En su mente, recordó el momento en que todo había cambiado. Ella le había pedido que se casara con ella y él la había rechazado. Cuando cambió de opinión, ya era demasiado tarde.

—Veo que recuerda algo —dijo la condesa—. *Lady* Jane me dijo...

—¿Le dijo qué? —la apremió Christopher cuando ella se detuvo con brusquedad.

—No puedo decir demasiado porque sería injusto para mi nueva amiga. Además, revelar lo que hay en su corazón le corresponde a ella, no a mí. Sin embargo, si siente algo por ella, que creo que es así, debería perseguirlo. Y puedo decirte una cosa, aunque no sé dónde está ahora: tuvo que irse para escapar de un matrimonio concertado.

—¿Qué? —rugió él, poniéndose en pie.

—¡Lo sé! Impactante, ¿no? Y con su corazón comprometido en otro lugar, ¿qué podía hacer?

—¿En otro lugar? —preguntó él, sintiendo que todo el coraje se le escapaba.

—No es tan tonto, ¿verdad, Christopher? —Margaret también se puso de pie—. *Lady* Jane no estaba simplemente ayudándole de la misma manera que ayudó a los huérfanos, o a mí, en su momento. Era algo totalmente distinto. De todos modos, espero que la encuentre y la traiga de vuelta. Claramente, sería lo mejor para usted y, creo, también para ella.

Sintió que sus manos enguantadas tomaban las suyas para un cálido abrazo.

—Buenos días, querido amigo. Me alegro de verle tan bien. Mi marido me ha dicho que ha estado yendo al parlamento.

—Así es. —La acompañó hacia la puerta—. Pensé que la vida había terminado para mí, pero estar en la Cámara sigue siendo mi destino y mi deber.

—¡Bravo! —exclamó Margaret. Christopher sintió que ella le besaba en la mejilla—. La próxima vez que le visite, espero que haya puesto todo en orden.

Capítulo 27

–¿Qué puede decirme sobre Bernard Lowther?

—Me dijo, es más, me gritaste que lo sabías todo sobre él —respondió Burnley de inmediato—. De todos modos, no sé mucho. Es el mayor en la línea de sucesión del condado de Chatley. Vino a la ciudad hace unas semanas, quizá más. ¿No recuerdas que estuvo en la exposición de arte de tu madre?

Christopher pensó por un momento.

—No, no lo recuerdo. Creo que estaba rojo de rabia por Fowler.

—Oh, claro. Ese mamarracho.

Christopher oyó a Owen servirse una copa. Estaban sentados en el salón de su amigo en Gilbert Street, a poca distancia de la casa adosada de Westing, en la parte norte de Mayfair. Burnley había comprado su propia casa un año antes, y Christopher pensaba que lo único que el hombre necesitaba ahora era una esposa. Su amigo, sin embargo, no había mostrado ningún interés en sentar la cabeza, y prefería la variedad de sus conocidas. Más variedad de la que podría ser buena para un hombre.

Christopher había llegado hasta allí justo después de que la condesa de Cambrey se marchara.

—¿Brandy? ¿O es demasiado temprano para ti?

—Por suerte, no puedo ver el reloj —dijo Christopher y extendió la mano.

Su amigo puso un vaso en ella.

—¿Sabías algo de Jane y de este primo?

El silencio fue una respuesta reveladora. Entonces Owen se explicó.

—*Lady* Jane mencionó haber recibido una propuesta de matrimonio de él. Eso fue justo antes de que nos llamara a los dos ciegos tontos.

—Ya veo.

—¿Qué? —Owen balbuceó—. ¿Realmente estás haciendo una broma sobre tu vista?

—¿Qué? No. Quiero decir que ahora entiendo por qué me llamó así. Y pensar que la dejé con ese canalla... Si hubiera podido ver su cara, habría sabido que era un miserable.

—¿Y dónde está la muchacha? —preguntó Burnley.

—La muchacha, como dices con tanta displicencia, ha dejado Londres para huir de un matrimonio concertado con ese primo.

—¡Cristo!

—Exactamente —dijo Christopher—. Podría haberle evitado la necesidad de huir.

—No te casarías con ella para salvarla de su primo, ¿verdad? —El tono de su amigo era de total incredulidad.

—Por supuesto que no. Me casaría con ella porque la quiero.

—Oh —dijo Burnley, sin decir nada más durante un largo minuto—. Te he estropeado un poco las cosas, ¿verdad?

—Me las arreglé solo, pero ahora necesito pedirte ayuda.

Su amigo chocó su vaso contra el suyo de forma inesperada.

—Lo que sea.

—Ayúdame a encontrar a Jane.

<hr>

—¡Mamá! Ven rápido. —Jane miraba por la ventana de la pequeña casa de campo encalada que habían alquilado temporalmente en Marsella. Había sido un largo viaje de Boulogne a París y luego a la ciudad del sur del Mediterráneo. Habían viajado durante dos semanas en tren y en carruaje. Había parecido interminable, pero por fin habían llegado.

—¿Qué pasa, querida?

—¡Las vistas! Son espléndidas. El agua tiene un color tan glorioso, y tantos barcos, también.

—Jane, querida, estoy agotada. He echado un vistazo al mar antes de entrar en casa. —Su madre suspiró con fuerza—. ¿Cómo pudieron decirnos que había un ferrocarril de París a Marsella cuando había vías que no se conectaban? Mañana miraré las vistas. Todavía estarán aquí.

Jane se rio.

—Muy bien, mamá. Pasaremos los días practicando nuestro francés y comiendo *pain au chocolat*. Y mañana me sentaré junto al mar a pintar.

Su madre recostó la cabeza en el sofá.

—No estoy segura de que este sea el lugar para nosotras. Ni siquiera el canal de agua potable ha sido terminado.

—Mmm... —Jane no estaba escuchando realmente. Estaba mirando el libro de traducción al francés que había comprado durante sus pocas horas en París.

—Este puede ser el lugar para nosotras, mamá. ¿Quién sabe? En cualquier caso, está lo bastante lejos, estaremos a salvo.

—Por un tiempo —asintió su madre.

Su tono hizo que Jane dejara el libro y se sentara a su lado.

—Somos viajeras intrépidas, ¿no? ¿Recuerdas cuando fuimos juntas a Turvey House?

—¿Y nos quedamos con los Cambreys? Sí, ese fue un viaje mucho más fácil, ¿no?

—Pero lo hemos conseguido, mamá. Estamos aquí.

—Con los pescadores —refunfuñó su madre—. Y ese gran hospital en el camino. Me da escalofríos.

—También hay panaderías y deliciosos cafés. Pequeñas tiendas y la Place de Lenche. Y tenemos que ver la bonita piedra rosa del edificio del tribunal. Encontraremos una criada que venga a ayudarnos mañana. Piensa en lo brillante que fue por tu parte encontrar esta casa de campo tan rápido.

—Eres condescendiente conmigo, querida hija. Si no hubieras entablado una conversación con esa mujer en el tren, todavía estaríamos sentadas en la última estación en este momento.

—Pero le preguntaste por el alojamiento.

Emily Chatley cerró los ojos.

—No podemos escondernos aquí para siempre.

—Mamá, acabamos de llegar. Quedémonos al menos el tiempo que duró el viaje. ¿A dónde te gustaría ir después?

—Si quieres tener alguna apariencia de vida normal, debemos volver hacia la civilización. —Abrió los ojos y escudriñó a su hija.

—Te refieres a París. —Jane arrugó la nariz.

—¿Por qué haces eso con tu cara, querida? ¿No te gustó aquello? Sé que solo estábamos de paso, pero debiste ver su civismo y a la gente.

La verdad es que le hizo pensar en su padre y en las muchas veces que las había dejado por el continente. Había oído a sus padres discutir sobre las *doxies*[5] de París. —Y la réplica de su padre sobre cómo eran preferibles a una rígida esposa inglesa.

—Seguramente, no quieres ir allí —dijo Jane.

—¿Por qué no?

Su madre la miró fijamente y Jane le devolvió la mirada. No iba a sacar el tema de las doxies franceses. Al final, simplemente se encogió de hombros, y su madre puso los ojos en blanco.

—Solo piensa en las tiendas y el teatro —continuó su madre—. No es Londres, ciertamente, pero nada lo será nunca. No, Jane. Esta broma mediterránea fue un capricho para alejarnos de las miradas indiscretas y del brazo inglés de la ley. Es perfecto por el momento, pero no tengo intención de quedarme en un pueblo pesquero el resto de mis años.

—Muy bien. Deja que pinte un poco aquí —dijo

---

[5] Prostitutas.

Jane—, y luego puedes elegir el siguiente lugar. Si realmente no te importa París, a mí tampoco.

Y se pusieron de acuerdo fácilmente, como si estuvieran de vuelta en Londres, en Berkley Square.

⁂

Una semana después, Jane llegó a casa llevando sus materiales de pintura en una cesta. Su nueva criada, Bettine, que venía solo cuatro días a la semana para limpiar y cocinar, estaba barriendo el salón. Al menos dos veces por semana, traía pasteles frescos de la pastelería que poseía su familia, y el aroma impregnaba la casa.

A Jane se le hizo la boca agua enseguida.

—*Bonjour*, Bettine, *comment ca va?*[6]

—*Bien, mademoiselle. ¿Et vous?*[7]

—Muy bien. *Voyez*[8]. —Y Jane le tendió su obra de arte a la joven para que la viera. El grueso papel, fijado en un marco de madera plano, estaba aún ligeramente húmedo.

—*Oh, c'est belle. ¿Vous etes une peintre?*[9]

—No, pero lo intento un poco. ¿Comprende «intentar»?

—*Oui.* —Bettine le sonrió.

—*Où est ma mère?*[10]

Bettine se llevó una mano a la cadera.

—*Elle est allée poster une lettre. Je lui ai dit qu'il n'y a pas de*

---

⁶ Buenos días, Bettine, ¿cómo está?
⁷ Bien, señorita, ¿y usted?
⁸ Mire.
⁹ Oh, es precioso. ¿Es usted pintora?
¹⁰ ¿Dónde está mi madre?

poste aux lettres jusqu'à demain mais…

Jane levantó las manos.

—Lo siento, Bettine, pero no le entiendo. Je ne comprends pas.

—Su mamá, tenía una carta, mademoiselle. —La chica agitó la mano como si sostuviera un papel—. Le dije que no había correo hasta mañana, pero dijo que la enviaría de todos modos.

¿A quién le escribía su madre? Jane dejó su kit de pintura y se quitó los guantes y el sombrero. ¿Estaba su madre escribiendo a alguien en Inglaterra? Habían hablado de hacerlo dentro de unos meses, pero no tan pronto.

Y entonces recordó al joven de su madre que se fue al continente y que le había escrito durante todos estos años.

¿Lo haría? ¿Podría?

Jane consideró la situación. Dadas las circunstancias, si sus papeles se invirtieran, ella escribiría al hombre que había amado veintitrés años antes si supiera que aún no estaba casado y que por fin estaba a una distancia de viaje de él.

Sin embargo, ¿y Charles Chatley? Jane no aprobaba la infidelidad, pero mientras volvía a salir para sentarse en el escalón delantero y mirar el mar, sintiéndose atrevida sin sus guantes y su sombrero, sabía que no le correspondía juzgar.

Lo que es bueno para el ganso, como decían, es bueno para el ganso.

⚜

—Alguien debe saber dónde ha ido Jane.

—Tu madre lo sabe —dijo Owen con desgana, dando

una calada a su cigarro mientras él y el padre de Christopher se sentaban en el nuevo comedor de los Westings después de la cena. Burnley y su hermana, Sophia, eran invitados, y Amanda, junto con la duquesa, había llevado a *lady* Sophia al salón para que bebiera un oporto y esperara a que los hombres vinieran a jugar a las cartas.

Por supuesto, Christopher solo podría sentarse y escuchar la diversión, aunque su padre estaba considerando la forma de hacer que las cartas fueran «legibles» para los dedos de su hijo sin que el resto de los jugadores pudieran saber qué cartas eran.

—No es divertido —pronunció Christopher. Se había quedado sorprendido al saber que *lady* Emily Chatley había huido con su hija a lugares desconocidos. Sorprendido y complacido. En cierto modo, le hacía estar un poco menos preocupado por Jane.

Sin embargo, podían estar en cualquier lugar, desde John O'Groats, en la cima de Escocia, hasta la punta de la costa de Cornualles. Ya había salido en los periódicos durante una semana cómo lord Chatley se había enfurecido por la pérdida de su esposa, a la que había descuidado durante mucho tiempo, mucho más que por la pérdida de su hija, para la que ahora no necesitaba financiar una dote.

Luego estaba el sobrino, que la alta sociedad acababa de descubrir que había estado pensando en casarse con la joven *lady* Jane Chatley. Eso hizo una burla de proporciones épicas. Algún caricaturista había dibujado a los dos hombres, Chatley y Lowther, uno más grande y otro más pequeño, con ropa a juego, ambos mirando por la puerta principal de su casa preguntándose dónde estaban sus mujeres.

Burnley aseguró a Christopher que era más divertido de lo que parecía cuando se lo había descrito.

Al oír por primera vez las noticias de Margaret, Christopher había experimentado un momento de triunfo: después de todo, Jane no había querido a Bernard Lowther. Inmediatamente después, se dio cuenta de que tenía miedo. Puede que no volviese a estar en compañía de Jane.

Ella había hecho lo que primero él le había dicho que creía que era lo mejor: retirarse con un mínimo de dignidad.

¡Maldita sea! Él no quería que lo hiciera, junto con su risa vibrante y su mente rápida. Por no hablar de su delicioso cuerpo que acababa de empezar a explorar. Simplemente la quería. Toda ella. Para sí mismo.

¿Cómo podría encontrarla si no podía ver? Temía tener que confiar en Owen.

Cuando entraron en el salón unos minutos después, las damas estaban hablando en francés. O *lady* Sophia hablaba con fluidez, y Amanda y su madre hacían un valiente intento.

—Jane tenía razón sobre el pulido —dijo Amanda, y las orejas de Christopher se agudizaron.

—¿De qué estás hablando? —preguntó.

Amanda frunció el ceño.

—No me regañes, hermano. Yo no alejé a Jane. De hecho, fui a verla y le di las gracias. ¿Alguna vez le diste las gracias?

Sintió que su cara se calentaba. Podría haberse casado con ella cuando se lo había pedido y haber vivido en un absoluto deleite estas últimas semanas en lugar de un abyecto tormento. Pero sí, le había dado las gracias.

—No regañes a tu hermano —dijo su madre—. Al

menos, no delante de los invitados. Nadie de los presentes ha provocado su marcha. De eso estoy segura.

—Sé que fui amable con ella —dijo su padre—. Incluso le dije que era una sorpresa bienvenida, como un erizo.

Todos volvieron a exclamar en voz alta.

¿Por qué su familia siempre tenía que representar una escena de un espectáculo de Punch y Judy en lugar de comportarse normalmente?

—Solo dime a qué te referías con lo del pulido —suplicó Christopher.

Sabía que Amanda se estaba ajustando las faldas y mirando a su alrededor para asegurarse de que todas las miradas —excepto las suyas, por supuesto— estaban puestas en ella. Le encantaba la atención.

—Pasé por la residencia de los Chatley unos días antes de la misteriosa desaparición de las damas —comenzó, como si fuera a ser una larga historia para una noche de invierno—. Jane fue muy amable conmigo y quería expresarle mi gratitud.

—Qué buena chica —dijo la duquesa, y Christopher estaba seguro de que su hermana se deleitaba con la admiración de su madre, aunque fuera injustificada.

—Mencioné que *lady* Sophia acababa de regresar de Francia, no recuerdo cómo saliste en la conversación —añadió con rapidez, dirigiéndose obviamente a la hermana de Owen, al tiempo que hacía que Christopher se preguntara exactamente qué había estado haciendo Amanda—. Y Jane dijo que Francia pone lustre a una joven, o algo así. ¿Ayuda eso?

—No —dijo él—. No realmente.

—Tal vez esto lo haga —continuó su hermana—. Cuando le pregunté si la vería en el próximo baile, me dijo que ella misma probaría un poco del abrillantador. Así que, ahí lo tienes. Misterio resuelto.

—Creo que tienes razón —dijo su padre—. ¿Por qué nuestra inteligente *lady* Jane no iría a Francia?

¿Por qué, en efecto? pensó Christopher. Pero Francia era fácilmente dos veces más grande que Gran Bretaña. Si ella estaba allí, no podía imaginar cómo la localizaría.

Capítulo 28

Un mes después, Jane se encontró de nuevo en un tren rumbo a París. Su madre ansiaba ver a las damas de moda, y Jane tenía un único propósito: encontrar a un inventor ciego llamado Pierre François Victor Foucault.

Estaban decididas a mantener una existencia modesta mientras vivían en un bonito apartamento en uno de los barrios de lujo de un *arrondissement*[11] de la orilla norte del Sena.

—En cualquier caso —dijo su madre—, aunque nuestro apartamento sea pequeño, los parisinos pasan su tiempo al aire libre en las calles y en los concurridos cafés.

Jane sonrió ante los conocimientos de su madre extraídos de los periódicos ingleses. Y luego consideró las misteriosas cartas de su antiguo amor. Sin duda habían mantenido correspondencia en las últimas semanas. Tal vez el hombre de los ojos azules le había contado más cosas sobre París de las que su madre le había contado a Jane.

En cuanto tuvieron la oportunidad de instalarse en el segundo piso de un edificio de seis plantas, construido

---

[11] Distrito

alrededor de un patio, Jane llevó a *lady* Chatley a la Sociedad para el Fomento de la Industria Nacional. Jane había sacado el nombre de la lista de colaboradores de la próxima Gran Exposición para el Palacio de Cristal de Hyde Park. La sociedad, a su vez, le comunicó el paradero de Monsieur Foucault, antiguo alumno de la misma escuela a la que más tarde asistiría Louis Braille.

Monsieur Foucault era también un ingeniero brillante, como lo describía la lista de expositores. A petición de Braille, había ideado la máquina Raphigraph que ella había mencionado una vez al duque de Westing. Todavía faltaban meses para la Gran Exposición, pero Jane estaba decidida a conseguir un dispositivo de escritura para Christopher.

Al encontrar la morada del francés, con su madre a su lado, Jane subió las escaleras con creciente excitación. Pronto, su mujer, Adélaïde, les sirvió un café con leche, y Jane compró una de sus máquinas, que él llamaba tabla de pistones. Esta máquina condensaba el difícil tipo Decapoint, invención de Braille para que los videntes y los ciegos pudieran leer el mismo texto, en un tamaño más pequeño para que cupieran más palabras en una página. También permitía a los ciegos imprimir fácilmente las letras.

Jane estaba entusiasmada. Después de organizar su envío directamente a Grosvenor Square, en Londres, lo consideró un día bien empleado.

Con él, Christopher podría crear textos legibles tanto para los ciegos como para los videntes. Además, se libraría de depender de alguien a quien tuviera que dictar, recuperando así tanto su independencia como su intimidad. Incluso podría escribir cartas de amor, pensó antes de preguntarse por qué esa tontería le llenaba la cabeza. La usaría para escribir actos parlamentarios.

Solo deseaba estar allí cuando llegara el aparato. Al igual que solo podía soñar con volver a estar en la misma habitación que él.

Anímate, se amonestó a sí misma. No era el momento de flaquear

.

———— ❖ ————

Llegó un paquete de París, y Christopher estaba prácticamente saltando como un niño el día de Navidad, ansioso por abrirlo.

¡Jane! Tenía que ser de ella, ya que no conocía a nadie más en Francia.

Su padre le estaba leyendo el periódico en voz alta en la biblioteca cuando entró el mayordomo.

—Esto acaba de ser entregado para lord Christopher, señor. Con matasellos de París, Francia. ¿Lo abro?

Aunque no podría ver lo que era, la emoción de Christopher se duplicó ante la idea de que sus manos hubieran tocado lo que había dentro. Tal vez incluso era algo hecho con sus propias manos. De inmediato, se convenció de que era un cuadro.

Por supuesto, no podía tener ninguna relación real con su vida, a menos que se tratara de una caja de brandy, y era, de hecho, lo bastante grande como para serlo. O al menos eso le dijeron sus dedos cuando los pasó por el estuche de madera que el mayordomo había colocado sobre la mesa.

—Qué emocionante —dijo lord Westing—. Algo del

extranjero para ti, muchacho.

—Sí, lo he oído, padre. Ábrelo, por favor —Christopher se esforzó por mantener su tono firme.

—Nosotros nos encargaremos de esto, Reg —dijo lord Westing despidiendo a su mayordomo.

En un momento, su padre exclamó encantado.

—Vaya, creo que es... ¡sí, lo es! Hay un panfleto en francés, creado en la propia máquina, pero está claro lo que es. ¡Qué maravilla!

—Padre —Christopher estaba a punto de explotar—. ¿Qué es?

—Una máquina de escribir para ciegos. Una Raphigraph.

Tratando de imaginar cómo podían escribir los ciegos, Christopher no pudo concentrarse ni un momento en una extraña máquina que no entendía. Sus pensamientos seguían pensando en Jane.

—¿Hay una nota? ¿Algo de *lady* Jane directamente?

Oyó las manos de su padre rebuscando en la caja.

—No. Lo siento.

Christopher dejó de lado su decepción. Jane había pensado en él y había gastado, sin duda, una gran cantidad de dinero para conseguir este invento y enviarlo a través del Canal. Lo menos que él podía hacer era apreciarlo.

Pasaron la siguiente hora jugando con él. Todo lo que Christopher tenía que hacer era usar su mano derecha para presionar los pistones, de los cuales había diez dispuestos en forma de abanico, fácilmente accesibles. Cuando los empujaba en diferentes patrones, producían los puntos en forma de letras. Escribió y entregó el papel a su padre, que lo leyó en voz alta.

Entonces su padre lo probó y escribió algo, que entregó a Chris, quien pasó sus manos por los puntos levantados.

Las lágrimas brotaron de los ojos de Christopher mientras leía en silencio las palabras con sus dedos:

«Será mejor que vayas a buscar a esta joven, la traigas a casa y le cases con ella.

Tu querido padre».

Inmediatamente, escribió —¡Dios mío, podía volver a escribir!— a Owen Burnley diciéndole que partirían al día siguiente hacia el continente. Si su amigo no podía ir, ¡él iría solo!

⁕

—Malditos franceses —dijo Owen en voz demasiado alta mientras Christopher les aseguraba un carruaje desde el puerto de Calais. Muchos cabriolés de alquiler esperaban el ferry a su llegada desde Dover, Inglaterra, y ellos simplemente tenían que subirse a uno sin insultar al conductor de forma tan terrible como para que los dejara en Alemania.

—¡Cállate! —lo amonestó Christopher, y no por primera vez.

Su amigo no hablaba ni una palabra de la lengua gala, guardaba rencor por las guerras napoleónicas y, al parecer, sufría una prolongada resaca, ya que el viaje se había propuesto con rapidez. Se había quejado durante todo el tiempo que duró el viaje en el barco de vapor, y seguía haciéndolo.

—Nadie nos dejará subir a su vagón si parece que vas a vomitar en la tapicería.

—Estoy respirando profundamente y no parezco enfermo —le aseguró Owen—. Estás haciendo un gesto en la dirección equivocada —añadió—. Estoy haciendo señas a un conductor ahora. Por aquí.

Pronto se dirigieron hacia la residencia de Monsieur Foucault, impresa en el reverso de su panfleto explicativo. ¿Jane se había asegurado de incluirlo a propósito? ¿O fue una circunstancia afortunada?

En cualquier caso, después de semanas sin tener ninguna idea de su paradero en el continente, y a punto de contratar a un detective privado, Christopher estaba seguro de que la encontraría.

Monsieur Foucault resultó ser un individuo interesante. Aunque su esposa, una costurera, estaba fuera, pudo recibir a Christopher y a Owen, hirviendo agua, preparando su café y colocando algunas galletas.

—Es usted completamente ciego, ¿verdad, *monsieur*? —preguntó Christopher, cuando Owen le explicó lo que estaba presenciando.

El hombre se rio.

—Sí, desde los seis años. Y usted, *monsieur*, ¿desde cuándo?

Christopher contó el tiempo.

—Medio año. —Hacía seis meses que su mundo había cambiado, pero poco a poco iba recuperando algo de él.

Hablaron de cosas que Foucault había aprendido en la escuela, de otras que había descubierto por su cuenta. Le dio a Christopher simpatía y consejos sin compasión.

—Su invento es sorprendente, *monsieur*. Por eso he venido. Mi amiga me lo envió y tengo que encontrarla para darle las gracias.

—*Mademoiselle* Chatley se empeñó en que le hiciera llegar la placa del pistón lo antes posible. Está usted contento, ¿verdad?

—Mucho —dijo Christopher—. Debe de haber sido caro. Si me dice cuánto y cómo encontrarla, podré recompensarla.

—Ya veo. Quiero decir, soy ciego, pero algunas cosas las veo tan claramente como cualquiera. No estoy seguro de que me corresponda decirle la ubicación de la dama.

—Por favor, *monsieur* Foucault. Se lo ruego. Llevo muchas semanas tratando de encontrarla. La quiero mucho y deseo casarme con ella.

—¡Cristo! —exclamó Owen—. Apenas llevamos unas horas en Francia y ya has cogido los hábitos emocionales de los franceses.

Por suerte, Foucault no se ofendió. En cambio, se rio.

—Ciertamente, somos un pueblo gobernado por nuestras pasiones. No hay nada malo en ello. Si mi Adelaida estuviera aquí, estaría de acuerdo.

—¿Puede ayudarme? —le preguntó Christopher—. ¿Por la pasión?

Tras una breve duda, solo interrumpida por Owen murmurando algo en voz baja, Foucault dijo:

—La tabla del pistón era de treinta y cinco francos. Sé que a esta señora le debe importar usted mucho para gastar semejante cantidad.

—No tengo ni idea de cuánto es eso en libras esterlinas

—protestó Owen.

—¡Cállate! —Christopher esperó la información que necesitaba.

—Su señora y su madre se alojan en el cuarto distrito. Esa es la orilla correcta.

—¿Eso es todo lo que sabe? ¿No tiene una dirección? —preguntó Christopher.

—Se lo mencionaron de pasada a mi mujer, conversando como hacen las mujeres. No pregunté porque no les estaba entregando mi máquina. Pero estoy bastante seguro de que ella dijo que estaban en el Quartier Saint-Germain. Es pequeño. No es tan difícil encontrar dos damas inglesas allí.

—Gracias, *monsieur.*

Unos minutos más tarde, cuando estaban de vuelta en el carruaje alquilado, Owen decidió que debían encontrar habitaciones para pasar la noche. Habían pasado la anterior en una posada en Dover y ya habían tenido un largo día de viaje.

Christopher, en cambio, quería seguir con su búsqueda.

—No lo sabes, pero ya está anocheciendo, viejo amigo —dijo Owen—. Si me quieres, me dejarás comer y dormir. Te prometo que me levantaré con los gallos y estaré a tu lado.

—Como mis ojos —le recordó Christopher.

—Como tus ojos —repitió Owen—, y honrado de serlo. Mañana recorreremos la orilla derecha de París y recuperaremos a *lady* Jane.

Christopher pudo oír la sonrisa en la voz de su amigo.

—Muy bien. Búscanos dos habitaciones.

—Bonitas habitaciones —dijo Owen—. A tu cuenta. Así como una cena completa. Tú invitas.

—¿Algo más? —preguntó, sintiéndose mejor que en

años. Por fin estaba en el mismo país que Jane.

—Pediría un par de esas famosas cortesanas francesas, pero supongo que la naturaleza de este viaje, y tu recién pronunciado amor por Jane, excluyen tales diversiones.

—Solo para mí. Si estás decidido a disfrutar de tu noche de esa manera, entonces, por el amor de Dios, pregunta en un local qué burdeles son seguros. No querrás traerte la viruela de algunas *maisons d'abattage*. Mejor aún, mira a ver si te prestan la *lorette* de otro hombre para pasar la noche, una mujer de clase superior. Puedes preguntarle al conserje de nuestra posada.

—¿Y cómo sabes eso? —Owen sonaba un poco asombrado.

Christopher se encogió de hombros.

—¡No soy San Cristóbal!

Owen simplemente se rio.

⁂

Jane fue temprano a la *boulangerie* local, como hacía cada mañana. Cada barrio tenía la suya, así como una pastelería y un *bistró*. Podía imaginarse haciéndose grande en las caderas en los años venideros, porque no había nada como la bollería francesa por las mañanas.

Hoy también había traído a casa algunos periódicos. Tardaban horas en descifrarlos, y estaban llenos sobre todo de noticias locales, pero a veces había un fragmento de algo internacional, sobre todo de la aristocracia inglesa o de figuras políticas estadounidenses.

A decir verdad, Jane se preguntaba si llegaría a saber

algo de Christopher leyendo los periódicos. Probablemente la única gran noticia de un marqués inglés sería el anuncio de su matrimonio, y eso era algo que ella no quería leer sobre todo.

—Estoy cansada del café —dijo su madre cuando salió del dormitorio en bata.

Al ver a su madre en estado de *déshable*, Jane recordó la palabra bohemia de la duquesa de Westing, que Su Gracia les había enseñado a ella y a Christopher la primera vez que los había llevado a su estudio. No podía imaginarse a su madre saliendo de su dormitorio en Londres en estado de desnudez, con su espeso cabello castaño en una trenza sobre el hombro. Sin embargo, aquí, a *lady* Chatley no le importaba quedarse en bata a todas horas.

Suponía que su madre se merecía este respiro de la constante vigilancia de la alta sociedad. Y ningún lugar era tan relajado como París, sobre todo si se era un extranjero de visita.

—Podemos comprar té, mamá. ¿Por qué no lo hemos hecho?

Su madre suspiró.

—¿Qué pasa? —le preguntó Jane, poniendo los croissants aún calientes en un plato antes de preparar el café.

—Espero que estemos haciendo lo correcto —confesó su madre—. Quiero decir, mírate, trayendo la comida y preparando el desayuno como una campesina.

Jane se mordió el labio para no reírse. Ya habían encontrado una mujer que venía casi todos los días a preparar la comida y la cena y a ayudar a limpiar.

—Me gusta hacerlo por mí misma. Ya lo sabes. Por

supuesto, hemos hecho lo correcto. ¿No eres feliz, madre?

—Soy feliz estando contigo. Solo quiero lo mejor para ti. Siempre lo he hecho. ¿Te casarás con un francés?

Lo dijo con tanto desagrado que esta vez Jane no pudo contener la risa.

—Mamá, si me enamorara de un francés, sería feliz casándome con él. Entonces tendrías nietos.

Puso la mesa con mantequilla cremosa y conservas, junto con bayas frescas, y luego les sirvió a ambas café con crema. A continuación, Jane extendió los papeles, teniendo a mano su libro de traducción.

Le gustaba *Le Constitutionnel*, un periódico de comercio y política, pero también de intereses literarios y temas útiles, como el horario de los trenes. Había algunos anuncios, que su madre ojeaba. *Lady* Chatley prefería sobre todo las revistas de moda, de las que había muchas. Miraba las imágenes y de vez en cuando señalaba las palabras, haciendo que Jane las buscara.

Sin embargo, cuando Jane abrió *La Presse* en la página con noticias de fuera de Francia, justo antes de un gran titular de *Californie* —que parecía referirse a un nuevo territorio al que se le había concedido la condición de estado en América—, Jane vio las esquelas de los notables. Y su mundo giró.

Mareada al instante, creyó que la habitación se inclinaba bajo su silla, y extendió los dedos sobre el tablero de la mesa para mantenerse firme.

¡Dios mío!

Miró fijamente a su madre.

Al cabo de un momento, *lady* Chatley la miró y se quedó paralizada, con la cara pálida de miedo.

—Jane, querida, ¿qué ocurre?

¿Debía decírselo? Por supuesto que debía hacerlo. Era irracional pensar que no lo haría.

Capítulo 29

Christopher subió las escaleras hacia el apartamento de las «inglesas» y se sintió como si hubiera atravesado un enorme desierto, uno de extrema añoranza por Jane Chatley, y, por fin, casi había llegado a su exuberante oasis.

Foucault tenía razón. No había necesitado más que unas cuantas consultas en el barrio sobre el tipo de tiendas que visitaban las mujeres, y les habían dado una dirección. Desde luego, Jane y su madre no tenían un hôtel privé —el equivalente francés a una mansión en la ciudad—, pero sí un apartamento bien equipado, en un edificio con un conserje respetado.

La plaza del apartamento tenía una gran puerta doble de madera que la aislaba de la calle. Por ella debía entrar todo el mundo, y estaba ferozmente vigilada por la conserje, una especie de portera que, junto con un portero, supervisaba todo y a todos los habitantes de los apartamentos. También recogía y distribuía el correo, aceptaba las entregas y mantenía fuera a quienes no debían entrar.

En el caso de Jane, la conserje era una mujer un poco

desconfiada que, sin embargo, sacó la mano en cuanto se dio cuenta de que tenía a dos lores ingleses en su puerta.

Por unos pocos francos, les dijo a Christopher y Owen por qué puerta del patio debían entrar y cuántas escaleras debían subir, y les dejó pasar. Hasta aquí la seguridad.

Al llegar al apartamento de Jane, Owen llamó a la puerta y, en unos instantes, Christopher oyó que se acercaban unos pasos. Eran de Jane, estaba seguro.

Cuando la puerta se abrió, la oyó jadear y su corazón estuvo a punto de estallar, sobre todo porque casi podía ver un contorno sombrío de ella.

Su visión había cambiado, aunque no mejoraba ni empeoraba desde hacía meses. Revelar ese hecho era para otro día. Sin embargo, incluso con las gafas puestas, pudo distinguir una forma. La forma de Jane.

Y entonces, ella estaba en sus brazos. No estaba seguro de cómo ocurrió exactamente. Puede que diera un paso adelante, pero estaba bastante seguro de que ella se había lanzado hacia él, y él la había atrapado.

—Está aquí —murmuró ella contra su chaqueta—. ¿Cómo puede ser esto? ¿Cómo puede estar aquí?

Él no dijo nada mientras la acercaba hacia sí, luego levantó las manos para acunar su amado rostro, y casi la pinchó en el ojo y en la nariz antes de posar las palmas en sus mejillas, manteniéndola quieta y tomando su boca con la suya.

Este correcto caballero inglés se encontró besando a una correcta dama inglesa en la puerta de un apartamento parisino, y le importó un bledo quién los viera.

Hasta que oyó a la madre de ella exclamar en voz alta detrás de Jane, y luego, Owen, que debía de estar echando un vistazo, tosió para advertirles.

Sin embargo, ninguno de los dos se movió. Apoyó su frente contra la de Jane y respiró su familiar aroma. Pétalos de rosa y un poco de aceite de bergamota. Ligero, hermoso, sensual y cálido, como la propia dama.

—La quiero —dijo.

—Yo también le quiero —le respondió ella.

Su madre chilló. A su lado, Owen se rio, y al fin, Jane lo atrajo hacia adentro.

⁓ ◆ ⁓

Jane dejó que Christopher la cogiera de la mano, mientras se sentaban uno al lado del otro y conversaban en grupo, con su madre sentada al otro lado de ella y lord Burnley en el sillón libre. Su pequeño salón estaba lleno.

Su corazón aún latía con fuerza, y pensó que todos los demás en la sala probablemente podían oírlo.

Él estaba aquí. La quería.

Jane quería hablar con él a solas, pero primero tenían que atender otros asuntos.

—Hemos leído esta misma mañana que mi padre ha fallecido. Ni siquiera sabemos de qué causa.

—Mis condolencias a los dos —dijo Christopher—. No lo sabía.

—Las condolencias son innecesarias —dijo su madre sorprendida—. No estaríamos aquí en París si no fuera por él.

Jane no estaba segura de qué decir a eso. No había deseado la muerte de su padre, pero tampoco podía pretender sentir ninguna pena. Así pues, ¿por qué iba a hacerlo su madre, que había sufrido mucho más por su odioso comportamiento?

—Mi padre nos hizo la vida algo difícil a mi madre y a mí —dijo Jane, tratando de ser diplomática para no escandalizar a estos caballeros que tenían mejores relaciones parentales.

—No hace falta que lo explique —dijo lord Burnley—. Nadie que haya visto cómo trataba el conde de Chatley a su familia la culparía por no querer cubrirse de negro y colgar crespón en cada espejo.

—Aun así —dijo Jane—, en aras del respeto, cumpliremos un período de luto, ¿no es así, mamá? —Jane no estaba dispuesta a vestir de negro durante el próximo año, pero seguiría el ejemplo de su madre.

—En cuanto al crespón, la casa ya no es de mi incumbencia. —La condesa no sonaba ni un poco infeliz por la perspectiva de haber perdido su casa.

—Me pregunto si el primo Bernard se habrá mudado ya a la suite de papá.

—Mientras usted estaba fuera —comentó Christopher—, su primo pidió la mano de una joven hace unas semanas. La señorita Swintree, si recuerdo bien el nombre.

—No lo había oído —dijo Jane—. Supongo que Bernard no era lo bastante importante como para acabar en las páginas de sociedad parisinas cuando solo era el heredero del título de su tío. Creo que una vez presenté a lord Fowler a la señorita Swintree. A él no le gustó ella.

—Hablando de su lord Fowler —continuó Christopher—, se ha comprometido con…

—¡Lady Brethrens! —exclamó Jane y dio una palmada.

—Sí, así es —confirmó lord Burnley.

—Me alegro mucho por él —dijo Jane. En ese momento también se alegró mucho por ella misma.

—¿Volverá a Inglaterra con nosotros? —preguntó Christopher, dándole un subrepticio apretón de manos.

Ella dudó solo para mirar a su madre, que tenía una mirada pensativa.

—Habíamos decidido vivir en Francia durante años —le dijo Jane—. Es un shock darse cuenta de que podemos volver de inmediato. Mamá, ¿habrá consecuencias por nuestra huida?

—No lo creo. Con la desaparición de tu padre, no hay nadie que pueda presentar cargos contra mí por abandono, y, mejor aún, nadie que te obligue a casarte con alguien que no desees. Si nos dejó algo en su testamento, espero que sigamos teniendo derecho a ello. Sin embargo, no voy a volver a Inglaterra todavía.

Jane sintió que Christopher volvía a apretarle la mano, y luego intercambió una mirada con lord Burnley. No estaba segura de lo que su madre pretendía.

—Tengo una carta que enviar por correo —declaró además lady Chatley—. Primero, Jane, necesito hablar contigo en privado.

En un momento, tras excusarse, Jane y su madre se encerraron en el dormitorio de esta.

—Amas a lord Westing —dijo su madre sin rodeos.

—Sí.

—¿Por qué no me lo has dicho? Ya te pregunté por tus sentimientos hacia él.

—No veía ningún sentido. Si perseguía un matrimonio con él, te habrías visto abocada a la soledad de una vida con un marido terrible, seguida del desahucio de manos del nuevo conde.

La madre de Jane no dijo nada, solo abrazó a su hija con fuerza.

—He escrito a mi… amigo. Más de una vez desde que llegamos. Su nombre es Daniel. Vive no muy lejos. Ahora que soy viuda, tengo la intención de reunirme con él.

Jane sintió una burbuja de felicidad. Las punzadas de culpabilidad por haber mantenido a su madre anclada a su padre durante los últimos veintiún años —culpa que ni siquiera se había dado cuenta de que cargaba— se evaporaron.

—Me alegro mucho por ti. ¿Puedo reunirme con él también?

Su madre sonrió, pareciendo más joven.

—Sí, me gustaría. ¿Crees que tu marqués retrasará su viaje de vuelta? Tienes la intención de ir a casa con él, ¿no? ¿Y casarte con él?

—Supongo que será mejor esperar a que me lo pida. —Se rieron juntas.

—Invitaré a lord Burnley a que me acompañe a la oficina de correos, y dejaré que vosotros dos habléis en privado.

—¿Nos dejarás solos? No estoy segura de que lord Westing apruebe eso. Es muy correcto, sobre todo cuando se trata de mi reputación.

—Ya veremos —dijo su madre—. Las cosas son diferentes en París.

Su madre tenía razón, como siempre.

En pocos minutos, Jane se encontró a solas con

Christopher. Había parecido un sueño imposible solo esa mañana. Y ahora, era un regalo increíble.

—Debemos hablar del futuro —dijo él—, pero odio perder el tiempo hablando cuando puedo besarla en su lugar.

—Tal vez podamos hablar con rapidez y aún tener tiempo para besarnos después.

Su risa, tan ronca y masculina, le produjo un escalofrío.

—O podríamos empezar con un beso y luego hablar —ofreció—. ¿Estamos solos?

Como respuesta, ella deslizó las manos por detrás de la cabeza de él y lo atrajo hacia sí, dejando que se aferrara a sus labios, antes de abrirle la boca.

Al instante, su cuerpo sintió un cosquilleo, como si su sangre zumbara por sus venas.

Sin pensarlo, se apartó lo suficiente como para hablar.

—¿Le hago sufrir, como usted me hace sufrir a mí?

Sin responder, él levantó las manos de ella y las soltó, y luego colocó la palma de ella en la parte delantera de sus pantalones. Luego le agarró la cara con las manos y profundizó el beso.

Jane podía sentir la palpitación de su miembro contra sus dedos, y deseaba tocar su piel desnuda.

Cuando él le hubo destrozado la boca, dijo:

—Esto es una tortura.

—De acuerdo.

Con su mano aún en su miembro masculino, ella dejó que él recorriera sus dedos a lo largo de su cuello y luego los deslizara dentro de la parte delantera de su vestido, tocándola lo mejor posible.

—Sufro por usted cada maldito día desde la primera vez

que nos besamos —confesó él.

Christopher estuvo a punto de contarle cómo se tocaba por la noche cuando estaba sola en su cama, recordando las cosas que él le había hecho a su cuerpo.

—Supongo que deberíamos hablar —dijo ella.

—Sí. ¿Por qué no me habló de su primo?

Esa no era la pregunta que ella esperaba. Además, era difícil mantener una discusión racional con las puntas de los dedos de él en sus pechos, y la mano de ella ahuecada alrededor de su verga, así que se apartó.

—¿Con qué propósito?

Christopher hizo un sonido de exasperación.

—Para poder ayudarle.

—¿Cómo? —insistió ella.

Él inclinó la cabeza.

—Está siendo obstinada. Me habría casado con usted si hubiera sabido que su padre la obligaba a casarse con su primo.

—Lo entiendo. —Ella suspiró—. Habría pedido mi mano para rescatarme de un mal matrimonio. Yo no quería eso. Quería que me propusiera matrimonio porque tenía la intención de pedírmelo de todos modos. Cualquier otra cosa sería un asunto triste. Hay otros con los que podría haberme casado si hubiera querido simplemente evitar a mi primo.

O los habría habido, si ella se hubiera preocupado de dejar que se acercaran.

—En cambio, elegí tomar mi propio camino. ¿Sabe por qué?

—Sí —respondió él sin dudar—. Porque es una mujer testaruda y obstinada que siempre tiene que hacer las cosas a su manera, que puede ser la correcta, pero igual. Y sin concesiones.

Ella se rio.

—¡Oh, Dios! No sé si me está insultando. Eso suena medio elogioso, pero también crítico.

—Porque casi la pierdo. ¿Habría sido realmente mejor hacerlo a su manera, que dejarme ayudarla para que estuviéramos juntos el resto de nuestras vidas?

—Una vez le pedí que se casara conmigo —le recordó Jane—. Me rechazó.

Él permaneció en silencio, con aspecto pensativo.

—Supongo que quería que me quisiera porque no podía vivir sin mí. Desde luego, no quiero ser su misión. Quiero ser su marido y tomarla por esposa sin más razón que la de no poder soportar estar separados.

—Entonces supongo que deberíamos casarnos —le dijo ella—. Porque eso es ciertamente lo que siento por usted.

Él sonrió.

—Antes solo confiaba en lo que podía ver. Qué limitante. —Le acarició la mejilla—. Ahora confío en lo que puedo oír en su voz.

—¿Y en lo que puede sentir? —Ella colocó la palma de su mano sobre su acelerado corazón.

—Sí, definitivamente confío en lo que puedo sentir. Me casaría con usted en este instante en una alcaldía parisina, pero mi madre me mataría si no la dejo asistir a nuestra boda.

—De acuerdo —dijo Jane—. Mi madre ha soñado con ayudarme a elegir el vestido y el ajuar desde que llevaba coletas.

—Entonces, ¿volverá conmigo mañana?

Jane negó con la cabeza, aun sabiendo que él no podía verla.

—Durante los últimos veintiún años mi madre ha entregado su vida a cuidar de mí. Por fin tiene una oportunidad para el amor, y yo deseo apoyarla. ¿Me esperará?

—Solo si puedo esperar aquí en París. No voy a volver a casa sin usted.

<hr>

Burnley se marchó unos días más tarde, y Christopher se quedó en su posada, a pocas calles del apartamento de Jane y su madre. Pensó que podría estar asustado, un ciego en un país extranjero, pero no lo estaba. Había llegado demasiado lejos como para dejar que una pequeñez como la oscuridad de París le impidiera disfrutar con la mujer que amaba.

Pasaba los días con Jane, paseando por el Jardín de las Tullerías, asistiendo a la Ópera Nacional y cenando en el famoso Café Anglais, en la esquina de la Rue de Marivaux. Ella nunca parecía cansarse de describir las cosas cuando él le preguntaba, tal y como había dicho su madre, y a veces, él casi podía «ver» tan bien con sus palabras como con sus ojos.

Estaban cenando en el que quizá fuera el restaurante más caro de la ciudad, La Maison Dorée, famoso por su comida, pero sobre todo por su diseño, sus obras de arte y el dorado tanto del exterior como del interior. Al entrar por la exclusiva puerta de la Rue Laffite, se sentaron en un gabinete privado.

Con entusiasmo, Jane le habló de los cordones de oro

de los balcones y balaustradas, de los hombres y mujeres vestidos como si estuvieran en el teatro. Él sonrió ante sus alegres descripciones, pensando que era un hombre afortunado por haberse enamorado de una mujer con una voz tan agradable.

Ella acababa de decirle lo que había en el menú: poulet de grain à la broche y filete de boeuf bouquetiere, y se maravillaba de las ochenta mil botellas de vino que había bajo sus pies en las dos plantas de una bodega.

—Solo quiero una botella —bromeó cuando apareció una figura en su mesa y se volvió hacia ella.

Jane jadeó.

—¿Qué es? —preguntó Christopher.

—Se ha girado cuando ha llegado el camarero. ¿Puedo verlo?

Christopher suspiró. No quería darle esperanzas. Las suyas propias habían subido y bajado tantas veces, que comprendía lo terriblemente decepcionante que podía ser.

—Soy consciente de las sombras —le dijo—. Al principio, solo con la luz del sol más brillante, luego, hace un par de meses, me di cuenta de que todo no era absolutamente tan negro como antes.

—¿Cree que está recuperando la vista?

Negó con la cabeza.

—Ya no me burlo de mí mismo con tales nociones. Si así fuera, me sentiré bendecido, pero si no, estoy en paz con mi situación.

Él sintió que su mano se posaba sobre la suya.

—Es el hombre más valiente que conozco.

Llevando su mano a los labios, la besó.

—Soy el hombre más afortunado que conozco.

~ 452 ~

Capítulo 30

Christopher olía a humo, lo que no habría sido alarmante en sí mismo, si no fuera porque estaba subiendo las escaleras hacia el apartamento de los Chatley y nunca lo había olido con fuerza en el hueco de la escalera.

Era una noche cualquiera, y había llegado temprano para llevar a Jane a cenar cuando percibió el olor. Además, se dio cuenta de que podía oír gritos en algún lugar cercano.

Alcanzó el rellano de la casa a la carrera y golpeó la puerta, sacudiendo al mismo tiempo el pestillo, pero estaba cerrada con llave.

Al no obtener respuesta, apoyó el hombro en ella y la derribó. Había más humo en el apartamento que en el pasillo. Se dio cuenta de que los pulmones le ardían cada vez que respiraba. Empezó a toser.

—¡Jane! —gritó, y entonces la oyó toser.

Aunque no estaba tan familiarizado con su apartamento como con su propia habitación en la posada, ya no le molestaba moverse con rapidez por lugares que no podía ver. Atravesó la habitación delantera y entró en el pasillo de las habitaciones privadas de atrás.

—¡Jane! —gritó de nuevo, preguntándose si ella se había desmayado.

—¡Estoy aquí! —gritó ella, tosiendo con fuerza—. No puedo ver. Estaba tratando de hacer la maleta.

—¡Olvide la bolsa! ¿Dónde está el fuego? ¿Y dónde está su madre?

—El fuego viene del patio, me parece, pero creo que las habitaciones de alguien se han incendiado en algún lugar debajo de nosotros. Cerré las ventanas del fondo, pero el humo parece entrar por el suelo. —Jane se detuvo para toser violentamente.

—Mi madre está con Daniel —añadió—. Está a salvo.

Oyeron un fuerte estallido, como si una madera o un piso entero se hubieran visto comprometidos.

—Debemos salir de aquí. Ahora —ordenó él.

Ella volvió a toser.

—No puedo ver —repitió, sonando aterrada—. Apagué las lámparas por si aumentaban el peligro de incendio, y el humo es terriblemente espeso.

Siguiendo su voz, y su tos, la encontró por fin, dándose cuenta de que a él también le costaba respirar.

—Coja algún paño, lo que sea, y llévelo a su cara. Luego extienda su mano hacia mí.

Ella hizo lo que le pidió, y él la agarró de la mano, luego la tiró de rodillas.

—¿Qué está haciendo?

—El humo sube. Podemos respirar mejor aquí abajo. Si nuestras manos pierden el contacto, agárrese a mi manga, a la pernera de mi pantalón, lo que sea, pero quédese conmigo.

En pocos minutos, a pesar de que podía sentir el calor bajo sus manos del fuego debajo de ellos, estaban en su puerta y en el rellano. De pie, la atrajo a su lado y bajaron los escalones para encontrarse con una multitud de personas en el exterior.

Apretó su mano para no perderla.

—Guíeme a la calle —le indicó él, y luego dejó que ella los llevara en el crepúsculo a través de la multitud hasta las puertas de madera que custodiaban el patio.

—Los bomberos están aquí —le dijo Jane mientras estaban en la calle y respiraban profundamente. El aire fresco de la noche era un alivio bienvenido.

—Volveremos a mis habitaciones y enviaremos un mensaje a su madre de que está a salvo.

***

Jane se encontró en la suite de Christopher, compuesta por dos habitaciones, una zona de estar y una cámara de dormir. Y empezó a temblar.

—Tengo mucho frío —dijo.

—Apagué el fuego de la chimenea pensando que estaría fuera durante las próximas horas. Deje que lo encienda de nuevo. —Soltó el bastón antes de encender eficazmente un nuevo fuego en la rejilla. Pronto, la habitación se hizo más cálida.

—¿Dónde está? —preguntó él mientras se levantaba.

—Aquí —dijo Jane, todavía de pie en medio de la habitación, incapaz de moverse, observándole mientras él encontraba el camino hacia ella.

Sus brazos la rodearon.

—Todavía está temblando. No creo que sea por el frío. Ha tenido una desagradable conmoción, y ahora le está afectando. Venga, siéntese junto al fuego. Tengo un poco de brandy.

El instinto normal de Jane de cuidar de sí misma y de los demás se había evaporado. Dejó que él la condujera a una silla, experimentando todavía momentos de puro terror. De vez en cuando, saltaba pensando que su madre estaría preocupada, y luego recordaba que Christopher ya había avisado a través del conserje de la planta baja.

Su apartamento podría haber desaparecido, o podría haberse salvado. Todas sus pertenencias olerían a humo. Pero ella estaba viva.

—Me ha salvado la vida. Estaba haciendo las maletas estúpidamente, dejándome invadir por el humo, y luego no podía ni pensar en cómo salir cuando no podía ver.

—Todo perfectamente natural —le aseguró él y luego le puso un vaso en la mano—. Tome un sorbo. O dos. Bébaselo todo. Le prometo que se sentirá caliente por dentro y por fuera, y le calmará los nervios.

Se acuclilló junto a su lado y ella dio un sorbo, tosió, se lo bebió todo y le entregó el vaso.

—¿Se siente mejor?

—Sí. —De hecho, lo estaba.

Jane se recordaba a sí misma que estaba perfectamente a salvo. Podía ver el pequeño fuego bailando alegremente en la rejilla limpia y sabía que no estaba ocurriendo nada malo. Además, Christopher estaba con ella.

Se levantó y puso su vaso en el pequeño aparador.

—Voy a bajar a ver si tienen habitaciones para usted y su madre.

—Espere —dijo ella con urgencia y se puso de pie.

—¿Está bien?

—Sí. Pero no se vaya. —Le tocó la cara—. Béseme. Por favor.

Él gimió.

—Es todo lo que he querido hacer desde que cerramos la puerta, pero, Jane, no quiero aprovecharme de usted ahora. Es frágil.

Ella se rio.

—No, no lo soy. Estoy viva. Y estamos solos. Béseme.

Christopher se quitó las gafas y las puso en el aparador y luego la acercó hacia él.

Cuando su boca reclamó la suya, ella supo que no sería suficiente. Esta noche pretendía entregarse al hombre que amaba. Después de todo, primero una explosión estuvo a punto de llevárselo, y luego un incendio estuvo a punto de matarla a ella. El buen Dios prácticamente les gritaba que se dieran prisa.

Estaba claro que Christopher no necesitaba una segunda invitación. Sus manos ya estaban en el pelo de ella, revolviéndolo y buscando las horquillas que mantenían sus rizos enrollados en su sitio. En cuanto los tuvo sueltos, pasó los dedos por ellos, deshaciendo las madejas hasta que su pelo quedó completamente libre alrededor de los hombros y por la espalda.

—Llevo años queriendo hacer esto —confesó—. Y esto. —Comenzó el largo proceso de desvestirla, pero después de desabrochar los botones de los puños y comenzar con los de la espalda, se impacientó y comenzó a besarla de nuevo.

Mientras sus lenguas danzaban y sus manos recorrían la espalda del otro, Jane se dio cuenta de que, con cada respiración, respiraba el olor acre del humo.

¿Su primera relación amorosa se vería empañada por ese desagradable aroma?

Presionando sus manos contra el pecho de él, se apartó ligeramente.

—Sí —dijo él, sonando desdichado—. Debe detenerme o estará total e irremediablemente comprometida.

Jane soltó una risita nerviosa ante esa idea.

—No voy a detenerle —prometió—. Tengo la intención de estar totalmente comprometida antes de que termine esta noche. Simplemente me preguntaba si podría pedir que le subieran un baño.

Ella lo observó tragar.

—Sí. Una idea excelente.

Veinte minutos más tarde, el hijo del portero trajo el último de los cubos de agua humeante en sus abultados brazos y los dejó solos con el jabón y las toallas.

—El suelo se va a mojar —le dijo— cuando me lave el cabello, pero si no lo hago, el humo permanecerá en él durante días.

—Solo dígame cómo puedo ayudar.

Dejó que él siguiera desabrochando los botones de su espalda, ya que se había puesto una bata poco práctica y nunca pensó que necesitaría desvestirse sin su madre o su útil gancho para botones.

Pronto, Jane se quedó en calzones y *chemise*, los cuales

se quitó con rapidez antes de meterse en el agua caliente.

—Es injusto —murmuró él—. Hacía semanas que no lamentaba mi vista, no hasta este momento.

Ella se rio.

—Debo decir que me ha facilitado las cosas. Acérquese.

Lo hizo.

—¿Me arrodillo y le atiendo como una doncella?

—No —dijo ella, cogiendo la toalla y empezando a bañarse—. ¿Por qué no me atiende como Christopher, marqués de Westing?

Para su asombro, él comenzó a desvestirse, quitándose la corbata, el cuello y los puños, y luego la camisa. Se puso delante de ella con el pecho desnudo y la dejó mirarlo a fondo.

Luego se arrodilló junto a la bañera, metió los brazos en el agua y le quitó el paño de las manos.

—Déjeme —dijo, y ella lo hizo.

Fue celestial. Pasó el paño enjabonado por su piel sensible, deteniéndose en su lugar más íntimo.

Con la cabeza hacia atrás, Jane gimió, lo que hizo que él abandonara por completo el paño y dejara que sus dedos descubrieran su calor.

—Quiero probar sus pezones, pero podría ahogarme —señaló Christopher. Y ella sonrió.

—Esto es delicioso, pero difícil. Deje que me enjabone el pelo y... bien, queda un cubo de agua limpia para enjuagarlo. Luego le toca a usted.

—La eficiente Jane —dijo, pero no pareció molestarse lo más mínimo cuando, a los pocos minutos, cambió de lugar con él y, tras quitarse los pantalones y los calzoncillos, se puso de pie en la bañera, mirándola como el afamado David de Miguel Ángel.

—Me está mirando, ¿verdad? —le preguntó él.

—Sí, y es magnífico. —Su primera mirada a la carne desnuda de un hombre, real, no en un libro, ni tampoco en una estatua, y no quedó decepcionada.

—Se ve más... poderoso que cualquier dibujo que haya visto.

Christopher se metió en el agua refrescante con una sonrisa de satisfacción en su apuesto rostro.

—Estas toallas huelen a lavanda —dijo—, y ahora mi pelo también.

—Mi peine está en el dormitorio sobre el tocador —le ofreció él—. Puede sentarse junto al fuego y empezar a secarse el pelo.

—Sí, señor.

—Está siendo descarada —dijo Christopher—. Eso me gusta.

Y entonces se sumergió, y ella fue a buscar su peine, maravillada por la intimidad de bañarse en la misma habitación con él, como si ya fueran amantes. Extrañamente, no se sintió ni un poco incómoda, solo excitada por la expectativa de lo que vendría después.

Su dormitorio era pequeño, pero con un bonito mobiliario, una cama con dosel y un grueso colchón, y una alfombra muy suave bajo los pies. Supuso que era perfectamente apropiado para el hijo de un duque. Era un mundo aparte de su apartamento.

Había dejado de pensar en el incendio hasta ese mismo momento, y también había dejado de temblar. Christopher había sido el bálsamo que necesitaba.

—Voy a salir ahora —le informó él, y ella se apresuró a volver al salón para verlo salir, como una Venus masculina del agua.

—Está espiando de nuevo, ¿no?

—¿No es por eso por lo que me ha llamado? —preguntó Jane.

Él se rio.

—¿Dónde están las toallas?

Al entregarle una, Jane se dio cuenta de que era la primera vez que le pedía ayuda desde que había echado la puerta abajo.

—Es usted una maravilla, señor.

—¿Lo soy? ¿Me quito la toalla otra vez?

Ella se rio.

—¡Oh, sí! De hecho, me olvidaré del interminable proceso de secar mi cabello junto al fuego. Me lo restregaré con la toalla y luego...

—¿Y luego? —incitó él.

—Espero que me lleve a su dormitorio.

—¿Estamos solos? —preguntó Christopher, sonriendo ampliamente.

⊹

Se dejaron caer juntos al suelo. Christopher la hizo rodar debajo de él y se levantó sobre sus brazos por encima de ella.

—¿Hace mucho frío aquí? —preguntó.

—A pesar de que su pelo mojado gotea sobre mi hombro, estoy bastante caliente. Su cuerpo es como una manta.

—Le aseguro que mi cuerpo no es como una manta, que es cálida y suave. —Le dio un codazo con su eje erecto, hasta que se acurrucó entre sus muslos—. Soy más bien como el carbón, hirviendo y duro como una roca. Sin embargo, evitaré que coja frío en cualquier caso.

Ella soltó una risita. A él le encantaba ese sonido.

—Huele a lavanda —dijo él, besando su hombro y luego su cuello.

—Al igual que usted.

—Quiero besarla toda a la vez. No sé por dónde empezar.

Ella tiró de su cabeza hacia abajo hasta que sus labios se encontraron. Mientras su boca se abría bajo la de él, las piernas de ella se abrieron más, y la punta del miembro de él pareció dibujarse entre sus húmedos pliegues.

Era demasiado pronto. Christopher no quería que el recuerdo de la primera vez de Jane fuera de dolor. Solo necesitaría unos minutos de contención por su parte para tenerla tan preparada que apenas sentiría la punzada inicial cuando él rompiera su barrera virginal.

—Empiece con todo lo que me ha hecho antes y luego añada el final —le ordenó ella.

Él parpadeó. ¿Todo lo que le había hecho antes? ¿El final?

Su polla palpitó ante sus palabras.

¡Qué pícaro!

La besó desde la boca hasta la barbilla y luego más abajo. Su clavícula era delicada, se detuvo para acariciarla con ligeros besos antes de mordisquear sus pechos. Se detuvo con la cabeza a una bocanada de su pezón izquierdo.

—Christopher… —Ella lo llamó por su nombre, exasperada, y él sintió que se levantaba de la cama, empujando su pecho hacia su boca.

—¿De qué color son tus pezones? —preguntó él contra su piel.

Ella respondió de inmediato.

—Son rubicundos, pero no rosados, más bien un color de rubor con un matiz leonado. ¿Puedes imaginártelos?

Se le secó la boca y se lamió los labios.

—Perfectamente.

Entonces se prendió, escuchando su jadeo mientras se acomodaba para adorar su cuerpo. Primero un pezón, luego arrancó el otro, sintiendo cómo las caderas de ella se agitaban contra la restricción de su cuerpo presionando sobre ellas.

—Ohh —suspiró ella—. Esto es encantador.

Sus palabras lo sacaron de su estupor, y deslizó una de sus manos entre ellos mientras seguía tirando y provocando sus pezones con la boca y los dientes.

—Sí —siseó ella cuando él deslizó un dedo entre sus rizos húmedos y la tocó.

—Estás tan mojada… —entonó él. Toda su pasión, como la dulce miel, le esperaba.

Al principio, acarició en círculos su pezón mientras presionaba con la palma de la mano su montículo cuando este se elevaba para salir a su encuentro.

—Sí —dijo ella de nuevo, y él pudo oír lo cerca que estaba de deshacerse.

Siguió acariciando su capullo y deslizó el dedo en su resbaladizo conducto, y en un instante, ella estaba cabalgando sobre su mano y gritando de placer.

Él no podía esperar más. Su pene palpitaba, le dolían las lumbares, sus testículos palpitaban. Volvió a colocarse en posición, mientras ella seguía húmeda y abierta a él, y se deslizó dentro de ella. Las piernas de ella rodearon sus caderas y su mano se aferró a sus hombros.

—Por favor —suplicó.

Lady Jane Chatley, la encarnación de sus fantasías durante medio año, le estaba suplicando.

¡Dios mío! Él apenas podía respirar. Y trataba de ir despacio para no causarle dolor.

Esperaba que su placer no se detuviera cuando él...

Ella hundió sus dedos en sus nalgas, y él se lanzó dentro de ella, hasta que se sentó lo más lejos posible.

—¡Ahh! —gritó él con pura euforia.

—*Umm...* —gimió ella con un placer abyecto.

Él retrocedió, y ella siseó hasta que él volvió a empujar hacia delante. De un lado a otro, sintiendo cómo las caderas de ella se levantaban cada vez para encontrarse con las de él.

¿Había habido alguna vez algo tan perfecto como su acoplamiento?

El cuerpo de ella estaba tan apretado, presionándolo hasta que él jadeó por el esfuerzo de no llegar al clímax demasiado pronto, y entonces, no hubo opción. Tenía que dejarse llevar.

Con otro rugido, se consumió en su interior, mientras las manos y las piernas de ella seguían envolviéndolo.

Esperaba que la próxima vez pudieran ir más despacio.

—Ha sido exquisito —dijo ella, con la voz apagada debajo de él, y él recordó sus modales, rodando hacia un lado, con una de sus piernas todavía sobre la de ella.

—Espero no haberte hecho daño, ni haberte aplastado —añadió—. Lamento haberme liberado demasiado rápido.

—No lo entiendo —dijo Jane—. Sentí una tremenda liberación y luego tú también.

—La habrías vuelto a sentir si hubiera sido más paciente.

Ella dudó, y él le acarició el hombro y bajó a lo largo del brazo, sin poder evitar tocar su suave piel, incluso cuando parecía que tenía el vello de punta.

—¿De verdad? —Ella sonó dudosa—. ¿Puedo tener esa sensación más de una vez durante la misma... sesión?

—Sí. La próxima vez, ya verás. —Se agachó, sacó el edredón de donde lo habían pateado hasta el fondo de la cama y la cubrió. Con el pelo mojado y el fuego desatendido en la otra habitación, podría estar pasando frío.

Luego se estiró de nuevo junto a Jane. ¡Estaba tumbado junto a Jane! Contaría sus bendiciones, pero eran demasiadas.

—Has aceptado casarte conmigo, ¿verdad?

Ella dudó.

—En realidad no me lo pediste.

¡Dios mío! Había estropeado la pregunta más importante de su vida. Era mejor que rectificara de inmediato.

Entrelazó sus dedos con los de ella.

—¿Quieres casarte conmigo?

—Sí —respondió ella de inmediato.

—¿Y no cambiará de opinión, señora?

—¿Por qué habría de hacerlo? —Jane le apretó la mano y bostezó.

—Solo di «no, señor».

—No, señor.

Ella volvió a bostezar y él siguió su ejemplo, sin darse cuenta de que se estaba quedando dormido hasta que los golpes en la puerta de su salón lo despertaron un rato después.

Capítulo 31

Cinco meses después de haber pisado Francia por primera vez, Jane estaba de vuelta en un barco de vapor, dirigiéndose a Folkestone, Inglaterra, esta vez con Christopher, su madre y el prometido de su madre, el vizconde Daniel Graham. *Lady* Chatley y lord Graham habían decidido celebrar una pequeña boda en el registro civil y luego dividir su tiempo entre Londres y París.

Su madre se reía mucho hoy en día, sonreía aún más y dejaba que el apuesto hombre de ojos azules violáceos la cogiera de la mano en público.

A Jane le gustaba el vizconde alto y tranquilo que les enseñaba pacientemente palabras en francés cada vez que vacilaban en público, y que pasaba las tardes conversando con Christopher sobre la situación actual del gobierno republicano francés bajo el presidente Luis Napoleón Bonaparte.

Tras ser descubierta en la cama de Christopher, la reputación de Jane quedó por fin destruida. Y su madre, de entre todas las personas, parecía la más feliz por haber pillado por fin a su hija con un hombre. ¡Un marqués!

Lady Chatley había echado un vistazo a Jane envuelta en la bata de Christopher y había aplaudido, emocionada porque su hija iba a ser marquesa y, algún día, duquesa. Las mejillas de lord Graham se habían puesto muy rojas y se había retirado al pasillo de la posada.

Christopher dictó una carta a sus padres informándoles de su compromiso con Jane. Había pasado una semana, y ahora, todos regresaban a casa.

Ella y su madre se alojarían en un apartamento de Mayfair y luego enviarían una misiva al nuevo conde de Chatley y determinarían el estado de las cosas.

Viendo el canal pasar velozmente bajo el casco del barco, del brazo de su prometido, Jane sonreía cada vez que recordaba haber perdido su inocencia con Christopher.

¿Esperarían realmente a la noche de bodas para volver a experimentar esa intimidad?

—¿Está contenta de volver a Inglaterra? —le preguntó él.

—Está sonriendo ampliamente —respondió su madre por ella—. Creo que las dos estamos contentas.

Jane se sonrojó, ya que sus pensamientos definitivamente no eran sobre Inglaterra.

⚜

Después de un compromiso de cuatro meses, no demasiado largo como para distraer a la feliz pareja, y no demasiado corto como para levantar cejas, Jane y Christopher se casaron en la iglesia de San Jorge, a un tiro de piedra de donde ella creció en Hanover Square.

A Christopher le gustó el hecho de que ya conocía el aspecto de la iglesia por haberla visitado y por haber asistido a otras bodas en la antigua iglesia, que celebró su primer servicio en 1725.

—Es sencilla, pero elegante —dijo su madre cuando hablaron por primera vez de la posibilidad.

—Christopher dijo que pone el foco en Dios y en la novia el día de su boda —le recordó Jane cuando se quedó a solas con su madre. Además, había mucho espacio en el amplio pasillo, las galerías laterales y los palcos de los bancos para todos los invitados a la boda de Westing y Chatley.

—Además, las vidrieras compensan la falta de ornamentación, ¿no crees? —preguntó Jane.

—Ahora que ya tienes tu acuerdo matrimonial —declaró su madre, refiriéndose al contrato que había insistido en que se redactara para que Jane se quedara con su propio dinero—, estoy totalmente satisfecha.

Christopher no solo había querido, sino que había insistido en que tuviera un contrato de acuerdo, haciendo que Jane estuviera totalmente segura de su futura felicidad.

Y como, en contra de todas las expectativas, su padre había dejado a su esposa y a su hija lo suficiente para vivir con holgura, aunque con frugalidad, ni *lady* Chatley ni Jane debían preocuparse por la voluble mano del destino.

En el intervalo antes de la boda de Jane, su madre tiró todo el decoro al viento y se casó con su vizconde al mes de regresar a Inglaterra, y nadie en la alta sociedad podía culparla. Por supuesto, ella también tenía un acuerdo matrimonial redactado para sí misma, aunque a Jane le parecía que el vizconde Graham iba a acariciar a su nueva novia durante todos los momentos posibles de cada día. Eran adorables.

Jane vivió con ellos hasta el día de su propia boda, cuando se mudó a su nueva casa en la calle Arlington. El duque y la duquesa de Westing regalaron a su hijo la espaciosa casa adosada situada en una esquina entre Green Park y St. James's Park.

La duquesa parecía sobre todo satisfecha de su ubicación entre su casa y su estudio de Chelsea, y Christopher advirtió a su nueva esposa que su acuarelista favorita se dejaría caer por allí en cualquier ocasión.

—No me importa. Quiero a tu madre —le aseguró Jane.

En una fría y lluviosa tarde de marzo, Christopher y Jane organizaron una fiesta una semana después de casarse, cuando ella ya estaba realmente instalada. Lo mejor de su casa era su corta distancia a Marlborough House, donde comenzó su romance.

—Podemos arrastrarnos hasta el césped —dijo Christopher—, si alguna vez deja de llover, y recrear el momento en que supe que eras la indicada para mí.

Ella le apretó el brazo.

—Eso es una mentira descarada, señor.

Él la acercó hacia sí, mientras los invitados a la fiesta entraban en el salón.

—¿Recuerdas aquel momento en que te acercaste a mí en la terraza? Todo cambió para mí en ese instante.

—Lo recuerdo —susurró ella—. Fue la primera vez que me «viste» —de verdad.

—Y me encantó lo que vi. Todavía me gusta.

Christopher se agachó y la besó ante los vítores de los que ya estaban presentes y presenciaban a los felices recién casados.

—Tengo algo para ti —le dijo el duque a Jane, tendiéndole una gran caja.

—Después de todo lo que ya nos ha dado —dijo ella, sonriendo a su nuevo suegro—, no debería haberlo hecho.

—Intentó dármela también —dijo Amanda, echándose los rizos por encima del hombro al pasar para tomar asiento en el salón.

—No, no —dijo el duque, poniéndose ligeramente rojo—. No es el mismo. Es otra.

La duquesa de Westing regañó a su hija.

—Amanda, no avergüences a tu padre.

—Ahora, me muero de curiosidad —dijo Christopher, mientras Jane abría la tapa.

—¡Una sombrilla, y además es preciosa! Mantendrá el sol alejado en verano. —Los colores eran apagados y de buen gusto, y Jane no podía ver por qué su nueva cuñada se burlaría del regalo.

—Ábrelo —dijo Amanda.

Jane se dirigió al centro de la habitación y lo abrió. Luego se echó a reír.

La duquesa y Amanda se unieron.

—Dime —suplicó Christopher.

—Bueno, es de lo más inusual —comenzó Jane—. Tiene mirillas de cristal cosidas.

—Ingenioso, ¿no cree? —preguntó el duque—. No sé qué tiene de divertido. Puede ver por dónde va. En cuanto lo vi en la oficina de patentes, pedí una. Quiero decir dos, una para cada una de mis hijas.

El corazón de Jane se hinchó hasta reventar. Incluso si

el hombre estaba mintiendo y había presentado la misma sombrilla dos veces, había declarado públicamente que ella era como una hija para él.

—Gracias, Su Gracia. La usaré todos los días —prometió ella.

—Y la luz del sol atravesará los agujeros de cristal y te quemará la piel —dijo Amanda.

—El cristal podría incluso magnificar los efectos del sol —señaló Christopher.

—¿Qué? —exclamó el duque, deteniéndose a examinar la sombrilla—. No había pensado en eso.

—Oh, padre —dijo Amanda, y todos volvieron a reírse.

—Puede que no sea lo más práctico —dijo Jane—, pero ha sido muy considerado.

—Tengo algo más para ti, pero tardaré más en dártelo. Mañana vendrán obreros.

—Padre —advirtió Christopher, y Jane no pudo evitar pensar en el incidente de la cocina de gas. Probablemente estaba en la mente de todos ellos, aunque el marqués de Westing podía ver las formas con más claridad que antes, pero todavía no distinguía los colores.

—Como el claroscuro de siempre —le había dicho al describirlo.

—Esta vez —declaró la duquesa de Westing—, mi marido tiene realmente una buena idea.

—Entonces, ¿por qué no me dejas instalarla en nuestra casa? —se quejó el duque.

—Mientras discutís, ¿servirás vino o champán? —preguntó Amanda.

Jane llamó para pedir vino antes de la cena, y luego

describió a Christopher los planos que su padre había traído.

—El diagrama dice que es una escalera de incendios. Hay numerosas cuerdas y poleas que colgarán en el exterior de nuestra casa... en cada ventana —añadió Jane, sintiéndose un poco menos entusiasta—. Y una cesta para bajarnos a nosotras y a... nuestros... hijos a la calle.

Sus mejillas se calentaron. Todavía no había pensado en tener un bebé, pero había dos dibujados en la ilustración.

—Otro brillante invento de la oficina de patentes —conjeturó Christopher—. Creo recordar que lo mencionó, padre.

—Después de lo que pasaste en París —dijo el duque—, sabía que te gustaría tener tranquilidad.

—Christopher estuvo magnífico en el incendio —les recordó Jane—. Completamente tranquilo mientras me llevaba a un lugar seguro.

—Eres demasiado joven para recordar cuando el parlamento ardió, primero la cámara de los Lores y luego la de los Comunes. En pocas horas, todos nos dimos cuenta de que no había forma de detenerlo. La gente estaba hipnotizada por el tamaño del fuego —recordó el duque—. Algunos miraban desde los barcos y el resto junto al puente. No podíamos hacer otra cosa que mirar la conflagración mientras el fuego tomaba el palacio de Westminster.

—Padre, yo tenía ocho años —le recordó Christopher—. Lo recuerdo bien, aunque puede que Jane no lo recuerde. El humo y los olores se cernieron sobre la ciudad durante días.

—Semanas, hijo mío. Toda la relevancia histórica y los artefactos desaparecieron por culpa de unos obreros descuidados que quemaron varas de medir. Fue un espectáculo terrible de ver. Por un momento, pensaron que podría haber sido por una explosión de gas, también, o incluso por descuidos de los sirvientes en el Howard's Coffee House. Un pequeño y maravilloso lugar, justo dentro del palacio. Tenían el más delicioso pastel de frutas. *Umm.* —Su Gracia se quedó en silencio un momento, quizás contemplando la humedad y la delicadeza del pastel.

—Padre, ¿qué ibas a decir?

—Ese incendio fue hace dieciséis años, y aun así, la cámara de los Comunes no estará terminada hasta dentro de un año o así. Pero mirad, hemos reconstruido nuestra casa en medio año, mejor que nunca. Todo está como nuevo.

«No todo», reflexionó Jane, a pesar de lo bien que Christopher se había adaptado a su situación, mejor de lo que cualquiera podría haber esperado al recordar al hombre enfadado y retraído de un año antes. A nadie se le ocurriría volver a llamarlo Lord Oscuro.

Capítulo 32

En diciembre, la duquesa de Westing exclamó desde la puerta una tarde mientras visitaban a sus padres «¡Turner ha muerto!», antes de entrar corriendo en la habitación y desplomarse en el sofá.

—Vi a unos hombres en la entrada de su casa cuando volvía de hacer un dibujo, y pregunté por el alboroto —Echó la cabeza hacia atrás, con los ojos cerrados, y colocó el brazo sobre la cabeza en un dramático reposo—. Esperaba que estuviera inaugurando una nueva obra o anunciando una nueva exposición, así que me acerqué a preguntar. «Nos ha dejado, Su Gracia», me dijo uno de los hombres. Luego añadió: «Maldito cólera».

Jane jadeó.

—Naturalmente —continuó la duquesa—, retrocedí y me cubrí la cara con la manga, pero no se puede hacer nada por ese gran hombre. Estoy terriblemente entristecida.

Fue Christopher quien encontró el punto positivo, recordando a su madre lo que Turner había dejado para que todo el mundo lo disfrutara.

—Sus cuadros son su legado, y tenemos la suerte de que fuera tan prolífico. Ha hecho del arte inglés un éxito internacional. Y tú te sumarás a ese legado.

Jane pensó que estaba hablando demasiado, pero la duquesa se animó y preguntó qué iban a cenar.

Cuando se retiraron a su propia casa esa noche, Jane se maravilló de las risas de su marido al recordar algo que había dicho su padre o de la forma en que su hermana tenía media docena de pretendientes en la cuerda floja.

—Es usted un hombre alegre, lord Westing.

—Gracias, *lady* Westing. No me da ninguna razón para ser de otra manera.

Y como hacía a menudo, Christopher comenzó a desnudarla. Sus manos recorrieron su cuerpo mientras le desabrochaba el *fichu* y tocaba la turgencia de sus pechos antes de desabrocharle el cinturón y rodearle la cintura con sus anchas manos para estrecharla un momento, y luego, pacientemente, le desabrochó los botones antes de deslizar la bata por sus hombros.

Con este ritual nocturno, Christopher despertaba sus pasiones, que ella sabía que él satisfaría obedientemente.

Esta noche, sin embargo, se detuvo, ahuecando sus pechos en sus manos antes de deslizar sus dedos sobre su estómago y muslos desnudos.

Tras una breve y conmovedora vacilación, le preguntó:

—¿Tienes algo que decirme?

Los latidos de su corazón se aceleraron y ella dudó.

Al momento siguiente, él la levantó de sus pies, sosteniéndola desnuda en sus brazos.

—Esposa, ¿has estado ocultándome algo?

Ella se rio mientras él la llevaba a la cama.

—No necesito verte claramente para saber que tu cuerpo ha cambiado. —La colocó con suavidad en su gran y mullido colchón, y ella se arrimó al cabecero de la cama. Él se subió tras ella, agarrando su tobillo y subiendo, mientras ella reía encantada.

—No puede esconderse de mí, marquesa.

—Nunca lo haré, señor.

Se levantó sobre ella, con una mano a cada lado, listo para abalanzarse y besarla.

—¿Está embarazada de nuestro hijo?

—Creo que sí.

Ella le observó respirar profundamente.

—¿Eres feliz? —preguntó Jane.

En respuesta, él reclamó su boca con la suya, un beso profundo y cariñoso, mejor que cualquiera que ella hubiera recibido antes.

¿Por qué?, se preguntó ella. ¿Por qué mejor? Porque estaba repleto de absoluta ternura.

Las lágrimas llenaron sus ojos, y cuando Christopher al fin se apartó para dejarla respirar profundamente, Jane vio un brillo húmedo reflejado en sus propios ojos azules.

Tomando su mano, llevó sus dedos a su mejilla para que él pudiera sentir sus lágrimas derramándose.

—Los dos somos tan felices… —dijo ella—, ¿por qué es este un momento para llorar?

—Hubo un momento —le dijo él—, en el que consideré quitarme la vida antes de vivir solo en la oscuridad. Pensé que solo me esperaban años tristes y solitarios.

Él le acarició la mejilla con el pulgar.

—No me dejaste rendirme. Y ahora, hemos creado una nueva vida. Es un milagro. Tú eres un milagro, *lady* Jane.

—Todos los días, agradezco que al fin te fijaras en mí aquella noche en Marlborough House. ¿Sabes lo que sentí al ser al fin vista?

Él sacudió la cabeza con la ironía.

—Y entonces me quedé ciego.

Ella sostuvo su rostro entre las palmas de las manos.

—Y sin embargo, sigues siendo la única persona que me ha visto de verdad. Ese es mi milagro.

La besó de nuevo, y el fuego que ardía en su interior estalló en deliciosas llamas de deseo. Ella separó las piernas y dejó que él se instalara entre sus muslos.

—Conoceremos momentos felices y otros dolorosos —murmuró—. Pero una cosa es segura: siempre te amaré.

—Y yo a ti. —Él hizo una pausa y luego le sonrió—. Hablando de eso, ¿podemos...? Quiero decir, ¿deberíamos...?

—He consultado algunos libros.

—¡Claro que sí! —Él echó la cabeza hacia atrás y se rio, y ella le dio un puñetazo en el hombro.

—También pregunté al médico de tu familia. Y a *lady* Cambrey, que tiene experiencia en estos asuntos. —Jane amaba su firme amistad con Margaret.

Christopher apretó sus caderas contra las de ella.

—Espero que la respuesta sea afirmativa. Dímelo de inmediato.

Ella asintió. Él esperó. Ella volvió a asentir.

—¿Estás asintiendo?

—Sí —dijo ella, y luego soltó una risita.

—¡Eres una descarada!

Christopher procedió a hacer el amor con su mujer, a adorar cada centímetro de su ser capaz, inteligente, a veces reservado —aunque nunca con él—, sensual y adorable.

En el resplandor posterior, tumbado al lado de la mujer que adoraba, proclamó:

«Soy el hombre más afortunado del mundo».

Índice

Lord
Desdichado

La muerte corre desenfrenada en el Londres victoriano, sin embargo, el vizconde nunca esperó que lo golpeara con tanta dureza, robándole su amor y convirtiéndolo en lord Desdichado.

¿Cómo puede un hombre prepararse para lo inimaginable?

La vida de lord Jameson Turner no ha parado de girar desde la ilegitimidad hasta llegar a ser noble, y desde ser un jugador solitario hasta convertirse en un marido felizmente casado. Cuando el acero doblado y los horribles escombros trastornan su mundo, entierra a su amada junto con su corazón y su felicidad.

¡Una dama que no acepta un no por respuesta!

Maisie Darrow comprende muy bien el dolor. También sabe que la única forma de seguir adelante con la vida es mirar siempre hacia el horizonte. Anhelando ayudar al angustiado vizconde, sus propias esperanzas de felicidad se ven frustradas por una misteriosa carta de su casa.

Después de haber amado y perdido, el vizconde jura que ni el tiempo ni la alegre sonrisa de la señorita Darrow desgastarán sus paredes endurecidas por el dolor, porque sabe que no podrá sobrevivir a otro golpe. ¿Podrá convencer a lord Desdichado para que arriesgue su corazón destrozado, a pesar de la incertidumbre que le rodea?

Información sobre la autora

Autora de éxitos de ventas en *USA Today* Sydney Jane Baily escribe novelas románticas históricas ambientadas en la Inglaterra victoriana y de la Regencia. Ella cree en historias de felices para siempre con personajes atractivos y atención a los detalles de la época.

Nacida y criada en California, ahora vive en Nueva Inglaterra con su familia.

En su sitio web, SydneyJaneBaily.com, puede obtener más información sobre sus libros, leer su blog, suscribirse a su boletín (y obtener un libro gratis) y ponerse en contacto con ella. Le encanta escuchar a sus lectores.